KB153093

# 태백산맥

조정래 대하소설

# 태백산맥

## 4

제2부 민중의 불꽃

해냄

제1부가 책으로 묶이고 나서 꼭 1년 만에 제2부 3천 매를 다시 두 권으로 묶게 되었다. 1만 5천 매로 예정되어 있는 작품 『太白山脈』의 절반을 끝내게 된 셈이다. 제1부가 독자들에게 읽히고 있는 가운데 제2부가 문예지에 연재되었던 지난 1년 동안 나는 여러 국면에서 갈등하고 고통을 겪어야 했다. 그 내용들은 다 덮어둘 수밖에 없는 일이다. 다만 그 원인을 밝히자면, 민족분단사의 베짜기를 함에 있어서 '소수인의 치장을 위한 비단이 아니라 다수인의 살을 감싸는 삼베나 무명'을 짜려고 했다는 데 있었다.

역사 속의 올곧은 진리를 발견해 내는 일과 그것을 지키고자 하는 내적 의지와, 그것을 글로써 표현하고 기록하는 행위와 그 앞을 막아서는 여러 어려움들, 그것은 오로지 글쓰는 자 혼자서만 겪어 내고 이겨내야 하는 외롭고도 힘겨운, 그러면서도 보람된 고문이었다. 그 길을 인도하는 멀고 먼 불빛 하나가 곧 '역사에의 신뢰'였다.

역사는 '힘 있는 자들의 기록'이어서는 아니 된다. 우리의 분단된 삶, 통일을 찾아가야 하는 우리의 민족적 삶에 있어서는 더욱이 그러하다. 역사의 그런 허위가 파괴되고, 역사가 '자각하는 민중의 소유'가 될 때 비로소 우리 민족의 '허리잇기'인 통일도 이루어지리라 믿는다. 그 중간과정에 문학이 해내야 할 몫이 있다고 확신하며, 나는 소설로써 그 일을 이루어보려고 욕심 부리는 것이다.

제2부는 제1부에서 중점적으로 다룬 여순사건 이후의 10개월 동안이 배경으로 되어 있다. 여순사건과 6·25전쟁 사이에 끼여 있는 그 시기는 정치적 사회적으로 '민족분단 가속기' '민중세력 형성기' '전쟁원인 잉태기'라고 할 수 있으며, 분단사의 정점을 이루는 시기로서 그 중요성을 가지고 있다. 오늘의 분단현실에 결정적 영향을 미치는 중대한 사건들이 모두 그 시기에 일어났던 것이다.

바람직한 역사가 정의로운 삶들의 엮음이어야 한다면, 소설은 그것을 가로막는 왜곡과 모순을 헤쳐내 인식하는 공감을 형성시켜야 하는 것이 아닌가 한다. 그 중요한 시기를 소설에 담으면서 역사의 망원경과 현미경을 동시에 가지려고 내 나름으로 애는 썼지만 그 결과가 어떨 것인지는 그저 두렵기만 하고 능력의 부족을 느낄 뿐이다.

1987년 11월

趙廷來

## 태백산맥  제2부 민중의 불꽃

# 4권

# 1

## 피할 수 없는 맞섬

겨울밤이 자정을 넘고 있었다. 밤이 깊을 대로 깊어짐에 따라 바람과 추위가 한층 기승을 부렸다. 진하고 두꺼운 어둠 속에서 바람 소리는 매몰찼다. 어둠이 짙은 만큼 별들은 초롱초롱 깨어나고 있었다. 어둠에 박힌 겨울별들의 반짝임은 유난히 또렷하고 맑고 깨끗했다. 그리고 그 작은 반짝임들은 시리고, 멀었다. 헤아릴 수 없이 많은 그 반짝거림은 천상의 경건한 축등 같기도 했고, 제각기 종알거리고 있는 작은 입술 같기도 했다. 그런가 하면 그 수많은 반짝거림은 밤을 지키는 하늘의 파수등 같기도 했고, 얽히고설킨 세상사 어지러움을 염려하여 인간들을 일깨우고자 하는 하늘의 경고등 같기도 했다. 그러나 읍내는 어둠 속에 가뭇없이 묻힌 채 그 별들의 반짝임을 지키는 사람은 하나도 없었다.

읍내의 흔적을 찾을 길 없는 어둠 속에 딱 한 군데 불이 밝혀져 있었다. 경찰서였다.

경찰서 안은 밖이나 별다름 없이 추위가 엉켜 있었다. 넓은 사무실은 어둠침침하기까지 했다. 흰 칠을 한 양철갓을 쓴 알전구 하나가 사무실의 어둠을 밀어내기는 힘겨운 일이었다. 석탄을 때는 무쇠난로에는 온기가 없었다. 연료가 없는 것도 아니었다. 난로 옆 바께쓰에는 석탄이 반나마 차 있었다. "들어앉아 있는 우린 밖에서 견디는 부하들보다 몇 배 뜨뜻할 것이오." 심재모의 이 한마디로 난로에 불이 꺼진 것은 이미 오래였다. 그런데도 그들은 난로 옆에 둘러앉아 있었다. 그들은 계엄사령관 심재모·경찰서장 권병제·토벌대장 임만수·청년단장 염상구였다. 전투복에 모자까지 쓴 그들은 권총을 차고 있었다. 심재모만 권총을 차지 않고 M1소총을 의자 등받이에 기대세워놓고 있었다. 그들은 추위에 얼어붙기라도 한 듯 미동도 없었다. 창문이 바람에 흔들리며 삐걱거리는 소리를 냈다. 바람이 어둠을 쥐어뜯는 앙칼진 소리가 멀어지는가 하면 다시 가까이 다가서고는 했다.

어디가 먼저라고 할 것 없이 세 산봉우리에서 거의 동시에 봉화의 불길이 타올랐을 때 심재모는 그것을 즉각적으로 공격신호라고 판단했었다. 다른 세 사람의 반응도 마찬가지였다. 심재모는 지체 없이 비상전화를 돌려 '완전무장·비상대기'를 각 예하부대에 지시했다. 제2, 제3의 추리가 나온 것은 그 조치를 취한 다음 시간이 점차 지나면서였다. 공격을 감행하자면 그들의 입장에서 기습공격만큼 유리한 것이 없을 터였다. 그런데 왜 봉화를 일시에 올린 것일까. 그들이 포위공격을 동시에 계획했다 하더라도 그들에게 무전기 세 대가 없을지는 모르지만 손목시계 세 개가 없을 리 없었다. 그런데 왜 봉화를 일시에 올린 것일까. 봉화는 예로부터 어떤 긴급사태를 먼 거리에 신속하게 전하거나, 미리 약속된 신호로써 피워올리는 불이었다. 그러나 세 산봉우리는 봉화를 피워올려야 할 만큼 거리가 멀지 않았다. 그런데 왜 봉화를 일시에 올린 것일까. 세 산봉우리의 봉화는 그들 상호간의 무슨 신호가 아니라 제각각 다른 먼 지역으로 연결해야 할 목적으로 피워올려진 것이 아니었을까. 징광산의 봉화는 화순 백아산을 거쳐 광주 무등산으로, 금산의 봉화는 고동산과 몇 개의 봉우리로 이어져 조계산으로, 제석산의 봉화는 승주군의 여러 산들을 거쳐 백운산으로, 그리하여 그것들은 지리산으로 모아지는 것이 아닐까. 심재모는 세 개의 기세등등한 불길들을 차례로 응시해 가며 그런 생각의 갈피를 잡아갔고, 자정이 가까워지면서 불길들이 잦아들게 되자 한층 긴장감이 팽팽하게 뻗쳐오르는 속에서 시간을 보내야 했다. 그러나 긴장된 감정은 시간의 흐름에 따라 이완되게 마련이었다. 그들은 자기네들의 사기를 북돋우고 이쪽을 위협하기 위한 단순한 목적으로 불을 피워 올린 것이 아닐까 하는 생각도 들었다. 그건 심재모의 마음이 해이해져서 생긴 것이 아니라 상대방의 전혀 움직임 없는 시간이 너무 길어서 생기는 것이었다. 설령 그렇다 하더라도 한 가지 중대한 사실만은 목전에 닥쳐와 있었다. 그들의 종적을 알 수 없어 그동안 탐색전만 펴왔었는데 그들 스스로가 불쑥 모습을 드러낸

점이었다. 그들은 세 산봉우리에 봉화를 올림으로써 자신들의 위치를 대담하게 노출시킨 것이다. 물론 그들도 자신들의 세력이 봉화에 따라 3분되어 있다고 상대방이 단순판단하리라고 믿지는 않을 것이다. 그러나 봉화는 그 위치로 보아 꽤나 전시효과를 발휘하고 있었다. 세 산줄기들이 겹쳐지고 이어지며 반원으로 읍내를 에워싸고 있는 지형조건에서 세 봉우리에 봉화가 타오르게 되자 읍내는 완전히 포위당한 꼴을 면할 수 없게 된 것이다. "이 반동들아! 네놈들을 깡그리 바닷물 속에 처넣고 말 테다." 심재모의 의식 속에서는 아직도 불길이 타오르고 있었고, 불길의 기세와 함께 들려오는 것 같은 그들의 외침이었다.

그들이 읍내 가까이 접근했다는 사실은 또다른 중요성을 시사하고 있었다. 그것은 첫째, 그들의 당조직이 지하활동의 음성적 미온적인 것에서 전투화를 위한 양성적 적극적인 것으로 체질개선을 했고, 그에 따라 전반적인 전열과 정비가 끝났으리라는 점이었다. 그동안 심상치 않게 길었던 침묵과 느닷없이 타오르기 시작한 봉화가 그 점을 헤아리게 했다. 둘째, 일단 행동하기 시작한 그들은 새로운 전략으로 투쟁을 본격화시키게 될 것이다. 이번 사건으로 지하조직을 거의 노출시킨 데다가 군경에게 패주당함으로써 기본적 세력기반인 민간인들과 차단된 그들의 입장에서는 불가피한 일일 것이다. 셋째, 그들의 본격적인 투쟁개시에 따라 민심에 어떤 영향이 미칠 것이며, 민심이 어떻게 움직일 것인가가 문제였다. 민심은 전혀 예측할 수 없는 가변성을 내포하고 있었다. 그건 바람 같은가 하면 안개 같기도 했고, 그런가 하면 물 같기도 했다. 바람처럼 보이지도 잡히지도 않으면서 어느 순간마다 언뜻언뜻 느껴지는가 하면, 어떤 결정적인 경우에는 폭풍으로 몰아쳐오는 것이었다. 양조장 정 사장 사건을 처리하면서, 평소에는 있는 듯 만 듯 하던 그들 민간인들의 힘이 네 소작인을 구해내는 연판장으로 일시에 뭉쳐졌던 것이다. 그것은 분명 작은 힘들이 모아져 폭풍으로 돌변하는 모습이었고, 전에는 전혀 경험해 본 바 없는 힘의 섬뜩함이었다. 어느 길목에서 갑자기 맞닥뜨릴 때 황급히 옆걸음질치며 피하는 그들은 흐릿흐릿 흩어지는 안개발에 지나지 않았고, 장날이면 호의를 가지고 말을 걸어도 잔뜩 주눅이 들어 말더듬이가 되는 그들은 아무 데도 쓸모가 없는 한 방울의 물에 불과했다. 그런데 그들은 어느 순간에는 한 발 앞도 분간 못하게 하는 진한 안개로 뭉쳐지고, 어떤 계기에는 강둑을 사정없이 무너뜨리는 성난 물줄기로 한 덩어리가 될 수도 있었다.

띠이잉…….

벽시계가 1시를 울렸다. 낡은 모습만큼이나 벽시계의 울림은 둔탁했고, 사무실의 침묵이 깊은 탓인지 그 여음이 길었다. 염상구의 눈길이 빠르게 시계로 날아갔다. 임만수의 눈길도 일직선으로 시계에 가 꽂혔다. 다음 순간 두 사람의 눈길이 마주쳤다. 그들은 미간을 찌푸렸고, 거기에는 짜증이 엉켜들었다. 그들의 눈길은 약속이나 한 것처럼 심재모에게로 옮겨갔다. 심재모는 머리를 숙인 채 오른팔로 턱을 받친 앉음새 그대로 미동도 없었다. 모자챙에 가려 얼굴은 보이지 않았다. 두 사람의 얼굴은 마땅찮아하는 기색이 역연해지며 일그러졌다. 그들의 눈길이 경찰서장 쪽으로 움직였다. 심재모에 비해 벌이라도 서는 아동처럼 꼿꼿하게 앉은 권병제는 똑바로 앞만 주시하고 있었다. 염상구는 혹시 뭐가 나타났나 싶어 그의 눈길이 박혀 있는 왼쪽으로 고개를 돌렸다. 거기에는 어둠을 잔뜩 물고 있는 창문뿐 보이는 것이라고는 아무것도 없었다. 임만수가 입을 있는껏 벌려 하품을 하다가 자기도 모르게 흘러나오는 소리에 놀라 황급히 손바닥으로 입을 막고 있었다. 그 모양을 보며 염상구는 그만 웃음이 픽 새려고 했다. 임만수가 입을 있는 대로 쫙 벌리자 그 푹 꺼진 콧잔등에 잡히는 주름살 하고, 그건 천생 갈데 없는 원숭이상판 그대로였는 데다가, 일단 하품을 시작했으면 소리가 나오든 말든 시원하게 끝내고 말 일이지 그게 무슨 죄 될 일이라고 심재모의 눈치 살펴 하품을 토막 치고 마는 그 겁 질린 꼴이 비웃음을 자아내게 했던 것이다. 요런 때 똥구녕이 포르르 떨릴 만치 씬 방구나 한 방 터져뿌렀으면 속이 씨언허겄는디, 닌장맞을, 그 흔헌 방구도 뀔라고 헌께 안 나오네웨. 저 미련허고 한심헌 심재모놈헌테 방구나 한 방 믹였으면 똑 속이 씨언허겄는디. 염상구는 아랫배에다가 몇 번 힘을 주어보았다. 그러나 방귀는 나올 것 같지가 않았다. 시간이 갈수록 손발이 얼어왔고, 이제 등줄기까지 냉기가 타고 내려 뻣뻣해지는 느낌이었다. 불을 피우지도 않은 채 언제까지 이러고 있을지 모를 일이었다. 따끈한 물이라도 한 잔 마셨으면 그나마 추위가 가실 것 같았다. "부하들은 우리보다 더 추운 밖에서도 견디고 있소." 물을 끓이기 위해 불을 지피자고 하면 심재모는 틀림없이 그렇게 내쏠 거였다. 난로를 피울 수도 없고, 뜨거운 물 한 잔 마실 수 없는 처지라면 서로 무슨 이야기라도 주고받아야 추위도 덜 느껴지고 지루함도 면하게 될 게 아닌가 말이다. 심재모고 경찰서장이고, 두 놈 다 입을 딱 봉하고 도 닦는 중놈 시늉을 하고 앉아 있으니 눈치 없이 떠들어댈 수도 없는 노릇이고, 미치고 환장할 일이 바로 이런 것이라 싶었다.

"와따메, 우리 부하새끼덜 붕알이 각단지게 얼음과자 되야불겄다. 고거 불쌍혀서 워쩔끄나. 까마구 날자 배 떨어지드라고, 씨부랄 놈덜이 지랄발광허는디 날씨할라 염병헌다고 요리 춥고 지랄 염병이여!"

염상구는 의자에서 벌떡 일어나며 목청껏 쏟아놓고 있었다. 그러면서 곁눈질로 심재모의 눈치를 살폈다. 난로를 피우지는 못하더라도 이야기를 끌어낼 수 있는 분위기를 만들려는 것이 염상구의 의도였다.

"금메 말이여, 날씨할라 염병허게 춥네잉."

기다렸다는 듯 임만수가 사투리를 흉내내며 맞장구를 쳤다.

심재모의 고개가 들렸다. 얼굴이 보이는가 싶었는데 이내 고개가 숙여졌고, 전과 다름없이 모자챙이 얼굴을 가려버렸다. 잠시 드러났다 감추어진 그의 얼굴 표정은 볼 수 없었지만 그 태도로 보아 이쪽의 짓을 마땅찮게 여긴다는 것쯤 염상구는 능히 알아챌 수 있었다. 그러나 오기가 뻗질러오르는 판에 입까지 그대로 함봉할 수는 없는 노릇이었다.

"햐아, 임 대장님, 참말로 장허고 똑똑허시요이. 우리 전라도말얼 그리 징허게 싫어해쌓등마 원제 그리도 찰방지게 익혔습디여? 서당개 3년이면 풍월을 읊는다등마, 참말로 임 대장님이 그 짱 나부 렀소이. 전라도밥 묵은 택 단단히 혔응께로 나가 반갑고 고마와서 술 한잔 걸쩍허니 사야 쓰겄소."

염상구는 일부러 목소리에 신바람을 올려가며 떠들어댔다.

"하면, 좋고말고. 개야 3년이 걸리지만 난 사람이니까 3개월로 풍 월을 읊게 된 게 아니겠소. 그러니 마땅히 술대접을 받아야지. 나 사양하지 않을 테니 빈말 안 되게 해야 하오."

임만수도 심재모 쪽을 힐끔거리며 기분을 과장하고 있었다.

"어허 참말로, 나가 누군디 한분 입 밖에 낸 말얼 썩은 호박 맹 글겄소. 나 임 대장님이 팍 맘에 들어뿌렀소. 진작에 전라도말얼 그리 찰방지게 혔드라먼 더 맘에 들었을 것 아니겠소. 좌우당간에 나 기분 쪼옷쏘."

"조용히들 하시오. 지금 계엄하의 비상근무 중이란 걸 잊지 마 시오."

나지막하면서도 무게가 실린 말이 염상구와 임만수 사이를 가로 막고 들었다. 두 사람은 동시에 심재모 쪽으로 고개를 돌렸다. 심재 모는 여전히 같은 모습으로 앉아 있었다. 경찰서장이 두 사람을 향 해 빠른 손짓을 했다. 그는 자신의 손목시계를 가리키고 나서 손가 락 두 개를 펴 보였다. 앞으로 두 시간만 더 참으라는 뜻이었다. 두 사람은 각기 자신들의 손목시계로 눈을 돌렸다. 1시 반이 겨우 넘어가고 있었다. 앞으로 두 시간이면 3시 반까지……. 염상구는 어금니를 맞물어 뿌드득 갈아붙였다. 임만수는 권총 손잡이를 매만지며, 이놈의 짓거리를 언제까지 하며 살아야 하나, 하는 맥 빠진 생각과 함께 잠시 잊고 있었던 추위가 새삼스럽게 의식되어 몸을 부르르 떨었다.

염상진…… 그는 어떤 사람일까. 심재모는 동생 염상구를 떠올려보았다. 금방 고개가 저어졌다. 그들은 형제간이지만, 염상진과 염상구는 사뭇 다르리라는 생각이 들었다. 인물도, 품격도, 생각도, 행동도 별로 닮은 데가 없을 것만 같았다. 그러한 생각은 막연한 예감만으로 생겨난 것이 아니었다. "그 사람, 피가 천한 것치고는 인물이야 잘났지." "천한 피 타고난 놈이 과한 인물 지녔으니 결국 빨갱이로 빠진 것 아뇨." 지주들이 술자리에서 내던진 말이었다. "김범우 선상허고 어슷비슷허제라, 그 인물이나 맘씨가 말이오." "금메…… 공산당 허는 것만 빼먼이야 읍내서 둘찌가라먼 서런 인물이겄지요이." 경찰이나 청년단원들의 조심스러운 말이었다. "동상? 택도 읎소. 괴기로 치자면 성은 쇠고기고 동상은 개고기제라." 술집 주모의 말이었다. 그들 형제가 닮은 점을 굳이 찾아내자면 두 사람 다 어느 조직의 우두머리라는 점이었다. 그러나 그 점도 표면적으로 비교했을 때 동일한 것일 뿐 내용적인 면을 들여다보면 전혀 달라지는 것이다. 염상구가 믿고 내세우는 것은 완력뿐이었다. 그러나 염상진이 믿는 것은 인민일 것이고, 내세우는 것은 혁명이었다. 염상구가 며칠 전에 물의를 빚은 사건이 그 차이점을 잘 설명하고 있었다. 그는 하필이면 입산자의 아내를 범해 자살소동까지 일으키게 만들었다. 그 일로 읍내가 떠들썩한데도 당사자인 그는 뻔뻔스러울 정도로 태연하고 태평했다. 현재 같은 상황에서 그런 행위가 민심을 동요시키고, 그것은 관에 대한 불신감으로 직결된다는 판단을 그에게서 기대하지는 않는다 하더라도, 그는 심정적으로라도 어찌 형의 부하의 아내를 제멋대로 범할 수 있는 것인지 모를 일이었다. 빨갱이 마누라는 얼마든지 마음대로 할 수 있다— 그는 이런 생각으로 거리낌 없이 행동했는지도 모른다. 그의 행위를 추궁할까 말까를 몇 번이나 생각하다 결국 덮었던 것도 그가 그런 식의 말을 내뱉어 자신의 행위를 정당화시키려고 할까 봐서였다. 그가 자신의 면전에서 그따위 소리를 지껄이게 되었을 때 그를 어떻게 대하게 될 것인지 심재모는 스스로의 감정을 믿을 수가 없었던 것이다. 자신의 마음속에서는 이미 용서할 수 없는 범죄자로 결정이 내려져 있었고, 다만 현실적 여건 때문에 마지못한 묵인을 하고 있는 형편이었다. 권력남용적 강간 및 소문유포에 의한 간접살인음모죄—법적 조치를 전제로 정해놓은 염상구의 죄목이었다. 민심의 흔들림을 수습하기 위해서도, 법의 공정성을 보이기 위해서도, 한 여인의 짓밟힌 인권을 회복시켜 주기 위해서도 그는 마땅히 처벌을 받아야 했다.

"사령관님 뜻은 옳습니다만, 그러나 두루두루 생각을 넓게 해얄 겁니다. 현실적으로 염상구와 그 여자를 일대일의 비중으로 따질 수 없다는 게 문젭니다. 거기다가 염상구를 법적으로 조처하는 경우 아군의 세력을 약화시키고, 공산당을 도왔다는 모략을 당할 위험이 큽니다. 염상구가 범죄자로 법적 조치를 당해도 조용할 수 있는 죄목은, 용공뿐입니다. 정 사장을 놓고 말 한마디 없는 것처럼 말입니다. 그리고 염두에 둬야 할 것은, 염상구가 아닌 그 어떤 평범한 남자가 강간행위를 저질렀다 해도 세상사람들은 그걸 별로 대단한 범죄로 생각지 않는다는 사실입니다. 더구나 여자 입장에서는 대체로 사건화되는 걸 바라지 않습니다. 그게 우리 사회의 일반적 현상인 걸 제 경험을 통해 알았습니다."

경찰서장이 신중하게 한 말이었다. 상황적으로 보아 염상구가 평범한 남자가 아니기 때문에 문제가 되는 것이 아니냐는 말을 심재모는 눌러참았다. 그 말은 서장의 조언을 묵살하고 원점으로 돌아가는 것이었고, 여러 의미를 함축하고 있는 서장의 말을 되새길 때 그건 입 밖에 낼 필요가 없는 말이기도 했다.

염상진이 '처단'했다는 사람들의 인적 사항을 자세히 살펴보고 난 심재모는 전신의 신경이 팽팽해지는 긴장을 느꼈던 것이다. 반란은 혁명의 결정적 시기에 민간조직과의 협동하에 일으킨다는 것이 공산주의 혁명이론이었다. 염상진은 인민의 이름을 앞세운 그 처단에서 공산주의 혁명이론을 주도면밀하게 실천해 나갔음을 여실하게 느낄 수 있었다. 염상진은 그 처단을 통해서 두 가지 목적을 동시에 달성시키려 하고 있었다. 먼저 당의 입장에서 상대편의 정치지배세력이나 그에 따른 조직의 척결이었고, 다음은 민간인들의 원한과 증오의 대상이 되어온 자들을 없앰으로써 그들의 지지와 호응을 획득하려는 것이었다. 그런 입장에 선 그가 자기 동생이 저지른 행위는 어떻게 받아들일 것인가. 혁명이론의 실천에 그렇게 주도면밀한 그는 핏줄이라는 인연을 끊고 동생을 적으로 돌릴 수 있는 냉철성을 발휘할 수 있을 것인가. 심재모는 자신의 생각을 여기서 중단시켰다. 그 상상이 너무 잔인하고도 비참하게 느껴졌던 것이다. 그는 생각을 가다듬었다. 만만치 않은 상대로 여겨져왔던 염상진과 마침내 정면대결을 하게 된 것이다. 그것만이 직시해야 할 현실이었다.

띠잉, 띠이잉……

벽시계가 2시를 알리고 있었다. 4시 무렵부터는 먼동이 트기 시작할 것이다. 심재모는 고개를 치켜들며 자리를 고쳐 앉았다. 그 동작에 따라 다른 세 사람도 앉음새를 바로잡았다.

"현재 2시, 앞으로 적이 공격해 올 확률은 극히 적을 것이오. 왜냐하면 4시경부터는 날이 새기 시작할 것이므로 적들은 지금 당장 공격개시를 한다 해도 안전하게 퇴각할 시간이 부족한 형편이오."

심재모가 건조한 어조로 상황분석을 내렸다.

"그라면 인자 비상대기럴 거둘께라?"

염상구가 반가운 기색을 숨김없이 드러내며 물었다.

"방심은 금물이오. 4시까지 상황 계속이오."

심재모가 매정스럽다 싶게 무질러버렸다.

"그렇겠지요. 기습했다가 빠질 시간은 아직 남았으니까요."

임만수가 염상구의 무색해진 체면을 다소나마 살려주려는 듯 눈치 보아가며 어눌하게 말했다.

"자아, 지금부터 회의를 시작합시다. 첫째 중요한 건 상대방의 병력이 어느 정도냐 하는 문젭니다. 이 자리에 그걸 정확히 알 사람은 아무도 없지만 대략 짐작들은 할 수 있을 것이오. 서장님 생각은 어떻습니까?"

심재모는 경찰서장에게로 얼굴을 돌렸다.

"글쎄요…… 염상진이 군당위원장이고, 그가 부대를 총지휘한다면, 보성군 병력을 다 모았을 테니까, 그러니까 그게…… 100은 넘을 것이고, 200 이쪽저쪽이 아닐까 싶은데요."

권 서장은 꽁꽁 힘을 써가며 더디고 어렵게 말을 끝냈다. 아무리 짐작이고 예측이라 하더라도 함부로 입을 놀릴 수 있는 성질의 말이 아니었던 것이다.

"다음은 임 대장 말씀하시오."

심재모는 느릿느릿 고개를 끄덕이며 임만수를 지목했다.

"제 생각도 권 서장님 생각하고 엇비슷합니다. 봉화를 올려대는 기세로 보아 군 병력이 다 뭉쳐진 것 같고, 그 수도 수월찮을 것 같습니다."

임만수는 권 서장에게 업힘으로써 책임을 모면할 수 있는 입장을 확보하게 되어 여유 있게 말을 해치웠다.

"다음은 염 단장."

"금메 말이오, 똑 봉사 문고리 잡디끼 허는 일이 바로 요것인디,

두 양반이 용헌 점쟁이 점치데끼 해불고 난게 나가 헐 말이 읎어져 부렀구만요. 나 생각에도 얼추 그럴 상싶은디라."

염상구는 면박을 당해 기분이 상해 있는 데다가 책임질 소리를 하기 싫어서 대충 얼버무렸다.

"두 번째로 중요한 것이 병력배치 문제요. 이번에는 반대로, 염 단장, 할 말이 없어지기 전에 먼저 말해 보시오."

염상구를 먼저 지목한 것은 그가 이 지역의 지리를 제일 잘 알 것이기 때문이었다.

"지기럴, 높은 순서대로 헐 일이제 무신 초 친 맛이라고 꺼꿀로 이려." 염상구는 혼잣말로 꿍얼거리며 담배를 꺼내 불을 붙이고는, "나야 군인도 아니고 경찰도 아닌 신세에 말을 허라고 시킨께로 헐 수할수읎이 한마디 허겄는디, 그 호랭이맹키로 음흉헌 꾀 잘 씀시 로 싸납기도 헌 염상진에다가, 백여시맹키로 영리헌 안창민이가 있 고, 멧돼지맹키로 기운 씨고 날랜 하대치가 있고, 싸카쓰단 호말맹 키로 쭉 빠져 뜀박질에 이골난 강동식이가 있는 것이 그 잡것들 부 댄디, 고것덜이 요리조리 머리 써서 몰살당허지 않을 만허게, 그럼 시룽도 연락이 후딱후딱 취해지게 부대를 배치혔을 것이오. 그렁 께, 봉화가 세 산에서 올랐다고 혀서 고것덜이 세 산꼭대기에 골고 로 퍼져 있다고 생각혀서는 큰코다칠 것이오. 봉화야 서너 놈만 있 어도 올릴 수 있는 일인께로. 나야 점쟁이 아닌께 어느어느 산골짝 에 멫 놈썩 백혔는지 세세헌 것이야 알 방도가 읎는 일이고, 딱 한 가지 자신 있게 말헐 수 있는 것이 있는디, 고것이 무엇인고 허니,

주력부대는 징광산에 진을 쳤을 것이다 그것이요. 위째 징광산에
진을 치느냐 허면, 징광산 바로 아래 쯤에 사방이 산으로 뺑뺑 둘러
쳐진 율어면이 있다 그것이요. 징광산으로 말헐 것 겉으면 벌교·조
성·보성을 다 끼고 있는디다가, 봉화를 피웠다 허면 고흥은 말헐
것 없고 화순꺼지 직방으로 연락이 닿을 것이요. 그런디다가 발살
에 율어면꺼지 끼고 있으니 명당치고도 고런 명당은 없을 것이요.
징광산이야 생각도 안 허고 있었는디 뜸금없이 거그서 봉화불이
솟기는 것을 딱 보게 된께로, 아이고메 명당자리 뺏기고 말았구나,
허는 생각이 번쩍 듬시로 가심이 철렁 내려앉고 맙디다. 고 잡녀러
새끼덜, 보나마나 율어면을 폴세 차지혔을 것잉께로 요분 겨울은
배때지 뜨뜻허게 나게 생겠소. 나 말 다혔구만이라."

염상구는 난로 위에 놓인 주전자를 들더니 꼭지를 그대로 입에
다 틀어박아 물을 벌컥거리며 마셔댔다.

그자들이 벌써 율어면을 장악했을 거라고? 이 말이 혀끝까지 밀
려나왔지만 심재모는 이빨을 꾹 맞물고 입술에 힘을 가해 참아냈
다. 그것은 염상구의 비웃음을 사기에 알맞은 어리석은 말일 것이
분명했다. 면단위 지서에 경찰병력이 있으면 얼마나 있을 것이며,
고작해야 네댓 명에 지나지 않을 병력은 공산당 야산대가 나타났
다는 소식을 접하고 줄행랑치기에 바빠 총이나 제대로 한 방 쏘았
는지 모를 일이었다. 일제치하에서 반민족적 친일행위를 자행한 자
들이 태반인 경찰조직에 대해서 심재모는 애당초 혐오감과 불신감
을 가지고 있었는데, 이번 반란사건에서 그들이 하는 꼬락서니를

보고는 그 불신감이 극에 달하게 되었다. 반란이 일어난 지 이삼일 만에 열서너 개의 지역을 장악했다는 사실은 경찰력이 얼마나 엉성했으며, 경찰조직이 얼마나 한심스러운 기회주의자들의 집단이었는지를 입증하는 것이었다. 물론 싸움이란 힘의 강약에 따라 좌우되게 마련이었다. 경찰력에 비해 반란세력이 그만큼 강했다고도 할 수 있었다. 그러나 그 변명이 타당성을 가지려면 맞서 싸운 기간이 뒷받침되어야 했다. 고작 이삼일의 기간이란 반란군이 여수·순천에서 각 지역으로 진격하는 데 소요된 시간에 불과할 뿐이었다. 경찰은 반란군을 맞아 단 며칠이고 결사적 전투를 벌였다는 증거가 없었다. 그들은 반란군을 대하자마자 도망치기에 바빴다는 결론밖에 나오지 않는다. 그렇게 따지고 볼 때, 만약 여수 주둔 14연대가 광주 주둔 4연대와 동시에 반란을 일으켰더라면 이삼일 사이에 전라남도 전역이 반란군에게 장악당하는 꼴이 되었을 것이다.

"율어, 율어면이라……." 심재모는 무거운 표정으로 중얼거리고는, "혹시 가본 적 있습니까?" 권 서장에게 물었다.

"예에, 제 관할지서가 아니라서요……."

권 서장이 궁색하게 얼버무렸다. 심재모는 눈을 내리감으며 무겁게 고개를 끄덕이고 있었다.

아무도 말이 없었다. 창문이 바람에 시달리고 있었다. 바람소리가 세차고, 그 소리는 서릿발 같은 추위를 사무실에 뿌렸다.

"좋소, 내일부터 본격적인 작전개시요. 적들의 병력배치 상황을 파악해야 하고, 특히 율어면이 장악당했는지의 여부는 내일 중으로 확인 완료해야 할 사항이오."

심재모의 단호한 태도였다.

"금메요, 고것이 중헌 일이기는 중헌 일인디, 뜻맹키로 맘맹키로 하로 만에 알아내질란지 몰르겄소?"

"무슨 소리요?"

심재모의 눈썹이 꿈틀 일어섰다.

"아까참에도 말혔지만 율어면이란 것이 산으로 삥삥 둘러싸였웅께 만일에 고것덜이 율어를 차지혔으면, 아니여, 징광산에 봉화불이 올랐음사 고것이야 보나마나 뻔헌 일인디, 그 문덩이덜이 율어로 통허는 고갯목이나 길목은 다 눈깔 시뻘거니 지키고 있을 참인디, 지리럴 아는 경찰이나 청년단에서 가면 그놈덜이 얼굴 알아보고 팡 쏴뿔 것이고, 얼굴 몰르라고 군인이나 파견대가 가면 얼굴 몰르는 수상헌 놈이라고 팡 쏴뿔 것 아니겄소. 근디 무신 수로……"

"그만 시끄럽소!"

심재모가 버럭 소리쳤다. 염상구는 입을 헤벌린 채 말을 중단했고, 권 서장과 임만수는 얼결에 자리를 고쳐 앉았다. 심재모는 염상구의 말에서 벌써부터 꽁무니를 빼려고 하는 기색을 간파해 냈던 것이다. 그 교활이 역겹고 가증스러웠던 것이다.

"아직 작전지시는 내리지도 않았는데 무슨 쓸데없는 소리요. 그런 것쯤 다 알고 있으니 더 말할 것 없소. 자, 이만 얘기 끝냅시다.

염 단장은 남국민학교 앞으로 해서 홍교까지, 임 대장은 소화다리를 건너 봉림을 거쳐 홍교까지 근무순찰 실시하시오."

심재모는 말을 마치고 의자에서 일어났다. 벽시계는 3시를 향해 긴 바늘을 밀어올리며 마지막 두 칸을 남겨놓고 있었다.

심재모는 창가로 다가갔다. 어둠뿐이었다. 고개를 들었다. 별들이 잡혔다. 아아……, 문득 가슴에 번지는 감상이었다. 저 별들이 왜 일순간에 감상을 자아내는 것인지 그 연유를 알 수가 없었다. 낙엽을 보고 마음이 스산해지는 까닭을 알 수 없는 것과 마찬가지였다. 별, 별, 별…… 재모야, 니 나이가 벌써 몇 살인지 알기나 하니. 어서 장가갈 생각을 해야지. 군인이야 니가 좋아 된 것이니 어쩔 수 없다만 장가는 가야 될 것 아니겠니. 여동생 민자가 대필한 어머니의 편지였다. 그 편지에는 어머니의 육성이 그대로 묻어 있을 뿐만 아니라, 혼기가 다 찬 여동생의 초조함도 깃들어 있었다. 결혼─여자와 사는 것, 아니 좀더 구체적으로 말하면 여자와 성을 나누고 애를 낳아 키우며 사는 것. 그는 고개를 저었다. 여자와 성을 나누는 것, 그것은 생각만 해도 저항감이 치미는 일이었다. 그가 동정을 떠나보낸 것은 전선에서였다. 상대는 위안부 여자였다. 여자의 음부가 그렇게 진저리쳐지게 추악하고 토악질나게 더러운 것인 줄은 몰랐었다. 천막 안으로 뛰어들어 발기한 그것을 정신없이 여자 사타구니 사이에다 디밀었고, 그리고 배설이 몰아오는 폭풍에 휩쓸려 정신이 어릿거리다가 풍덩 빠져버린 허망한 구덩이. 바지를 추슬러올리다가 문득 눈길이 멎은 곳, 그것은 노출되어 있는 여자의 음부였다. 붉은 속살을 드러내며 헤벌어진 음부는 가래침 같기도 하고, 고름 같기도 한 정액을 머금고 있었고, 음부 꼬리로는 그것이 질질 흘러내리고 있었으며, 거무튀튀한 색깔의 음부 가장자리는 정액이 맥질이 되었는데, 듬성듬성 난 음모들은 맥질된 정액의 끈끈함에 풀 죽어 거무튀튀한 피부에 달라붙은 채 어지러운 무늬를 수놓고 있었다. 시궁창! 그 느낌과 함께 토악질을 하며 천막을 뛰쳐나왔다. 수많은 남자들이 싸질러놓은 정액을 닦아낼 여유도 없이 음부를 드러내놓고 있는 그 여자가 바로 동족이라는 사실을 환기한 것은 한참이 지나서였다. 그후로 여자와 성관계를 해본 적이 없었다. 젊은 육신이 일으키는 성욕은 수음으로 처리되었고, 깨끗한 여자의 그곳이 그럴 리가 없다고 스스로를 일깨우고 생각을 고쳐먹으려 애써보았지만 첫 경험을 통해 판 박혀진 그 더러움과 추악함은 이겨내지지 않았다.

얼굴을 기억하지 못하는 그 여자는 전쟁의 수라장 속에서 살아나기나 한 것일까. 목숨을 부지했다면 고향으로 돌아오기는 했을까. 어찌할 수 없이 수음을 하게 되고, 그러다 보면 그 기억에 사로잡히고, 그 기억을 찢어대며 안쓰러운 마음으로 떠올려야 했던 그 얼굴을 기억할 수조차 없는 여자에 대한 염려. 심재모는 그 생각을 다시 되풀이하고 있었다.

다시 고향에 돌아왔다 한들 그 몸으로 어떻게 살까. 시집을 갈 수도 없을 것이고, 사람들의 손가락질을 못 견뎌 고향에서 살 수도 없을지 모른다. 여기까지 생각을 잇고 있는 심재모의 머리를 스치는 말이 있었다. 남자의 강간은 범죄로 생각하지도 않고, 강간을 당한 여자는 그것이 사건화되는 것을 바라지 않는 것이 우리 사회의 일반적 현상이라는 권 서장의 말이었다. 심재모는 자신이 그 여자에 대해서 했던 생각이 바로 권 서장이 했던 말의 반증인 것을 깨달았다.

그 여자가 무슨 잘못을 저질러 손가락질을 당하고, 고향에서 쫓겨나야만 하는가. 그 여자는 가엾고 불쌍한 피해자일 뿐인 것이다. 나라 잃어버린 남자들의 빙충맞음으로 여자들이 당한 수난이었다. 그렇게 고통받은 여자들이 도대체 몇 명일까. 일본놈들은 극비에 붙인 채 전국 방방곡곡에서 여자들을 강제로 끌어갔으므로 그 수를 정확하게 파악할 수가 없고, 그 여자들은 일본군들이 주둔한 아시아의 광대한 전선에 고루 보내졌기 때문에 그 수는 상상보다 훨씬 많을 것이리라. 3만…… 아니 5만, 심재모는 고개를 갸웃했다. 7만…… 그 전선이 얼마나 넓은데, 10만……. 심재모는 더 이상의 수를 헤아리고 싶지 않았다. 그런데 그들은 다 어찌 된 것일까. 분명 해방이 되었는데도 그 여자들에 대한 이야기는 사회적으로 한 번도 거론된 일이 없지 않았는가. 심재모로서도 그건 너무 뒤늦은 깨달음이었다. 임시정부가 귀국해 대대적인 환영식을 벌이고, 광복군이 의기양양하게 귀국해서 기세를 올리고, 죽음을 면한 학도병들은 끌려갈 때와는 정반대의 당당함으로 개선 아닌 개선을 앞세우고 돌아와 조직체를 만들고 법석이었는데, 위안부라는 존재는 그 어디에서도 찾을 수가 없었던 것이다. 사회는 여자들이 당한 일이라서 대수롭지 않게 여겨 잊어버리고 말았을까. 위안부를 공개적으로 거론하면 나라 체면을 깎고 위신을 손상시키는 것이라고 생각해서 의도적으로 덮어버리고 만 것일까. 여자들 스스로가 창피스럽고 부끄러워 남모르게 꼭꼭 숨어버린 것이었을까.

심재모는 무수하게 반짝이는 별들만 하염없이 바라보고 서 있었다.


"아가, 안직 자냐?"

"아, 아니어라, 엄니."

외서댁은 잠결인 채로 후닥닥 이불을 걷어내며 일어나 앉았다. 앉은 자리가 기우뚱 흔들리며 눈앞이 노랗게 막혀왔다. 그리고 속이 뒤집어지면서 가슴이 벌떡거리고 숨이 가빠왔다. 그녀는 한 손으로 머리를 감싸고 다른 손으로 가슴을 눌렀다.

"야아야, 니 왜 이러고 있냐? 워디 아프다냐?"

외서댁의 귀에는 어머니의 말소리가 고무줄처럼 길게 늘어지기도 하고 짧게 줄어들기도 하면서 들렸다. 정신을 모으려고 애를 쓰는데도 어머니의 모습은 흐릿한 시야 속에서 길쭉해지기도 하고 펑퍼짐해지기도 하면서 흔들리고 있었다. 말을 하려고 하는데도 가슴이 막혀 입이 열려지지 않았다.

"야가 이러다가 큰일 당허겄다. 참말로 속 썩어 못살겄다."

외서댁의 어머니 밤골댁은 울상이 되어 다급하게 방문을 밀치고 나갔다. 엄니 속이 숯 안 되게 혀야제. 효도넌 못혀도 속이나 썩이지 말어야제. 미친년아, 정신 채려야 혀. 엄니 복장 터진께 정신 채리라고. 외서댁은 정신을 수습하려고 안간힘하며 자신을 닦달하고 있었다.

"아나, 찬물 한 모금 넘게봐라, 정신이 들란지도 몰른께."

외서댁은 사발이 입술에 닿는 찬 기운을 느꼈다. 그 시원함이 가슴의 답답함을 틔우는 것같이 느껴졌다. 그녀는 이빨이 시린 찬물을 천천히 넘겼다. 그 차가움이 점차로 정신을 들게 했고, 눈앞의 안개를 걷어냈고, 뒤집힌 속을 가라앉혀갔다. 그러나 가슴의 답답함은 풀리지 않았다. 그녀는 물사발을 손끝으로 밀어냈다.

"좀 워뗘냐?"

"그냥…… 괜찮허구만……."

눈앞이 맑아지고 마음은 환한데도 가슴의 답답함 때문에 뜻대로 말이 나오지 않았다.

"눠라, 어서 눠라. 다 요분에 몸고상 맘고상 혀서 얻은 병이다. 니 팔자가 워찌 요리 사내끼팔자로 비비 꾀는지 몰르겄다."

외서댁은 어머니의 부축을 받아 방바닥에 몸을 부렸다.

"인자 속불을 끄거라와. 몸떵이가 썩어듬스로 손꾸락 발꾸락이 매듭매듭 떨어져나가는 문딩이도 살아보겄다고 발싸심허는디, 새 끼꺼정 매달고 있는 니가 짧은 생각 혀서는 안 된다. 다 살아갈 방도가 있니라."

밤골댁은 딸의 몸이 전부 감싸이도록 이불을 덮어주고 일어섰다. 니 팔자가 꾀이는 것은 다 타고난 것이고, 니럴 그리 낳아논 이에미 죄여. 니 샘언 천상 내 것얼 그대로 내림헌 것인디, 니가 처녀 티가 나기 시작험스로 눈매고 입매에 그 표식이 내비쳤든 것이여. 청년단장놈이 많은 예펜네덜 중에서 해필허고 니헌테 눈얼 박은 것도 그 표식얼 알아묵었기 땜시여. 넘덜허고 달븐 샘얼 지닌 것이 잘만 풀림사 서방헌테 이쁨 받음서 호강허고 평생얼 사는 것이제만, 잘못 풀리는 날에는 일부종사 못허는 팔자가 되는 것인디, 니가 딴 남정네럴 본다다가 애할라 배부렀시니, 앞길이 구만리 겉은 나이에 땁땁허고 막막허다. 요 일얼 워쩨야 쓸끄나와. 밤골댁은 댓돌로 내려서며 진한 한숨을 내쉬었다.

외서댁은 사내끼팔자라는 어머니의 말을 되씹었다. 저수지에 빠져 물귀신이 되지 못하고 살아나기는 했지만 얼굴 들고 살 수 없는 창피스러움이 앞을 막고 있었다. 앞을 가로막는 것은 그것뿐이 아니었다. 뱃속에 든 아이는 어찌할 것이며, 남편을 어찌 대할 것인가가 더 큰 문제였다. 남편을 생각하면 할수록 저수지로 뛰어들고 싶은 충동만 일어났다.

"선상님, 저것이 배에 담고 있는 아그가 선상님도 아시데끼 낳아서는 안 될 목심인디요. 배럴 갈르든지 무슨 약얼 믹여서든지 안 낳게만 혀주십소사."

퇴원을 앞두고 어머니는 의사 앞에 두 손을 합장하고 빌듯이 말했다.

"예에, 저도 아주머니댁 딱한 사정을 다 아니까 무슨 일이든 도와드리고 싶습니다. 허나 세상에는 수술로 애를 못 낳게 하는 기술도 없고, 또 그런 약도 없는 형편입니다. 저로서는 어쩔 도리가 없는 일입니다."

"그라먼 우리 딸언 위째야 쓸께라, 선상님!"

어머니의 음성은 피라도 토해내는 것 같았다.

어머니는 그것으로 단념하지 않았다. 한약방을 찾아갔다. 한약방에서는 서너 가지 약이 있기는 있는데, 꼭 애가 떨어진다는 보장은 없고, 자칫 잘못하면 산모가 목숨을 잃게 되는 경우가 있다고 한 모양이었다. 어머니는 다시 여기저기로 애 떼는 비방을 수소문하러 다녔다. 이틀쯤 밥을 굶고 묵은 간장을 한 바가지 마신다, 마른 쑥을 피우고 오줌 누듯이 앉아 연기를 내리 사흘만 쏘이면 된다, 양귀비꽃을 진하게 달여 혼절할 정도로 마시면 직방이다, 산미꾸라지를 거기에 밀어넣으면 기운 좋은 그놈이 죽을 때까지 요동을 쳐 애를 떨어뜨린다. 어머니가 알아온 비방들이었다.

"아, 입 자그만치 나불대라닝께! 양의사도 한의사도 못허는 일얼 고런 짓거리로 워찌 허겄다는 것이여 이거. 애새끼 떨라다가 딸 쥑인다는 것을 알아야 써."

아버지의 눈 부릅뜬 역정이었다.

"글먼 워쩌자는 것이요. 날이 날마다 뱃속 것은 커가는디. 그냥 낳게 내빌라둘께라?"

"아, 주딩이 봉허지 못혀!"

아버지는 마침내 놋재떨이로 방바닥을 내리쳤다.

친정은 그대로 바늘방석이었고 감옥이었다. 어둠을 밟아 한시라도 빨리 집으로 돌아가고 싶었다. 바깥걸음을 할 수 없는 처지에서 집도 감옥이기는 마찬가지였지만 바늘방석을 면하는 것만으로도 숨통이 트일 것 같았던 것이다. 외서댁은 잠깐이나마 아버지를 면대해야 하는 것이 무엇보다 큰 괴로움이었다. 시집을 갈 때도 어머니의 눈물보다는 아버지의 뒷짐 진 모습이 더 가슴 메게 했고, 첫아이를 임신해서 몇 개월이 지나 친정 나들이를 했을 때 그 부풀어오르는 배는 어머니한테는 더 불러 보이게 하고 싶은 자랑이었지만 아버지께는 깊이 감추고 싶은 부끄러움이었다. 그런데 외간남자에게 몸을 더럽히고 그 씨까지 받은 신세로 아버지를 대한다는 것은 너무나 견디기 어려운 고통이었다. 한차례 추궁을 하거나 야단이라도 치면 그나마 나을지도 모른다. 그런데 아버지는 말 한마디 없었고, 얼핏 눈길이 마주치면 아버지가 먼저 피했다. 그러면서 아버지는 어머니한테만 소리 지르고 화를 냈다. 아버지의 기척만 느껴져도 몸이 죄어드는 죄스러움과 면구스러움에서 우선 벗어나는 것은 친정을 떠나는 일이었다. 그런데 어머니는 집으로 돌아가는 것을 막무가내로 막았다.

외서댁은 간밤에 한숨도 자지 못했다. 봉화 때문이었다. 그 불길들은 남편의 눈이 되어 자신을 똑바로 지켜보고 있었다. 그 불빛에 자신의 뱃속이 환히 드러나 남편이 자기 씨가 아닌 아이를 빤히 쳐다보고 있는 것 같기도 했다. 봉화가 꺼지고서도 가슴 두근거리는 초조감은 가라앉지 않았다. 전에도 그랬던 것처럼 남편은 문을 벌컥 열고 어둠 속에서 나타날 것만 같았다. 남편은 그 어디인지 모를 곳에 있다가 바로 코앞으로 가까이 온 것이다. 이제 그건 반가움이 아니라 두려움이었다. 남편한테서 멀어지고 싶었다. 아무 데로나 도망가고 싶었다. 밤새도록 뒤척이다가 날이 밝았다. 어둠보다는 밝음이 그래도 마음을 가라앉혀주었다. 어린것을 품고 어렴풋이 잠으로 젖어들고 있었다. 그런데 어머니가 부른 것이다. 그 소리를 그녀는, 강 서방이 왔다, 하는 말로 잘못 들었다. 워메, 인자 죽는갑다! 그녀는 질겁을 하며 벌떡 일어났다. 신경을 태우며 밤을 뜬눈으로 새운 데다가, 잘못 들은 말이 충격을 주었던 것이다.

외서댁은 아침밥을 먹는 둥 마는 둥 했다. 입맛도 없었을뿐더러, 밥을 양대로 먹었다가는 뱃속의 아이가 제멋대로 커날 것 같았던 것이다.

외서댁은 윗목에 놓인 반짇고리를 끌어당겨 손거울을 집어들었다. 타원형의 나무틀에 손잡이가 달린 그 거울은 처녀 적부터 써온 것이었다. 손잡이의 밤색칠은 시집가기 전보다 더 많이 벗겨져 있었고, 나무틀 여기저기에도 찍히고 부딪혀 생긴 자디잔 상처가 더 늘어난 것 같았다. 그러나 거울은 아직 쓸 만했다. 가장자리를 따라 얼룩이 번지고는 있었지만 얼굴을 담기에는 별다른 지장이 없었다. 거울도 늙어가는구나, 외서댁은 스산스럽게 그런 생각을 하며 거울 손잡이가 위로 가게 해서 벽에 기대세웠다. 거울 속에 머리칼이 헝클어지고 꺼칠하게 들뜬 얼굴이 담겨 있었다. 외서댁은 눈을 뜨고 싶지 않았다. 며칠 동안에 상할 대로 상한 얼굴이 하룻밤 사이에 더 참혹하게 상해 있었던 것이다. 그 거울에 처음 비춰진 자신의 얼굴은 얼마나 상그럽고 예뻤던가. 열다섯 살 초가을 첫 꽃이 비쳤을 때 어머니는 흐뭇한 웃음을 입가에 머금고 조용조용 뒷수발을 해주고는 이틀 뒤에 서는 장으로 데려갔다. 그리고 마음 대로 손거울과 댕기를 고르게 해주었다. "그 댕기넌 그냥 멋으로 다는 거이 아니라 처녀라는 표식인 것이여." 어머니가 속삭여준 말이었다. 그 빨간 댕기와 첫꽃의 색깔. 그녀는 얼굴이 화끈화끈 달아올랐고, 도저히 댕기를 드리울 수 없을 것만 같았다. 그러나 그 부끄러움은 여자로서의 떳떳함이고 자랑스러움이기도 했다. 처음 댕기를 하고 사람들 앞에 나섰을 때 온몸을 덮어오던 부끄러움 속에는 이상야릇한 간질거림의 뿌듯함이나 아지랑이의 아롱거림 같은 아슴한 황홀감이 숨어 있었다.

외서댁은 거울을 집어들어 방바닥에 엎어버렸다. 그리고 비녀를 뽑고는 얼레빗으로 머리를 마구 빗어내렸다.

"온냐, 마침 머리 빗기 잘혔다."

어머니가 방으로 들어서며 말했다. 외서댁은 무슨 뜻이냐고 어머니를 올려다보았다.

"아부지가 불르신다."

"워째?"

외서댁은 가슴이 철렁해서 빗질을 멈추었다.

"워찌 그리 놀래쌓냐. 간이 열 개라도 못 당허겄다. 궂은일은 아 닝께로 맘 편히 묵고, 얼렁 건너오니라."

더 말을 물을 새도 없이 어머니는 방을 나가버렸다. 외서댁은 빗질을 서둘렀다. 궂은일이 아니라는데도 팔에 힘이 다 빠져나가 빗질이 제대로 되지 않았다.

"우선 장흥 이모집으로 가 있그라. 엄니허고 의논얼 혀오든 참이었는디, 봉화가 저리 올르고 헌게 워디 더 지체헐 수 있겄냐. 강 서방이 저리 가차이 밀어닥쳤응께 니가 여그 밍기적이고 있다가는 무신 사단이 벌어질란지 몰를 일이다. 우선 급헌 불은 꺼야 쓴께 오늘 당장 떠나그라."

아버지의 말이었다. 원래 아버지의 말은 거역이 안 되기 때문에 아버지의 말인 것이다. 그런데 말을 하는 동안 아버지의 얼굴은 울고 있었다. 아무리 하고 싶은 말이 있다 하더라도 그 얼굴 앞에서 입을 열 수는 없었다. 외서댁은 무슨 말인가를 해야 될 것 같은 혼란스러운 머리로 아버지 앞을 물러났다.

"이모집 일 거듬시로 죽은 디끼 가 있그라. 뱃속에 든 것은 그 담에 어찌헐 것잉께."

"엄니이⋯⋯."

"알어, 알어, 워찌 니가 헐 말이 읎겄냐. 허나, 여자 한평상이 가심에 든 말 허기보담은 못험서 살게 되야 있는 법인디, 니 처지는 더 말헐 것도 읎다. 암말도 말고 떠나그라. 아부지가 정해뿐 일인디 무신 말이 소양 있겄냐."

어머니는 매정했다. 외서댁의 가슴은 까닭 모를 서러움으로 젖고 있었다. "밤마동 문단속허고 자야 써." "나가 장개 하나 제대로 들었단마시." 남편의 음성이 생생하게 들리고 있었다.

죽을 때 죽더라도 집을 지키고 앉아 남편을 기다리는 것이 옳은 일 아닐까. 집을 비우고 말면 일삼아 화냥질을 하고 도망친 것으로 남편이 생각하지 않을까. 왜 그런 일을 당했는지 알게 되면 남편은 용서할지도 모르는데 괜한 짓 하는 건 아닐까.

외서댁은 갈피를 잡을 수 없는 생각들로 어지럼을 느꼈다. 그러면서 그녀는 짐을 챙기지 않을 수 없었다.

어머니의 뒤를 따라 선수머리로 가며 외서댁은 징광산 쪽을 돌아보고 또 돌아보고는 했다. 빤히 뚫린 방죽길은 멀었고, 높게 솟은 징광산은 한정도 없이 뒤를 따라왔다. 방죽길이 끝나는 선수머리에서 배를 타면 바로 바다가 열렸다. 외서댁의 가슴은 온통 눈물로 젖었고, 옮겨놓는 걸음마다 눈물이 방울져 희고 긴 방죽길은 그녀의 가슴에서 눈물의 길이 되고 있었다. 방죽길이 그리도 팍팍한 길인 줄을, 방죽길이 그리도 서러운 길인 줄을, 방죽길이 그리도 머나먼 길인 줄을 그녀는 이제야 가슴에 담고 있었다.

징광산은 선수머리까지 따라와 있었다. 외서댁은 배에 오르면서도 징광산에 눈길을 매달고 있었다.

"속 끓이지 말거라이이."

어머니의 목 늘여뺀 다짐에 그녀는 그저 건성으로 고개를 끄덕이고 있었다.

통통거리고 있던 배가 움직이기 시작했다.

"난 몰라라, 난 몰라라, 워째야 쓸란지."

외서댁은 중얼거리며 손으로 입을 가렸다. 그녀의 입에서는 흐느낌 소리가 터졌고, 징광산을 바라보고 있는 눈에서는 눈물이 쏟아지기 시작했다. 핏기 없던 그녀의 얼굴은 점점 붉어지면서 구겨지고 있었다. 고개가 흔들리고, 어깨가 흔들리고, 마침내 전신이 흔들리기 시작했다. 등에 업혀 잠든 딸이 잠결에도 맞불어오는 바닷바람이 싫은지 서너 번 상을 찡그리다가 반대쪽으로 고개를 돌렸다.

사무실에서 아침으로 국밥을 시켜먹은 심재모는 의자에 앉아 한 시간 정도 눈을 붙였다. 몸이 한결 가벼워지고 정신이 개운해졌다. 걸으면서 잠자기, 걸으면서 오줌누기 같은 것은 이미 전선에서 몸에 익힌 것이었다. 걸어가며 잠깐씩 자는 것으로 며칠씩 계속되는 정글전투의 수면부족을 채웠고, 남방의 억센 빗줄기 속을 걷다가 요의를 느끼면 굳이 물건을 꺼낼 필요 없이 그대로 오줌을 누며, 다리를 뜨뜻하게 타내리는 온기와 함께 느끼는 배설의 시원함은 즐길 만한 것이었다. 걸으며 자는 것에 비하면 의자에 앉아 한 시간 남짓 깊이 잔 잠은 하룻밤 정도 뜬눈으로 새운 피로를 풀기에 모자람이 없었다.

심재모는 아침을 먹기 전에 보성 경찰서장과 통화를 했다. 혹시 율어면의 상황파악이 되어 있을지도 모른다는 그의 기대는 어그러지고 말았다.

"거그 근무인원이 넷인디요, 아무 소식도 읊는 것얼 보면 괜찮헌 것도 같고요. 징광산에 봉화불 올른 것으로 보면 싹 다 당해뿐 것

걸기도 허고요. 전화시설도 없고 헌께 땁땁허구만요."

한 서장이라는 사람의 어리빙빙한 대답이었다. 심재모는 벌컥 치밀어오르는 화를 꾹 눌러 씹었다. 그가 쓰는 사투리까지 귀에 거슬리고 짜증스러웠다. 민간인들이 쓰는 사투리는 아무렇지도 않은데 공직자가 쓰는 사투리는 왜 그렇게 듣기 싫은지 모를 일이었다.

"관할지역의 상황파악도 못해놓고 땁땁하다니, 그게 서장으로서 할 말이오! 율어면에 대한 전체 상황을 파악해서 오후 2시까지 보고하시오. 지금은 계엄하의 비상근무태세란 걸 잊지 마시오!"

심재모는 있는 냉정을 다해 말하고는 전화를 끊었다. 그리고 읍민들 중에서 율어면에 친척집이 있는 사람들, 특히 여자를 찾아내라고 지시했다. 그 일까지 마치고 나서 심재모는 잠시나마 눈을 붙일 마음의 여유를 가졌다.

심재모는 사령관실 문을 밀고 나오며 시계를 보았다. 9시 20분, 4시를 기해 근무병력을 2개 조로 나눠 두 시간씩 취침시켜 교대하는 것을 정오까지 반복하라고 지시했으니까 지금은 세 번째의 근무교대가 끝난 상태일 것이다. 사무실에는 칠팔 명의 경찰들이 책상에 엎드리기도 하고 의자에 기대기도 해서 잠들어 있었다.

"서장님 어디 계시냐?"

"서장님 방에서 주무시는디요. 깨울께라?"

사환아이는 금방 서장실로 갈 기세였다.

"아니다, 곧 일어나실 게다. 나 물이나 한 잔 다오."

심재모는 다시 사령관실로 들어갔다. 작전계획을 세워야 했다.

경찰과 청년단에서 율어면에 연고가 있는 사람을 수소문해 온 것은 10시쯤이었다. 남자가 둘에, 여자가 둘이었다. 예상보다 빠른 결과에 심재모는 적이 흐뭇함을 느끼며 그들을 사령관실로 맞아들였다. 그런데 그들을 대하며 심재모는 어떤 미안함과 함께 민망함을 느끼고 있었다. 네 사람은 하나같이 겁 질린 얼굴로 어깨를 잔뜩 움츠린 채 쭈뼛거리고 눈치를 살피고 하는 것이었다. 어떤 죄를 짓지도 않고, 무슨 잘못을 저지르지도 않았으면서 그들은 겁내고 무서워하고 떨고 있었다. 그것은 그들 네 사람의 모습만이 아니라 바로 일반 서민들의 모습이었던 것이다. 경찰서는 무서운 곳, 그것이 일반 대중들이 가지고 있는 통념이었다. 그건 일제시대를 겪으며 사람들이 갖게 된 생각이었다. 자신도 어렸을 때부터 '순사 온다, 순사' 하는 말을 수없이 들으며 자랐다. 그것은 떼쓰며 우는 아이들의 울음을 그치게 하는 데도 쓰였고, 개구쟁이들의 이런저런 말썽을 제지하는 데도 동원된, 종기에 고약같이 효험을 지닌 말이었다. 사람들은 경찰서만 무서워하는 것이 아니었다. 드나들기를 꺼리고 주눅 들기는 다른 관공서도 마찬가지였다. "사또가 납셨다 하면 백성들은 엄동설한에도 길바닥에 납짝 엎드려야 했지. 원래 양반이란 소낙비가 쏟아져도 비를 피하려고 방정맞게 뛰는 법이 아닌데, 위세당당한 사또행차가 굼벵이걸음인 것은 더 말할 것도 없었지. 사또행차가 다 지나가도록 엎드렸다가 일어나면 손바닥이나 무릎이 닿았던 땅은 얼룩아 있고는 했단다." 할아버지가 들려주곤 하던 옛날이야기의 한 토막이었다. 서민들은 옛날부터 그랬고, 일제시대로 바뀌면서 더욱 심하게 닦달을 당하며 살아왔고, 해방이 되고도 경찰이나 관공서의 횡포는 여전했던 것이다. 심재모는 네 사람에게 부드러운 웃음을 지어 보이며 가까이 다가갔다.

"의자에 편히들 앉으십시오."

심재모는 그들과의 거리감을 좁히기 위해서 먼저 자리를 잡고 앉으며 의자를 가리켰다. 네 사람은 마치 명령이라도 수행하듯 빠른 동작으로 앉기는 했는데, 모두 의자 끝에 엉덩이를 겨우 걸친 앉음새를 하고 있었다.

"자아, 편하게들 앉으세요. 여러분들은 무슨 죄를 져서 여기 온 게 아닙니다. 우리가 간단하게 알아볼 게 있어서 모신 겁니다. 다름이 아니라, 여기 계신 네 분은 모두 율어면에 가족이나 친척집이 있으신데, 혹시 그곳에 꼭 가봐야 될 무슨 일이 없나 해서요. 그러니까, 누구 생일이라든가, 누구 제사라든가, 무슨 잔치가 있다거나 하는 일 말입니다."

네 사람은 제각기 생각하는 얼굴이 되었다. 심재모는 첫 번째 남자에게 눈길을 보냈다. 그는 불안한 얼굴인 채 고개를 저었다. 두 번째 남자는 잠긴 소리로 "읎는디라" 했고, 나머지 두 여자도 고개를 저었다. 심재모는 난감한 심정이 되었다. 저들이 무슨 피해를 입을까 봐 아예 부정을 해버리는 것이 아닐까 하는 생각이 들었다. 그런데 세 번째에 앉은 여자가 무슨 말을 하려는 듯 머뭇거렸다.

"무슨 하실 말씀 있으십니까?"

"긍께 머시냐, 생일이나 지사 겉은 잔치는 아니고라, 엄니가 아프신디……."

"아, 그러세요. 어디가 많이 편찮으십니까?"

심재모는 반가운 감정을 감추며 예사로운 듯 물었다.

"야아, 나이 많이 들어 시난고난하는구만이라."

"병세가 갈수록 심해지면 자주 찾아뵙고 해야지요."

심재모의 말은 다른 세 사람이 듣기에는 인정스러운 사담일 뿐이었다. 그러나 그건 그 여자가 해내야 할 일을 나머지 세 사람이 눈치채지 못하게 하는 의도된 대화였다.

"됐습니다. 다들 돌아가셔도 좋습니다. 바쁘실 텐데 오시게 해서 죄송합니다."

심재모는 먼저 의자에서 일어났다.

네 사람이 사무실을 나서는 걸 지켜보며 심재모는 세 번째의 여자를 손가락으로 가리키고 있었다.

"저 사람들이 서로 흩어지면 저 여자분을 다시 모셔오도록."

율어면에 들어가다 그들에게 조사를 받게 되더라도 첩자로서 의혹을 사지 않으려면 확실한 행동의 동기가 필요했고, 여자라야 더욱 좋았다. 다시 불려온 여자에게 심재모가 한 말은 간단했다. 오늘 안으로 어머니의 병문안을 다녀오라는 것이었다. 그 누구에게도 자신을 만났다는 사실을 발설해서는 안 된다는 단서를 붙였다. 그 여자에게 더 이상의 말을 하지 않은 것은, 만일의 경우 그 여자를 보호하기 위해서였다. 만약 염상진네가 율어면을 장악했다면, 그것을 보고 오는 것만으로 목적은 달성되는 것이었다.

심재모는 선임하사를 불러들였다.

"오후 1시 출동에 대비해서 7명 1개 조, 3개 분대를 편성하시오. 군장은 경무장, 행동이 민첩한 병사들을 차출하시오."

심재모는 3개 분대 중 1개 분대를 직접 지휘할 작정이었다. 그렇게 함으로써 염상진네의 율어면 장악 여부는 보성경찰서·여자·자신의 직접 출동까지 세 방향에서 탐색될 것이며, 아울러 3개 분대의 출동으로 적들의 병력배치가 정찰되는 것이다.

읍장이 경찰서장을 거느리듯 하고 심재모의 방에 나타난 것은 11시경이었다.

"출근하자마자 뵈러 왔었는데 잠시 눈을 붙이고 계시던 중이더군요. 날씨도 추운데 철야근무를 하셨으니, 너무 수고가 많으십니다."

"아, 예, 앉으시지요."

읍장의 의례적인 인사치례에 심재모도 건성으로 대했다.

"에에, 심 사령관님, 분주하실 줄 알지만 점심을 함께하셨으면 하는데요. 노고를 고맙게 생각해서 유지들이 자리를 만든 모양입니다."

읍장이 굳이 발걸음을 한 용건인 셈이었다. 심재모는 고개를 숙였다가 들었다. 정신 나간 자식들! 감정이 꿈틀 꼬였던 것이다.

"제가 할 일을 하는데 노고랄 게 없고, 부대는 1시를 기해 작전 개시를 하게 되어 있습니다."

심재모는 애써 부드럽게 말하려고 했지만 음성은 경직되어 있었다.

"물론 비상근문 줄 알고 있습니다. 허나 점심은 어차피 드셔야 할 게고, 유지들도 뱃속 편하게 앉아 밥이나 배부르게 먹자는 것이 아니라 사태가 급변한 만큼 자기들대로 할 얘기가 있는 모양입니다."

읍장은 여전히 웃음 띤 얼굴이었지만 그 말은 묘하게도 감정을 긁고 있었다. 심재모는 권 서장을 쳐다보았다. 권 서장은 읍장의 말을 따르라고 눈으로 말하고 있었다.

"알겠습니다. 작전시간은 변경할 수 없으니 할 얘기가 있다면 점심시간을 앞으로 당기도록 하시지요."

"반 시간 앞당겨 11시 반으로 해서 제가 연락들을 하지요. 이따 남원장에서 만나도록 합시다."

읍장이 나가고 나서도 심재모는 무슨 일인지 아느냐고 권 서장에게 묻지 않았다. 별말이 없는 것으로 보아 그도 알고 있는 것이 없는 모양이었다.

심재모가 남원장에서 대한 사람들은 이미 예상했던 면면들이었다. 최익달·윤삼걸·최익도·유주상이 그들이었고, 읍장과 권 서장까지 해서 일곱이 둘러앉았다. 형식적인 인사가 한차례 오가고 나서 첫 번째로 입을 연 것이 윤삼걸이었다.

"머시냐, 그작저작 잠잠해지는가 혔등마 염상진이놈이 바로 코앞으로 밀어닥쳐뿌렀는디, 심 사령관은 고것덜얼 이 삼동이 가기 전에 싹 쓸어뿌러야 헐 것이요이."

심재모는 빙그레 웃기만 했다.

"아무리 생각혀도 고것덜이 징광산에 진얼 친 상싶은디, 글타면 율어가 그놈덜 안방이 아니겄냐 그것이요. 그리 되얐다 허면 나넌 망헌 것이요. 요분에 난리굿 일어나고 허는 북새통에 차일피일허다가 소작료럴 못 걷어들였는디, 하, 그 아까운 쌀얼 모다 빨갱이놈덜 아가리에다 처넣게 생겼당께로. 심 사령관! 요런 복통해 죽을 일이 워딨겄소. 싸게싸게 빨갱이덜 몰살시켜 내 아까운 쌀 다먼 을매라도 찾게 혀주씨요."

심재모는 얼핏 어이없는 웃음이 나오려는 것을 참아냈다.

"그것참 애석한 일입니다. 그런 피해를 입은 지주들은 도처에 많고, 그 피해는 어디서 오느냐, 바로 공산당 빨갱이들 때문입니다. 문제의 해결은 무엇이냐, 빨갱이들을 국책에 따라 완전히 섬멸 소탕하는 길뿐입니다. 그런데 우리 고장의 안정과 질서를 파괴했던 빨갱이들이 마침내 저희들 발로 걸어 우리들 가까이 나타났습니다. 이 기회, 바로 이 기회를 빨갱이 소탕의 기회로 잡아야 합니다. 그놈들이 왜 저희들 발로 우리 가까이 왔겠습니까. 그것은 자신이 있다는 증거가 아니겠습니까. 바꿔 말하면 계엄군이고 경찰이고, 그 외에 병력이 될 만한 모든 것을 그놈들이 무시한다는 증겁니다. 이제 우리 편이 승리할 것이냐 패할 것이냐 하는 중대한 시기에 처한 것입니다. 전체 읍민들도 그 점을 염려하며 불안에 떨기 시작했습니다. 이 중대 시점에 처함에 있어서 읍내의 치안책임과 빨갱이 소탕책임을 총괄하고 있는 계엄사령관께서는 앞으로 어떤 전략, 어떤 방법으로 이 난관을 헤쳐나갈 것인지 말씀해 주시기 바랍니다."

상기된 얼굴의 유주상은 단상에라도 선 듯 웅변조였다, 그의 말은 꽤나 선동적이기도 했고 나름의 논리성도 띠고 있었다. 심재모는 그에게서 금융조합장에 어울리지 않는 정치냄새를 맡으며 한참이나 물끄러미 바라보고 있었다.

"말씀 잘 들었습니다. 다 일리 있는 말씀입니다. 그러나 저로서는 최선을 다하겠다는 것뿐 작전이나 전략에 대해서는 말씀드릴 수가 없습니다. 왜냐하면 군대의 모든 작전이나 전략은 국가기밀에 포함되며, 그것을 누설하는 자나 탐지하는 자는 다 함께 스파이죄를 범하게 되는 것입니다."

심재모는 유연하게 웃으며 말을 받아냈다.

"아 좋습니다. 심 사령관님의 그 최선을 다하겠다는 말씀, 그것으로 답변은 충분합니다. 우리는 그 말만 믿을 것이고, 그 말을 들으니 마음 든든합니다." 세무서장 최익도가 눈치 빠르게 얼버무리고는, "그런데 심 사령관님, 지난 21일 대한청년단이 발족됐는데 우리 읍에서도 대동청년단을 해체시키고 대한청년단을 정식으로 발족시켜야 할 텐데, 왜 여태까지 안 하고 있는가요. 무슨 특별한 이유라도 있습니까?" 그의 어투는 자못 의혹에 차 있었다.

심재모는 서장을 쳐다보았다. 그로서는 일에 쫓기느라고 미처 신경을 쓰지 못한 문제였다. 권 서장은 머뭇거리기만 했다.

"서장님, 말씀하십시오."

심재모는 서장에게 지그시 눈길을 보내며 말했다.

"뭐, 특별한 이유가 있어서가 아니라 우리 지역은 계엄하에 놓여 있기 때문에 그 체제를 유지시킨 것뿐입니다. 더 효과적이고 건설적인 방안이 있다면 개편을 해야지요. 무슨 좋은 생각이 있으시면 말씀해 주시지요."

심재모는 속으로 무릎을 쳤다. 권 서장은 의혹의 화살을 요령 좋게 피해버린 것이다.

"대한청년단을 정식으로 발족시키는 경우 현재의 염상구가 단장으로 적임자라고 생각하십니까?"

최익도는 새로운 적임자로 어떤 특정인을 지목하지 않고 우회하는 요령을 피웠다.

"꼭 그렇지는 않습니다."

심재모가 대답했다.

"말이 났으니께 말인디, 염상구 그 자석언 틀려묵었어. 쌈언 잘 허는지 몰르겄는디, 무식헌다다가 요분에 말썽 일으킨 짓거리 허고, 그 물건은 단장깜언 못 돼고 천상 감찰부장이 지 밥그럭이야."

윤삼걸이 말했다.

"그 말이 맞소. 단장이면 읍내 체면에도 관계되고, 우리 체면에도 관계되는 일인디, 점잖은 사람이 맡아야제."

최익달이 말했다. 그것이 그들이 말하고자 하는 두 번째 용건임을 심재모는 느끼고 있었다. 이제 그들이 단장을 지목할 수 있도록 말문을 틔워줄 단계였다.

"혹시 그럴 만한 분이 있으면 추천해 보시지요."

"여기 유 조합장이 적임자요."

최익달이 성급하게 말했다. 심재모는 자신의 예감의 적중에 피식 웃음이 나왔다.

"겸직이야 상관없는 문제고, 읍장님 생각은 어떠십니까?"

심재모는 이 어설픈 음모에 가담했으면서도 침묵으로 일관하고 있는 읍장의 가면을 찢어버리고 싶어 말머리를 돌렸다.

"본인만 수락하면 우리 읍으로서는 영광이지요."

"본인은 어떠십니까?"

"여러분들께서 동의하신다면 미력이나마 바치겠습니다."

유주상은 그야말로 점잖게 말했다.

"그럼 됐습니다. 서장님, 이삼일 후로 발족식을 준비하셔야겠습니다."

심재모는 시계를 보았다. 12시 반이 되어가고 있었다.

"또 무슨 말씀들 없으십니까?"

심재모는 좌중을 훑어보았다.

"그만허면 되얐소."

윤삼걸이 담배연기를 길게 내뿜었다.

"저는 작전 관계로 이만 실례하겠습니다. 유 조합장님, 앞으로 작전 지원에 직접 참가하셔야 합니다. 그래야 제가 힘이 나지요."

심재모는 자리를 털고 일어서며 말했다. 유주상의 얼굴이 일순 일그러졌다. 새 청년단의 발족이란 명칭을 바꾸는 것에 불과했지만 염상구의 직위를 낮추는 데는 그럴듯한 계기가 되는 것이었고, 외부적으로는 징계조치를 당한 것으로 알려져 읍민들이 품고 있는 불신감을 다소나마 회복할 수 있는 전기가 된다면 오히려 잘된 일인지도 모른다고 심재모는 생각했다.

# 2

# 그것은 이긴 싸움

군당위원회의 노출된 조직을 그대로 전투병력화한 염상진의 야산대가 율어면을 기습장악한 것은 이틀 전 깊은 밤이었다. 총 한 방 쏘지 않고 밤의 정적 속에서 신속하게 끝낸 작전이었다. 사전탐지가 치밀하게 이루어진 그들의 기습작전은 기민하게 진행되었고, 야간근무 중이던 두 경찰은 겹겹이 둘러쳐진 포위망 속에서 두 팔을 치켜올리지 않을 수 없었다. 나머지 두 명은 자기 집에서 잠을 자다가 체포되었다. 만약 경찰들이 대항을 했다 하더라도 결과는 자명한 것이었다. 네 명으로서 12개 읍면에서 집결된 200여 명을 이겨낼 도리는 없는 일이었다.

"잘 가둬둬. 총 한 방 쏘지 못하고 팔을 치켜드는 것들이 뭐, 민중의 지팡이? 권력의 지팡이였고, 민중의 몽둥이였겠지. 총을 쏘지 않아 우리에게 아무런 피해를 입히지 않은 걸 공로로 치하해

주지."

염상진이 그들을 향해 한 말이었다.

이번 사업에 가담한 지구들은 거의 예외 없이 지하조직이 노출될 수밖에 없었다. 일단 조직이 노출된 이상 남은 길은 계속적인 투쟁뿐이었다. 당은 그 결정을 내렸고, 지구당은 군당 단위로 전투체제를 갖추게 되었다. 그에 따라 군당위원회는 군당전투부대가 되면서 군당 자체가 인민들 속에서 떠나 산중으로 옮겨져, 이동하는 군당이 될 수밖에 없었다. 그것은 지극히 염려스럽고 바람직하지 못한 현상이었다. 당조직이 인민들 속에 있지 못하고 멀어진다는 것은 어떤 이유에서든 간에 용납이 안 되는 일이었다. 그것은 당이 땅을 얻지 못한 씨앗이고, 물을 얻지 못한 고기며, 땔감을 얻지 못한 불씨나 마찬가지가 된 셈이었다. 이 점을 중시한 당중앙은 지구당별로 야산대를 편성하고, 해당지구를 중심으로 사업을 계속 전개하되, 보다 많은 해방구를 확보함으로써 혁명사업의 효율적 극대화를 꾀하라는 지령을 내렸다. 각 지구당이 활동을 적극적으로 전개함으로써 기존 지역을 확보하게 되고, 이번 사업의 주축이 된 군병력이 지리산 일대를 장악함으로써 당의 세력권은 그만큼 확장되고 확고해지는 것이었다. 도당이 백운산에 자리 잡고, 그 밑에 지구당들이 지역별로 조계산이며 백아산 등지에 거점을 확보하자 각 군당들도 독립사업을 개시하게 되었다.

염상진이 율어면을 장악한 것은 1차적인 해방구 확보였다. 그곳을 거점으로 하여 2차, 3차의 해방구를 마련할 계획이었다. 염상진은 율어면을 전혀 힘들이지 않고 장악했다고 해서 앞으로도 계속 그렇게 되리라는 식의 안이한 생각에 빠져 있지는 않았다. 율어면을 그렇듯 쉽게 차지할 수 있었던 것은 순전히 지리적인 이유 때문이었다. 산으로 첩첩이 둘러싸인 율어는 별로 쓸모가 없는 곳으로 옛날부터 행정적인 방치상태에 놓여 있었다. 그 점이 바로 자신들에게는 이중적인 이점으로 작용했다. 산을 이용해서 활동을 전개해야 하는 입장에서 그곳은 더없이 필요한 거점이었고, 기존 행정력의 방치는 그 필요성을 달성시키는 데 결정적 도움을 주었다. 같은 행정단위인 조성과 율어를 비교해 보면 그 점은 더 확실해졌다. 만약 조성을 해방구로 확보하려면 경찰 외에 군인 1개 소대 병력과 전투를 벌여야 하고, 전투를 하고 있는 동안에 벌교와 보성으로부터 협공을 당하기가 십상이었고, 그런 일 없이 장악을 했다 하더라도 언제든지 협공을 당할 위험을 안고 있었다. 그러나 율어는 원형으로 에워싸인 산줄기들이 천연적 방어벽 역할을 해주므로 그러한 염려가 거의 없었다. 그렇다고 조성이 율어에 비해 생활조건이 나으냐 하면 그렇지도 않았다. 농촌에서 절대적인 생활조건이라고 한다면 두말할 것도 없이 농토인 것이다. 그 점을 비교하면 율어도 모자람이 없었다. 조성의 간척논에서 나는 '애당쌀'은 벌교의 중도 들판 쌀과 함께 기름지고 맛난 상등품으로 유명했지만 율어의 논들도 물길 좋은 상답이었고, 특히 산자락을 이용한 삼농사 할 땅이 많았던 것이다. 그래서 벌교와 보성의 부자들은 누구나 율어의 논을 손에 넣으려고 눈독을 들여왔다. 그런데도 조성과 율어가 행정적으로 현격한 차이를 보이는 것은 입지조건 때문이었다. 행정적 측면에서는 율어의 폐쇄성을 외면했고, 조성의 개방성을 필요로 했던 것이다.

그러나 염상진은 일찍부터 율어가 가진 폐쇄성을 유심히 살펴왔던 것이다. 그가 한여름의 더위를 무릅쓰며 한나절 이상 산길을 오르내려 율어를 찾아간 것은 사범학교 3학년 때였다. 학교로는 3년 선배이자 사상적으로는 동지인 김태규를 만나기 위해서였다. 김태규는 목포상고에서 항일시위를 주도했다가 퇴학을 당하고 2년간의 복역을 마친 다음 출감해 있었다. 그는 논에서 피를 뽑고 있다가 염상진을 맞았다.

"어쩐 일이시요?"

"어쩐 일이긴. 농사짓는 거 아닌가."

염상진의 물음에 대한 김태규의 대답은 너무나 자연스럽고 편안했다. 그가 율어면에 거주하는 유일한 지주의 아들이라는 사실이 염상진으로 하여금 그렇게 묻게 했다.

"언제부터 시작한 건가요."

"감옥에 갇히기 이태 전부터."

"놀랐습니다. 이념의 몸소 실천이군요."

"글쎄, 그리 거창한 동기는 아니고, 내 밥은 내가 농사지어 먹어보자 하는 정도였지. 허나 그것도 어디 제대로 됐을라구. 잠시 집에 머물 때나 한 짓이니까, 그냥 시늉한 것일 뿐이지. 이리 땡볕에 서 있지 말고 저기 그늘로 가세나."

"아닙니다. 하던 일이나 마저 끝내야 하지 않겠어요? 저도 도울 테니 이 논은 다 끝내도록 하지요."

염상진은 새롭게 가슴에 차오르는 신뢰감에 어떤 떨림을 느끼며 서둘러 신발을 벗었다.

"그것도 좋은 생각이군."

김태규는 다시 논으로 들어섰다. 그 가식 없고 허세 없는 모습에서 염상진은 신념에 찬 한 인간의 모습을 발견하고 있었다.

"이곳의 지세를 자세히 보게. 풍수쟁이들 말로는 산들이 사방팔방을 다 둘러싸버려 인물이 날 수 없는 땅이라고들 하는 모양인데, 그거야 해골 덕이나 보자고 헛소리하고 다니는 미친 자들 소리고, 내가 보기엔 이곳은 참 희한하게 생긴 천연요새야. 옛날 성이라는 게 제아무리 높아봤자 저 산줄기들을 어찌 감히 당하겠어. 저 줄기들은 평균 높이가 해발 삼사백 미터야. 나는 언제부턴가, 저 산 높이에다 농토가 현재의 열 배쯤 되었다면 얼마나 좋았을까 하는 공상에 빠지곤 했지. 그런 정도라면 이곳을 기반으로 말야…… 아니야, 다 필요 없는 공상일 뿐이고, 혹시 자네, 갑오란 때 여기서 동학군을 훈련시켰다는 사실을 알고 있나?"

"아니요, 처음 듣는데요."

"그때부터 여긴 비밀군사기지로 사용됐던 거야. 자연조건 때문이지. 난 그 점을 중요하게 염두에 두고 있네."

김태규가 나무그늘에 앉아 굽이굽이 이어져나간 산줄기들을 따라 그만큼한 크기의 동그라미를 손가락으로 그려가며 진지하게 한 말이었다. 해가 바뀌자 그는 서울로 올라갔다. "큰물 구경이나 한번 해보는 거지." 기차에 오르기 직전에 그가 심드렁하게 한 말이었다. 그러나 그는 구경을 간 것이 아니었다. 공산당 활동을 한다는 풍문이 들려왔고, 해가 바뀌자 체포되었다는 소식이 전해져왔다. 그는 해방과 함께 3년에 가까운 옥살이에서 풀려나 자유의 몸이 되었다. 해방 나흘째 되는 날 그는 벌교에 모습을 드러냈다. 그의 몸은 야위고 얼굴은 핏기 없이 창백했다. 그러나 그의 눈은 야릇한 광채가 일렁이며 형형하게 빛나고 있었다.

"마침내 볼셰비키 혁명의 날이 도래했다. 다수의 행복을 위한 혁명, 진정한 인민의 나라를 건설할 역사적 시점에 서 있는 것이다. 일체의 일제 잔재를 일소하고, 모든 친일세력을 완전 소탕 제거하는 것이 그 첫 번째 할 일인 것이다."

환영 나온 사람들의 요구에 응해 그가 역전 마당에서 한 즉흥 연설의 전부였다. 그 짧은 말은 그의 눈빛만큼 강렬했고 신념에 차 있었다. 그가 벌교에 열흘 정도 머무는 동안 벌교의 지주들은 말할 것도 없고 보성의 지주들까지 남도여관 뒷문을 드나들었다. "버러지 같은 놈들, 일본놈들한테 바치던 상납금을 잽싸게 우리 쪽으로 옮겼군. 그건 어차피 인민의 피고, 우린 일본놈들관 다르다는 걸 알아야지." 그가 비웃음을 물고 한 말이었다. 그는 자기 집의 농토를 거의 다 처분해 가지고 다시 서울로 올라갔다. "이 지역은 자네가 책임져야 해. 자네 같은 일꾼이 밑바탕을 이뤄야 당이 건재하고, 혁명은 성취되네." 그가 떠나기에 앞서 염상진에게 한 말이었다.

염상진이 김태규를 스치듯이 잠깐 대면한 것은 그 석 달 뒤인 11월 20일부터 3일간 서울 천도교 대강당에서 열린 전국인민위원회 대표자대회 때였다. 그리고 공산당 활동이 불법화되고, 1946년 9월 이후 김태규의 종적은 묘연해졌다. 그건 박헌영 동지의 월북과 일치하는 시기임을 염상진은 나름대로 맥 짚고 있었다.

염상진은 징광산 정상의 초소에서 해거름의 스산함으로 덮이고 있는 주위의 산야를 먼 눈길로 바라보고 있었다. 그는 6할의 병력을 율어를 에워싼 산줄기를 따라 배치했고, 3할의 병력을 반으로 나눠 보성과 조성 쪽으로 전진배치시켰으며, 나머지 1할을 각 면에 직접 분산시키고 있었다. 벌교는 거리상으로 따로 병력을 배치시킬 필요가 없었다. 인구 비중으로 보나, 행정적 지리적 중요성으로 보나 벌교·보성·조성을 제외하면 다른 면들은 별로 보잘 것이 없었고, 특히 율어를 해방구로 장악한 이상 그 옆의 산골 면들은 수중에 든 것이나 마찬가지였다. 그는 산줄기를 따라 요소요소에 초소를 설치했고, 각 분대들이 시간단위로 이동근무를 하도록 하고 있었다. 그건 두 가지 목적을 위해서였다. 산악활동에 있어서 기본적이며 절대적 요소인 주력을 기르기 위함이었고, 대원이면 한 사람도 빠짐없이 지형지세를 익혀 야간에도 혼란이 일어나지 않게 하기 위해서였다. 각 분대는 이틀이면 1회전을 해서 출발지점에 다시 돌아올 수 있게 되어 있었다. 염상진은 근무상태를 살피고 지형 파악을 위해 하루 만에 1회전을 마치고 정상 초소에 도착한 참이었다. 그가 지리산에 피신해 있을 때 심마니들이나 사냥꾼들도 그의 주력에 놀라고는 했다.

"대장님, 대장님, 군인덜이 기올라오고 있구만요!"

숨을 헐떡거리는 보고였다. 염상진은 천천히 고개를 돌렸다.

"어느 지점, 몇 명인가."

"백동마실 지내서 바로 쩌 아래 골짝이고, 여섯인가 일곱인가 그런디요."

"가자!"

염상진은 발을 힘껏 내디뎠다. 예상했던 것이고, 그러나 생각보다 빨리 나타난 적이었다. 그런데 예닐곱 명일 뿐인 병력으로 상봉을 향해 접근하고 있다니, 그 인솔자는 총으로 싸우는 것이 무엇인지도 모르는 겁 없는 풋내기이거나, 그 반대로 배짱이 보통을 넘는 전투경험자일 것 같았다. 예닐곱의 병력, 그것이 정찰대인지, 아니면 산개전을 벌이려는 것인지 파악할 필요가 있었다. 그러나 최초로 나타난 병력인 경우 십중팔구 정찰대일 것이었다.

군인들은 은폐물을 이용해 가며 제법 신속하게 움직이고 있었다. 염상진은 그것이 정찰대임을 금방 알아볼 수 있었다. 군인이 일곱에다가 민간인이 하나였고, 군인들은 경무장을 하고 있었던 것이다. 저것들을 모조리 없애자. 총만 일곱 자루다. 염상진의 머리를 스친 생각이었다.

"빨리 주리재로. 거기 병력 전부 백동마을로 신속하게 잠복하라고 전하라. 그리고 총소리가 나면 그때부터 적을 무조건 사살하도록!"

염상진의 말은 빠르면서도 분명했다.

적들이 사정권 안으로 완전히 들어오기를 기다리며 염상진은 총을 천천히 들어올렸다. 다섯 명의 부하들 중 두 명이 말없는 속에서 그의 행동을 따르고 있었다. 정확한 사격을 위해서도, 부하들이 이동할 시간 여유를 갖기 위해서도 적들이 최대한 접근하기를 기다려야 했다. 이렇게 빨리, 그러나 해거름이 다 되어 정찰대를 파견하다니, 그 심재모라는 자는 용감한 것인가, 무모한 것인가. 적들은 어림거리로 100미터 정도까지 접근해 오고 있었다. 공격에 알맞은 거리였다. 적들도 무기를 가진 이상 방어공격을 위한 거리 확보도 필요했다. 염상진은 총을 조준했다. 가늠구멍이 눈에 고정되고, 약간 가로타원을 이룬 구멍 속으로 맨 앞에 오르고 있는 자를 잡아넣었다. 그러나 그건 이동표적이었다. 잡혔나 싶으면 벗어나고, 얼핏 스치며 빠져나가고는 했다. 머리나 가슴 부분만 조준할 일이 아니었다. 이동표적사격을 가할 수밖에 없었다. 가늠구멍에 표적이 잡히는 순간 염상진은 방아쇠를 당겼다. 적들의 모습이 일시에 자취를 감추었다. 모두 땅바닥에 엎드렸을 것이다. 그리고 마른 풀숲이 시야를 방해했다. 잠시 후 적들의 모습이 풀숲 사이에서 나타났다. 다시 방아쇠를 당겼다. 그러나 그건 적들의 모자일 뿐이었다. 적들은 사격위치를 확인하고 있었다. 적 쪽에서 일시에 총성이 울렸다. 진지 앞의 흙이 튕겨올랐다. 적들은 사격을 멈추지 않았다. 그건 조준사격이 아니라 위협사격이었다. 탄환을 낭비하며 응사할 필요가 없었다. 작전상황으로나 지형위치로나 유리한 입장에 선 이쪽에서는 어디까지나 조준사격을 해야 했다. 염상진은 은신해 가며 적들의 움직임을 파악하려 하고 있었다. 적들은 풀숲을 굴러내려가며 난사하고 있었다. "적들이 도망가고 있다. 저 아래, 저기, 굴러가는 것 보이지! 절대로 일어서지 말고, 마구 갈겨라." 염상진은 진지를 벗어나며 소리쳤다.

"잠깐, 잠깐, 저 아래쪽에서도 총소리가 들리는 것 같은데?" 심재모가 동작을 멈추고 오른쪽 귀에 손바닥을 갖다대며 반원의 귓바퀴를 만들었다. "그렇습니다. 아까 지나온 마을입니다." 누군가가 다급하게 말했다. "협공을 당하고 있는 셈이군. 좋아, 분산해서 각개행동으로 후퇴한다. 최단거리는 아까 올라왔던 골짜기, 집결장소는 저수지다, 각개행동 개시!" 심재모의 명령이 떨어지기 무섭게 부하들이 사방으로 흩어지며 내닫기 시작했다. 이쪽의 행동이 노출되자 적진에서 "저놈들 내뺀다아" "잡아라아" "다 쥑여라아"고 함소리가 터지며 난사를 시작했다. 그리고 위에서 네댓 명이 쫓아 내려오고, 아래쪽 동네에서 칠팔 명이 튀어나왔다. 그 기세를 꺾지 못하면 부하들이 위기에 몰릴 상황이었다. 동네에서 튀어나온 자들이 우선 위험했다. 심재모는 엎드려쏴 자세를 취하고 맨 앞서 달리고 있는 자를 향해 총을 겨누었다. 숨을 멈추고, 방아쇠를 당겼다. 거의 동시에 그자가 우뚝 멈추는 듯하다가 핑글 돌면서 나가떨어졌다. "총 맞았다아!" 그 외침과 함께 달리던 자들이 일제히 굳어지며 총성도 멎었다. 땅을 박차고 일어난 심재모는 산비탈을 죽어라고 내달리기 시작했다. 눈앞에서는 길 없는 산비탈을 부하들이 구르고 넘어지며 제각기 달리고 있었다. 뒤에서는 다시 총소리가 쫓아오기 시작했다. 심재모는 자신이 집중표적이 되어 있음을 알았다. 방향을 급회전시키기도 하고, 몸을 굴리기도 하면서 달렸다. 산비탈과 비탈의 사이를 이용해서 일군 다랑이논들이 나타났다. 논들은 아래로 내려가면서 계단식으로 층을 이루고 있어서 그 논두렁들이 순간순간 좋은 은폐물이 되어주었다. 논이 나타난 것으로 보아 국도 옆 저수지에서부터 첫 접전지점까지의 중간쯤임을 알 수 있었다. 어느 정도 안전지대로 접어들고 있었다. 아래로 내려올수록 불리한 적이 추격을 멈출 만한 지점이었던 것이다. 그런데 앞서 뛰고 있던 부하 하나가 비명을 지르며 나뒹굴었다. 심재모는 그쪽으로 달려갔다. 다리에서 피가 흐르고 있었다. "모두 정지, 정지!" 심재모는 발악적으로 소리 질렀다. "자네, 이리 와, 여기 붙들어. 그리고 모두 엄호하면서 후퇴하라." 심재모는 사병 하나와 부상병의 양쪽 겨드랑이를 끼고 다시 달리기 시작했다.

심재모 일행이 저수지에 다다랐을 때는 어둠살이 번지고 있었다. 심재모는 심호흡을 하며 징광산 쪽을 바라보았다. 아직 햇살의 기운을 품고 있는 하늘은 연주황빛 색조로 물들어 맑고 밝게 빛나고 있었다. 그 하늘이 배경이 되어 징광산의 모습은 유난히도 뚜렷하게 드러나 보였다. 흰 종이 위에 먹선을 그어놓은 것처럼 분명한 경계선을 드러내며 뻗어나가고 있는 산줄기에서 저항과 거부가 완강하게 전해져오는 것을 심재모는 느끼고 있었다.

"출발. 저 마을까지만 가면 소달구지를 구할 수 있을 것이다."

심재모는 부상병에게 하는 것인지, 부상병을 부축한 두 병사에게 하는 것인지 모를 말을 흘리듯 하고는 걸음을 옮겨놓기 시작했다.

석유등잔이 밝혀진 방 안은 어둠침침했다. 등잔불빛이 약한 데다가 다섯 남자가 대중없이 피워대는 담배연기가 겹겹이 엉켜 있었던 것이다. 문풍지가 울어대는 바깥 날씨와는 달리 방 안은 훈훈했다. 방이 따뜻한 탓인지 언제나 이 방에서 나게 마련인 그 이상야릇한 냄새는 한결 심했다. 그건 사랑방이나 머슴방에서는 으레 나게 되어 있는 퀴퀴하고 텁텁하고 충충하고 쿠리하고, 뭐 그런 것들이 뒤죽박죽된 냄새였다. 그 냄새는 방 안 속속들이 밴 담뱃진과 때가 낄 대로 낀 이부자리와 며칠이 가도 걸레질 한번 제대로 하지 않은 방바닥과 여러 사람들이 내뿜는 체취와 며칠이고 씻지 않아 발이나 양말에서 풍겨나오는 냄새들이 뒤섞이고 범벅이 된 것일 터이었다. 그러나 그 끈적거리고 찐득거리는 것 같은 냄새도 방문을 열 때 왈칵 코로 빨려들 뿐 방 안에 들어앉아 얼마쯤 지나게 되면 무감각하게 되게 마련이었다.

방 안에 있는 다섯 사람은 별다른 말이 없이 제각각 앉아 있었다. 나이가 엇비슷해 보이는 네 남자와는 전혀 어울리지 않게 나이가 많은 노인이 아랫목에 앉아 짚신을 삼는 데 시력을 모으고 있었다. 그 옆에 노덕보가 두 다리를 있는 대로 뻗고 앉아 꾸벅꾸벅 졸았고, 등잔 옆에 바싹 붙어앉은 김복동은 손가락에 힘을 모아 밤껍질을 벗기느라고 열심이었고, 윗목 벽에 등을 기댄 강동기는 말이담배를 뻑뻑 빨아대고 있었다. 이 방의 주인인 지삼봉이는 송곳으로 콩에다 구멍을 뚫느라고 애쓰고 있었는데, 그것이 신경 쓰이는 일임을 입증이라도 하듯 그의 혀는 잔뜩 힘이 들어간 입술 여기저기를 쉴 새 없이 핥아대고 있었다.

밖에서 발소리가 들리는가 싶더니 방문이 벌컥 열렸다.

"와따메, 이 썩는 놈에 통시깐 냄새!"

찬 바람과 함께 쏟아져 들어온 컬컬한 음성이었다.

"아, 싸게 문 닫어, 불 꺼진디. 그 냄새 하로이틀 맡은 것이라고 문 열어놓고 있냐, 시방?"

김복동이가 두 손바닥도 모자라 몸으로 등잔불을 가리듯이 하며 언성을 높였다. 등잔불이 곧 꺼질 것처럼 자지러지다 누웠다가 펄럭이다 그을음을 토하다가 했고, 그때마다 사람들의 그림자가 위치와 모양을 바꾸며 춤을 추고 있었다.

"삼수야 이놈아, 질 늦게 왔으면 뒤진 디끼 사리살짝 들어와 방 구석이나 차지헐 일이제 무신 주뎅이는 그리 놀레쌓냐. 아, 싸게 문 닫어, 방 식는디. 나 나무허다가 등창나는 꼴 볼라고 그러냐?"

지삼봉이가 송곳과 콩을 한쪽으로 치우면서 말했다.

"워따 냄새도 지독헌디다가 연기넌 또 워째 이리 꽉 찼다냐. 요것 언 방이 아니라 여시굴이시."

마삼수는 방문을 닫으면서도 떠벌려댔다.

"초저녁부텀 한바탕 떡치고 오니라고 요리 늦었냐?"

졸음에서 깨어난 노덕보가 내쏘았다.

"하먼이라, 몸에 존 보약인디 워째 한바탕만 쳤겄소. 서너 바탕

치니라고 요리 늦어뿌렀소, 성님."

"저 주딩이, 새살 잘도 깐다."

김복동이가 밤을 우물거리며 눈을 흘겼다.

"아재, 저녁진지 잡수셨는게라?"

마삼수가 노인 앞으로 다가서며 인사했다.

"어이, 자네도 밥 묵었능가?"

노인이 이빨을 드러내 웃으며 인사를 받았다.

"야아, 많이 묵었구만이라."

마삼수가 인사를 끝내고 강동기 옆으로 가 자리를 잡았다. 어른에 대한 인사는 남녀 구별이 없이 아침에는 '아침 잡수셨습니까' 저녁에는 '저녁 잡수셨습니까'였고, 어른들은 밥을 먹었든 죽을 먹었든 굶었든 '먹었다'고 대답하며 '너는 어쨌냐'고 되물었고, 아랫사람 역시 밥을 먹었든 죽을 먹었든 굶었든 '많이 먹었다'고 대답하는 것이 바른 인사법이었다. '밤새 무고하셨습니까' 하는 인사말도 있기는 했지만 별로 쓰이지 않는 편이었다. 난리로 밤새 무슨 변을 당하게 될 세월은 아니고, 하루하루 끼니를 때우는 것이 중대사인 세월을 살아야만 했던 사람들은 마음으로나마 서로의 끼니 걱정을 해주게 된 것일 터이었다.

마삼수가 나타나자 방 안 분위기는 한 덩어리로 합쳐지게 되었다. 농한기인 겨울철이면 가까운 사람들끼리 머리 맞대고 모여앉는 사랑방이나 머슴방이 어느 동네나 두세 군데 있게 마련이었다. 거기에는 언제나 이런저런 이야깃거리가 있었고, 흥미로운 놀이판이 있었고, 고단한 세상살이의 시름과 걱정이 있었고, 농사일에 쓰일 잔일거리들이 모여 있었다. 그 모임은 오랜 세월에 걸쳐 이어져 내려온 남자들의 풍속이었다. 물론 남자들만 그렇게 모여앉는 것이 아니었다. 남자들이 사랑방채비를 하고 나서면 여자들도 가벼운 일감을 챙겨들고 이웃끼리 모여앉았다. 그러나 여자들은 으레 남자들보다 일찍 자리를 파하고 일어섰다. 남자보다 한발 앞서 집에 돌아온 여자는 마을을 가지 않은 척했고, 남자는 모르는 척했다. 그러나 내외가 이부자리 속에 들면 어느 사이엔가 사랑방 이야기가 여자에게로, 마을방 이야기가 남자에게로 전해지는 것이다. 그것이 다음날이면 동네 소문으로 번져나고 떠돌게 되었다.

"그려, 서 머시기 찾아갔든 일언 워치케, 무신 결말이 있었능가?"

모여앉은 여섯 사람 중에 네 사람이나 연관되어 있는 문제에 대해서 노인이 먼저 이야기의 운을 떼었다. 그 일의 중요성으로 보아 당연한 순서였다.

"니기럴, 요리 깝깝허고 팍팍헌 늠에 시상, 하늘허고 땅이 딱 맞붙어 따글따글 맷돌질이나 혀뿌렀으면 속이 씨어언허겄소."

마삼수가 입에 달고 사는 이 말로 대꾸함으로써 일이 뜻대로 풀리지 않았다는 것부터 알렸다.

"허어 참, 그것 예삿일이 아니로시. 워디, 조단조단 이약혀보소."

노인이 말머리를 열게 하고 있었다.

"서운상이헌테 또 전번맨치로 굽신굽신험서 워쨌거나 소작만 부치게 혀도라고 사정사정혔지라. 근디도 껄쩍찌근허구만이라."

"껄쩍찌근허먼, 무신 미꼬미가 쪼깐이라도 뵈긴 뵌다 고것이여?"

노인이 반가운 기색을 드러내며 마삼수를 향해 목을 늘였다.

"야아, 서운상이는 정 사장놈헌테 억지로 사딜인 논얼 워치케든 혀서 폴아 없앨라고 발싸심을 허는 판인디, 사겄다고 나서는 작자가 없는 것 아니겄소. 그려서 요 똑똑헌 동기가 꾀럴 내기럴, 우리도 논이 얼렁 폴렸으면 허고 바래는디, 논얼 폴 적에 우리럴 작인으로 묶어서 폴아도라 혔구만이라."

"어허, 그 꾀 한분 용왕 쇡인 퇴깽이 꾀다!" 노인은 신바람나게 무릎을 치고는, "그려서?" 이야기하는 사람의 기분을 돋우고 있었다.

"그리 허고, 만에 하나 일이 꾀여 논이 안 폴리면 소작얼 우리가 부치게 해도라고 혔지라."

"근디, 그 답이?"

"이렇다, 저렇다 말이 읎이 똥 깔고 앉은 놈 쌍판때기랑께요."

"워째 그까? 누구헌테고 소작이야 닐 소작이고, 그러자면 기왕 부치든 사람덜이 논 물리도 훤허고, 집도 가차와 한 분이라도 더 딜에다볼 것잉께 소출이 나도 더 나먼 니 좋고 나 좋고 헐 일이 고것인디."

노인은 알 수 없다는 표정으로 고개를 갸웃거렸다.

"아, 가재는 게 편이고 초록은 동색이드라고, 서운상 그놈도 지주기년 매일반인디, 정 사장놈헌테 우리가 헌 것 보고 지놈헌테도 그럴랑가 무서바 소작얼 안 부칠라고 허는 것 아니겄소."

김복동이가 퉁명스럽게 말했다.

"어허, 고것이 그리 뛰는 불똥인가……."

노인은 혀를 차며 고개를 주억거렸다.

"일이 그리 되야 있응께 우리 속이 껄쩍찌근허제라."

마삼수가 이야기를 막음하고 있었다. 김복동·노덕보·강동기·마삼수 네 사람은 잃은 소작을 되찾기 위해 오늘까지 세 차례나 서운상을 찾아갔던 것이다.

"일정 때야 일정 땐께 전답도 뺏기고, 소작도 띠이고 혔다 허드라도 해방이 되야 우리찌리 사는 시상이 되얐는디도 일정 때나 똑겉은 일이 벌어지니 요것이 무신 사람 사는 시상인지 몰르겄다. 그나저나 일정 때는 전답 뺏기고 소작 띠이고 허면 만주땅이나 간도땅으로라도 갈 디가 있었는디, 인자는 그도저도 아닌 판에 워쩌크름 살어야 헐랑고. 참말로 막막허고 깝깝헌 시상이시."

노인이 침통한 얼굴로 탄식했다.

"아재는 걱정도 팔자요. 홧짐에 소 잡아묵드라고 에이 잡것, 빨갱이질이나 걸판지게 한바탕허고 말제 또 헐 것이 머 있겄소."

마삼수가 거침없이 쏟아놓았다.

"어허, 못써. 우리찌리라고 말 막 허다 보면 암디서나 그리 되는 법이여. 요새가 워떤 시상이라고. 그 문제로 치자면 일정 때보담 더 무서운 시상이 되얐응께 자다가도 입조심혀야 써."

연방 문 쪽을 힐끗거리는 노인은 그 음성마저 까라져 있었다.

"기분도 심난시러운디, 아재, 이약이나 한 자락 혀주씨요."

줄기차게 담배만 빨고 있던 강동기가 등잔받침대에 붙어 있는 재떨이에 꽁초를 잉끄리며 앉음새를 고쳤다.

"이약?"

노인의 얼굴이 금방 밝아졌다. 노인은 끝도 없는 이야깃주머니를 가지고 있었고, 이야기를 맛있고 달게 할 수 있는 재주를 지니고 있었고, 사람들 앞에서 이야기하는 것을 무척이나 즐기고 있었다. 노인의 이야기 솜씨는 널리 알려져 있는 데다, 그 누가 이야기를 청해도 거절하는 일이 없었다. 남자들이 청하면 〈삼국지〉나 〈수호지〉를, 여자들이 청하면 〈심청전〉이나 〈춘향전〉을, 아이들이 청하면 〈장화홍련전〉이나 〈도깨비 이야기〉를, 때와 장소에 따라 이야기보따리를 풀어놓았다. 노인은 이야기부자인 대신 살림살이는 궁색하기 이를 데 없었다. 이야기 좋아하면 가난하게 산다는 옛말을 실증이라도 한 것 같았다. 아이들이 옛날이야기 해달라고 귀찮게 굴면 할머니나 어머니들은 예사로 "이약 좋아허면 장수 아재맹키로 가난허게 산다"는 말을 하고는 했다. 노인은 칠십이 다 되었는데도 아이들한테까지 '장수 아재'로 불리었다. 그는 할아버지라고 부르지 않는 것을 탓한 적이 없었고, 오히려 '아재'라는 호칭을 나이와 상관없이 자기만이 갖는 것으로 만족해하는 눈치였다. 그가 가난한 이야기꾼에 지나지 않았지만 사람들은 그 누구도 그를 홀대하거나 업신여기지 않고 깍듯하게 예를 갖추어 대했다. 그건 그가 지니고 있는 내력 탓이었다. 초가삼간 하나 제대로 갖지 못한 그는 아들네의 단칸 오두막에 잠자리가 없어서 지삼봉의 방에서 잠자리 구걸을 하고 있는 신세였다. 사랑방이나 머슴방에 따로 불청객

이 있는 법이 아니지만 남달리 붙박이를 면할 수 없는 그는 자신의 처지를 미리미리 감안했음인지 젊은이들을 대함에 있어서 나이 먹은 티를 내거나 나잇값을 받으려는 내색 같은 것을 전혀 보이지 않았다. 그렇다고 젊은이들이 버르장머리 없이 굴지도 않았다. 그래서 담배나 술은 스스럼없이 피우고 마시는 음식으로 받아들여지고 있었다. "나가 쪼깐만 유식허고, 쪼깐만 젊었드라면 이약책 쓰는 사람이 되얐을 것인디." 칠십 노인 한장수가 다 헐어빠진 육전소설책을 되작거리며 애석한 듯 아쉬운 듯 입버릇처럼 중얼거리는 말이었다.

"이약도 많고 많은디 무신 이약얼 듣고 잡은가?"

한장수 노인은 무언가를 검지손가락으로 찍어 혀끝에 묻혔다. 그건 발이 고운 소금이었다. 그의 말로는, 침이 나오게 해서 혀가 부드럽게 놀려지게 하기 위함이었다. 〈삼국지〉같이 긴 이야기를 할 때는 이야기하는 중간중간 소금을 찍어넣고는 했다.

"그 갑오난리 중에서 재미진 것으로 한 대목 해주씨요."

강동기는 담배를 말아 노인 앞으로 내밀며 이야기를 청했다.

"워째 해필허고 갑오난 이약이까?"

담배를 받아들며 한장수 노인의 눈길은 강동기의 눈에 박혀 있었다.

"그냥, 맴이 그 이약얼 듣고 잡아허요."

"그려, 이약이사 듣고 잡은 사람 맴이 허란 것을 혀야 쓰는 것이제."

한장수 노인은 강동기의 마음을 헤아린다는 듯 느릿느릿 머리를 주억거렸다.

"그리 허면 이약을 허겄는디, 갑오년이라 2월에 터진 그 난리는 중국에 삼국지맹키로나 질고 진 이약잉께 이 밤이 꼬빡 새도록 혀도 다 못헐 것이고, 그중 한 대목만 허기로 허겄어."

노인의 목소리는 다른 이야기를 할 때와는 달리 착 가라앉아 있었다. 노인의 목소리는 이야기의 내용에 따라 슬퍼지기도 하고, 비감해지기도 했지만 그건 어디까지나 이야기를 맛나고 재미있게 하려는 것이었고, 그 목소리에 실린 신명이나 탄력이 변하지는 않았다. 그러나 갑오란 이야기를 할 때면 아예 그 신명이나 탄력이 없어져버렸다. 그리고 목소리도 누가 들을세라 낮아지는 것이었다. 이제 동학당 잡으러 다니는 시절도 아닌데 맘 놓고 시원시원하게 재미를 살려 이야기하라고 사람들이 수차에 걸쳐 불만스러운 요구를 했지만, 그는 자기도 모르게 그렇게 되고 마니 어쩔 도리가 없다면서 끝내 그 목소리나 태도를 고치지 못했다. 일정시대에 옛날 갑오란에 가담한 사람들을 새삼스럽게 색출한 것은 아니지만, 그때 이야기를 하다 보면 자연히 일본놈들의 악독한 행위가 묻어나오게 되고, 그것은 결국 일본을 반대하는 항일이 되고 말기 때문에 갑오란의 이야기는 일정시대 내내 목소리 낮추어 조용조용 말하고 가만가만 전하는 조심스러운 이야기일 수밖에 없었다.

"녹두장군 전봉준 대장이 인내천(人乃天) 깃발 펄럭임스로 전주 감영을 뺏은 담에 나라가 불러딜인 청국군 일본군이 밀려들고, 종

당에는 일본군이 독판침서 동학군이 패허든 대목을 이약허겄구
만. 다 이긴 쌈에 일본놈덜이 훼방얼 놓고 뎀베들었는디, 그놈덜
언 각단지게 총질얼 허는디다가 대포할라 펑펑 쏴질러뿐께로 지
아무리 용맹시러운 동학군이라 혀도 당헐 방도가 읎었제. 우리 동
학군이 지닌 무기라는 것은 창뿐이고 칼뿐인디, 맞붙어 싸우겄다
고 쫓아가다 보면 총에 맞어 수도 읎이 죽어갔제. 그런 쌈얼 허자
니께 날이면 날마닥 사람 수는 줄제, 동학군은 산으로 산으로 몰
림서 쫒김서 싸웠는디, 고것이 될 일이 아니었제. 근디, 일본놈덜언
우리 동학군허고 무신 철천지웬수가 졌다고 그리 악독하고 무작시
럽게 혔는지 몰라. 우리야 인내천 믿음서 탐관오리 읎애고 살기 존
시상 맹글겄다고 동학군으로 뭉친 것인디, 일본놈덜이 새중간에 끼
고 봉께 우리 상대도 일본놈덜이 되고 말았제. 그놈덜언 동학군얼
생포허면 총에 달린 칼로 갈가리 찢어쥑이고, 그 폴다리고 창새기
럴 나뭇가지에 빨래 널디끼 널었어. 그라고 총 맞어 죽은 시체도
목얼 다 짤라가뿔어 장사도 못 지내게 맹글어뿌렀어. 그 숭악헌 짓
헌 것이 장사럴 못 지내게 헐라는 것이 아니라, 목얼 짤라다가 나
라에 바치면 그 머릿수에 따라 나라서 상금을 내렸기 땀세 그랬다
는 것인디, 필경 맞는 말일 것이여. 동학군이야 즈그덜 목심얼 노
린께로 그렇다 치드락도, 그놈덜언 여자들도 징허고 무작스럽게 쥑
였는디, 지리산으로 쫒김서 구례 짬에서 일어난 일이여. 산산쪼각
이 난 우리 부대 일곱이 산골마실로 찾아들어 밥얼 얻어묵기로 혔
제. 우리넌 사나흘을 꼬빡 굶어서 모다 지정신이 아니었는디, 집집

마동 찾아댕게도 밥얼 얻어묵을 수가 읎었네. 곡식이 읎다는 것이
었제. 고것이 후환이 무서바 그짓말얼 혔다는 것은 나중에사 안 일
이고. 근디, 한 집서 선뜻 밥얼 해내등마. 시어무니허고 메누리만
사는 집이었는디, 알고 봉께 그 집 아덜도 동학군으로 나갔다고 혔
네. 노친네넌 자기 아덜 이름에다가 생김생김얼 세세허게 이약해
쌈스로 행에 아느냐, 본 일 읎냐, 애가 보트고, 애럴 배서 배가 불
쑥헌 메누리넌 몸이 무겁스로도 부산허게 몸얼 놀려 뜨신 밥얼 우
리 앞에 채례냈구만. 하로밤얼 거그서 묵고 우리넌 떴는디, 그 노
친네허고 메누리넌 메칠 있다가 들이닥친 일본놈덜헌테 맞아죽었
제. 일본놈덜언 그 심읎는 두 여자럴 몽딩이로 때레죽이고도 모질
래서 애 밴 메누리 배럴 갈라 애럴 꺼내 사립에다 꺼꿀로 달아맸드
란 말이시. 우리헌테 밥혀준 것이 죄였든 것이제. 워디 고것뿐인감.
쌍계사 뒷골 화전골의 점백이 처녀가 죽은 것도 기맥히제. 왼쪽 입
술 아래에 껌정콩만 헌 점이 백혀서 이름이 점백이인, 그 처녀는 나
보담 두 살이 위에다가 발 빨르기가 나가 무색헐 판이었는디, 나가
맡은 일이 일본놈덜 부대이동이나 동정얼 염탐해 속빠르게 알리
는 것이라, 그 화전골얼 날마동 지내댕기다 봉께 그 처녀허고 낯이
익고, 그러다 봉께 나가 허는 일얼 처녀가 알게 되고, 내 나이에 비
해 중헌 일얼 허는 것을 신통허게 생각헌 처녀는 나럴 친동상 대허
디끼 혔제. 근디, 하로는 처녀럴 화전골이 아니라 산길에서 맞닥뜨
리게 되얐제. 나넌 내레가든 참이고, 처녀는 날 찾아 올라오든 참
이었는디, 일본놈덜이 화전골에 진을 쳤다는 급보럴 전할라고 처

녀는 무작정허고 날 찾아나선 질이었등마. 처녀 덕에 나나 우리 부대는 무사허니 피혔는디, 정작 점백이 처녀가 우리 대신 죽어뿐 것이여. 처녀가 미리 연락얼 취헌 것을 알아낸 일본놈덜언 처녀럴 각단지게 돌아감서 범허고넌 그것도 모지래 독사럴 잡아다가 처녀 거그다가 틀어넣어 쥑인 것이여. 그리 지멋대로 활개질치는 일본놈 천지가 되야뿌렀는디 여자덜이 몸 더럽히는 것이야 예삿일이었제. 무명옷 입고 죽은 시체가 이 산골짝 저 산골짝에 즐비혔고, 종당에는 동학군이 깨진 옹기맹키로 되고 말았는디, 워찌워찌 살아난 사람도 다시는 고향땅에서는 살 수가 읎었구만. 일본놈덜 심 빌레 동학군얼 뚜둘겨뿌시게 헌 나라에서는 그 담얼 맡어 갱신히 살아난 사람덜얼 이 잡디끼 혔응께. 우리 집도 그때 쫄딱 망해뿌렀는디, 접주였든 아부지가 죽은 것이야 장허고 장헌 일이고, 엄니고 동상들꺼정 몰살얼 당혀뿌렀응께. 나는 원체 발이 재서 살아난 것이제. 나가 을매나 발이 쟀으면 사발통문 전허는 그 중헌 일얼 시켰겄어. 정읍 고향에 발얼 끊은 지가 50해가 넘지 않었는감. 그려도 섧지가 안 혀. 그때 나가 맡어 헌 일이 지끔도 나럴 배불르게 허고, 나가 한평상 동안 헐 일얼 그때 몰아때레서 다 혀뿐 것잉께. 아매도 나는 이 나이꺼정도 그때 나이 열다섯 살로 살아왔는가도 모를 일이제."

한장수 노인은 긴 한숨을 내쉬며 손등으로 양쪽 눈꼬리를 눌렀다.

"그 나이에 아재는 인내천을 믿었습디여?"

강동기가 물었다.

"하면, 하늘겉이 믿었제."

"고런 시상이 온다고 믿었냐께요."

"거 무신 땁땁헌 소리여! 우리 동학군은 바로 그 시상얼 맹글어 냈든 것이여. 전라도 충청도 경상도가 다 동학군 것이었고, 동학군 이 차지헌 디서는 영축없이 인내천시상얼 맹글었당께로. 니나 나나 다 똑겉은 한울인 공평허고 살기 존 인내천시상얼 말이여. 우리 는 애당초 상대였든 관군헌테는 판판이 이겨뿔고, 진 것은 일본놈 덜헌테란 말이시. 고것은 영 달븐 문제라 그것이여. 인내천시상이 짧었다고 혀서 쌈에 겄다고 생각허먼 큰 잘못이란 말이시. 하로밤 얼 자도 만리성얼 쌓드라고 그 많은 동학군이 죽음시로도 믿었든 것은 자그덜 손으로 인내천시상얼 맹글어봤다는 것이었어. 녹두 장군이 사형 당해 죽음시로 일본놈헌테 진 것얼 억울해혔지 관군 헌테 겄다고 생각 안 혔당께로. 동학군도 죽어감스로 다 똑겉은 생 각이었단 마시. 우리가 인내천시상얼 일본놈 땜시 1년얼 다 못 채 우고 막음헌 것이나, 일본놈덜이 36년 동안 우리럴 타고 앉었다가 미국·쏘련 땜시 쫓겨간 것이나, 차이라는 것은 세월의 질고 짧음 뿐이다 그것이여."

강동기는 눈을 내려감은 채 고개를 끄덕이고 있었다. 갑오란에 대한 이야기는 어려서부터 많이 들어왔다. 할머니한테도, 아버 지한테도, 외할아버지한테도, 외삼촌한테도, 이모부한테도, 이웃집 아저씨한테도 들었는데 그 이야기는 다 조금씩 달랐다. 그러나 몇 가지는 누구의 이야기에서나 변함이 없이 똑같았다. 동학군 거의

가 농민이었다는 것, 동학군이 용감했다는 것, 동학군은 어디서나 환영받았다는 것, 일본놈들이 잔악했다는 것, 동학군은 졌지만 장했다는 것 등이었다. 그러나 장수 아재가 지금 한 말은 그 누구한테서도 들은 적이 없었다. 인내천세상을 만든 이긴 싸움이었다는 말이 억지처럼 들리지는 않았다. 어쩌면 갑오란의 이야기를 자신에게 들려주었던 여러 어른들도 속으로는 그렇게 생각하면서 겉으로만 졌다고 했을지도 모른다고 강동기는 생각했다.

　　새야 새애야 파아랑 새애야아
　　녹두우밭에 앉지 마라아
　　녹두꽃이 떨어어지이며언
　　청포장수우우 울고 간다아아

　강동기의 귀에는 이 노래가 멀리서부터 아련하게 들려오고 있었다. 그 가락은 한 사람의 것이 아니었다. 할머니의 것도 있었고, 어머니의 것도 있었고, 동네 처녀들의 것도 있었다. 그러나 그 여러 가락들은 하나같이 애처롭고 서럽고 사무치고 한스러운 음조로 가슴을 감고 들었다. 어렸을 때부터 할머니의 등에 업혀 잠들며 한정도 없이 들었던 노래였고, 겨울밤 어머니가 물레를 자으며 물레 소리에 맞춰 길고 길게 부르던 노래였고, 처녀들이 아지랑이밭 속에서 나물을 캐며 아지랑이처럼 아롱거리는 소리로 읊조리던 노래였다. 아이들은 아무나 가리지 않고 그 노래를 불렀지만, 남자아이들은 차츰 커가면서 입에 담지 않다가 총각이 되면 여자들이 부르는 것만 먼 바람결로 들으며 기억 속을 더듬었다. "갑오난에 진디다가 냄편덜꺼정 잃어뿌렀응께 서럽고 한시러바 여자덜이 불른 여자노래제." 언제인가 할머니가 들려준 말이었다.

"근디 장수 아재, 재작년 11월에 일어났든 일이 똑 갑오난리 같었다고 허는 노친네덜이 있는디, 글먼 그 일도 우리가 이겼다고 헐 수 있었는게라?"

강동기는 앉음새를 바꾸며 심각한 얼굴로 물었다.

"어허, 그 무신 실답잖은 소리여? 뻔히 졌음시롱 묻고 자시고 헐 것 머 있어? 져도 드럽게 진 쌈이제."

노덕보가 듣기 싫다는 듯 짜증스럽게 내질렀다.

"성님, 나가 성님한테 물은 말이 아니오."

강동기가 노덕보를 쏘아보듯 하며 끼어드는 것을 막았다. 그 서슬이 차가웠다.

"잉, 고것이 입조심혀야 헐 말인디, 일본 군대가 미국 군대로 바뀐 것뿐이제, 농민덜이 더 배곯고 살 수 읎어 일어난 것이나, 여그저그서 불붙데끼 일어난 것이나, 갑오난리 때허고 같은 디가 많었제. 근디, 고것이 이긴 쌈이냐, 진 쌈이냐럴 따지라고? 긍께…… 고것이야 맘묵기에 딸린 것이제. 세부득하여 밀린 것이야 사실이제만, 안직도 시상 뒤바꿀 그때 적 생각 그대로 지니고 고상허는 사람덜이 많은께로. 그 사람덜이야 쌈이 연속되고 있다고 생각허제 어디 졌다고 생각허간디? 그라고 평소에 숨죽이고 사는 사람덜도 속으로는 그런 생각 품고 있는 사람덜이 쌔고 쌘 것 아니드라고? 그 증좌가 무언고 허니, 재작년에 그리 지독시럽게 난리 치룸시로 에진간헌 사람덜언 다 죽고 감옥살이허게 되야뿔고, 남치기 사람덜이야 다시는 고런 생각 안 묵을 줄 알았어도, 보소, 여수에서 일 터졌다 헌께 하로이틀 새로 모다 들고일어나는디, 무신 바람이 그리 빨를 것이며, 무신 불길이 그리 빨를 것잉가. 고것이야 다 서로서로 맘이 통혀서 지절로 되는 기맥힌 일 아니겄능가? 근디 말이시, 이 시상 일얼 내다보는 디는 그 눈이 붉아야 써. 둠벙물에도 다 그 줄기가 있디끼, 이 시상 일에도 그 뿌랑구나 맥이 있는 법이시. 무신 일이고 뜸금없이 터지고 맥히는 것이 아니라 다 연관이 있는 법잉께, 그 뿌랑구럴 찾아내고 맥얼 짚을 줄 알어야 시상 일이 지대로 뵈는 법이시. 요분에 터진 일도 그냥 터진 것이 아니라 제주도서 일어난 쌈허고 연관되고, 제주도의 쌈언 단독선거허고 연관되고, 단독선거 반대허고 일어난 것은 재작년 일허고 연관되고, 재작년 일은 해방되고 나라가 반으로 갈라진 디로 연관되는 것 아니겄능가? 나 말 알아묵겄능가?"

한장수 노인은 강동기를 그윽한 눈길로 바라보았다.

"야아, 고것은 알아듣겄는디요, 글먼 말이제라, 피럴 욻애자면 지 아무리 줄기럴 쳐서는 안 되고 뿌랑구럴 싹 뽑아뿌러야 허디끼, 그리 연줄연줄 일어나는 쌈얼 끝내자면 그 뿌랑구인 양코배기덜얼 몰아내야 허는 것 아니겄소?"

강동기의 목소리가 방 안을 울렸다.

"쟈가 시방 무신 넋 빠진 소리여!" 김복동이 눈을 휘둥그렇게 떴고, "니가 목심이 열 개는 된갑다잉! 야 옆에 앉었다가는 나할라 덤테기쓰겄네웨." 노덕보는 벽 쪽으로 앉은걸음을 쳤다.

"아서, 아서. 고것은 그리 소리 내서 헐 말이 아니시."

한장수 노인은 문 쪽을 살피며 손을 내저었다.

"요런 자리서도 말얼 못허먼 속이 터져 워찌 살겄소."

강동기가 담배쌈지를 와락 잡아뜯듯이 했다.

"자네 젊은 맘 다 아네. 허나, 목심이 걸린 중헌 말일수록 가심에 짚이 묻어야 허는겨. 그래야 목심 보존도 허고, 담에 닥칠 일에 나설 심도 모타지는 법이여."

한장수 노인이 강동기를 똑바로 쳐다보며 낮게 한 말이었다.

"아이고, 인자 다 소양읎는 소리요. 재작년에 그리 사람덜이 죽고 다침스로 싸왔어도 달라진 것이 머시가 있소. 코쟁이덜이고 경찰이고 끄떡도 안 허고, 공출은 자꼬자꼬 심혀지제, 선거 요러타께 해치우고 난께 지주덜언 즈그 시상 왔다고 더 기세등등허제, 요것이 무신 미꼬미가 있는 시상이요. 심얼 모트고 지랄이고, 다 틀려 묵은 시상이요."

노덕보가 체념적인 코웃음을 흘리며 고개를 저었다.

"성님, 거 무신 맥아리 빠지게 허는 소리다요? 허면, 요런 씨부랄 눔에 시상얼 그냥 볿히고 눌림스로 살자 고런 소리다요?"

마삼수가 벌컥 화를 냈다.

"허먼 워쩔 것이냐? 당장 코앞에 닥친 우리 소작문제도 해결얼 못허는 판에 시상 돌아가는 일에 콩 치고 퐅 치고 헌다고 무신 수가 나냐? 다 뜬구름 잡는 실답잖은 소리고, 죽 묵은 배에 기운만 빼는 소린께 말허지 말자 그것이여."

"그려, 덕보 자네 말도 철든 소리는 소리여. 헌디, 시방 우리가 허고 있는 소리가 꼭 그리 쓰잘디없는 소리만은 아니시. 우리가 사는 것이 혼자서만 살아지는 것이 아니고 서로서로가 서리서리 얼크러지고 설크러져 사는 것인디, 갑오난 때나 지끔이나 앞으로 나서서 싸우고, 죽어가고 헌 사람덜이 워디 자기 혼자 잘살겠다고 그리 혔간디? 잘못된 시상 바로잡아 모다 잘살아보자고 헌 일이제. 앞으로 나슨 사람덜이 믿을 것이 머시겠는가? 자기덜 몸땡이겠는가, 손에 든 총이겠는가? 아니여, 아니여, 고런 것덜 아무것도 아니고, 뒤에 남은 사람덜 맘얼 믿는 것이여. 뒤에 있는 수수많은 사람덜 맘이 자기덜허고 똑같다고 믿는 그 맘으로 쌈도 허고, 죽기도 허는 것이여. 그 믿음이 옳음사 무신 기운으로 싸와지고, 무신 강단으로 죽어가겄어. 지 목심 아깝덜 않은 사람이 워디 있냐고."

"이놈아, 그냥 뚫린 주딩이라고 말 씀벅씀벅 허덜 말고 장수 아재 말씸 명념혀라. 앞으로 나스지도 못헌 짜잔헌 놈이 뒷전에서 무신 초라니 방정이냐."

김복동이가 노덕보의 화를 지르고 있었다.

"이놈아, 엎어진 놈 등짝 볿기냐! 드런 놈에 심뽀시."

노덕보는 머쓱해져서 김복동이에게 눈총을 쏘았다.

"그나저나 제주도 일언 어처크름 되야가고 있는 심판이까? 소문

들으면 사람덜얼 무지막지허게 쥑인다는디, 그 사람덜 섬에 갇혀 뺑뺑이 치다가 싹 다 죽는 것 아닐랑가?"

마삼수가 한장수 노인과 강동기를 번갈아 보았다.

"그려…… 필시 그리 되기가 쉽겄제."

한장수 노인이 한숨을 길게 쉬며 느리게 고개를 저었다.

"근디 말이오, 싸우자고 나슨 사람덜만 쥑이는 것이 아니라 아그덜이고 여자고 노인네고, 양민덜얼 닥치는 대로 떼몰이럴 혀서 죽이고, 동네도 지멋대로 불 질러댄다는 소문이 끝도 없이 퍼져오고 있는디, 고것이 참말일께라?"

마삼수가 미간을 찡등거리며 마른침을 삼켰다.

"금메…… 고것도 필시 그짓말이 아닐 것이여. 고것이 그냥 떠도는 소문이 아니고 순사덜이 즈그덜찌리 허는 소리도 그렁께로. 그라고 더러 구해서 읽어보는 신문에서도, 무작정 사람덜얼 죽여대는 것이 능사가 아니라고 쓰고 있응께."

한장수 노인이 꽁초에 불을 붙였다.

"근디 아재, 나라가 스고 이승만이가 대통령이 되고 나서 더 사람덜얼 심허게 죽여대고, 또 요분 일 터지고 난께 더 죽여대고 헌다는디, 고것이 대체 워쩐 심판이다요?"

강동기가 등잔받침에 꽁초를 잉끄려 끄며 물었다.

"고것이야 뻔헌 계산속 아니겄능가. 애당초 제주도에서 쌈이 일어난 것이 반쪼가리 나라 세우는 선거럴 반대해서가 아니드라고? 우남 입장에서 보자면 고것은 영축없이 자기가 대통령 되는 일얼 훼방 놓고 드는 일인게로, 위쨌그나 나라가 스고 대통령이 되얐응께 워치케 나오겄는가? 그 반대럴 깨끔허니 없애자고 더 씨게 몰아치는 것이야 당연지사 아니겄어? 그런 판에 또 여수·순천에서 군인덜이 터져 일어나고, 그 기운이 산지사방으로 불붙어뿌렀시니 워쪄겄는가. 대통령이 되자말자 민간인도 아니고 믿거라 허는 군인덜이 들고일어난 것은 우남 입장에서는 받아논 밥상 엎어뿐 격이 아니냐 그것이여. 우남은 체면에 똥칠헌디다가, 반대세력이 제주도에서 전라도로 퍼진 셈이니 더 씨게 몰아때레 뿌랑구 뽑을라고 허는 것이야 뻔헌 이치제. 허고, 여그 전라도에서도 사람덜 무지막지허게 죽은 것이야 다 아는 일이제만, 여그서보담 제주도에서 더 악독허게 양민덜얼 떼로 쥑이고 동네 불 질르고 허는 것은 거그가 외지사람덜 발 끊긴 외딴섬이기 땀세여."

"아재 말씸 들응께 줄기가 잽히는디요이. 이승만이는 국민덜 빨갱이로 몰아 때레잡을 생각만 있제, 국민덜이 왜 그리 일어나는지 알아보고 일얼 지대로 풀어갈 생각은 읎는갑제라?"

강동기의 목소리가 높아졌다.

"아서, 아서. 그 이약 인자 고만혀. 이리 가다가는 우리 다 중죄인덜 되겄다. 그저 속으로만 새겨."

한장수 노인이 손을 저으며 물러나앉았다.

"니미씨펄, 아무 죄도 읎는 아그덜꺼정 죽이라고 명령허는 놈덜이고, 그러란다고 총질허는 놈덜이고 싹 다 오살육시럴 헐 것들이여. 거 머시냐, 문 머시기맹키로 고런 명령허는 대장놈덜얼 각단지게 꽝꽝 쏴죽이는 군인덜이 자꼬 나와야 허는 것인디. 나가 제주도로 못 가는 것이 철천지한이다."

마삼수가 제 무릎을 쳤다. 그가 말하는 문 머시기는 다름 아닌 박진경 대령을 암살하고 사형당한 문상길 중위였다.

"와따, 아무나 문상길이 되는 줄 아냐? 못 가게 되야 있는 제주도 놓고 헛방구 꿰대지 말고 여그서 빨갱이질이라도 잠 나서봐라." 김복동이가 코웃음을 쳤고, "이놈아 삼수야, 고런 허풍생이 소리 나불기리지 말고 당장 니 모강댕이 졸르고 드는 서운상이놈이나 어디 죽여봐라." 노덕보가 정통으로 찌르고 들었다.

"와따 참말로, 무신 말덜얼 그리 모지락시럽게 몰아치고 그러요! 분이 솟긴께 그리 말얼 헌 것인디, 그리 말꼬랑댕이를 잡아채기로 헌담서야 무신 말 해묵고 살겄소!"

마삼수는 얼굴을 일그러뜨리며 화를 내고 있었다.

"되얐어, 되얐어. 인자 참말로 그 이약덜 고만이시!"

한장수 노인이 허리를 꼿꼿하게 세우며 정색을 했다. 그 얼굴이 딴 얼굴처럼 엄하게 변해 있었다.

"알겄구만이라. 진 이약 허시니라고 애쓰셨구만이라." 강동기는 고개를 약간 숙여 예를 차리고는, "그려, 문상길 겉은 사람이 워디 그리 쉽간디……" 혼잣말을 흘리고 있었다.

그들이 문상길 중위를 다 같이 기억하는 것은 제주도에서 퍼져 오는 이런저런 흉악한 소문들 중에서 뜻밖의 속 시원한 것인 데다가, 결국 그가 부하 하나와 함께 총살당해 버리게 되자 다 같이 애석함과 허탈감을 나누었던 사건이었다. 한장수 노인은 문상길 중위가 사형 당하는 장면을 쓴 신문을 구해왔고, 그들은 둘러앉아 한 노인이 가락을 붙여 읽는 그 내용을 귀담아들었던 것이다. 문상길 중위와 그의 부하가 마지막으로 남긴 유언의 장면은 그들의 가슴에 아로새겨지지 않을 수 없었다.

"스물두 살의 나이를 마지막으로 나 문상길은 저세상으로 떠나갑니다. 여러분은 한국의 군대입니다. 매국노의 단독정부 아래서 미국의 지휘하에 한국 민족을 학살하는 한국 군대가 되지 말라는 것이 저의 마지막 염원입니다. 이제 여러분과 헤어져 떠나갈 사람의 마지막 바람을 잊지 말아주십시오."

이것은 절규한 것도 아니며 호소한 것도 아니다. 단지 마지막 유언으로 남긴 것일 뿐이다.

뒤이어 손 하사관이 형장으로 향하면서 사람들에게 웃는 얼굴로 목례를 하였다. 집행장이 낭독되자 유언으로 "여러분 훌륭한 한국 국민의 군대가 되어주십시오"라는 말을 남기는 순간 "겨누어 총!" 하는 구령이 떨어졌다. 이때 손 하사관의 입에서는 "오오, 3천만 민족이여!"라는 말이 터져나왔다. 그때 "쏘아" 하는 구령이 떨어졌다.

그것은 1948년 9월 25일자 《서울신문》에 실린 기사였다. 그동안 제주도에서 바다를 건너오는 소문들은 흉흉하기만 했었다. 평소에도 그들에게 제주도라는 땅은 멀고 먼 곳이었다. 그런데 4·3사건이 일어나게 되면서 제주도는 더욱 까마득하게 먼 땅이 되고 말았다. 민간인들이 마음대로 오도 가도 못하게 뱃길에 통제가 가해졌던 것이다. 그런 속에서도 가지가지 소문들은 바람을 타고 오는 양 끊임없이 들려왔던 것이다. 섬에서는 매일같이 싸움이 벌어지고, 군경들의 힘이 강해질수록 빨치산들은 산속으로 밀려들어가고, 산간마을들은 닥치는 대로 불길에 휩싸이고, 그러다 보니 민간인들이 죽어가고, 밤과 낮의 주인이 빨치산과 군경으로 뒤바뀌고, 의심받는 사람들이 수없이 체포되어 여수나 목포로 실려나와 광주와 순천에서 재판을 받는다는 것이었다. 문상길 중위의 사건도 그런 소문들 중의 하나였다. 그들은 아무도 문상길 중위가 누군지 알지 못했다. 그러나 그들은 '매국노의 단독정부 아래서 미국의 지휘하에 한국 민족을 학살하는 한국 군대가 되지 말라는 것이 저의 마지막 염원입니다' 하는 유언에 그 사람을 잘 알고 있었던 것처럼 가슴떨림을 느꼈던 것이다.

"와따, 장수 아재 이약허시니라고 목 컬컬혀졌겄다. 이놈, 삼봉아, 이약 들었으먼 쥔놈이 이약턱얼 내얄 것 아니겄냐?"

마삼수가 지삼봉을 걸고 들었다. 둘이는 나이가 동갑인 데다가 이름의 가운데 글자가 같아서 의형제라며 흉허물 없이 터놓고 지내는 사이였다.

"이놈 삼수야, 위쩨 그리 소까죽낯짝이냐. 이 차운 날 불 뜨끈뜨끈허게 때서 붕알 노골노골허니 풀리게 혀준께로 헌다는 보답이 덤테기 씌우는 것이냐."

지삼봉이도 입심이 만만하지 않았다.

"어이, 삼봉이, 장수 아재 존 이약도 들었고 헌께 뚜부에 막걸리 내기 화투나 한판 놀세."

잡기를 즐기는 김복동이가 말했다.

"삼봉이, 그리 허세."

평소와는 달리 강동기가 선뜻 동의하고 나섰다. 그가 장수 아재를 어른대접하려는 것임을 방 안 사람들은 다 알았다. 소리를 청해 들었을 때 형편껏 성의껏 대접을 하듯 이야기를 청해 듣고 나서도 성의표시를 하는 것이 예의였다.

"뚜부 묵자먼 맛난 짐치가 있어야는디, 니 짐치 따로 장만해 뒀겄지야?"

때가 전 요를 방 가운데 접어놓으며 마삼수가 지삼봉한테 확인했다.

"누구 좋으라고 따로 장먼허고 말고 혀."

지삼봉이가 착착착착 소리가 나게 화투를 익숙하게 쳐대며 눈을 흘겼다.

"아아니, 짐치가 읎이 생뚜부럴 무신 맛으로 묵어어?"

노덕보가 터무니없이 큰 소리를 질렀다.

"와따, 성님 귀창에 빵꾸나뿔겄소. 점에 꼬딕여서 갈치속젓에 버물러 큰 독아지로 짠뜩 혀서 묻어놨응께로 배 터지게 잡숫씨요."

지삼봉이가 말하며 재빠른 솜씨로 화투장을 나눴다. 세 명씩 편 갈이가 되는데, 으레 마삼수·지삼봉·한장수 노인이 한편이었다. 김복동이와 지삼봉이가 맞수 노릇을 했다.

"딱 삼시 세 판만 돌리는겨. 뚜부 사다 묵고 통금 대가기 에로울 것잉께. 근디, 을매썩 내기로 헐렁가?"

마삼수가 좌중을 둘러보았다.

"술 두 되에 뚜부 여섯 모로 허제."

김복동이가 말했다. 두 가지 다 최소로 잡은 양이었다. 아무도 더는 말이 없었다. 지삼봉이를 빼놓고 빚돈을 쓰고 있는 네 사람으로서는 더 이상 무리를 할 수가 없는 형편이었다. 그나마도 지삼봉이가 책임지는 외상이어서 가능한 일이었다.

두 판을 내리 김복동이네가 져버려서 더 판을 돌릴 필요가 없게 되었다.

"삼수야, 가자. 이긴 죄로 심바람이나 혀야 안 쓰겠냐."

지삼봉이가 바지를 허리춤으로 끌어올리며 일어섰다. 말은 그렇게 했지만 언제나 그런 종류의 일은 나이 아래인 두 사람의 차지였다.

"오늘 군인덜이 제석산을 뒤지고 야단났든디."

한장수 노인이 나직하게 말했다.

"금산이고 징괭산이고 다 뒤졌구만이라."

노덕보가 뚜벅 말했다.

"날은 칩어지고, 워쩌들 될란지."

한 노인이 담배에 불을 붙였다.

"금메요, 염상진 그 사람도 자신 읎으면 그리 가차이 왔을랍디여?"

강동기의 말에 한 노인은 아무 대꾸가 없었다. 김복동이도 노덕보도 담배만 뻐끔거리고 있었다.

바람이 달음박질치는 거친 소리가 한기를 모래 뿌리듯 하고 있었다. 문풍지가 숨 자지러지게 울어대었다.

"사람 복장 터지는디, 날할라 워찌 요리 땡땡 얼어붙고 지랄발광이까?"

노덕보가 불뚱스럽게 내뱉었다.

"니미럴, 온 시상이 싹 얼어붙어 얼음뎅이가 되야뿔면 속이 씨언허겄다. 근디, 동기야, 농지개혁은 워찌 될 성부르냐?"

김복동이 강동기를 이윽히 쳐다보았다.

"짐칫국 마시지 마씨요. 떡 줄 놈 하나또 없응게."

"나라 다시리는 놈덜이고 지주놈덜이고 다 지에미 붙어묵을 놈덜이다. 고것덜얼 싹 다 꼬깝 꿰데끼 한 꼬쳉이에다 꿰어뿌러야겄다."

"그려라? 성님이 녹두장군이 돼서 한바탕 엎어뿔고 잡소?"

강동기의 얼굴에 자조적인 웃음이 스치고 지나갔다.

"싸게싸게 짐치 내오니라."

발소리와 함께 이 말이 들리고 곧 방문이 열렸다. 마삼수의 한 손에는 주전자가, 다른 손에는 양푼이 들려 있었다. 마삼수가 방바닥에 내려놓은 양푼에는 찬 기운 머금은 두부가 아래에 네 모, 그 위에 두 모로 담겨 있었다. 노덕보의 침 넘기는 소리가 꿀룩 하고 들렸다.

지삼봉이가 사발 세 개와 항아리 뚜껑에다가 배추김치를 수북하게 담아왔다. 배추김치는 반쪽 난 포기의 윗부분만 칼질이 되어 있었다.

연장자 순으로 술잔이 돌았다. 술잔이 차례 오기를 기다리는 세 사람은 손가락으로 김치를 찢기 시작했다. 두 가닥이나 세 가닥으로 찢겨지는 김치는 먹음직스러웠다. 술을 비운 사람은 다음 사람에게 술잔을 돌려 술을 채워주고는, 손으로 두부를 뭉텅 잘라 찢어놓은 김치로 그것을 둘둘 감았다. 그리고 입을 있는 대로 벌려 생두부김치쌈을 밀어넣었다. 두부도 차고 김치도 차고, 그래서 이빨이 시린데도 오히려 차가운 그것이 참맛이었다. 두부와 김치에 살얼음이 사르르 잡히면 그 맛은 한층 기막혔다. 김치도 손으로 찢고, 두부도 손으로 떼내고, 두부에 김치를 감는 것도 손으로 해야만 제맛이 나는 그런 것이었다.

"어허, 짐치 맛 한분 기맥히다."

김복동이 달게 입맛을 다셨다.

"우리 제수씨 솜씬디 더 말혀 머 허겠소."

마삼수가 김치쌈을 우물거리며 대꾸했다.

"니 참말로 장개는 원제 갈 것이다냐. 귀에 못 백히게 헌 말인디, 니 연장이 참말로 션찮은 것 아니여?"

노덕보가 새로울 것 없는 소리를 또 되씹고 있었다.

"맞어라, 나는 붕알이 없는 고자랑께라."

지삼봉이가 김치를 찢으며 느물거리고 웃었다. 그는 이미 입산한 지필구의 친동생이었다. 누구나 그렇듯 그도 먹고살 길을 찾아 머슴살이를 시작했던 것이고, 부엌일하는 점예가 마음에 있기는 했지만 머슴방에서 살림을 시작하고 싶지는 않았던 것이다.

술이고 두부고 김치고 금방 깨끗하게 치워졌다. 사랑방이나 머슴방에서 즐겨 벌이는 겨울밤 잔치가 끝난 것이다.

"인자 가야제."

누군가의 말에 사람들은 손바닥으로 입술을 훔치며 일어섰다.

# 3

## 평행선


공공기관들은 모두 문을 닫았다. 그러나 개인상점들은 평일과 다름없이 문을 열어놓고 있었다. 거리를 오가는 사람들의 행색에서도 아무런 변화를 느낄 수가 없었다. 어른들뿐만이 아니라 아이들의 차림새도 어제와 달라진 것이 하나도 없었다. 이른바 양력설 날이었다.

이중과세(二重過歲)를 하지 말자. 읍사무소 직원들이 동원되어 보름이 넘도록 마을마다 이 사실을 주지시키고 다녔다. 그런데 이중과세라는 말뜻을 모르는 사람들이 태반이었다. 글줄이나 깨친 어떤 사람은, 하면, 이중으로 세금을 매기면 쓰간디. 고것이야 당연지사 중에 당연지사제, 하는 뜻풀이를 하기도 했다. 읍사무소 직원들은 이중과세가 양력설과 음력설을 이중으로 쇠지 말자는 뜻임을 입에서 쓴 물이 나도록 되풀이해야 했고, 그때마다 "음마, 설이야 음력설을 한 분 쉿제 원제 양력설이란 것도 쉈습디여? 설이먼 그냥 설이제 음력설은 머시고 양력설은 또 머시다요? 무담씨 있지도 않언 양력설얼 맹글어내 갖고 요리 북새질얼 쳐대는지 몰르겄네웨." 이런 식의 면박을 당하고는 했다.

"그러니까 말입니다…… 금년부터는 음력설을 쉬지 말고 양력설을 쉬도록 하라 그런 말입니다."

"음마, 음마, 참말로 갈수록 요상시런 소리가 나오요이. 누구야 무신 설을 쉬든 말든, 넘 젯상에 배 놔라 감 놔라, 살다 본께 별눔에 간섭 다 듣겄네웨."

"이건 간섭이 아니오. 나라가 정한 법이오."

"머시라고라? 나라가 정한 법? 헐 일도 잔생이는 없능갑다."

이야기는 대개 이런 상태에서 끝나게 마련이었다.

"하이고, 참말로 염병덜 허고 자빠졌다. 허라는 농지개혁법인지 토지개혁법인지는 안 맹글고 기껀해야 설 쉬는 법 맹글었구마? 허참, 소가 다 웃을 일이시웨." "금메 말이요, 있는 즈그눔덜이나 설얼 두 분도 쉬고 세 분도 쉴 쌀이 있겄제, 밑구녕 째지게 가난헌 우리들이야 워디 설얼 두 분썩 쉬라고 혀도 쉴 수가 있어야 말이제."

"양력이라는 것을 일본놈덜도 좋아혔는디, 양력설얼 쉬고 양력얼 쓰고 허는 것이 무신 이문이 있어야 쓸 것 아니냐 그것이여. 양력을 쓰먼 농사절기가 맞기럴 혀, 1년 사시절 바뀌는 기운이 맞기럴 혀, 양력 써서 농새 망칠 해만 있제 이문이 머시냐 그것이여." "맞고 말고라. 양력이고, 양력설이고 다 서양놈덜 것인디, 날이 감스로 찬

찬허니 보자 헌께 대통령이라는 사람도 믿을 만헌 사람이 못 되는 디라. 서양서 오래 산디다가 서양여자꺼정 마누래로 삼다 봉께 서양물이 쫄딱 들어서 되나캐나 서양식 따르라고 고런 법 맹근 것 아니겄소?" "그 말 딱 맞는 말이시. 그 영감탱이 안 믿은 것이야 첫닭 올 임시부텀잉께. 독립운동혔담시로 친일헌 것덜얼 때레잡는 것이 아니라 됩데 고것덜허고 짝짜꿍이 되얐을 적에 그 드런 뱃창시 알아뿐 것 아니겄어? 인자 그 영감탱이가 노망을 허는 것이시."

사람들은 읍사무소 직원이 사라지기를 기다려 이런 투로 입들을 모았다. 그리고 막상 양력설이 되었지만 읍내의 어느 구석에도 '설'이라는 느낌은 찾아볼 수가 없었다.

공공기관만이 관제휴일을 맞은 가운데 계엄군과 경찰은 여전히 비상근무를 계속하고 있었다. 심재모는 우울한 기분으로 병원을 나서고 있었다. 뼈가 상했으므로 부상병을 순천도립병원으로 빨리 옮겨야 한다는 원장의 말이었다. 그냥 골절된 것이 아니라 총상이라서 불구가 될 확률이 크다고 했다. "대장님, 죄송합니다. 제가 바보같이……." 부상병은 파리한 얼굴을 제대로 들지도 못하면서 총 맞은 것을 죄스러워했다. 그러나 치료가 끝나고도 불구가 되어버리면 그는 어떤 심정이 될 것인가. 그 죄스러워하던 마음이 원망으로 바뀌게 될 것이다. 그는 쑥스러워하며 스무 살이라고 대답했다. 내 잘못으로 평생을 불구로 살게 만든 게 아닌가……. 심재모는 이 죄책감에서 벗어날 수가 없었다. 그래도 죽지 않은 것이 다행 아닌가, 하는 생각이 떠오르긴 했지만 그건 오히려 비겁한 책임회피로 여겨질 뿐 죄책감을 가볍게 해주지는 못했다. 그 젊은이는 자신의 지휘 아래서 피해를 당한 최초의 부하였던 것이다.

앞으로 얼마나 많은 부하들이 상하고 다치게 될 것인가, 후송은 기차로 하는 것이 빠르고 안전하겠지, 심재모는 이런 생각을 하며 빠른 걸음을 옮겨놓고 있었다.

"근무 중 이상 무!"

두 명으로 짝지어진 동초가 심재모를 향해 기운찬 목소리로 근무보고를 하며 경례를 붙였다.

"계속 수고하라!"

심재모가 절도 있게 경례를 받으며 그들을 지나쳤다. 어쨌거나 부하들이 떡을 배불리 먹게 됐지, 생각하며 그는 거리를 휘둘러보았다. 설 기분이라고는 찾아볼 수 없는 읍내 분위기처럼 두 부하한테서도 설떡을 먹었다는 기색은 전혀 느낄 수가 없었다. 어제 읍내 유지라는 사람들이 군인들을 위해 떡을 해내겠다는 제의를 해왔었다. 설이 되었는데 고향으로 설 쇠러도 못 가고 타향에서 고생하는 것을 위로하겠다는 명목이었다. 심재모는 별로 마음이 내키지 않아 망설였다. 자발적인 행동이긴 했지만 민폐가 되는 것은 분명했고, 특히 "우리가 이런 일 하지 않으면 누가 할 것이냐"는 그들의 말이 귀에 거슬렸던 것이다. 군인들이 자기네들을 위해 봉사하므로 자기네들이 그 노고를 위로하겠다는 투였다. 그러나 그 거슬림을 거절의 이유로 내세울 수는 없었다. 그건 자칫 트집이 되고, 감정의 마찰을 일으킬 소지가 있었다. 그래서 "이게 강요가 아니라

자발적인 것임을 읍장님께서 보증하시면 감사히 받겠습니다" 하
며 그는 헛웃음을 쳤던 것이다. 그의 말뜻을 알아들었는지 못 알
아들었는지 유지들은 따라서 껄껄거렸고, 그는 '떡 한 가지'에 한
한다는 단서를 붙였다. 이중과세 폐지, 양력과세 시행이라는 행정
계몽이 아무런 실효를 거두지 못하고 싸늘하게 외면당하고 있었
다. 문을 닫아건 공공기관의 모습이 이상스럽게 을씨년스러워 보
였다. 정부가 하는 일이 이렇게도 철저하게 먹혀들지 않다니, 심재
모는 자신의 가슴을 떠밀어내는 차가운 손들을 섬뜩하게 느끼고
있었다.

심재모가 경찰서장과 마주친 것은 읍사무소 정문 앞이었다. 서
장의 태도로 보아 자신을 기다리고 있었음을 알 수 있었다.

"사령관님, 난처한 일이 생겼습니다. 염상구, 아니 청년단장이 금
융조합장 집에서 횡포를 부리고 있답니다."

서장은 얼굴이 긴장된 것만큼 빠르게 말을 해치웠다.

"횡포라니, 그 사람 뽐내는 재주라는 칼던지기를 했다는 건가요,
아니면 그냥 공갈협박을 한다는 건가요?"

심재모는 그저 심드렁하게 묻고 있었다. 그건 이미 꺼림칙하게 염
려하고 있었던 점이었다.

"전화가 걸려와서 자세한 건 미처 확인하지 못하고 형사부장을
앞서 보냈습니다."

"됐습니다, 들어가십시다. 그런 사건에 형사부장이 갔으면 됐지
누가 또 더 가겠습니까."

심재모가 앞서 걸음을 옮겼다.

"글쎄요…… 말을 안 들으면 어떨지, 그게 걱정입니다."

"형사부장한테는 현행범에 대한 체포권이 엄연히 있습니다. 체포권 발동에 범인이 저항하면 공무집행방해죄가 첨가될 것이고, 형사부장이 범인을 체포해 오지 못하면 직무유기죄가 적용될 것이오."

심재모의 음성은 냉랭했다. 서장 권병제는 뒤통수를 호되게 얻어맞은 기분이었다. 그의 깡마르고 큰 키의 뒷모습이 오른쪽 어깨에 매달린 쪽 곧은 M1소총과 함께 여느 때 없이 견고하고 냉정해 보였다.

염상구는 유주상의 집에서 거칠 것이 없이 마음껏 난장판을 벌이고 있었다. 유지라는 것들이 작당을 하고, 유주상이놈이 앞으로 나서서 자기의 청년단장 자리를 빼앗기로 결정했다는 사실을 알았을 때 염상구는 세상이 뒤집히는 낙담과 함께 그놈들을 한꺼번에 칼질을 해서 끝장을 내고 말겠다는 불길이 치뻗어올랐던 것이다.

"염 단장, 내가 먼저 당한 사람으로 염 단장 기분이 어떤지 잘 아오. 허지만 성질 내키는 대로 해선 안 되오. 이젠 칼질을 하고 나서 쫓겨다니며 살 나이도 아니고, 청년단에서 아주 내쫓는 것이 아니라 감찰부장을 맡긴다는데, 유가 그놈이야 감투 하나 더 쓰자는 욕심일 뿐이고, 실권이야 그대로 염 단장 것 아니냐 그 말이오. 내가 심재모한테 당할 때 염 단장이 나더러 참으라고 했으니 이젠 염 단장이 내 말을 들을 차례란 말이오."

토벌대장 임만수의 그럴듯한 만류였다. 아무리 성질에 불이 붙었다 하더라도 잇속이 빠른 염상구가 그 말을 되새김질하지 못할 리 없었다. 청년단장 자리를 빼앗긴다는 것은 분하고도 창피스러운 노릇이 아닐 수 없었다. 그러나 그것은 자신의 힘으로는 어찌할 도리가 없는 현실이었다. 그렇다고 순순히 단장 자리를 빼앗기고 옛날 자리로 물러나앉을 수는 없었다. 비비 꼬이는 오기가 그것을 허용하지 않았고, 유가놈의 콧대를 일단 부러뜨려놓기 위해서라도 한바탕 벌이지 않을 수가 없었다.

"나가 그 결정을 따르기는 따르겠는디, 복날 개새끼맹키로 그냥 당헐 수는 읎는 일이고, 유가놈헌테 한바탕 곤조통은 부려야 쓰겄소."

염상구가 입 언저리에 잔뜩 힘을 넣는 바람에 위아랫입술이 속으로 말려들어가 보이지 않았다.

"그것이야 밑져봐야 본전 장사니까 나쁠 것 없소."

임만수가 꺼진 콧잔등에 주름을 잡으며 동의했다. 그래서 그 길로 유주상의 집으로 쳐들어간 것이다.

"야이, 니 에미허고 붙어묵다가 좆대감지 뿌라져 꼬드라질 놈아, 안직도 이 염상구가 누군지 몰르겄냐! 요것이 여섯 분째 칼잉께 똑똑허니 봐, 요런 씨부랄 놈아!"

마당 가운데서 목청껏 소리치며 염상구는 오른손에 들고 있던 칼을 마루 쪽을 향해 민첩하게 던졌다. 칼은 허공을 가르는 소리를 짧게 뿌리며 날아가 기둥에 박혔다. 그 칼이 박힌 언저리에는 이미 다섯 개의 짤막한 칼들이 촘촘히 박혀 있었다.

"내 솜씨가 우띠어? 또 새로 첨부텀 차근차근 일러줄 것잉께 똑똑허니 들어. 첫 분째 칼은 니놈 오른쪽 눈구녕, 두 분째 칼은 니놈 왼쪽 눈구녕, 세 분째 칼은 니놈 심장, 네 분째 칼은 니놈 배꼽, 다섯 분째 칼은 니놈 좆대감지, 요번 여섯 분째 칼은 니놈 붕알 오른쪽 새알얼 맞춘 것이다 이거시여."

염상구는 옆에 서 있는 유주상이를 곧 씹어먹기라도 할 것 같은 험상궂은 얼굴로 노려보며 말을 마디마디 질겅질겅 씹어서 뱉고 있었다. 그는 칼을 하나씩 던질 때마다 똑같은 말을 처음부터 차근차근 되풀이했고, 설날이라고 한복을 차려입은 유주상은 버선발로 마당 가운데 끌려나와 하얗게 질린 얼굴로 그 독기가 질질 흐르는 말을 꼼짝없이 다 듣고 있었다. 염상구는 나지막한 소리로 그 말을 질겅거리고는 다시 느닷없이 목청을 뽑아 온갖 상스러운 욕을 섞어 한바탕 사설을 늘어놓은 다음 왼손에 몰아쥔 칼을 뽑아 던지는 것이었다. 유주상의 식구들은 방에서 나오지도 못했고, 대문이며 담에는 동네사람들의 얼굴이 겹으로 매달려 있었다.

"야이, 니놈 딸년허고 붙어묵다가 좆대감지 뿌라져 뒤질 놈아, 개새끼도 지 밥통 차면 쥔이라도 물어뜯고 뎀비는겨, 요런 개좆겉은 놈아. 니놈이 날 개만치도 못허게 보고 내 밥통 뺏을라고 혔제! 에라이 똥구녕으로 바람 넣어 뱃대지 터쳐 쥑일 놈아! 나가 바로 염상구여. 요것이 니놈 붕알 왼쪽 새알 맞칠 일곱 분째 칼잉께 똑똑허니 봐!"

염상구의 손에서 다시 칼이 날아갔다. 그때 형사부장이 대문께의 사람들을 헤치며 헐레벌떡 마당으로 들어섰다.

"어이, 상구, 아니 염 단장!"

다급한 김에 이름을 불러버린 형사부장은 얼른 직함으로 고쳐 부르며 의아스러운 얼굴이 되었다. 사람이 서너 명쯤 칼을 맞거나 총을 맞고 나자빠져 있을 줄 알았는데 그게 아니었던 것이다.

"성님, 워쩐 일이시요?"

염상구가 비웃음 서린 얼굴을 뒤로 돌렸다.

"자, 장 부장님, 계, 계엄사령관은…….."

유주상이 말을 더듬거리며 허둥지둥 형사부장의 뒤로 붙어섰다. 그 황망한 꼴을 보고 구경꾼들 사이에서는 끌끌 혀 차는 소리와 킥킥거리는 웃음소리가 조심스럽게 번져갔다.

"가세, 사령관이 부르네."

"잡아오랍디여? 나도 볼일 다 봤소."

염상구는 기둥을 향해 느린 걸음을 옮겨놓았다.

"자, 장 부장님, 저놈이 칼을 던지며 날 공갈협박하고…….."

"바람이 불어야 나무가 흔들리제라. 누가 굴러온 돌 신세에 백힌 돌 빼라고 그럽디여?"

형사부장이 유주상의 말을 무지르며 눈을 흘겨 치뜨고는 돌아서버렸다.

기둥에 박힌 칼 일곱 개를 다 뽑은 염상구는 엉거주춤하게 서 있는 유주상에게로 다가갔다.

"내 칼에 맞은 자리넌 앞으로 시나브로 썩어들어갈 것이다. 워째 그런지 아냐? 내 칼에는 귀신이 붙었다 그것이여. 나가 미리 말헌 자리에 영축없이 칼이 꽂히는 것얼 니놈 눈으로 똑똑허니 봤지야? 고것이 다 나가 허는 것이 아니라 귀신이 허는 일이여. 니놈 좆대감 지넌 오늘 밤부텀 못 쓰게 될 거이다. 좆대감지고 붕알 두 쪽 새알 이고 칼 맞어 귀신 붙어뿌렀웅게 꼴려서 슬 리가 있겄냐. 나 말이 그짓말인지 아닌지넌 오늘 밤에 니 마누래 뱃대지럴 한분 올라타 봐라."

염상구가 째진 실눈으로 유주상을 노려보며 나직나직 한 말이었다.


여우목도리를 코 언저리까지 밀어올리며 낙안댁은 잔기침을 하고 있었다. 한속이 들며 찬바람이 전신을 싸고 도는 것이 아무래도 구들장 짊어질 만큼 몸살이 도질 징조였다. 몸치장만을 위해 여우목도리를 두르고 나온 것을 낙안댁은 뒤늦게 후회하고 있었다. 추위를 막고 한속을 푸는 데는 여우목도리가 긴 털목도리를 당하지 못했다. 긴 털목도리로 머리를 감싸면 따라서 귀마개가 되었고, 나머지로 목을 감아돌리면 코까지 감싸게 되었다. 그러나 기차시간이 얼마 남지 않아 털목도리를 가지러 갈 수가 없었다. 변호사를 만나면서 천하고 볼품없이 털목도리를 감을 수는 없었던 것이다. 낙안댁은 몸을 푸들 떨며 여우목도리를 또 코 언저리로 밀어올렸다. 여우의 유리눈이 햇빛을 반짝 되쏘아냈다. 코로 맞바람이 통하면서 속살이 으실으실 추워지고 있었다.

"숭악헌 물건들……."

낙안댁은 혼잣소리를 흘리며 어금니를 맞물었다. 그녀는 자신의 몸이 병이 날 만도 하다고 스스로 진단하다가 불현듯 그들의 생각에 부딪쳤던 것이다. 유지라는 것들은 하나같이 보증서에 도장 찍기를 외면하고 말았다. "유지급으로 최소한 다섯의 도장만 받아오면…… 장담은 못해도 1심에서 풀려날 가망이 보입니다. 공직자의 보증이면 더 효과가 큽니다." 변호사의 말이었다. 다섯이야 누워 떡 먹기다. 그녀는 남편이 풀려날 길이 환하게 열려 있음을 보며 기차가 느린 것을 조바심했었다. 그러나 그건 엄청난 오산이고 착각이었다. 막상 사람들을 찾아나선 그녀는 미처 상상하지도 못했던 냉혹한 인정의 얼음벽에 이마를 부딪쳐가며 절망적인 현기증에 비틀거려야 했다.

"원래 공직자란 공정한 자리를 지키기에 공직자라 했는데, 공직자가 개인에 대한 보증을 스는 것은 위법입니다." 읍장의 말이었다. "글씨요, 보증을 서쳤으면 좋긴 좋겠는디 말이요이, 고것이 따른 문제도 아니고 사상문제가 되야분께로 내 뜻대로 되딜 않는구만이라." 윤삼걸의 말이었다. 예닐곱 명을 찾아다녔지만 약속이나 한 것처럼 다 그런 식으로 발뺌하고 외면해 버렸다. 그들은 모두 남편과 친하다는 사람들이었고, 남원장에서 기생 끼고 사흘거리로 술판을 벌이던 사람들이었다. 그래도 사람 같은 사람은 딱 한 사람 있었다. 자애병원 전 원장이었다. "당연히 보증을 서야지요. 그런데 말입니다, 아주머니도 아시다시피 제가 지난번 일로 집행유예를 받은 것이 마음에 걸립니다. 집행유예도 형은 형인데, 형을 사는 몸으로 보증인 자격이 있는지가 문제고, 더구나 제가 보증을 섰다가 오히려 정 사장님한테 불리하게 될까 봐 그게 걱정입니다. 변호사한테 일단 알아보시고, 좋다고 하면 언제라도 도장을 찍겠습니다." 그러나 전화를 걸어 알아보았더니 변호사는 전 원장은 자격이 없다고 했다.

결국 보증인 서명은 한 명도 받지 못하고 순천걸음을 나서게 되었다. 아아, 세상인심이란 이런 것인가! 낙안댁은 참담한 심정으로 이 탄식을 수십 번도 더 곱씹었던 것이다. 거절을 당하고 돌아서면서는 배신감이 일으키는 분노를 주체하지 못하며 그 탄식을 토했고, 더는 찾아갈 사람이 없음을 확인하고는 절망감이 몰아오는 상심을 이겨내지 못하며 그 탄식을 뿌렸고, 신원보증인을 세우지 못한 남편의 재판이 어찌 될 것인지를 생각하면서는 고적감에 빠져드는 두려움을 견뎌내지 못하며 그 탄식을 앓았다. 자신도 모르게 그 탄식은 솟아올랐고, 그때마다 가슴은 긁히고 멍이 들었다.

믿을 것은 돈뿐이다. 그녀는 다시 이 다짐을 하며 자신의 마음을 추슬렀다. 돈은 그녀가 의지하고 있는 유일한 지팡이였다. 어디 두고 보자. 너희놈들 없어도 기어코 1심에서 풀려나고 말 것이다. 술도가를 다 팔아 없애서라도 1심에서 풀려난단 말이다. 그녀의 마음은 각오인지 오기인지 모를 것으로 서릿발처럼 차갑게 일어서고 있었다.

멀리서 기적이 울려왔다. 낙안댁은 돈보따리를 겨드랑이에 바짝 끼었다.

"이거 참 곤란하게 됐군요. 신원보증인이 필요한 건 내가 맡은 일만이 아니라 검사 영감이나 판사 영감이 일 편하게 처리하는 데 필요한 겁니다."

미간에 주름을 잡은 변호사는 고개를 살래살래 저었다.

"시상인심이 그리 독허고 야박헌지는 첨 알았구만이라. 긍께 워쩔 것이요. 안 될 일 잡고 실갱이헌다고 될 일도 아니고, 보증서 대신 비용을 더 써서라도 지발 1심서 풀려나게만 해주시씨요."

낙안댁은 성급하게 마음을 털어놓고 있었다.

"글쎄올시다…… 이게 딴 사건도 아니고 사상문제가 돼놔서……."

변호사는 몸을 뒤로 젖히며 눈을 내리감았다. 낙안댁은 그만 가슴이 콱 막히는 것을 느꼈다. 변호사의 일거일동은 그대로 가슴에 와 박히며 감정의 명암이나 농담을 제멋대로 지배했다. 낙안댁은 숨길을 고르며 바락바락 소리를 지르고 싶은 충동을 가까스로 참아내고 있었다. 사상, 사상, 그놈의 소리만 들으면 발작이 일어나려고 했다. 그 모양도 형체도 없고 그래서 보이지도 잡히지도 않는 것이 아들을 망치고 들더니만, 이제 자신과 남편을 옭아매서 몸고생마음고생을 이리 시켜가며 집안을 망치려 들고 있었다. 변호사의 입에서도, 유지라는 것들의 입에서도 '사상문제'라는 말이 으레 나왔고, 그러다 보니 어느덧 남편이 빨갱이 취급을 당하고 있었다. 낙안댁으로서는 그것은 도저히 견딜 수 없는 일이었다.

"부모가 자석이 불쌍혀서 돈을 준 것인디…… 아니구만요, 아니어라." 낙안댁은 황급히 말을 삼키고는, "좌우당간 변호사님 심으로 안 될 일이 읎을 것잉께 내 일이다 생각허시고 폴 걷어붙이고 나서주시씨요." 머리를 조아리며 간절하게 말을 했다. 그녀로서는, 부모가 자식이 불쌍해서 돈을 준 것뿐인데 그것이 왜 죄가 되느냐는 말을 혀가 닳도록 주장하고 강조하고 싶었다. 그러나 변호사는 그 말의 되풀이를 영 듣기 싫어했다.

"더 난처한 문제가 또 한 가지 있습니다."

변호사가 젖혔던 몸을 바로잡았다. 낙안댁은 엉겁결에 자리를 고쳐 앉으며 눈을 질끈 감았다가 떴다. 또 무슨 문제인가 싶어 가슴이 철렁하면서 현기증이 일었던 것이다.

"그 무당 처녀 말입니다, 서로 말을 맞춰야 하는데 영 말을 듣지 않아요."

"글먼 위째야제라?"

낙안댁의 가슴은 두근거리기 시작했다.

"곧 나하고 면회를 하게 돼 있으니 아주머니도 함께 가서 어떻게든 마음을 돌리게 설득시켜야지요."

"영 말얼 안 들어뿔면 워치케 됩니꺼?"

"그야말로 골치 아파지지요. 아주머니도 재판을 받아야 하고, 그렇다고 정 사장님이 풀려나는 것이 아니라 사건을 거짓으로 꾸민 죄를 면할 수 없게 됩니다. 그리 되면 죄가 제일 가벼운 게 무당 처녑니다."

"아이고, 신령님……."

낙안댁의 입에서 부지불식간에 흘러나온 소리였다. 염상구에게 매질로 낙태를 시키게 한 죄의식이 머리를 쳤고, 소화가 신령님의 영험을 받아 그 사실을 알아내고는 앙갚음을 하고 있는 것이 아닐까 하는 두려운 생각이 스쳤던 것이다.

변호사가 소화에게 요구한 것은, 사건조서에 맞도록 모든 일이 낙안댁이 아닌 정 사장과의 사이에서 일어난 것으로 하라는 것이었다. 그러나 소화라는 젊은 무당은 완강하게 고개를 저을 뿐이었다. 그래야 빨리 풀려난다, 그건 거짓말이 아니라 일을 간단하게 하는 방법이다, 그래야 모두에게 이롭다, 별의별 말로 다 설득하려 했지만 거짓말을 하지 않겠다는 태도는 요지부동이었다. 별것도 아닌 사건인데 봐주려고 해도 피고인 진술이 일치하지 않는데 무슨 수로 봐주느냐며, 검사는 진술부터 일치시키라고 짜증스러워했다. 그건 너무 당연한 이치였고, 아무것도 아닌 일로 생각했던 것이 실패가 되면서 큰 문제로 둔갑하자 변호사는 신경질이 오르고 있었다. 예상보다 한결 많은 변호비를 이미 수중에 넣은 것이나 마찬가지인데 그 젊은 무당이 훼방을 놓는 바람에 일이 질질 늘어지고 있었다. 그러면서도 변호사는 그 무당을 미워하지는 못했다. 얼굴이 핏기 없이 파리하긴 했지만 그 미모가 눈길을 사로잡았고, 예사롭지 않게 사리분명함이 마음을 이끌리게 했다.

"가십시다. 시간이 다 됐어요."

변호사가 가방을 들고 일어섰다.

"워치케 해야 헐까요?"

낙안댁은 따라 일어서며 울상을 지었다. 소화를 만난다는 것이 이상스럽게도 두렵고 겁이 나는 것이었다. 그 이유를 그녀 자신만은 알고 있었다. 낙태를 시킨 일 말고도 또 하나 자격지심이 있었다. 이번에 소화를 위해서는 아무 일도 하지 않은 점이었다. 아들 때문에 온갖 고초를 겪는 것을 생각하면 더없이 미안하고 안쓰러우면서도 한편으로, 아들의 애를 임신한 그 음흉한 마음을 생각하면 소름이 끼치고 미움이 바늘 끝으로 솟았던 것이다.

변호사는 아무런 대꾸 없이 사무실을 나갔다. 낙안댁은 그 뒤를 따르며 체념적인 한숨을 물었다. 그러면서, 애초에 남편의 말을 듣지 말고 자기가 죄를 짊어졌어야 일이 더 수월하게 풀리는 것이 아니었을까 하는 후회를 또 했다. 남편을 사상문제와 연관시키는 말을 들을 때마다 일어나곤 하는 후회였다.

"일반인이 여기 출입하는 건 원래 위법입니다. 특별조치를 한 것이니 일을 틀림없이 성사시키고, 빨리 끝내도록 하세요."

면회장으로 들어가기에 앞서 변호사가 낮으면서도 빠르게 한 말이었다. 낙안댁은 가슴의 두근거림이 더 심해지는 것을 느꼈다. 한번 고개를 든 불길한 생각은 지워지지 않았다.

변호사의 면회장은 일반 면회장과는 달리 독방이었고, 그 가운데 책상 하나와 의자 네댓 개가 놓여 있었다. 담배를 빨고 있는 변호사 옆에서 낙안댁은 무슨 수로 소화의 마음을 돌릴 것인지 머리를 짜내고 있었다.

문이 열리고, 남자한복 차림의 소화가 나타났다. 그리고 간수가 뒤를 따랐다. 낙안댁은 엉거주춤 몸을 일으키며 소화와 눈이 마주쳤다. 소화는 멈칫하는 것 같더니 그대로 책상 앞으로 다가왔다. 간수가 손가락질한 의자에 소화는 소리 없이 걸음을 옮긴 자태 그대로 조용히 자리 잡았다.

"수고하셨소. 곧 끝내리다."

변호사가 간수에게 눈짓하며 무언가를 손에 쥐여주었다. 간수는 무표정한 얼굴인 채로 돌아서서 방을 나갔다.

"얘기하십시오."

변호사가 의자에 앉아 독촉하듯 말했다. 그때까지도 낙안댁은 소화의 마음을 돌릴 수 있는 어떤 수를 찾아내지 못하고 있었다. 다만 소화가 입고 있는 남자한복에 신경을 썼던 것이다. 남편과 소화가 순천으로 넘겨지자마자 자신을 찾아왔던 여자, 그 여자가 해다 입힌 것일 게 분명했다. 다시는 찾아오지 말라며 그 여자를 냉정하게 대했던 일이 큰 가시로 가슴을 찌르고 있었다.

"날언 치운디 을매나 고상이 많은가?"

낙안댁은 인사치레부터 했다. 그때까지 반쯤 수그러져 있던 소화의 고개가 느리게 느리게 들어올려지고 있었다. 그에 따라 눈도 차츰차츰 크게 뜨이어갔다. 고개가 똑바르게 되면서 제 모습을 갖춘 두 눈은 얼굴이 야윈 탓에 평소보다 한결 커 보였다. 그 큰 눈은 정면에 앉은 낙안댁을 똑바로 쳐다보고 있었다. 낙안댁은 그 눈을 마주 보는 순간 왈칵 무섬증이 끼쳐오는 것을 느꼈다. 아무 표정이 없는 창백한 얼굴에 박혀 있는 커다란 두 눈, 그 눈에서는 이상스런 냉기와 함께 섬뜩한 괴기가 뿜어져나오고 있었다. 저것이 신들린 무당 눈이다! 낙안댁은 몸을 움츠리며 고개를 떨어뜨리고 말았다.

"어서 말씀하시라니까요."

변호사가 재촉했다. 그러나 완전히 기가 질려버린 낙안댁은 고개를 들 수도, 무슨 말을 꺼낼 수도 없었다.

"끝꺼지 안 올 줄 알았등마 내 그짓말이 필요해서 왔구만요."

소화의 음성이었다. 낙안댁은 얼결에 고개를 치켜들었다. 그런데 그 무서운 눈이 여전히 자신을 쳐다보고 있었다.

"나가 다 잘못혔소. 나가 쥑일 년이요."

낙안댁은 다시 고개를 떨어뜨리며 이런 말을 토해냈다. 그녀는 자신이 존댓말을 쓰고 있다는 것도 의식하지 못하고 있었다.

"고개 들고 날 봄스로 말허씨요."

낙안댁은 마치 최면이라도 걸린 듯 고개를 들고 소화를 바라보았다. 그리고 같은 말을 되풀이했다.

"나가 다 잘못혔소. 나가 쥑일 년이요."

소화는 냉담한 얼굴인 채로 눈 한번 깜박이지 않고 낙안댁을 주시하고 있었다. 변호사는 무슨 영문인지를 몰라 어리둥절한 표정으로 두 사람에게 번갈아 눈길을 보내고 있었다.

"요분 일에서꺼정 날 천헌 무당으로 취급혔다가는 신령님 노허심얼 못 면헐 것이요."

"알겄구만요. 나가 다 잘못혔어라."

"신령님 앞에 약조허씨요. 날 정 사장님허고 똑겉이 알겄다고."

"하먼이라, 약조허제라."

"얼렁 입으로 약조허씨요."

"예에, 신령님, 기자님얼 우리 남편하고 똑겉이 모셔 요번 일이 풀리도록 약조드립니다."

소화의 눈길에 묶인 낙안댁은 합장까지 하고 이렇게 뇌었다.

"되얐소. 인자 변호사님이 원허시는 대로 허겄습니다."

소화는 변호사에게로 눈길을 돌렸다.

소화는 들몰댁을 통해 낙안댁의 태도를 들었던 것이다. 그래도 설마 했었는데 면회 한 번 오지 않았고, 변호사도 자신의 일에는 신경을 쓰는 것 같지가 않았다. 정 사장이 풀려나면 따라서 풀려나겠지 하는 식으로 편하게 생각할 일이 아니었던 것이다. 낙태가 되었을 때 병원으로 찾아와 그리도 가슴에 못을 박던 낙안댁의 냉혹함을 생각하면 능히 자신만을 감방에 내동댕이칠 수 있는 일이었다. 그런 불안감에 싸여 있는데 변호사가 말을 맞추기 위한 거짓말을 하라고 했다. 그것이야말로 낙안댁을 한 그물 안으로 끌어들일 수 있는 기회였다. 낙안댁이 끌려들지 않으려면 어찌할 수 없이 자신의 일도 돌보게 될밖에 없는 일이었다. 낙안댁을 끌어들이기 위해 변호사의 요구를 완강하게 거절했던 것이다. 정하섭에게 지향 없이 끌려가는 마음과, 낙안댁에게 버림받아 억울한 옥살이를 하는 것과는 엄연히 별개의 문제라고 소화는 구분 짓고 있었다.

처음의 몸가짐이 전혀 흐트러짐 없이 곧게 앉아서 변호사의 물음에 답하고 있는 소화를 낙안댁은 여전히 두려운 마음으로 바라보고 있었다. 오늘 대한 그녀의 모습은, 돈전대를 허리에 차느라고 치마를 걷어올리며 볼을 붉게 물들이던 처녀가 아니었고, 낙태를 하고 몸져누워 가슴 아픈 소리에도 아무 대꾸 없이 눈물만 줄줄 흘리던 색시도 아니었다. 오늘의 모습은 그 누구의 힘으로도 이겨낼 수 없는 괴기를 품은 무당 소화 바로 그것이었다. 그 무서운 괴기가 우리 집에 미치지 않게 꼭 뒷수발을 해서 남편과 함께 풀려나게 해야지, 하고 재삼 마음을 다지고 있는 낙안댁은 벌교를 떠나올 때보다 훨씬 심해진 한속에 몸을 부들부들 떨고 있었다.

　고흥반도를 왼쪽에 품은 보성만에 한겨울의 낙조가 선연한 적황빛으로 물들고 있었다. 바닷물 위에 싱그러운 붉은 황금빛 낙조가 반짝이는 윤기를 튕기고 있는 보성만은 여느 때 없이 풍만한 자태로 넘실대고 있었다. 그건 황금이 끓고 있는 거대한 용광로였고, 사위어가는 햇살이 그려내는 뜻 모르게 현란하고 고운 한 폭의 그림이었다. 현란한 빛의 덩어리는 살아서 꿈틀거리는 싱싱한 생명감으로 빛나고 있었다. 선연한 적황빛이 반사되어 고흥반도도, 조성면 일대도, 장흥군 해변도 그 빛으로 적셔지는 것 같았다.

　주월산 마루에서는 보성만 일대가 한눈으로 바라보였다. 눈 아래 조성면으로부터 시작해서 왼쪽으로 고흥반도 해변과 오른쪽으로 장흥군 해변을 거느린 보성만의 물길은 멀고 멀게 펼쳐져 있었다.

"참말로 장관이구만이라."

낙조를 바라보고 있던 조성책 오판돌이가 이윽고 입을 열었다.

"그렇군요."

보성만에 눈길을 박고 선 염상진의 대꾸였다. 그는 낙조가 그려
내는 신비스럽고도 경이로운 아름다움을 감상하고 있는 것이 아
니었다. 저것이 바다에 햇빛이 반사되어 일어나는 일시적인 현상이
아니라 그대로 벼가 익어 있는 농토였다면 얼마나 좋았으랴. 아니
그따위 망상은 부질없는 것이고, 저 바다만이라도 저 빛처럼 어족
이 풍부했으면 얼마나 좋았으랴. 문자 그대로 황금어장이었더라면
그 수많은 사람들은 늘어날 길 없는 땅에 매달려 허덕이지 않고
바다를 헤쳐나갔을 것이다. 그리하여 땅이 해결하지 못하는 빈궁
을 바다에서 해결했을 것이다. 그러나 그 바다는 자갈밭처럼 척박
하고 메말라 있었다. 바다는 잡어새끼들을 겨우 기르고 있을 뿐이
었고, 그것도 떼를 이루지 못했다. 물고기가 없다면 식용해초나마
많았으면 또 모른다. 해초마저 없는 바다는 황량한 소금물의 덩어
리에 지나지 않았다. 모래밭이 거의 없이 뻘밭으로만 이어진 해변
에서는 고작해야 조개 종류나 뒤져내고, 꽃게를 잡아내는 정도에
지나지 않았다. 그나마 뻘밭에서 꼬막을 캐낼 수 있는 것은 빈한한
사람들에게 다행이 아닐 수 없었다. 그러나 그 꼬막이라는 것이 빈
한을 면하게 해주지는 못했다. 꼬막이 자갈밭의 자갈처럼 흩어져
있는 것도 아니었고, 꼬막을 캐는 뻘밭일이 그렇게 쉬운 것도 아니
었다. 꼬막은 찬 바람이 일면서 쫄깃거리는 제맛이 나기 때문에 천

생 뺄일은 겨울이 제철이었다. 꼬막은 뺄밭이 깊을수록 알이 굵었다. 뺄밭이 깊으면 발이 그만큼 깊이 빠지는 걸 알면서도 들어가지 않을 수 없는 것이다. 그건 용기가 아니었고 무모함은 더구나 아니었다. 그것은 오로지 생계였다. 꼬막을 잡아야만 하루 목숨을 잇는 것이었다. 그래서 여인네들은 살을 찢는 겨울 바닷바람에 바지를 허벅지까지 걷어올려 맨살을 드러낸 채 뺄밭으로 들어서는 것이다. 소금물을 머금은 뺄의 차가움을 얼음물의 차가움에 비할 수 있을 것인가. 그리고 끈적끈적하고 찐득찐득한 뺄은 장딴지만이 아니라 허벅지까지 빠지게 해서는, 그대로 물고 늘어졌다. 뿐만 아니라 뺄 속에는 여러 종류의 조개들이 박혀 있어서 그 껍질들이 예고 없이 다리를 긁어댔다. 한차례 뺄일을 하고 나면 조개껍질에 긁힌 상처가 일삼아 바늘로 긁어놓은 것처럼 온 다리를 실핏줄로 감고 있었다. 앞이 휜 널빤지 위에 왼쪽 다리를 무릎 꿇어 몸을 싣고, 왼손으로 단지와 휜 널빤지끝을 함께 잡고, 오른발로 뺄을 밀며 오른손으로 꼬막을 더듬어 찾는 겨울바람 속의 여인네 모습은 그대로 극한에 달한 빈궁의 표본이었고, 모진 목숨의 상징이었으며, 끈질긴 생명력의 표상이었다. 아니 그것은 눈물이고, 아픔이고, 한이었다. 염상진은 뺄일을 하는 여인네들을 먼발치에서 볼 때마다 가슴 푸들거려오는 아픈 떨림 속에서 어금니를 맞물고는 했다. 왜냐하면 뺄밭이 베푸는 크나큰 혜택이 따로 있음에도 불구하고 그건 이미 농토와 마찬가지로 몇몇 있는 자들의 독점물이 되어 있었던 것이다. 그건 다름 아닌 소금밭이었다. 예로부터 소금에 대해서 행정력을 발동해 전매권을 행사한 것은 소금밭이 바로 금밭이라는 증거였다. 가난한 사람들은 쓸 만한 뻘밭이 제공하는 혜택은 털끝만치도 받지 못한 채 소금밭을 일굴 수 없는 몹쓸 뻘밭에서 조개류나 캐내 근근이 연명해 가고 있었다.

"분대장들을 집합시키시오."

염상진이 앞을 바라본 채로 오판돌에게 지시했다.

"알겄구만요."

오판돌이 지체 없이 돌아섰다.

염상진은 2개 소대 병력을 이끌고 전진배치되어 있던 오판돌의 소대와 존제산 줄기에서 합류했다. 그곳에서 다시 병력을 이동시켜 주월산에 이르렀다. 당은 모든 조직의 최우선이며, 당간부는 그 핵심요소이고, 군대는 어디까지나 당을 호위하고 보호하기 위한 책무를 수행시키려고 만든 조직이었다. 그러므로 당간부는 우선보호의 대상이었지 화선 일선에 나서거나 전투병력을 직접 지휘할 필요가 없었다. 그러나 자신은 우선보호를 받으며 뒷전에 물러나앉아 있을 수가 없었다. 적에 비해 무장도 너무나 허술할 뿐만 아니라 지휘를 맡을 만한 전투경험자가 없는 형편이었다. 지금의 형편은 실전을 해나가면서 동시에 전투병력화를 꾀해야 하는 급박한 상황이었다. 간부당원의 자리만 지키고 앉았다가는 군당 자체가 어찌 될지 모를 형편이었다.

공격 목표는 조성 한 곳이지만, 공격 목적은 다양했다. 첫째, 인민들에게 해방군의 건재를 알린다. 둘째, 계엄군에게 타격을 가함으로써 전력을 약화시킴과 동시에 대중들 앞에 그 위신을 추락시킨다. 셋째, 벌교와 보성의 중간지점인 조성을 공격함으로써 계엄군의 전세와 기동성을 파악한다. 넷째, 공격을 승리로 이끎으로써 부하들의 마음에 내재되어 있는 불안감을 일소하여 사기를 진작시키고, 해방군으로서의 자신감과 긍지감을 세운다. 다섯째, 무기를 노획하여 전력을 강화시킨다. 여섯째, 시간적 여유가 있으면 부잣집 창고를 파괴하고, 그 곡식을 방출한다.

염상진은 조성을 해방구로 장악할 생각은 없었다. 계엄군의 전력을 완전히 파악하지 못한 상태라서 시기상조였고, 벌교가 아닌 조성은 해방구로서의 값어치가 별로 없었다.

"집합 완료했습니다."

염상진은 어느덧 그 현란하던 낙조가 변색하고 있는 보성만에서 눈길을 거두며 천천히 돌아섰다.

"앞으로 한 시간 후에 공격개시요. 그동안 부하들에게 준비한 저녁들을 먹이시오. 춥더라도 절대 불을 피워선 안 될 것이오."

네 명의 분대장 중에는 하대치와 강동식이 끼여 있었다. 염상진까지 다섯이 각각 15명씩을 지휘하도록 되어 있었다. 오판돌이의 조직에 의해 이미 계엄군 1개 소대의 병력배치는 완전하게 파악되었다. 오판돌은 득량에 있는 발전소를 파괴하자고 제의했었다. 염상진은 신중하게 고개를 저었다. 득량발전소의 파괴는 전남 남부지역 일대에 치명타를 가할 수 있었다. 특히 관공서들이 입을 피해는 결정적이었다. 그러나 그건 대상지역을 반이라도 장악할 필요가 있을 때 시행할 수 있는 작전이었다. 야산대 활동을 전개하는 입장에서는 그건 무모한 파괴행위에 지나지 않았다. 전기시설이나 통신시설이 작전수행에 방해가 된다면 부분적인 파괴나 차단으로 장애를 얼마든지 제거할 수 있는 일이었다. 그리고 그런 무익한 행위를 저질러 야산대가 해방군으로서의 지지를 획득하지 못하고 파괴집단으로 모략선전당할 함정에 빠져서는 안 될 일이었다. 야산대는 진정한 인민의 해방군으로서 인민의 절대적 지지를 획득하는 것이 그 사명이었다. 뿐만 아니라 그런 중요한 시설들은 해방의 날이 도래했을 때 역시 유익하게 사용해야 하는 민족의 재산이었던 것이다.

땅거미가 내리고 있었다. 빛이 스러져가는 만큼 어스레한 기운이 그 어디에선지 모르게 퍼져흘렀다. 바다도 연보라색으로 잠겨가고, 들녘도 여린 안개가 낀 듯 흐려지고, 산골도 회백색 어스름에 모습을 감춰가고 있었다. 농담이 차츰 진해지는 먹물을 찍어 붓질을 하는 것처럼 어둠살은 순간순간 그 색조를 달리해가고 있었다.

염상진은 자신이 지휘할 부하들과 함께 바위에 은신하고 앉아 주먹밥을 먹고 있었다. 보리가 반 이상 섞인 밥을 김으로 둘러싼 것이었다. 그것 한 덩어리에 짠지 한 쪽씩이었다. 밥은 차가웠다.

"꼭꼭 씹어먹도록."

염상진은 두 번째 주의를 환기시켰다. 그는 어두워져가는 산골짜기에 눈길을 보낸 채 밥알이 풀기로 느껴질 때까지 씹고 있었다. 어떤 음식이고 씹을수록 맛이 나고, 아무리 거친 음식도 제대로 씹어서만 넘기면 체하거나 배탈나는 법이 없다고 했다. 생전에 아버지가 입버릇처럼 한 말이었다. 그건 틀림없는 말이었고, 그는 어려서부터 그걸 몸에 익혔다. 밥을 오래 씹으면 그것이 쌀밥이든 보리밥이든 잡곡밥이든 달치근하고 고소한 맛이 감돌고, 그 맛은 새로운 식욕을 일으켜주었다. 반찬이 없는 밥일수록, 먹기가 험한 밥일수록 꼭꼭 오래 씹어먹어야 했다.

염상진은 밥을 오래도록 씹으며, 1월인 데다가 야산대 생활을 하면서 밥을 먹을 수 있다는 사실을 더없는 다행과 천행으로 여겼다. 12월로 접어들면서 곡식이 바닥나기 시작한 집들이 숱할 것이다. 그때부터는 시래기죽을 끓여야 하고, 1월을 넘기며 죽거리마저 동이 나고 말면 술도가를 찾아가 술찌끼까지 다툼하며 얻어다 먹다가, 2월 들어 더는 견딜 수가 없게 되면 벗어날 길 없는 올가미인 것을 알면서도 장리쌀을 얻을 수밖에 없게 되었다. 소작인이면 너나없이 그렇게 살 수밖에 없는 1월에 밥을 먹고 있는 것이다.

율어를 장악하고 나서 보니 그때까지 소작료를 거둬가지 않은 쌀들이 의외로 많았다. 이번 혼란을 겪으며 몇몇 지주가 길이 험한 율어 행차를 못한 탓이었다. 그렇다고 확인을 거친 다음 거출되는 상례를 어기고 소작인 임의로 쌀을 갖다바칠 수도 없는 일이었다. 소작인들은 죽을 끓이는 형편이면서도 소작료 낼 벼들은 고스란히 모셔놓고 있었다. 그건 그들이 진실해서가 아니고, 지주를 섬기는 마음에서는 더구나 아니었다. 만약 그것을 먹어치웠다가는 내년 소작이 떨어지고 마는 것이다. 지주들도 그 무기를 믿고 느긋할 수 있었을 것이다. 염상진은 그 볏가마니들을 모두 거둬들였다.

그리고 부대에 필요한 최소량만을 남겨놓고 나머지를 가구당 식구 수에 비례하여 고르게 분배시켜 주었다.

염상진은 다시 분대장들을 집합시켰다. 사방은 진한 어둠으로 덮여 있었다.

"곧 작전을 개시하겠소. 다시 강조하지만, 무리한 작전, 무모한 작전을 전개하지 말도록. 인명 우선, 이 점 명심하기 바라오. 분대별 작전이나 전체 작전은 변동 없음. 만약 부상자가 발생할 경우 끝까지 구출하는 것은 말할 것도 없고, 사상자가 생기더라도 반드시 운반할 것. 이상."

산개한 다섯 개의 분대는 면사무소와 지서를 최종 목적지점으로 삼고 다섯 방향에서 공격하도록 되어 있었다. 주월산을 넘어 면사무소까지 직선방향을 염상진이, 그 좌우를 하대치와 강동식이, 그 양옆으로 오판돌과 그의 부하 양점수가 포진할 계획이었다. 그건 염상진을 기점으로 한 오각형 포위공격이고, 오판돌과 양점수 사이가 열려 있었다. 거기가 열려 있는 것은 포위공격 시 최소한의 적의 퇴로를 열어줌을 유념해야 한다는 원칙을 지켜서가 아니었다. 그쪽은 간척지가 끝나면 바로 바다였던 것이다. 지리에 밝은 오판돌과 양점수를 양쪽 끝에 배치한 것은 벌교와 보성 쪽에서 나타날지도 모르는 지원병력을 막기 위해서였다. 그러니까 공격의 주력은 염상진·하대치·강동식이었다.

정각 7시를 기하여 조성면의 전등불이 꺼져버렸다. 그리고 어둠 속에서 총성이 울리기 시작했다.

"기습입니다! 적 기습입니다!"

심재모가 비상전화를 받은 것은 7시 5분쯤이었다.

"침착하라! 적의 병력은?"

"모르겠습니다, 전기가 끊겼습니다. 사방에서 총소리가…… 포, 포위당한 것 같습니다."

"침착하라니까! 포위공격인지 정확히 확인해!"

통화는 여기서 끊기고 말았다.

심재모는 우선 읍내 병력의 총집합을 명령했다. 비상전화로 보성에도 같은 명령을 내렸다. 그리고 담배를 피워물었다. 연기를 깊이 깊이 빨아들였다.

7시, 포위공격…… 7시, 포위공격…… 목적은…… 조성면 장악……? 그렇게 단순한 전략일까…… 일단, 현재 상황이 시급하다. 포위공격이면, 적잖은 병력이 투입되었을 것이다. 그러면 율어는?

심재모는 시계를 보았다. 3분이 지나 있었다.

"염 단장! 똑똑히 들으시오. 보성에서 율어까지와, 보성에서 조성까지와, 어느 쪽이 더 가깝소?"

"질이야 험해도 율어가 가찹제라."

심재모는 마음을 정했다. 양면공격을 가하는 것이었다. 보성에서 조성까지의 거리는 벌교에서 조성까지의 거리보다 두 배라는 것은 이미 파악되어 있었다. 자신이 지원공격을 맡고, 보성의 병력으로 하여금 율어를 치게 하는 것이었다. 포위공격을 감행해 왔다면 율어의 병력은 그만큼 줄어들어 있을 것이었다. 율어를 치는 것은 적의 허를 찌르는 기습작전인 동시에 보복공격이었다.

"똑똑히 들어라. 경찰병력을 제외한 전군병력은 율어면을 기습 공격한다. 길 안내자를 두세 명 확보할 것이며, 적을 기습하고 신속하게 빠지도록 하라. 적에게 타격을 가하는 작전임을 명심하라."

심재모가 보성에 내린 명령이었다.

"앞으로 30분 이내에 조성 방면으로 가는 기차가 있소?"

심재모가 시계를 들여다보며 물었다. 5분이 더 지나 있었다.

"없습니다."

경찰서장이 굳어진 얼굴로 대답했다.

"좋소, 난 조성으로 출동할 테니 여길 잘 부탁합니다."

심재모가 M1소총을 불끈 들어올리며 세 사람을 훑어보았다. 서장과 임만수·염상구는 부동자세로 서 있었다.

심재모는 기찻길의 양쪽에 난 인도로 병력을 구보시켰다. 국도를 피한 것은 만일에 있을지 모를 매복에 대비함이었고, 철로가 국도보다도 직선거리였던 것이다.

1시간 20분에 걸친 줄기찬 구보였다. 어둠 속에서 들려오는 총성은 별로 격렬성이 없었다. 심재모는 불길함을 느꼈다. 그건 싸움이 한 고비를 넘겨 어느 쪽인가가 수세에 몰리고 있다는 증거였다. 그런데 수세에 몰린 것이 적이 아니라 아군일 것 같은 예감을 버릴 수가 없었다. 구보를 하면서 몇 번이고 되짚어보았지만 적들은 사전준비를 치밀하게 해서 공격을 감행한 것이다. 전기를 절단한 것이며, 저녁밥 때를 이용한 것이며, 포위공격을 한 것이며…… 돌발적인 충돌이 아니라 사전에 적의 탐지에 노출된 싸움에서 이긴다는 것은 거의 불가능한 일이었다. 심재모는 일단 아군이 수세에 몰린 것으로 판단하고 전 병력을 간척논에 2열횡대로 세워 돌격전을 감행하기로 했다. 다소의 피해를 감수하고라도 위기상황을 타개하는 데는 가장 효과적인 공격법이었다.

"적을 무차별 사살하라! 돌격엇!"

M1소총을 잡은 두 팔에 힘을 가하며, 심재모는 앞서서 뛰기 시작했다.

지서를 장악한 염상진은 두 명의 군인과 마주 앉아 있었다. 그들은 포로가 아니라 투항을 해왔다. 그들은 사회주의 의식을 가지고 건국준비위원회 시절에 치안대에서 일했으며, 그 뒤 청년단과 경찰의 횡포를 피해 군에 입대했다고 진술했다. 그건 젊은 사회주의자나 공산주의자들이 대체로 겪은 경로이기도 했다.

"그대들은 부대 안에서 노출될 위험이 있었는가?"

"아직까진 그렇지 않았습니다."

염상진은 고개를 끄덕였다. 그들의 투항을 의심하는 것은 아니지만 전적으로 믿을 수도 없는 일이었다. 적의 예비에 의한, 투항을 위장한 첩자의 침투일 수 있는 위험도 전혀 배제할 수 없었다.

"그대들의 혁명열정을 높이 치하하오. 그대들은 이 시간부터 나의 혁명동지요. 노출의 위험이 없는 한 계속 부대에서 암약하기 바라오. 그것이 혁명과업 수행에 동지들이 맡을 무엇보다 긴요한 임무요. 그리 할 수 있겠소?"

"예……."

"명령에 따르겠습니다."

두 군인은 다소 당황한 기색으로 대답했다.

"대장님, 대장님, 적들이 새로 공격을 해오는구만요. 지원부대 겉은디요."

하대치가 다급하게 뛰어들며 보고했다.

"빨리 몸을 숨기도록. 조직이 곧 동지들과 연결될 것이오."

염상진은 두 군인의 손을 힘주어 잡으며 말했다. 그들은 허둥지둥 지서를 나가 어둠 속으로 자취를 감추었다.

"하 동무, 퇴각 준비하시오."

염상진이 촛불을 확 불어 껐다.

예상을 앞질러 나타난 지원부대였다. 여섯 번째 목적은 포기할 수밖에 없었다. 신속하고 안전한 퇴각만이 남은 일이었다.

염상진 부대는 퇴각을 위해 위장사격을 가하며 주월산 쪽의 최단거리를 퇴로로 잡았다. 이미 예정된 작전이었으므로 그들의 퇴각은 신속하게 이루어졌다.

심재모는 면사무소 뒤의 야산까지 적을 추격한 다음 부대를 정지시켰다. 일단 산속으로 물러서고 있는 적을 더 이상 뒤쫓을 필요가 없었다. 어두운 데다가 적들은 이쪽보다 산속의 지리에 훨씬 익숙할 터이었다. 무모한 전투를 감행하기보다는 이쪽의 피해를 확인하고 전열을 정비하는 것이 더 시급한 문제였다.

심재모는 경계태세로 병력을 배치한 다음 피해상황 조사에 착수

했다. 1분, 1분 시간이 지날수록 심재모의 마음은 굳어졌다. 반 시간 남짓 걸린 점검 결과는 사망 여섯, 부상 아홉이었다. 1개 소대 병력의 절반 가까이를 잃은 참담한 피해였다. 경찰 사망자 한 명까지 생각하면 심재모는 밝은 날이 올 것이 두려울 지경이었다.

심재모가 더 암담해진 것은 그 다음이었다. 횃불까지 밝혀 들고 아무리 샅샅이 뒤져보았지만 적의 사상자나 부상자는 그 어디에서도 찾을 수가 없었던 것이다. 염상진……, 심재모는 이빨을 뿌드득 갈았다. 아무리 기습이나 포위를 당한 불리한 상황의 전투였다 하더라도 이쪽의 피해가 그만큼 컸으면 적에게도 피해가 있을 것이 분명했다. 싸움이란 힘과 힘이 부딪치는 것이고, 힘이 부딪치게 되면 쌍방이 피해를 입게 마련이었다. 다만 그 차이가 있을 뿐이었다. 그런데 적의 피해자는 단 하나도 찾을 수가 없는 것이다. 염상진이란 사내는 부상한 부하는 물론 사망한 부하까지도 적진에 남겨두지 않으려 한 것이 틀림없었다. 그건 객관적인 입장에서 볼 때 존중할 만한 대장다운 면모였다. 그러나 이쪽 입장에서는 일방적으로 피해만 입었지 아무런 전과가 없는 것이 되고 말았다. 어쩌면 염상진이란 사내는 바로 그 일거양득을 노리고 있었는지도 모를 일이었다.

조성에는 병원이 없었다. 아홉 명의 부상병을 벌교까지 후송하는 데 소대병력이 필요했다. 부상자 하나의 들것에 네 명이 동원되어야 하고, 경계병도 따라야 했다. 후송부대를 떠나보낸 다음 심재모는 벌교와 보성에 전화를 돌렸다. 별다른 이상이 없다는 보고였다.

심재모는 비로소 담배를 피워물었다. 지원부대가 나타나자마자 퇴각을 해버린 염상진의 조성 공격목적은 무엇이었을까. 그는 되작거려 생각하기 시작했다. 일단 기습으로 치고 그리고 빠지는 작전…… 분명 노린 것이 있었을 것이다…… 그것이 무엇일까, 그것이……. 그 단순한 작전의 저의를 심재모는 시원하게 잡아낼 수가 없었다. 그는 그 생각을 일단 덮어두기로 했다.

심재모는 시계로 눈을 보냈다. 9시 반이 되어가고 있었다. 그는 무릎 사이에 넣고 있는 M1소총을 의자 등받이로 옮겼다. 지서장과 신 중사가 죄지은 사람들처럼 잔뜩 웅크리고 앉아 있었다. 심재모는 스산한 웃음을 지었다. 싸움의 성패는 병가지상사일세, 그는 그렇게 속말을 하고 있었다.

"지서장님."

"아, 예에……."

지서장이 소스라치며 일어섰다.

"앉으세요. 앉아서 얘기해요."

심재모의 얼굴에 짜증스러움이 묻어났고, 지서장은 어물거리며 의자에 엉덩이를 걸쳤다.

"그자들이 말이요, 아까 그 길로 곧장 율어면까지 간다면 얼마나 걸리겠소?"

"밤인디다 산길이고 헌께…… 지아무리 빨리 걸어도 날 샐 임시나 돼얄 것 같구만요."

심재모는 다시 시계를 들여다보았다. 병력을 율어에 투입한 것이 아무래도 마음에 걸렸다. 너무 경솔한 판단이 아니었을까 하는 염려가 자꾸만 고개를 들었다. 적이 그렇게 접전을 피해 퇴각함으로써 생기기 시작한 염려였다. 퇴각한 적이 율어의 병력과 합류한 상태에서 아군이 접전을 벌이게 된다면 그건 완전한 작전실패가 될 위험이 컸다. 시간적으로 그럴 가능성은 희박했지만 그래도 마음은 쓰였다.

"전기가 끊겼는데, 그 점을 어떻게 생각하시오?"

"예, 제 불찰로 그만……."

지서장이 엉거주춤 엉덩이를 들었다.

"아, 누구의 책임인가를 따지는 게 아니라, 누구의 소행인지를 밝히자는 것이오. 적이 직접 한 짓인지, 여기 박혀 있는 세포가 한 짓인지, 그게 문제요. 전기 같은 특수시설을, 면내의 전기를 일시에 끊을 수 있는 자, 그건 전문기술자가 아니고선 할 수 없는 일이오. 이 일대의 전기기술자를 대상으로 극비리에 조사를 시작하시오."

"알겠습니다."

"그리고, 조성책이 오판돌이라고 알고 있는데, 그 사람, 어떤 사람이오?"

"예, 여기 출신인디, 애비 따라 간도살이럴 허고 돌아와 조용허니 잡화상얼 잘허등마, 빨갱이로 둔갑했구만요."

"간도살이?"

"아 예, 간도땅에서 오래 살았구만요."

간도…… 그럼 그도 '귀환동포'가 아닌가. 심재모의 의식 속에서는 언뜻 짚이는 것이 있었다. 얼마 전에 입산자들을 마을단위로 분류 검토한 일이 있었다. 그런데 다른 데에 비해 회정리 2구가 표나게 많았다. 그 이유를 묻자, "원체 귀환동포 마을이라서요" 하는 서장의 대답이었다. "그게 무슨 뜻인가요? 귀환동포와 공산주의가 무슨 연관이 있다는 말 같은데요." "예, 그게 그러니까…… 귀환동포라는 사람들이 원체 거칠고, 뭐 그냥…… 저도 자세한 건 잘 모르겠군요." 서장은 얼버무렸고, 자신도 덮어두었던 문제였다. 귀환동포와 공산주의……. 심재모는 고개를 갸웃거렸다. 자신으로서는 그 연관성을 규명할 수가 없었다. 그는 서민영 선생이나 김범우를 찾아가야겠다고 마음에 새겼다.

보성에서 전화가 걸려온 것은 새벽 2시였다.

"보고합니다. 작전 무사히 마치고 귀대했음."

"피해는?"

"전무합니다. 전과가 있습니다."

"전과?"

"체포당해 있던 경찰 네 명, 전원 구출했습니다."

"뭐라고? 여태까지 살려뒀더란 말인가!"

"그렇습니다. 경찰서장님이 혹시 모른다고 직접 앞장섰는데, 그게 적중했습니다."

"수고했어, 수고했어."

전화를 끊으며 심재모는 허물어지듯 의자에 털퍼덕 주저앉았다.

염상진이 세 명의 부상병이 섞인 부대를 이끌고 율어에 도착한 것은 먼동이 터오는 무렵이었다. 그를 기다리고 있는 것은 벼락이 떨어지는 것 같은 비보였다. 보성 방면으로부터 기습을 당해 세 명이 죽고 다섯 명이 부상을 당해 있었다. 경찰 네 명이 탈주했다는 말은 그의 귀에 들리지도 않았다. 심재모……. 염상진은 두 손으로 얼굴을 감싸고 주저앉으며 신음을 씹었다. 그자는 도대체 누구인가. 어떻게 그런 작전을 펼 수 있단 말인가. 염상진은 두 손아귀에 힘을 가하며 부르르 떨었다.

# 4

## 야학의 여선생

읍내에는 며칠에 걸쳐서 심재모와 염상진의 대결에 관한 이야기가 분분했다. 사람들의 이야기를 간추려놓고 보면 결국 누가 이겼느냐는 것이었다. 처음에는 심재모가 형편없이 진 것으로 소문이 퍼졌다. 그러다가 율어에서 살아난 경찰관 네 명이 심재모에게 감사의 인사를 오게 됨으로써 소문은 달라지기 시작했다. 그리고 염상진네한테서 세 집에 은밀하게 전해준 사망소식이 번지면서부터 심재모의 명예는 회복되기에 이르렀다. 사람들이 내린 판정은 '비겼다'는 것이었다. 그 소문들이 날개를 달고 벌교·조성·보성을 제멋대로 넘나들고 오락가락한 연후에 그런 판정이 내려지게 되었다.

심재모는 그런 민심의 동향을 대충 감지하면서도 침묵으로 일관했다. 그런 소문에 신경 쓰기에 앞서 처리해야 할 일이 많았던 것이다. 연대본부에 사건보고와 아울러 병력충원을 요청해야 했고,

병력보충이 있을 때까지 고흥 주둔 병력의 일부를 조성으로 이동 배치시켜야 했다. 그리고 청년단 문제가 골머리를 썩이고 있었다. 유지라는 사람들은 한 덩어리가 되어 염상구의 횡포를 법으로 처리하라고 압력을 가해오고 있었다. 무기로 공갈협박한 죄라는 것이었다. 만약 염상구를 처벌하지 않으면 유주상이 청년단장 자리에 앉지도 않을 뿐만 아니라, 상부에 직접 보고해 염상구를 반드시 집어넣고 말겠다며 으름장을 놓았다. 사실 청년단의 명칭을 바꾸고 조직을 개편하기로 예정했던 날이 벌써 며칠째 그냥 지나가고 있었다.

"사령관님도 한분 생각혀 보시씨요. 나도 요렇다게 붕알 두 쪽 단 사내새낀디, 내 밥그럭 뺏김스로 빙신맹키로 죽은 디끼 있어야 허겄소. 남자로 한평상 사는 것이 배짱놀음이고 오기놀음인디, 나가 그놈 눈구녕이고 가심이고 푹푹 쑤셔뿔지 않고 그만허니 끝낸 것은 참고 참고 또 참은 것이랑께요. 사령관님, 사령관님이 내 처지가 되얐으면 워쩌셨겄소. 그만헌 오기 잠 부린 것이 무신 죄냐니께요."

염상구의 말이 타당하다고 할 수는 없었다. 그러나 터무니없는 말도 아니었다. 그 일은 단순하게 처리할 성질의 문제가 아니었다. 유지들은 자신들의 위신을 회복시켜야 한다는 저의를 가지고 있었고, 염상구는 만약 어떤 조치가 취해지면 정말 일을 저지르고 말겠다는 의도를 노골적으로 드러내고 있었다. 유지들 편을 들면 청년단이란 조직 속에 그나마 묶여 있던 염상구와 그 휘하의 주먹패들이 금방 불량배로 바뀔 위험이 컸고, 그렇다고 염상구의 편을 들면 소위 읍내의 지배층이라고 할 수 있는 그들이 어떤 일을 꾸며 사람을 궁지에 몰아넣을지 모를 일이었다. 그 간단할 수 없는 일의 현명한 해결이란 그 어느 쪽의 편도 들지 않는 것이었다. 중립적 입장에서 일을 해결할 수 있는 방법, 그 묘안이 떠오르지 않아 심재모는 골치를 앓고 있었다.

한편, 유주상은 안팎으로 고민에 빠져 있었다. 밖으로는, 자신의 마음과는 달리 유지들이 일을 몰아가고 있었다. 그는 속마음 같아서는 그까짓 허울뿐인 감투를 팽개쳐버리고 싶었다. 그러나 애초에 일을 시작하지 않았으면 몰라도 이미 결정을 내린 일을 놓고 번복한다는 것은 염상구놈의 횡포에 굴복하는 꼴밖에 되지 않는 일이었다. 당할 횡포 다 당한 마당에 그건 다시 스스로 체면을 깎는 일일 뿐이었다. 이제 자신이 취할 태도는 속마음을 감추고 강한 척하는 것밖에 없었다. 그런데 또 하나 난처한 일은 유지들이 내세우고 있는 해결책이었다. 그 강경일변도가 조마조마하고 아슬아슬해서 밤잠이 안 올 지경이었다. 법은 멀고 주먹은 가깝더라고 그렇게 몰아가다가 언제 어느 때 또 염상구놈한테 당할지 모를 일이었다. 그렇다고 유지들이 그렇게 강경한 태도로 나가는 것은 다 자신의 위신을 찾아주기 위해서인데 피해당사자가 나서서 적당히 무마하자고 할 수도 없는 노릇이었다. 유주상은 이러지도 저러지도 못할 입장에서 나날이 속만 타들어가 토끼똥을 쌀 지경이었다. 그러나 그런 일은 또 아무것도 아니었다. 더 큰 문제는 안에 있었다. 꼭 거짓말처럼 그날 이후로 물건이 말을 안 듣는 것이었다. 그놈 말대로 정말 그놈 칼에는 귀신이 붙은 것일까. 그놈이 괜한 소릴 씨부린 거라고, 귀신이 어디 있느냐고, 그놈이 겁주려고 한 소리라고, 무슨 귀신이 칼에 붙는 귀신이 다 있느냐고, 스스로를 일깨우고 강조했지만 아무 소용이 없었다. 그것은 전혀 말을 듣지 않았다. 하루거리로 부풀어올라 나무토막 같은 견고한 힘을 자랑하며 전신이 녹아내리는 쾌감을 주던 그것에 정말 귀신이 붙어버렸는지 형편없이 풀이 죽어 오그라져 있었다. 아무리 색이 동할 기막힌 생각을 해줘도, 아무리 부드럽게 어루만져도, 아무리 아내의 샅에 비벼대도, 그것은 귀머거리였고 벙어리였고 봉사였다. 안타깝다 못해 환장할 일이었다. "당신 워디 아프요?" 아내의 첫 번째 물음이었다. "당신 요새 요상허요?" 삼사 일이 지나자 기색이 조금 달라진 아내의 두 번째 물음이었다. 아내가 그럴수록 그건 야속하게도 더 풀 죽어들었다. "당신 딴 지집 보고 있제라?" 표독스럽게 덤빈 아내의 세 번째 물음이었다. 그는 아내의 얼굴을 철꺽 갈기고 말았다. 그건 폭력 행사가 아니라 그가 내던진 1차적인 말이었다. 그리고 그는 2차적인 말로 속앓이해 온 사연을 털어놓았다. "굿얼 혀야제라, 굿얼. 귀신이 붙었으면 싸게 굿얼 허는 수밖에 읎당께요." 아내가 울먹이며 쏟아놓은 말이었다. 거기에 귀신이 붙어 굿을 하다니, 참 어이없고 기가 막힌 일이었다. 그는 아내를 윽박질러 눌러놓았다. 그런데 그것은 말을 안 듣는 것으로 끝나지 않았다. 그놈 말마따나 점점 썩어들어가는 것인지 갑자기 뜨끔거리는가 하면 짜릿거리고, 욱씬거리는가 하면 찌르르 당기고는 했다. 그는 그럴 때마다 변소로 내달아 그것을 꺼내가지고 요모조모 찬찬히 살펴보고는 했다. 그때마다 픽 풀 죽어 있는 물건이 그렇게 볼품없고 초라하고 한심스러울 수가 없어 남모르는 비감을 씹고는 했다. 그가 청년단장직을 이제나마 내던지고 싶은 마음이 절절한 것은 염상구놈의 칼귀신을 떼쳐내고자 함이었다. 칼귀신을 물리쳐 자신의 물건이 옛날의 그 당당한 기운을 회복할 수만 있다면, 공산당을 척결해야 한다는 적개심이나 장래를 위한 정치기반을 다지는 계획쯤은 얼마든지 뒤로 미룰 수가 있었다.

"사령관님, 제 생각입니다만, 서로 화해를 붙이는 게 어떨지요."

옆에서 보다 못한 서장이 심재모에게 조심스럽게 제의했다.

"무슨 묘안이 있나요?"

지금 상태에서 화해만큼 좋을 것이 없지만 무슨 수로 그걸 실현시킬 수 있을까 싶어 심재모는 고개를 갸웃했다.

"양쪽에 말을 걸 수 있는 사람이 나서면 그리 어려운 문제만도 아닐 겁니다. 김범우 선생이면 그것이 가능하지 않을까 합니다."

"아, 김범우 선생!"

심재모는 귀가 번쩍 띄었다. 그러나 다음 순간 마음이 물러나앉고 말았다.

"이런 궂은일에…… 그분이 꺼리면 피차에 말을 꺼내지 않음만 못하잖겠소?"

"그렇기야 하지요. 허나, 이 문제가 확대되면 염상진이가 조성을 공격한 것만큼이나 복잡하고 골치 아픈 문제가 될 겁니다. 안 될 때 안 되더라도 부탁을 해봐야 되잖겠습니까. 지금으로선 그것이 최선의 방법이니까요."

"그렇지요. 최선이고 유일한 방법입니다. 그런데 김 선생이 응할 것 같은가요?"

"읍을 위하는 일이니까요. 제가 먼저 찾아가 부탁을 할 테니, 사령관님이 다시 전화를 좀 거시지요."

"아닙니다, 전화로 그런 말하는 것처럼 큰 결례가 없습니다. 나도 서장님과 동행하도록 하지요."

"그러시면 더욱 좋지요."

"당장 찾아가게, 집에 있는지 전화를 좀 넣어보시죠."

김범우는 집에 있었다. 두 사람은 서둘러 일어섰다.

"우선, 금융조합장이란 사람이 청년단장 자리를 넘보는 것을 이해할 수 없군요. 스스로 극우임을 내세우고자 함인가요?"

사건 전말을 다 듣고 난 김범우가 혼잣말처럼 한 말이었다.

"공갈협박죄로 고소를 하려면 후딱 할 일이지, 그렇게 압력을 가하고 있는 사람들이야말로 공갈협박죄를 범하고 있군요. 제 생각으로는, 염상구가 금융조합장한테 정식으로 사과하는 선에서 일을 무마시켰으면 합니다."

김범우는 이렇게 해결 방법까지 밝히면서 궂은일 맡기를 마다하지 않았다. 귀찮아하거나 싫어하는 내색도 보이지 않고, 그렇다고 젠체하는 기색도 없이 시종 신중한 김범우의 태도에 심재모는 친

근감 이상의 감정을 느끼고 있었다.

"……고 싸가지없고 느자구없는 새끼가 지 명대로 못 살고 황천 길 갈라고 해필이먼 요 염상구 밥그럭얼 채트렀는디, 성님, 성님도 남잔께 허는 말인디, 성님언 가만있으셨겠소?"

염상구는 게거품을 무는 장광설을 이렇게 끝맺었다.

"가만 안 있지, 잘했네."

김범우가 담뱃불을 끄며 말했다.

"워메 성님, 그 말 참말이다요? 워따메, 나 속 알아주는 사람은 역시 우리 성님뿐이시."

염상구는 천진스럽게도 좋아하고 있었다.

"상구, 그런데 말이야, 방법이 조금 잘못됐어."

"야? 방법이라고라?"

염상구의 좋아하던 얼굴이 그만 굳어졌다.

"자네 직책이 청년단장이지?"

"그렇제라."

"그러면 직책에 어울리게 좀 점잖은 방법으로 했어야지. 그럼 유 주상이 콧대 꺾고, 자네 체면 다 세우면서 이런 말썽이 안 났을 거 아닌가."

"참말로, 글먼 진작 잠 갤차주제라."

"자네가 날 찾아왔어야 말이지."

"허기넌 그렇구만이라잉."

염상구는 뒷머리를 긁적였다.

"지나간 얘기 다 소용없고, 기분 내키는 대로 말하지 말고, 앞으로 어떻게 할 작정인지 속마음을 말해 봐."

"니기럴, 유지라는 것덜이 저 지랄얼 허고 뎀비는디, 깝깝허제라."

"갑갑하면, 내가 들어서 해결을 해볼까?"

"성님헌테 무신 존 생각이 있으시오?"

염상구는 반색을 하고 들었다. 감투라는 것이 뭔지, 김범우는 피식 웃었다. 염상구의 반색이 공갈협박죄로 몰리는 것을 두려워하는 것이 아니라 그렇게 됨으로써 청년단에 발을 붙일 수 없게 되는 것을 두려워하는 것으로 김범우는 해석하고 있었다.

"내가 나서면 해결이 되지."

"아이고 성님, 지발 일 매듭 잠 풀어주씨요. 유지덜이 저 지랄발광을 헝께 속으로는 침이 보트요."

"내가 나설라면 자네가 날 도와야 하네."

"하먼이라, 무슨 일이고 시키는 대로 허제라."

"그럼 됐네. 유지들이나 유주상이는 내가 알아서 할 테니까, 자네는 한 가지 일만 하면 되네."

"고것이 먼디요?"

"유주상이한테 잘못했다고 한마디 사과하는 일이야."

"물꽉 꿇고 빌라 그 말이당가요?"

염상구가 버럭 소리를 질렀다.

"이 사람아, 무릎은 무슨 무릎을 꿇어. 그냥 입으로 잘못했다고 한마디 하는 거야."

염상구를 밀어치듯 김범우도 언성을 높였다.

"알었구만요. 나넌 또 물팍 착 꿇고 엎드려 비는 것인지 알었제라. 그냥 입으로 허는 것임사 열 분 백 분도 허제라. 그 말 힘스로 속으로는, 니미 붙어묵어라, 니 애비 좆이다, 욕을 혀도 지놈이 알 게 머요."

"더 심한 욕을 해도 그거야 자네 맘이야."

"되얐소, 성님. 성님 말씸대로 나가 점잔허니 사과헐 것잉께 일만 풀리게 혀주씨요."

김범우는 유주상을 찾아갔다. 처음에는 완강한 태도를 보이던 그는 차츰 이야기를 주고받으며 속마음을 드러내기 시작하더니, 마침내는 황당무계한 하소연까지 했다.

"아, 그건 이제 염려하실 게 없는 문젭니다. 귀신은 주술을 건 사람이 주술을 풀어야 하는 거니까 염상구의 사과를 받아들여 화해를 하시면 깨끗하게 없어질 증상입니다."

김범우는 솟아오르는 웃음을 눌러가며 그럴듯한 거짓말을 꾸며 대고 있었다.

"귀신은 무신 귀신이어라. 싸카쓰단에서 나헌테 칼던지기럴 갤차준 사부님이 써묵은 방법을 나도 써묵어본 것이제라. 그 사부님 말씸이, 사람이란 것이 원체 간사시럽고 요사시런 짐승이라 지헌테 해로운 소리에는 꼼짝을 못허게 되야 있다는구만요. 그래서 사부님은 오기 부릴 사람이 생기면 칼을 던지고 나서 귀신을 폴아묵고 혔지라. 하, 유주상이자석, 자지가 말얼 안 들어 애깨나 썩엤겄다.

속이 씨이언허다! 근디 말이요, 성님. 성님은 워찌 그리 후닥딱 둘러붙였습디여? 성님 그짓말허는 기술이 나보담 웃질인디요? 성님허고 둘이서 점쟁이나 나설께라?"

"예끼 이 사람, 싱겁긴."

김범우는 염상구의 어깻죽지를 철썩 치며 의자에서 일어섰다. 다방 안에는 제철이 지난 〈귀국선〉이 울려퍼지고 있었다.


"시옷, 사샤서셔소쇼수슈스시, 이응, 아야어여오요우유으이, 지읒······."

하나로 어우러진 여럿의 목소리가 노랫가락처럼 추운 어둠 속에 퍼지고 있었다. 서민영이 운영하는 야학인 교회당이었다. 돌로 지어진 교회당 건물은 어둠에 묻혀 그 윤곽이 지워져 있었다. 밝은 때는 정면의 중앙 상단에 크게 음각된 '筏橋敎會堂'이란 글씨보다 먼저 눈에 띄는 왼쪽문 옆의 '1939'라고 새긴 숫자도 보이지 않았다. 예수가 탄생한 지 1939년째에 세워진 그 교회를 서민영은 야학으로 빌려쓰고 있었다. 가락을 이룬 여럿의 목소리가 흘러나오는 가운데 흐린 불빛을 담은 창문들이 겨우 제 모습을 드러내고 있었다.

"······히읗, 하햐허혀호효후휴흐히."

하나로 합쳐져 흐르던 목소리들이 여기서 끝났다. 넓은 교회당 안에 문득 침묵이 가득 찼다.

"네에, 아주 잘들 했어요. 그렇게 잘들 왼 것처럼 손으로 쓸 줄도 알아야 합니다. 여러분, 알겠어요?"

이지숙이 정다우면서도 엄한 느낌의 목소리로 말했다.

"네에에—."

30명 가까운 학생들이 입을 모아 길게 대답했다. 남녀가 합해진 그들은 구구각색이었다. 빨간 댕기를 드리운 처녀가 있는가 하면 단발머리 소녀가 있었고, 상고머리 총각이 있는가 하면 빡빡머리 소년이 섞여 있었다. 그렇듯 나이가 서로 다른 그들이 읍내의 여러 동네서부터 추위를 무릅쓰고 와 한자리에 모여앉은 공통점은 글을 깨쳐 무식을 면하고자 함이었다.

"네에, 좋습니다. 그럼 추운 것을 조금만 더 참고, 이번에는 다 같이 구구법을 외어보도록 하겠어요. 자아, 다 같이 시이이작!"

"이 일은 이, 이 이는 사, 이 삼은 육, 이 사 팔……."

모두의 목소리가 조화롭게 합해져 울리기 시작했다. 이지숙은 그 울림이 슬픔인 듯 서러움인 듯 가슴을 적셔오는 것을 느끼고 있었다. 가난이란 육신을 배고프게 할 뿐만 아니라 영혼까지 배고프게 만드는 것이다. 최소한의 굶주림을 모면할 길이 없는 빈한 속에서 배움을 얻을 수 없음은 너무나 당연한 사실이었다. 봉건사회의 착취계층은 그 상관관계를 교활하게 이용함으로써 지배계층으로서의 지위까지 대대로 향유할 수 있었다. 대중착취로 부를 축적함과 아울러 대중무지화로 사회 의식이 잉태될 씨부터 말살해 나갔다. 대중의 무지는 개별적인 굴종과 기회주의만을 낳을 뿐이었다. 그 토양 위에 착취계급의 영속적 지배가 뿌리를 내리는 것이다.

무지한 대중은 응집력이 없는 모래와 같다. 모래밭을 응집력을 가진 흙으로 변화시키려면 끊임없이 물길을 대야 하는 것이다. 그 물길이 바로 가르침이고 일깨움이었다. 사회의식을 획득해 가고, 확대해 가는 대중의 응집력—그것은 혁명의 무한한 잠재력인 동시에 원동력이었다. 일제치하를 거치며 대중들은 일단 왕권의 절대신성이라는 허위를 깨닫고, 더는 그 존재를 인정하지 않게끔 되었다. 그런 의식의 변화는 시대의 변화와 함께 대중이 깨닫게 된 인식의 발전이었다. 왕권을 인정하지 않는 봉건사회의 거부, 그 인식은 바로 그와 반대되는 정치·사회구조를 필요로 하게 되었다. 그것은 모래가 흙으로 변해가는 대중 응집력의 싹틈이었다. 그 상태에서 대중들이 맞이한 것이 해방이었다. 해방은 대중들에게 그들이 원하는 세상의 실현으로 받아들여졌다. 그러나 그것은 대중들의 순박하고 단순한 착각에 지나지 않았다. 대중들은 자신들이 원하는 '살기 좋은 세상'이 반봉건적 정치·사회적 혁명을 거쳐야만 이룩될 수 있다는 필연적 사실까지는 인식하지 못하고 있었다. 물론 그것은 대중들의 잘못이 아니었다. 일제치하의 극렬한 탄압으로 말미암아 싹터오르는 대중의 응집력을 혁명의 원동력으로 바꿀 기회를 잃었던 것이고, 해방이 되자마자 그 기회를 잃었던 것만큼 더 열정적으로 대중의 힘을 혁명의 힘으로 불붙여나아가는 과정에서 미제국주의와 충돌을 일으키게 되었다. 그것은 제2의 기회상실이었다. 그러나 대중은 어디까지나 건재하고 있었다. 다만 지하로 흐르는 물줄기로 일시적 침묵을 하고 있을 뿐이었다. 이지숙은 그 물줄기의 정의로움과 진실됨을 믿고 있었다. 안창민이 염상진과 함께 그 물줄기가 솟구치게 하는 길을 뚫고 있다면, 자신은 그 물줄기가 더 힘차게 솟구치도록 불을 때고 있음을 이지숙은 확신했다.

"……칠 오는 삼십에 오, 칠 육은 사십에 이, 칠 칠은 사십에 구, 칠 팔은 오십에 육……."

학생들은 두 자릿수로 넘어가면서 가락을 맞추느라고 어느덧 필요 없는 말까지 끼워넣고 있었다. 이지숙은 혼자 웃음 지었다. 학교에서나 야학에서나 그건 어찌할 수 없이 일어나는 현상이었다. 그러지 말라고 주의를 시켜도 그건 고쳐지지 않았다. 합창을 하게 되면 자연히 가락이 생기고, 가락의 흐름에 따라 자연히 '에'자가 끼어들었다. 이지숙은 언제부턴가 우리 가락의 그 자연스러움을 즐기게 되었다.

덧버선을 신었는데도 이지숙은 발이 시려옴을 느꼈다. 석탄난로 하나로는 50평이 넘는 교회당 안의 추위를 녹일 수가 없었다. 어차피 야학도 겨울방학에 들어갈 수밖에 없었다. 서민영 선생은 학교의 방학에 따라 야학도 방학을 하라고 했었다. "학생들이 원하는 것이니 조금 더 견디도록 하겠습니다." 그래서 오늘까지 추위를 무릅써온 것이다. 학생들의 요구도 있기는 했지만 이지숙 자신으로서도 더 가르치고 싶은 숨겨진 욕심이 있었다. 그녀가 학생들을 가르치는 데 주안점을 두고 있는 것은 국어와 산술이 아니라 그 공부를 마친 다음에 꼭 한 가지씩 들려주는 '옛날이야기'였다. 그녀는 우리의 것과 서양의 것을 번갈아가며 이야기했는데, 그것들은 건성으로 들으면 그야말로 옛날이야기나 동화에 지나지 않았다. 그러나 조금만 신경을 써서 들으면 하나같이 계급의식을 조장하고 혁명의식을 고취시키는 내용들이었다. 그러므로 그녀의 입에 오르는 우리의 이야기로는 〈나무꾼과 선녀〉나 〈심청전〉 같은 것이 아니고 〈홍길동〉이나 〈임꺽정〉이었고, 서양 것으로는 〈엄마 찾아 삼만리〉나 〈왕자와 거지〉가 아니라 〈플란다스의 개〉와 〈성냥팔이 소녀〉였던 것이다.

"……구 팔은 칠십에 이, 구 구는 팔십일!"

끝에 힘을 모으며 구구법 합창이 끝났다.

"좋아요, 아주 자알했어요. 아까 말한 대로 오늘부터 겨울방학에 들어가기 때문에 지금까지 배운 것을 총 복습한 거예요. 여러분들은 오늘 복습한 것을 잊지 말아야만 글을 읽고 쓰게 되고, 수를 척척 계산할 수 있게 돼요. 방학 중에도 매일 한 번씩 외어 절대 잊지 않도록 해야 해요. 약속할 수 있죠!"

"네에엣!"

모두의 대답이 기운찼다.

"오늘은 방학날이고 날씨가 너무 추우니까 옛날이야기는 그만두기로 할까요?"

이지숙은 넌지시 묻고 있었다.

"안 되는디요." 이 소리가 한꺼번에 터져나오듯 했고, "오늘 얼어죽게 추운디도 이약 못 듣는 것이 아까와 요리 왔당께요." 소녀의 목소리가 카랑하게 울렸고, "하먼, 공부야 무신 재미가 있간디? 이약 듣는 재미에 그작저작 공부도 허는 것이제." 어느 총각의 굵은 음성이 퍼졌고, 그 체면 가리지 않은 말에 여자들 쪽에서 킥킥거리는 웃음소리가 들렸다.

이지숙은 호롱불의 흐린 불빛 속으로 학생들을 바라보며 만족스러운 웃음을 입가에 피워올리고 있었다.

"좋아요, 학생 여러분들이 추위를 견딜 수만 있다면 난 얼마든지 얘길 하겠어요."

이지숙은 학생들 앞으로 한 발 다가섰다.

"선상님, 이약 듣기 전에 한 가지 물을 말이 있는디요."

남자 쪽에서 손이 불쑥 올라왔다. "와따, 워째 초 치고 그런다냐." 퉁명스러운 말이 튀어나왔고, "통시깐에 가고 잡은 거 아녀어?" 뒤따라나온 다른 목소리였고, 여자들 쪽에서 다시 킥킥거리는 소리가 퍼졌다.

"모두 조용히들 하고, 다 같이 질문을 듣도록 해요."

이지숙이 분위기를 바로잡았다. 무명목도리를 두른 빡빡머리가 주저하는 몸짓으로 일어섰다.

"저어…… 이 말얼 물어야 될란지 워쩐지 모르겄는디요…… 어런덜헌테 물어볼 수도 없고라, 생각허다 허다가, 선상님이 몰르는 것은 무엇이고 간에 물으라고 허셔서 묻기로 헌 것인디요."

"하 짜석, 밥 다 타뿔라고 사설이 질기도 질다."

누군가가 불뚱스럽게 내뱉었다.

"선상님, 다른 것이 아니고라, 율어럴 차지헌 그 사람덜이 쌀얼 골고로 노놔줘서 죽 끓에 묵든 사람덜이 밥해 묵는다는 소문이 읍내에 쫘악 퍼졌는디, 고것이 참말일께라?"

빡빡머리의 말은 낮고도 조심스러웠다. 교회당 안에는 갑자기 싸늘한 기운이 뒤덮여왔다. 이지숙은 잠시 망설였다. 마음 같아서는 "그건 사실이에요. 염상진 동무와 안창민 동무가 인민들을 위해 한 훌륭한 일예요" 하고 싶었다. 그러나 그럴 수는 없는 일이었다. 이미 그 소문이 퍼지기 시작하고, 어린 학생이 질문을 할 정도가 된 것으로 그 효과는 십분 발휘되고 있었다. 학생의 입에서 '빨갱이'가 아니라 '그 사람들'이라고 말이 나온 것이 이지숙의 가슴을 친 신선한 충격이었다.

"그래요, 선생님도 그런 소문을 들었어요. 그런데 나도 내 눈으로 직접 보지 않은 일이니까 뭐라고 말할 수가 없군요. 여러분도 모두 그런 소문을 들은 눈치 같은데, 나나 여러분들이나 궁금하기는 마찬가지예요. 그게 사실인지 아닌지는 더 두고 봐야 알게 될 거예요."

긍정도 부정도 아닌 이지숙의 말은 하등 법에 저촉될 데가 없었다. 그러나 그녀는 두 가지 목적을 명백한 계산 아래 달성시키고 있었다. 자신도 그 소문을 들었다고 함으로써 소문을 알고 있는 것이 죄가 아니라고 안심시켜 앞으로 더 퍼져나가게 하려는 것이었고, 서로가 궁금하기는 마찬가지니까 더 두고 보자고 말함으로써 염상진네에게 계속적인 관심을 가지도록 유도한 것이었다.

이지숙이 말을 끝냈는데도 학생들은 싸늘한 기운을 그대로 유지한 채 미동도 하지 않았다. 그것이 무엇을 의미하는 것인지 그녀는 해독하고 있었다. 그건 율어사람들에 대한 부러움이었고, 염상진네에게 보내는 지지였으며, 혁명과업의 수행이 성공하고 있는 현장이었던 것이다. 그녀는 가슴 뻐근해오는 감동을 억누르기가 어려웠다. 그래서 〈대나무 전설〉을 이야기해 주기로 마음 정했다. 이런 분위기에 그 이야기는 안성맞춤이었다.

"자아, 여러분! 그럼 선생님이 지금부터 얘길 시작하겠어요. 오늘 할 얘기는 무언가 하면, 대나무 전설이에요. 잘들 들어요, 시작하겠어요. 옛날 어느 작은 마을에……."

정님이와 순덕이는 베갯모에 수를 놓고 있었다. 수틀에 팽팽하게 끼워진 동그란 베갯모에는 한 마리 학이 날고 있었다. 그런데 그 학은 거꾸로 나는 모습이었다. 쭉 곧은 다리를 오른쪽으로 모아 뻗치고 큰 날개를 활짝 펼친 학은 긴 목을 왼쪽으로 휘어돌리고 있었다. 머리에 찍힌 핏빛 점이 흰 몸체 속에서 유난히도 선명하게 고와 보였다. 학은 아래를 내려다보며 검은 선의 형체뿐인 짝을 그리워하고 있었다. 아래에는 위의 학과는 반대 모습을 한 학의 수본이 그려져 있었다. 두 마리의 학은 서로를 마주보는 모습으로 그 긴 부리가 곧 닿을 듯 말 듯 하니 가까웠다. 학은 일부일처로 새끼를 까고 기르며 오래도록 살아가는 수명이 긴 새였다. 두 처녀의 수틀 위에 이미 완성되어 있는 한 마리씩의 학에는 그녀들이 색실을 꿴 바늘을 한 땀씩 뜰 때마다, 나도 좋은 낭군 만나 학 같은 금실로 오래오래 살도록 해주십소사, 하고 수수백 번 되뇐 기원이 서려 있는지도 모를 일이었다. 베갯모가 완성되어 둥그런 베개의 양쪽에 붙게 되면, 베개가 구르거나 놓인 위치에 따라 두 마리의 학은 위아래서도 서로를 사모하는 모습으로, 좌우에서도 서로를 사모하는 모습으로 부리를 댈락 말락 하고 있게 될 것이다.

두 처녀는 나머지 한 마리씩의 학을 수놓기 시작하고 있었다. 그녀들은 날렵한 손놀림으로 그러나 세심하게 바탕천의 올을 살펴가며 한 땀씩 떠서 부리를 만들어가고 있었다. 십자수에 비하면 몇 갑절 어렵고 정성이 드는 수놓기였다. 바탕천이 다르고, 바늘의 크기가 다르고, 색실의 배합이 다르고, 수놓는 방법이 달랐다. 십자수는 올이 굵은 광목에다가 일정한 간격을 맞춰 열십자를 만들어가며 수본에 표시된 대로 색실을 바꿔가면 되는 것이어서 바늘도 길고 굵었다. 그러나 조선수는 올이 가는 비단에다가 실의 이음으로 실물의 형상을 만들어내는 것이라서 바늘 한 땀씩이 제각기 다른 자리를 찾아야 하는 변화를 보이는 데다 색깔의 다양한 조화를 맞추려면 색실을 수시로 바꿔 꿰야 하는데 바늘마저 짧고 가늘었다. 그러나 역시 십자수는 조선수에 비할 바가 못 되었다. 아름다움으로나 자연스러움으로나 점잖음으로나 무게감으로나 조선수가 월등했던 것이다.

순덕이는 하르르 한숨을 내쉬었다. 가녀린 한숨소리에 맞추듯 어깨가 미세하게 떨렸다.

"음마, 가시내! 또 한숨이시."

어느새 정님이가 알아듣고 잽싸게 말을 튕겼다. 순덕이는 찔끔

놀랐다.

"아아녀, 나 한숨 안 쉬었는디……."

순덕이는 얼결에 더듬거렸다. 어쩌자고 한숨이 자신도 모르게 흘러나오는 것인지, 그녀는 스스로의 마음이 야속스러웠다.

"와따 이놈에 가시내, 나럴 귀먹쟁이 빙신 맹글라고 허네이. 글면, 그 하르르 떨리든 소리가 니 한숨이 아니고 문풍지 떠는 소리고, 귀신 씨나락 까묵는 소릴끄나?"

정님이가 바늘을 든 손으로 동작을 멈춘 채 옆눈길로 순덕이를 빤히 쳐다보고 있었다. 순덕이는 정님이의 그 매운 눈길에 자신의 마음을 들킬 것만 같아 얼른 눈을 수틀로 옮겼다.

"금메, 나도 몰르게 나온 한숨인디……."

순덕이는 얼버무리고 있었다. 그 얼굴에 금방 수심이 가득 찼다. 한번 이상하게 생각하기 시작한 정님이가 그것을 놓칠 리가 없었다. 책장사를 하며 사람 눈치 알아채는 것 하나는 남다르게 익힌 그녀였다.

"니, 무신 일 있제?"

정님이가 수틀을 요 위에 팽개치듯 하며 야무지게 순덕이 쪽으로 몸을 돌렸다. 그 서슬에 순덕이는 주춤 물러나 앉았다.

"아녀, 암일도 없어, 가시내야."

순덕이는 애써 태연을 가장했다. 그러나 그 얼굴에 그려진 어색스러운 웃음이 마음을 감추지 못하고 있었다.

"요 멍청헌 가시내야, 니 나가 을매나 눈치 빠른지 알지야? 이 시상사람덜 눈 다 속혀도 내 눈만은 못 속한다는 것 니 알겄제? 그라고, 니허고 나허고는 성제간보담도 더 가차운 사이란 걸 알어야써. 전에도 니 맴이 쪼깐 요상시러우먼 나가 딱 알아맞쳐뿔고, 또 나 맴이 쪼깐 깔끄장허먼 니가 딱 알아묵어뿔고 안 혔냐? 긍께 무담씨 나 눈 속힐라 허덜 말고 싸게 속맘 털어노라 그 말이여."

"금메, 암일도 아니랑께 워째 이리 사람 잡지고 그래쌓냐."

순덕이가 수틀을 던지며 짜증을 부렸다. 그 얼굴이 곧 울 것처럼 일그러졌다. 정님이는 순덕이의 그런 얼굴을 힐끗거리며 더욱 자신에 찬 웃음을 피워올리고 있었다. 순덕이의 가슴에 감추어진 고민이 무엇인지 환히 잡히고 있었던 것이다. 그건 그 병을 앓아본 사람일수록 쉽게 감지해 낼 수 있는 것이었다.

"알겄어, 알겄어. 근디 말이다, 순덕아."

정님이는 순덕이 옆으로 바싹 다가앉으며 얼굴을 이윽히 바라보다가, "니가 말 못허겄으먼 나가 대신 혀주랴?" 마치 어머니가 그러듯이 능청을 떨었다.

"아녀, 아녀. 암일도 아니라는디 참말로 니 워째 이래쌓냐. 나 집에 갈란다."

좀체로 화를 내지 않는 순덕이가 얼굴빛을 달리하며 수틀을 집어들고 일어섰다. 동시에 정님이의 손이 순덕이의 치마를 거머잡았다.

"가시내야, 니가 상사병 앓는지 누가 몰를지 아냐!"

정님이가 내쏘듯 한 말이었다.

"워쩌?" 순덕이의 입에서 터져나온 소리였고, 눈을 꼭 감은 채 숨을 한껏 들이켠 그녀는 무너져내리듯 주저앉으며, "요 귀신 겉은 가시내야, 니 워쩌크름 고것얼 알아부렀냐." 탄식하듯 말하는 그녀의 눈에 물기가 번져 있었다.

"멍텅구리 겉은 가시내, 나가 시방 그 병얼 앓고 있는디 니 맘 하나 못 알아묵을 성부르냐."

정님이가 애조 띤 음성으로 중얼거리듯이 말했다.

"그려, 니 눈 쇡일라고 헌 나가 멍텅구리제."

순덕이의 음성도 가라앉아 있었다. 둘 사이에는 잠시 말이 없었다. 요 위에 아무렇게나 놓인 두 개의 수틀에는 한 마리씩의 학이 서로 다른 방향으로 날고 있었다.

"근디…… 니 가심에 들앉은 사람이 누구제?"

이윽고 정님이가 입을 열었다. 그녀는 순덕이를 쳐다보지 않고 있었다.

한동안이 지나도 대답이 없었다. 정님이는 순덕이 쪽으로 눈을 돌렸다. 고개를 숙인 순덕이는 색실만 쥐어뜯고 있었다. 그다지 활발한 편이 아닌 순덕이가 한 번 물음에 대뜸 남자의 이름을 입에 올릴 리 없다고 짐작했던 정님이의 입가에 따스한 웃음이 어리고 있었다.

"순덕아, 니허고 나하고 새에 감추고 덮고 할 일이 머시가 있냐. 우리찌리 허는 말이제만 다 큰 시악씨가 총각 가심에 두는 것이야 당연지사 아니냐. 근디, 그 애타는 맴얼 부모헌테 말허겄냐, 성제간헌테 말허겄냐. 그러닝게 동무가 있는 법이여. 동무헌테 말얼 혀서 맥힌 속도 풀고, 지가 못허는 일 동무가 새중간에 서서 돕기도 허는 것 아니겄냐. 나는 니가 가심에 품은 남자가 있다니께 똑 나 일맹키로 좋다. 숨키지 말고 얼렁 말해 뿌러라."

정님이는 순덕이의 손을 감싸잡고 정겹게 말을 해나갔다.

"참말로 숭 안 볼 거여?"

순덕이는 고개를 숙인 채 말했다.

"항. 하나또 숭잽힐 일이 아니라니께로."

"빙신, 워쩌다가 니헌테 들켜뿌렀는지 몰르겄다."

순덕이는 정님이의 손아귀에서 손을 빼내며 안타깝게 말했다. 도저히 그 남자의 이름을 입에 올릴 수가 없었다. 그 남자가 누군지 밝히는 순간 정님이의 웃음거리가 되거나 놀림감이 될 것만 같았던 것이다. 어쩌자고 그런 남자한테 마음이 쏠려가는 것인지 자신이 야속할 뿐이었다.

"순덕아, 니가 누구럴 좋아혀도 고것은 니 맴이고, 니 뜻대론께 숭잽히고 말고 헐 일이 아닌 것이여. 설사 소록도 문딩이럴 좋아헌다고 혀도 다 니 맴인 것이여. 나 말 그리도 못 믿겄냐?"

"아녀, 믿기야 믿제."

"근디?"

"통 입이 안 떨어지니께 그렇제."

"문딩이, 니 가심에 품고 혼자 속 끓에봤자 약도 없는 속병만 생긴다니께."

순덕이는 폭 한숨을 쉬며 고개를 끄덕였다. 말을 쏟아버리고 나면 무언가 얹힌 듯 답답하고 꺼림칙한 가슴이 시원해질 것도 같았던 것이다.

"그려, 말해 뿔란다."

순덕이가 고개를 치켜들며 앉음새를 고쳤다.

"잉, 얼렁 말해 뿌러라."

정님이도 바짝 다가앉았다.

"심 사령관이여."

순덕이가 고개를 푹 떨어뜨렸다.

"워쩔끄나!"

정님이의 입에서 터져나온 소리였다. 놀란 그녀가 손바닥으로 입을 가렸을 때는 이미 말이 쏟아져버린 다음이었다. 순덕이가 입에 올린 사람은 너무나 엉뚱하고 의외였던 것이다. 키가 큰 그 사람이 키처럼 긴 총을 메고 아침저녁으로 책방 앞을 오가는 것을 보면서도 자신으로서는 아무런 느낌도 갖지 못했던, 활동사진 속에서 움직이는 것 같은 멀리 있는 남자일 뿐이었다. 그런데 순덕이는 그 남자를 가슴에 품게 된 것이다. 순덕이도 자기네 가게에서 그 사람을 매일같이 보아왔을 것이다. 정님이는 비로소 그 남자가 벌교에서 몇 개월째 살고 있다는 현실감을 느낌과 아울러 젊다는 사실도 깨닫고 있었다. 언제나 군복 차림으로 모자를 깊이 눌러쓴 채 빠른 걸음으로 오가는 그 사람을 남자로 마음에 담을 수 있었던 순덕이가 놀랍기도 했고, 가당찮기도 했고, 정님이는 자신의 마음을 종잡을 수가 없었다.

"순덕아, 말얼 허고 난께 가심이 잠 풀리지야?"

순덕이는 느리게 도리질을 하고 있었다.

"허먼, 더 심헌 한숨이 터질 것맨치로 속이 답답혀졌다는 것이여?"

정님이는 순덕이의 어깨를 흔들었다.

"나가 미친년이제? 올라가지도 못헐 나무 쳐다보고 있는 나가 영축없이 미친년이제?"

순덕이가 시름겹게 중얼거리고 있었다. 순덕이는 지금, 자신이 너무 놀라 쏟아내버린 "워쩔끄나!" 하는 말에 온 신경을 쓰고 있다는 것을 정님이는 눈치 챘다. 애당초 순덕이에게 말을 하라고 졸랐던 것은 마음을 상하게 해주거나, 또다른 신경을 태우게 하려는 것이 아니었다. 정님이는 자신이 엉겁결에 뱉어버린 말에 책임을 져야 한다고 생각했다.

"순덕아, 니넌 올라가지도 못헐 나무 쳐다본다는 말만 알았제, 열 분 찍어서 안 넘어갈 나무 없다는 말언 몰르냐? 그리고 말이다, 니가 올라가지 못헐 나무 쳐다보는 신세람사 나도 피차일반이랑께로. 니나 나나 소학교 포도시 나온디다가, 니넌 책방집 딸년에 니넌 과자점 딸년 신세로, 부잣집 아들인 대학생 정하섭이럴 가심에 담고 있는 나나, 읍내럴 찌렁찌렁 울리는 권세 가진 군인 대장얼 맘속에 두고 있는 니나 똑겉은 신세가 아니고 머시냐."

정님이의 말에 순덕이는 귀가 번쩍 띄는 것 같았다.

"니 시방 머시라고 혔냐? 이적지 정하섭이 그 사람얼 가심에 담고 있다는 말, 니 참말이여?"

순덕이는 다잡듯이 묻고 들었다. 울음을 머금은 듯한 얼굴로 정님이가 고개를 끄덕였다. 순덕이는 마침내 정님이가 여태까지 속마음을 감추어왔다는 사실을 알게 되었다. 그녀는 정하섭이 티끌만큼도 마음에 없다고 말해 왔던 것이다.

"독헌 가시내, 워찌 그리도 지독허니 맘얼 숨키고 살어지다야?"

순덕이는 자신의 마음을 헤아리며 정님이가 더없이 가엾은 생각이 들었다.

"금메…… 그 사람이 서울로 공부허로 떠날 때꺼지만 혀도 암시랑 안 혔는디, 요분 난리통에 좌익으로 떡허니 표식내고 읍내에 왔다 간 담부텀은 수놓는 손에 힘아리가 하나또 없고, 어깨가 축 늘어지는 것이, 나가 머 헐라고 요 수럴 놓고 있는고 허는 생각얼 속으로 많이도 혔제."

정님이가 깊은 한숨을 내쉬었다. 순덕이는 비로소 가슴의 답답함이 걷혀가는 기분이었다. 이제 정님이는 단순한 동무가 아니고 그 이상의 어떤 느낌으로 마음을 채워오고 있었다.

"인자 니넌 워쩔 것이냐?"

"애만 타제 나가 워쩠겄냐. 니맹키로 아침저녁으로 얼굴이라도 귀경을 헐 수가 있냐, 워디 있는지 알기럴 허니 찾어갈 방도가 있겄냐. 나헌테 비허자면 니넌 수놀 힘이 펄펄 생기겄다."

"염병헌다, 가시내. 근디, 니나 나나 인자 워쩨야 쓸끄나?"

"금메, 찬찬히 생각혀 봉께로 니허고 나허고 끈허게 동무 되기는 다 틀려묵었다."

"뜸금없이 고것은 또 무신 소리여?"

"니 서방 심재모허고 내 서방 정하섭이허고 원수지간인디 니허고 나허고도 그리 되는 것 아니겄냐?"

"음마 문딩이, 누가 듣겄다!"

둘이는 마주 보고 눈을 흘기다가 입을 가리고 쿡쿡거리며 웃기 시작했다.


그만그만한 높이의 산들이 줄기를 뻗고, 그 줄기들이 겹쳐지고 이어지면서 원을 이루어가고 있었다. 그건 산들이 손에 손을 맞잡은 강강수월래춤이거나, 어떤 성스러운 것을 받들어올리고자 하는 산들의 어깨동무였다. 산들은 신비스러울 만치 확연한 동그라미를 그려내고는 그 안쪽에다 평평한 땅을 마련해 놓고 있었다. 그 전체적인 모양은 거대한 크기의 사발이었다. 어쩌면 조물주가 물사발로 한번 쓰고 버렸는지도 모를 일이었다.

심재모는 생전 처음 대하는 그 신기한 지형을 정신없이 살피고 있었다. 여러 사람들의 말을 듣고, 지도를 참고한다고 해도 그것만으로 완벽한 작전을 짤 수가 없어 직접 지형정찰을 나온 것이다. 여러 사람들의 말을 들으며 상상했던 것보다 산은 훨씬 완벽하고 완강한 요새를 구축하고 있었다. 사람들의 말보다는 지도가 한결 불확실했다. 지도에는 예사로운 등고선으로만 표시된 산들이 실제로는 놀랄 만큼 완전한 천연요새를 만들고 있었다. 산줄기가 끊겨 있는 곳이 보성 쪽으로 한 군데 있다고 했는데, 거리가 먼 탓인지 아니면 초행이라서 지형파악이 서툰 탓인지, 그곳을 찾아낼 수가 없었다.

"햐아, 정말 경치 한번 근사허네."

옆에서 들려온 경계병의 감탄이었다. 심재모는 재빨리 경계병 쪽으로 눈을 돌렸다. 경계병은 총을 축 늘어뜨려 든 채 하늘을 올려다보고 있었다.

"이봐, 뭘 하는 거얏!"

심재모의 낮은 목소리가 강한 탄력으로 날아갔다. 경계병이 후닥닥 놀라며 자세를 고쳐잡았다. 경계병을 꾸짖고서도 그의 눈길은 자연스럽게 하늘로 옮겨갔다. 그는 하마터면 경계병과 똑같은 감탄을 할 뻔했다.

하늘에는 구름이 끼어 있었는데, 구름의 틈 사이사이로 햇살이 곧게 뻗어내리고 있었다. 그런데 하필이면 그것이 율어면 상공이었고, 햇살은 마치 무슨 축복인 양 율어면에 뻗어내리고 있었다. 둥그렇게 에워싸인 산들의 기묘함과, 그 가운데 이루어진 평지의 신기함에다가 몇 가닥의 햇살까지 뻗어내리고 있으니 그 경치의 아름다움은 황홀할 지경이었다.

심재모는 다시 산줄기를 따라 천천히 눈길을 옮기며 지형을 정찰했다. 지형을 살필수록 마음은 착잡해져갔다. 현재의 병력으로 섬멸작전이란 완전히 불가능하다는 판단이 확실해졌다. 염상진 부대는 저 아래 율어면에 몰려 있는 것이 아니었다. 지난번에도 확인했고, 오늘도 확인한 사실이지만 염상진은 병력을 산줄기에 분산시켜 진지를 구축하고 있었다. 그런 산재한 병력을 소탕하자면 율어면을 둘러싸고 있는 산 전체를 포위하는 것이 기본작전이었다. 그러나 그건 사단병력이나 투입되어야 가능할 일이었다. 소탕이나 섬멸을 전제로 할 때 그 작전 외에는 다른 방법이 있을 수 없었다. 비행기로 폭탄을 투하해도, 포부대가 폭격을 가해도 될 일이 아니었다. 심재모는 지형을 직접 확인하고 나서야 지난번에 보성의 병력을 율어에 투입시킨 것이 얼마나 위험천만한 일이었던가를 가슴 섬뜩하게 느끼게 되었다. 물론 조성으로 병력이 몰렸기 때문에 율어의 방어가 허술할 것이라는 계산을 했고, 허를 찌르는 기습작전이긴 했지만 지형적으로 볼 때 그건 포위당하기를 자초하는 행위이기도 했던 것이다. 자신이 전 병력을 끌고 율어면으로 들어가 염상진과 전투를 벌인다고 가정할 경우 그 결과는 보나마나 빤한 것이었다. 자신의 부대는 그야말로 독 안에 든 쥐꼴이 될 수밖에 없었다.

"이봐, 경계병, 돌아간다."

심재모가 몸을 낮춘 채 재빠르게 움직였다. 두 명의 경계병이 같은 자세로 뒤따랐다.

심재모가 적의 경계를 피하기 위하여 지난번의 주리재 쪽을 버리고 광주로 넘어가는 석거리재로 우회했던 것이다. 그 거리는 지난번에 비해 배 이상 멀었다.

심재모는 율어의 북쪽과 서쪽이 산악지대로 연결되어 있음을 생각하고 있었다. 섬멸이나 소탕을 우선으로 밀어붙일 것이 아니라 그 산악 쪽으로 몰아내는 퇴치작전도 고려해 볼 일이었다. 첫째는 민간인 사이에 세포를 부식시키지 못하도록 해야 할 것이었다. 둘째는 기습적이고 산발적인 전투를 끊임없이 전개해 적의 병력을 감소시키고 전투력을 약화시키는 일이었다. 셋째는 적의 병력이 어느 정도 감소되었을 때 퇴치작전을 전개하는 것이었다. 이미 벌교와 보성 쪽 길목에서는 율어의 고립작전을 위한 검문검색이 강화되어 있었다.

심재모는 어스름을 밟으며 경찰서에 도착했다. 예상하지 못했던 난감한 문제가 그를 기다리고 있었다.

"오늘 낮에 지주들이 모여, 음력설 전후해서 정하게 되어 있는 소작문제에 대한 의견을 통일했는데, 그건 다름이 아니고, 이번 반란사건에 가담했거나 연루된 사람들 집에는 일체 소작을 내주지 않기로 결정한 것입니다."

권 서장의 요약된 보고였다.

"뭐라고요!" 심재모의 얼굴이 순간적으로 굳어지며 눈이 부릅뜨이는가 하자, "도대체 그 자식들은 어떻게 생겨먹은 놈들이야! 그 작자들은 세상이 어떻게 돌아가는 줄도 모르고 그따위 결정이나 하고 있어! 그 사람들 정말 짐승만도 못한 자들이구만." 구둣발로 닥치는 대로 책상을 걷어차며 소리소리 지르고 있었다.

권 서장 이하 네댓 명의 경찰은 꼼짝을 못하고 굳어져 있었다.

그들 모두는 그렇게 화가 난 심재모의 모습을 처음 보고 있었다.

"염상진 쪽에서 퍼져나온 소문으로 민심이 현혹되고 있는 판에 그에 맞서 쌀을 풀지는 못할망정 지주라는 작자들이 모여앉아 그 따위 결정이나 하고 있으니. 바보 천치 같은 작자들, 해도해도 너무 하는군."

다소 진정을 한 심재모가 숨을 몰아쉬며 하는 말이었다.

"저어, 방으로 들어가셔서 대책을 강구하도록 하시죠."

권 서장이 눈치를 살피며 말했다.

"그럽시다."

심재모는 사령관실을 향해 앞서 걸어갔다. 그의 빳빳하게 세워진 뒷덜미에 아직 풀리지 않은 화가 뭉쳐 있었다.

율어면 사람들이 쌀을 분배받았다는 소문은 걷잡을 수 없이 퍼져나갔다. 벌교만이 아니라 조성·보성 일대가 그 소문의 파도에 휩쓸리고 있었다. 소문이 으레 그렇듯 그 소문도 입에서 입으로 전해지며 확대되고 과장되고 있었다. 처음에는, 쌀을 받아 죽 세끼는 안 거르고 겨울 한철을 나게 되었다더라 하는 것이었다. 그 다음에는, 죽을 끓이던 사람들이 세끼 전부 밥을 먹고 산다더라 하는 것으로 변했다. 그리고 그 다음에는, 세끼 밥을 다 찾아먹고 살게 되었는데 그게 전부 보리 하나 안 섞인 흰쌀밥이라더라 하고 바뀌었다. 그리고 다시 이어진 소문은, 음력설에 떡을 하라고 또 쌀을 나눠준다더라 하는 것이었다.

나날이 변해가는 소문을 보고로 들으며 심재모는 속수무책이었다. 소문을 막을 수도, 소문을 퍼뜨리는 자들을 찾아낼 수도 없는 노릇이었다. 소문은 마치 바람처럼, 안개처럼 떠도는 것이라서 분명 있으면서도 막상 잡히지는 않았다. 소문을 유포하는 자들을 찾아내는 일도 마찬가지였다. 눈에 띄는 사람들은 그 누구도 그런 말을 하지 않았고, 그러면서도 소문들은 다 알고 있었다.

소문이 나날이 변해가고 있는 것은 결코 간단한 문제일 수가 없었다. 자기들도 쌀을 받고 싶은 부러움에서, 쌀을 받지 못한 오기로 그러는 것이고, 제까짓 것들이 그러다가 지치겠지 하는 식으로 생각할 수도 있었다. 그러나 그건 염상진이란 존재가 없는 경우에나 가능한 일이었다. 염상진이 부대를 이끌고 일정지역을 장악하고 있는 한 그런 소문은 한쪽에는 유리하게, 다른 쪽에는 불리하게 작용되게 마련이었다. 그 소문이 날로 악성화되어 가는 것도 염상진의 부대가 가까이 있기 때문인지도 모를 일이었다. 소문의 악성화는 분명 민심의 동요인 동시에 이쪽에 대한 불만이나 불신감의 표현이었다.

심재모는 처음 그 소문을 보고받았을 때 염상진이가 결정적인 심리전을 펴고 있음을 직감했다. 그리고 그 여파가 심상치 않으리란 생각과 함께 패배를 자인하지 않을 수가 없었다. 그 심리전에 맞서 싸우려면 이쪽에서도 쌀을 분배해야 했다. 그러나 그 누가 쌀을 내놓을 것인가. 전쟁이란 군대와 무기로만 하는 것이 아니었다. 그건 일찍이 일본 전선에서 체험한 바였다. 민심의 동조나 협조를 얻지 못하는 전쟁은 지게 마련이었다. 일본의 패배는 연합군의 무력에 의한 것이 아니었다. 국적을 달리하는 많은 민족들의 외면과 항쟁에 부딪쳐 일본은 필연적으로 패배하게 되어 있었다. 다만 연합군의 무력은 그 패배의 시기를 앞당겼을 뿐이었다. 침략전쟁에서도 그러한데 사상전쟁에서 민심이 차지하는 비중이 얼마나 큰가는 더말할 것이 없었다. 인민의 세상을 이룩한다는 공산혁명을 앞세우고 있는 염상진은 쌀을 나눠줌으로써 그 실천을 보임과 동시에 쌀을 받지 못한 사람들의 민심까지 얻어내려는 심리전을 꾸미고 있었다. 그런 판국에 지주들은 꼭 어린애들 같은 결정을 내린 것이다.

"이 일을 어찌했으면 좋겠소?"

심재모는 담배에 불을 붙였다.

"일단 그 결정이 소문으로 퍼지기 전에 지주들을 설득해야 겁니다."

"그게 가능한 일일까요?"

"어렵더라도 할 때까지는 해봐야 되지 않겠습니까."

"그렇겠지요, 그 방법밖에는 달리 무슨 방법이 없으니까……."

심재모는 한숨과 함께 담배연기를 길게 내뿜었다. 고개를 뒤로 젖힌 그는 눈을 번히 뜬 채 담배만 빨아대고 있었다. 그 눈은 아무것도 보고 있는 것 같지 않았고, 담배도 건성으로 빨고 있는 것처럼 보였다.

"그런데 말이지요, 서장님하고 저하고 둘이서만 나서서 될까요?"

서장은 금방 심재모의 말뜻을 알아차렸다. 그도 심재모가 없는 동안에 이 문제를 놓고 여러모로 생각하면서 협조자의 필요를 느졌던 것이다.

"이게 회의 참석자 명단입니다. 거기에 김범우 선생댁은 빠져 있습니다."

서장이 접혀진 종이를 펴서 심재모 책상 위에 올려놓았다.

"김범우 선생댁에서 참석하지 않은 건, 그런 회의를 반대하기 때문인가요, 아니면 그 댁 소작인들 중에는 이번 반란에 연관된 사람이 없기 때문인가요?"

심재모의 빈틈없는 물음에 권 서장은 주춤해졌다.

"그것까진 아직 파악하지 못했습니다만, 연관된 사람이 전혀 없기는 어려울 겁니다."

심재모는 고개를 끄덕이며 지주들의 명단을 훑어내리고 있었다.

"무슨 일이 있을 때마다 김 선생이니, 면목 없고 미안한 일이오. 서민영 선생한테도 협조를 부탁드리면 어떨까요?"

"물론 도움이 될 겁니다."

서민영의 생활방식을 지주들이 심히 못마땅하게 생각하고 있다는 말을 권 서장은 하지 않았다. 서민영의 영향력이 지주들에게 작용될 수도 있었던 것이다.

"좋습니다. 회의는 내일 오전 10시에 여기서 열도록 합시다. 난 서민영 선생을 찾아뵐 테니 권 서장님은 김 선생을 만나도록 해주십시오. 그리고, 협조자를 한 두어 명쯤 더 구할 수 있었으면 좋겠어요."

"노력해 보겠습니다."

심재모는 그 길로 서민영의 집을 찾아갔다. 서민영은 어둠침침한 방에서 무슨 글인가를 쓰고 있었는데, 초점을 맞추느라고 눈을 몇 번이나 껌벅거리고 나서야 심재모를 알아보았다.

"어쩐 일이신가. 일하기 힘드시지?"

서민영이 몸을 꾸물거려 앉은뱅이책상에서 물러나앉으며 말했다.

"예, 할 만합니다. 선생님께서는 건강하시구요?"

서민영은 그저 고개만 끄덕였는데, 그 눈길은 무슨 일로 찾아왔 느냐고 묻고 있었다.

"예에, 선생님을 찾아뵌 건 다름이 아니옵고……."

서민영은 미동도 하지 않고 심재모의 이야기를 다 들었다. 심재 모는 되도록 간단명료하게 이야기를 요약하려고 노력했다.

이야기를 다 듣고 난 서민영은 몸을 약간 꿈지럭거리더니 다시 바로 앉고는 한참 동안이나 눈을 감은 채 말이 없었다. 그러다가 불쑥 한마디를 했다.

"그건 하지 않음만 못한 일일세."

그 말이 심재모의 머리를 쿵 쳤다. 심재모는 서민영의 다음 말을 기다리며 무릎 위에 올려진 주먹에 지그시 힘을 주었다.

"그 사람들은 지주고 자넨 군인이야. 무슨 말인가 하면, 그 사람 들은 농사장수고 자넨 국책을 따라야 하는 몸이야. 장수는 이윤추 구가 그 목적이고, 그 목적 달성을 위해 수단이나 방법을 가리지 않네. 만약 수단이나 방법을 가리는 장수가 있다면 그는 제대로 된 장수가 아니고, 결국 장사에 망하게 되지. 농사장수인 지주들이 자기네 이익을 위해 내린 결정을 누구의 설득으로 번복할 것 같은가? 그건 어림없는 소리야. 그들이 그렇게 어설펐다면 어떻게 대대로 지주라는 자릴 지켜왔겠나. 그리고, 이건 자네와 직결되는 문젠데, 그 사람들의 행위에는 공산주의 척결이라는 국책에 부합하는 명분과 정당성까지 붙어 있네. 그런데 자넨 그 국책을 수행해야 하는 입장에 있는 사람이거든. 그러니까 자네가 만약 그들의 결정을 번복시키려 한다면, 그들은 자기들 결정을 파괴하는 것으로 받아들이고, 그 파괴를 곧 자기네 이익의 파괴로 직결시키게 되네. 그때 그들은 무서운 결속력으로 뭉쳐지게 되지. 그 대목에서 잊어서는 안 되는 한 가지 중요한 사실이 있네. 그들은 대부분 이번 사건에서 인명피해를 입었다는 사실이네. 그들이 이번 결정을 내리게 된 동기가 바로 거기에 있는 것 같은데, 자네 행위는 그들의 보복감정까지 가로막는 것이 되는 셈이지. 그렇게 되면 자네 입장은 어떻게 되지? 막다른 골목이네. 자넬 몰이하는 데 그들은 수단과 방법을 가리지 않을 것이고, 현실은 그들의 편이고…… 어쨌든 그 일은 그만두는 게 좋겠네."

"선생님, 그렇지만 그들의 결정대로 소작을 뺏게 된다면 그것이 오히려 민심을 잃는 사회혼란의 원인이 되고, 따라서 그건 국책에……"

"아네, 아네. 내 어찌 자네 맘을 모르겠나."

서민영은 손까지 저으며, 격한 감정으로 이어지는 심재모의 말을 제지했다.

"자네가 날 찾아오기까지 무슨 생각을 했는지 내가 어찌 모르겠는가. 염상진과 대치하는 입장에서 자네 생각은 백번 옳아. 나도 자네 생각을 전적으로 지지하고 말야. 그러나 또다른 현실을 무시하거나 적대할 순 없는 일이지. 이건 자네더러 이 세상을 약삭빠르게 살라거나, 옳지 않은 일에 야합하라는 게 결코 아니네. 면전에서 할 얘기는 아니지만, 오늘 같은 현실에서 자네 같은 젊은 군인은 귀한 존재야. 난 자네 개인이 아니라 자네 같은 존재들을 귀히 여기고 보호하고 싶은 사람이야."

"황송한 말씀입니다. 그런데 선생님, 그 결정은 작은 일이 아니잖습니까."

서민영은 방바닥을 내려다본 채 한동안 말이 없었다. 방 안은 불을 밝혀야 할 정도로 어두워져 있었다. 서민영이 잔기침을 하고는 입을 열었다.

"기다리시게. 어떤 해결책이 있긴 있을 것이니."

서민영의 입은 다시 다물려버렸다. 침묵했던 시간에 비해 너무 짧고도 막연한 말이었다. 그러나 심재모는 더 할 말이 없었다. 그는 서민영 선생의 말을 전체적으로 더듬어내렸다. 그분의 말이 포괄하고 있는 뜻을 충분히 헤아릴 수 있었다.

"선생님, 그만 돌아가보겠습니다."

"앉으시게, 저녁 먹고 가야지."

"아닙니다, 괜찮습니다."

"앉으시라니까. 밥때에 오신 손님이 밥을 먹지 않고 간대서야 말이 되는가. 화급한 공무만 없다면 들고 가시게."

"예, 별일 없습니다."

심재모는 다시 자리를 잡고 앉았다. 밥때에 손님을 그냥 보내는
것도, 권하는 밥을 손님이 먹지 않는 것도 예가 아니라던 할아버지
의 말을 심재모는 떠올리고 있었다.

심재모가 경찰서로 돌아왔을 때 김범우를 찾아갔던 서장은 이
미 돌아와 있었다.

"어떻게 됐습니까?"

"예, 여러 말이 있었습니다만, 결론부터 말씀드리자면, 김 선생이
나서는 건 어렵지 않은데, 그 일 자체가 실현 가능성이 희박한 문
제니까 재고해야 거라는 말이었습니다."

"하, 이것 참!"

심재모는 자신도 모르게 이런 소리를 크게 냈다. 서로 다른 장소
에서 동일한 시간에 동일한 결론을 내린 두 사람에게 감탄이 절로
나왔던 것이다.

"서장님, 수고하셨습니다. 지주들한테는 연락했습니까?"

"김 선생 말이 그래서 사령관님을 기다리고 있던 참입니다."

"잘됐습니다. 연락 안 하셔도 됩니다."

심재모가 돌아섰다.

"아니, 저어……."

서장이 의아스런 얼굴로 주저했다.

"내일 회의는 취솝니다. 기다리십시다. 어떤 해결책이 있긴 있을

것이니."

심재모는 사령관실로 걸어가며 커다란 목소리로 서민영의 말을 그대로 옮겨놓고 있었다.

다음날 오전부터 지주들의 결정이 소문으로 퍼지기 시작했다. 그 소문은 거친 바람이 되어 읍내를 뒤덮어가고 있었다.

# 5

## 누가 묵어도 묵을 떡인디

거무칙칙한 색깔의 뻘밭이 차창 밖으로 한정 없이 이어지고 있었다. 그 뻘밭은 판판하게 손질되어 있었고, 일직선으로 뻗어나간 두렁들이 아귀를 맞춰가며 뻘밭을 반듯반듯한 네모로 나눠놓고 있었다. 그것은 소금밭이었다. 질펀하게 펼쳐진 소금밭 가운데로 뚫린 길가로는 큰 허우대에 비해 실한 느낌이 없는 건물들이 듬성듬성 서 있었다. 판자로 벽을 둘러치고 양철로 지붕을 얹은 전형적인 일본식 건물들은 소금창고였다. 드넓은 소금밭은 사람의 그림자 하나 없이 텅 비었고, 거무충충한 색의 옷을 입은 허우대 큰 건물들의 모습이 소금밭을 한층 을씨년스럽게 만들었다. 마른 갈대 줄기 하나 찾을 수 없는 황량한 소금밭 여기저기에는 땅꺼풀이 얼부풀어오르며 들뜬 얼음장들이 창백한 얼굴을 드러내고 있었다.

남인태의 아내 목포댁은 창밖으로 이어지고 있는 그 냉기 가득

한 소금밭에 하염없는 눈길을 던지고 있었다. 저놈에 소금밭이 똑 내 가심이로시……. 남편 일로 조바심나는 마음 한편에서는 이런 생각이 망연히 떠오르고 있었다. 그녀는 남편이 순천도립병원에 입원해 있다는 기별을 받고 허둥지둥 기차를 탄 길이었다. 병원에 있다는 것뿐 어디를 얼마나 다쳤는지는 알 수가 없었다. 광양경찰서로 전근을 떠난 이후로 하루도 마음 편할 날이 없이 조마조마하게 살아오다가 기어코 그런 기별을 받고 말았다. "거그넌 전쟁터시. 허고, 무신 수럴 써서라도 금방 빠져나올 것잉께. 나가 누군디, 최익승이놈이고, 김사용이놈이고 기연시 원수럴 갚고 말 것잉께." 이사를 할 필요 없는 분명한 이유와 함께 남편은 이를 갈며 혼자 몸으로 벌교를 떠났었다.

목포댁은 또 무심결에 한숨을 내쉬었다. 남편에 대한 마음졸임과 경찰가족으로서의 세상살이가 자아내는 한숨이었다. 비록 계급이 낮았을망정 남편이 경찰 노릇을 제맛나게 한 것은 아무래도 일정 때였다고 그녀는 아쉬운 입맛을 다셨다. 남편이 그랬던 것처럼 자신의 경찰 안사람 노릇도 역시 일정 때가 제철이었다 싶은 것이다. 일본 순사와 하나도 다를 것 없는 위세를 누렸던 것은 그만두더라도 그때는 지금처럼 빨갱이라는 것들과 목숨을 내걸고 싸워야 하는 위험이 없었던 것이다. 그때도 좌익이라는 것이 있기는 했지만 모두 도둑고양이처럼 숨어 도망다니는 꼴들이어서 위험은커녕 오히려 이쪽에서 잡아내려고 눈에 불을 켰었다. 그것들을 잡아내기만 하면 특별 상금을 받거나 승진이 되었다. 그 위세당당했던 꿈같은 시절은 해방이 되자마자 뒤엎어져 정반대의 암흑천지로 바뀌고 말았다.

"아이고메 큰탈나부렀네. 대일본제국이 요리 허망허게 망해뿔다니. 참말로 알다가도 몰를 일이시. 그나저나 인자 워째야 쓸꼬. 큰탈나부렀어, 큰탈." 해방이 되던 그날 사색이 된 남편은 마치 실성이라도 한 것처럼 이런 말을 중얼대며 어지러울 지경으로 방 안을 맴돌았던 것이다. "봇씨요. 방 안만 요리 뺑뺑이럴 돌지 말고, 우리도 항꾼에 일본으로 델다도라고 주임님헌테 매달리씨요." 그녀는 머리를 짜낸다고 짜내 그런 해결책을 내놓았다. "즈그 발등에 떨어진 불똥도 못 꺼 환장헐 판인디 우리 겉은 것덜얼 일본으로 델꼬 가야?" 남편이 얼굴을 찡그려붙였다. "다 즈그덜 위해서 순사질 헌 것인디, 몰른 척이사 헐랍디여." "아, 시끄러! 왜놈 순사덜이 조선놈 순사덜얼 사람으로 보는지 알어?" 남편은 냅다 소리를 질러대며 몸을 부르르 떨었다. 그녀는 소스라쳤다. '왜놈'이라는 소리가 남편의 입에서 터져나온 것은 실로 처음 있는 일이었다. 더 입을 나불거렸다간 남편의 주먹이 날아들 것만 같아 그녀는 입을 다물고 말았다.

남편은 안절부절못한 채 이틀을 더 보내고 결국 피신을 하지 않을 수 없게 되었다. "인자 우리 시상은 깨끔허니 끝장나부렀네. 집언 아부님헌테 맽게놓고 자녠 새끼덜 델꼬 친정으로 뜨소." "당신도 항꾼에 친정으로 피헙씨다." "여러 말 말어. 목포는 더 큰 불구뎅이여." "가면 워디로 가시게라?" "무담씨 아는 것이 병이시. 나가 알아서 피헐 것잉께 자넨 새끼덜이나 잘 간수혀." 남편은 핫바지저 고리를 걸치고 어둠 속으로 사라져갔다. 남편의 추레한 모습에서 그녀는 자신의 인생이 문 닫혀졌음을 절감하지 않을 수 없었다.

네댓 명의 청년들이 들이닥친 것은 다음날이었다. 그들은 집을 에워싸듯이 하고 남편을 찾았고, 어젯밤에 들어오지 않았다는 말을 듣자마자 우르르 마루로 뛰어올라 집 안을 뒤지기 시작했다. "요런 백여시 겉은 새끼가 금세 냄새 맡고 째부렀구마이." "금메 말이여, 우리가 한발 늦어뿌렀는갑는디." "요것이 질로 악질이었는디, 딱 몰매쳐 쥑여야 헐 놈얼 놓쳐뿌렀는갑네." 안에서 흘러나오는 이런 소리들을 들으며 그녀는 바들바들 떨고 있었다. "어허, 요것 잠봐라. 해방된 지가 원젠디 요것덜언 이적지 일장기럴 신주 모시듯끼 떡허니 걸어놓고 있단 말이여." "아니, 머시여!" 이런 외침에 그녀의 가슴은 그만 덜컥 내려앉고 말았다. 너무 경황없이 며칠을 보내느라고 일장기 떼내는 것을 잊고 있었던 것이다. "저놈에 예펜네도 남가놈허고 똑겉은 악질 반역자시." "하면, 일심동체 아녀?" "쪄리 비켜나그라, 때레뿌식어뿔랑께." 유리가 박살나는 소리가 요란했고, 그녀는 두 귀를 막으며 몸을 조여뜨렸다.

그녀는 반항은 고사하고 말 한마디 못한 채 청년들에게 끌려갔다. 그들은 자치대라고 했고, 그들의 입에서는 친일파 처단·민족반역자 처단이라는 말이 계속 흘러나왔다. 남편이 어디로 도망했는가를, 왜 일장기를 그대로 붙여놓고 있었는가를, 그녀는 이틀 동안 계속 추궁당했다. 그들은 겁을 주거나 소리를 지를 뿐 때리지는 않았다. 그녀는 풀려나기는 했지만 남편의 말대로 아이들을 데리고 친정으로 갈 수가 없었다. 집을 떠나지 말라는 것이 자치대의 명령이었다. 물론 시아버지도 끌려가 조사를 받고 나왔다. "젊은 사람덜이 참말로 무던혀. 일본 것덜 같았음사 폴세 사지가 녹아내렸을 것인디……." 자치대에서 풀려나온 시아버지가 고개를 떨군 채 힘없이 한 혼잣말이었다. 잔뜩 기죽어버린 시아버지의 모습에서 그녀는 남편이 저지른 잘못이 얼마나 큰 것인지를 새삼스럽게 확인하고 있었다.

8월의 늦더위가 더 더워질 지경으로 세상은 온통 활기가 넘치는 가운데 술렁거렸다. 그러나 그녀의 집안은 바깥세상과는 달리 썰렁한 냉기로 차 있었다. 그녀는 그 냉기에 갇혀서 비로소 해방이라는 것이 무엇인지 실감하고 있었다. 주위의 사람들로부터 버려진 외로움, 주위사람들의 눈총을 스스로 피하고자 하는 두려움, 그것이 그녀가 깨달은 해방이었다. 그리고 그것은 남편과 자신이 해방 전에 저지른 죄의 모습이기도 했다. "하면, 해방이 되얐응께." "금메, 해방이 되얐단 말시." "음마, 해방이 되얐는디도?" "어허, 해방이 되얐당께로." 사람들은 앞으로의 세상살이에 대해 이야기들을 분분하게 했고, 옳다는 말끝에도, 의심스런 말끝에도, 아니라는 말끝에도 해방을 갖다붙였다. 세상사람들이 표 안 내는 속에서 해방을 얼마나 고대해 왔으며, 이제 해방을 얼마나 반기고 있는지를 그녀는 날이 갈수록 깊이 깨달아가고 있었다. 그 확인이 되풀이될수록 그녀는 점점 더 외톨이가 되어가는 고적감에 파묻혀갔다. 그 고적감은 앞으로의 평생을 어떻게 살아가야 할 것인가 하는 무서움이었다. "죄럴 졌으면 죽은 디끼 죄딲음 험시로 사는 것이 도리다. 몸 안 상허고 요만헌 것도 다 인심이 후헌 덕잉께." 시아버지의 조심스러운 말이었다.

걸음이 늦었던 어느 순사는 도망을 치다가 잡혀 몰매를 맞고 병원으로 실려갔고, 어떤 순사보는 숨어 있다가 잡혀 '저는 왜놈의 앞잡이 민족반역자입니다' 하는 글을 쓴 커다란 종이를 가슴과 등에 붙이고 이틀 동안 읍내를 돌기도 했다. 해방된 세상은 나날이 달라져갔다. 자치대가 치안대로 바뀌고, 곧 새 나라가 설 것이라고 했다. 그 나라는 너나없이 공평하게 사는 나라가 될 것이라고 했다. 그 나라가 서게 되면 제일 먼저 토지개혁을 해서 소작인 없는 세상을 만들 것이고, 그 다음으로 할 일이 친일파나 민족반역자들을 법으로 다스리게 된다는 것이었다. 그런 소식들은 시아버지가 가져왔고, 신경을 곤두세운 그녀는 그런 사실들을 낱낱이 머릿속에 담았다. 새 나라를 세울 준비를 하는 것이 건국준비위원회라는 것도, 서울에 있는 그 위원장이라는 사람이 여운형이라는 것도 알게 되었다. 친일파나 민족반역자들을 법으로 다스린다는 그 새 나라가 하나도 반가울 것이 없는 그녀의 앞에 신변의 위협은 현실로 나타났다. 치안대 사람들이 하루거리로 집에 나타나고는 했는데, 그 사람들 중에는 공산주의자라고 해서, 좌익농민조합을 한다고 해서 남편이 잡아서 징역 보낸 사람들이 섞여 있었던 것이다. 주로 그런 사람들이 치안대에서 힘을 쓴다고도 했다. 그녀는 앞길이 암담하게 막혀버렸음을 확인하고 또 확인하는 고통을 겪어야 했다.

그 건국준비위원회라는 것과 치안대라는 것의 위세는 일정 때의 총독부나 경찰의 위세만큼이나 등등해 보였다. 순사질을 한 집들은 말할 것도 없고, 다른 관공서에서 일했거나 일본과 친하게 지낸 부자나 지주들까지도 그 위세 앞에서 꼼짝을 못하는 모양이었다. 세상사람들은 그 건국준비위원회라는 것이 틀림없이 살기 좋은 세상을 만들 것이라고 믿고 있는 모양이었고, 어서 새 나라 세우기를 고대한다고 했다. 그러니까 건국준비위원회의 위세라는 것은 수많은 사람들의 그런 믿음과 떠받듦에서 생겨나는 것이었다. "고것은 사람 심으로는 워치케 혀볼 수 없는, 하늘이 갤치는 순리여. 공은 딲은 대로 가고 죄는 진 대로 가드라고, 인자 우리 겉은 인종들이야 그 순리가 시키는 대로 허기로 맘묵고 참허니 기둘리는 도리밖에 또 무신 방도가 있겠냐. 발싸심헌다고 될 일이 아닌 것이다." 시아버지의 기운 없는 말이었다.

그러나 금방 새 나라를 세울 것 같던 건국준비위원회의 기세는 미처 한 달이 가지 못하고 꺾이기 시작했다. 남한땅을 해방시킨 미국이 자리를 잡고 군정을 실시하게 되자 건국준비위원회고 치안대고 힘을 잃게 되었다고 했다. 세상 판세의 돌변은 그것으로 끝난 것이 아니었다. 치안대를 해산시킨 미군정은 치안대 대신 전처럼 경찰대를 만들기로 했는데, 거기에 일정 때의 경험자들을 그대로 써준다는 것이었다. 옛날의 죄를 다스리는 것이 아니라 다시 경찰 노릇을 하게 해준다는 그 말을 몇 번이고 들어도 그녀로서는 도무지

믿을 수가 없었다.

"인자 우리 겉은 사람 살 판 생겼당께요. 싸게싸게 남 순사님헌테 연락 취허씨요." 앞뒤로 종이를 붙이고 읍내를 돌았다는 그 순사보를 지낸 사람이 처음 찾아와 한 말이었다. "와따메, 아짐씨넌 걱정도 팔자요. 미국은 일본맹키로 공산주의다 빨갱이다 허는 것에는 딱 정떨어져 허는 나랑께로 좌익 못자리판인 치안대 때레뿌식어뿔고 경찰을 새로 맹금시로 우리럴 불러들이는 것 아니겄소. 왜 우리럴 불러들이느냐! 일정 때부텀 좌익얼 때레잡은 것이 우리덜이고, 지끔도 누구누구가 좌익인지 그 연줄을 훤히 아는 것이 우리덜이다 그것이요. 폐일언허고, 나가 다시 활개치게 된 것 딱 보고 남 순사님도 싸게 나오라고 허씨요." 순사보가 아니라 정식으로 경찰이 된 그 사람이 두 번째로 찾아와 한 말이었다. "금메, 하도 요상시럽게 왔다리 갔다리 허는 시상이라 논께……." 시아버지도 정신을 차릴 수가 없는 모양이었다. "어허, 참말로, 워쩔라고 요리도 땁땁허니 말귀럴 못 알아묵고 이러요. 요러고 늑장 부리고 있다가는 남 순사님 밥통 딴 놈이 채가뿔 것이요. 인자 알아서 허씨요." 그 사람이 세 번째 찾아와 내던지고 간 말이었다.

남편이 집을 찾아든 것은 밤중이 아닌 대낮이었다. 남편은 그동안의 경위 같은 것은 들으려고 하지도 않았다. 모든 걸 다 알고 있는 눈치였다. "산중에 너무 깊이 백혔든 것이 손해나 안 보게 될란지 몰르겄다." 남편은 서둘러 옷을 갈아입으며 흘리듯 말했다. 남편의 서둘러대는 기세 앞에서 그녀는, 경찰을 다시 하는 것이 옳은 일인지 그른 일인지에 대해 한마디도 꺼낼 수가 없었다. 그러기는 시아버지도 마찬가지인 눈치였다.

남편은 다음날로 경찰이 되었다. 그것도 그냥 경찰이 아니라 지서주임이 된 것이다. 캄캄한 밤이 환한 대낮으로 뒤바뀐 그 느닷없음 앞에서 그녀는 도무지 정신을 차릴 수가 없었다. 남은 인생의 가망 없음에 대하여 참담해했던 만큼 그 느닷없는 변화는 현실감이 없었고 믿어지지도 않았다. 그 예측할 수 없는 세상의 뒤바뀜을 '천지개벽'이라고 한 시아버지의 말이 합당한 것만 같았다. 짧은 기간 동안에 두 번의 천지개벽을 겪은 그녀로서는 세 번째의 천지개벽을 겪게 될까 무서워 마음을 놓을 수가 없었다. "미국이 워떤 나란지 당신이 몰룽께로 고런 새 날아가는 소리럴 허는겨. 미국이 워떤 나라냐! 대일본제국을 이겨뿐 나라다 그것이여. 을매나 힘이 씨면 대일본제국을 이겨뿌렀겄냐 그 말이여. 대일본제국을 이겨뿐 미국은 대대미국인 것이고, 그 힘으로 따지자면 아무리 에누리혀서 잡아도 미국 힘이 일본 힘보담 두 배는 된다 그것이여. 고것이 무신 말인고 허먼, 대일본제국이 이 땅에서 40년 가차이 버텼응께로 그 힘이 두 배인 대대미국은 80년은 버틸 것이다 그 말이시. 우리 남은 평상을 따지자면 40년으로도 족헌디, 그 두 배나 되는 80년이 미국 덕에 우리 편이 된 셈인디 무신 근심 걱정헐 것이 있냐 그런 말이시. 알아묵겄는가, 못 알아묵겄는가?" "그리만 됨사 무신 근심이고 걱정허겄소마는…… 하여튼지 간에 미국은 우리럴 불구뎅이서 살려내준 은인이고 보살이시요." 그녀는 다소 안도하는 마음으로 남편을 바라볼 수 있었다. "그렇제, 그 은혜 갚자면 일정 때보담 더 열성으로 빨갱이럴 때레잡아야제." "봇씨요, 아무리 미국이 씨다고 혀도 시상이 원제 워치케 돌변헐란지 몰릉께 눈치 봐감서 인심 안 잃게 요령지게 허씨요이." "자네가 철든 소리럴 허니라고 허는갑는디, 고것은 하나만 알았제 둘언 몰르고 허는 소리시. 인자 판이 뒤바뀐 이상 미국이 시키지 안 허드락도 좌익이고 공상당언 씨럴 몰리고 뿌리럴 뽑아야 혀, 또 그놈덜헌테 판얼 뺏길 수는 읎는 일잉께로. 앞으로 판이란 것이 니가 죽냐, 나가 죽냐 허는 판이란 것을 알아야 써." 그녀는 가슴에 냉기가 왈칵 끼쳐드는 것을 느꼈다. 그리고 너나없이 공평하게 사는 새 나라를 고대하던 세상의 활기와 술렁거림이 불현듯 떠올랐다. "근디 말이요…… 만일에, 만일에 미국이 채럴 잡고 나서지 않았으면 시상 판세가 워찌 되았을께라?" 그녀는 남편의 눈치를 살피며 조심조심 입을 놀렸다. "자네가 요분 일얼 당허등마 부쩍 세상 돌아가는 일에 관심을 쓰게 됐네그랴. 자네 생각으로는 워찌 됐을 것 겉은가?" 남편은 묘한 웃음을 입에 물고 되물었다. "음마, 나 무식헌 거 귀경허고 잡아 이러신다요 시방?" 그녀는 필요 이상으로 화난 시늉을 해보였다. "미국이…… 미국이…… 손을 안 댔으면 판이 워찌 됐을 것이냐…… 고것참 고약허고도 중요헌 문젠디, 미국이 이 땅에 손얼 안 댔음사 쏘련도 손얼 안 댔을 것이고, 그리 되었으면…… 필시 여운형이 뜻대로 나라가 섰겄제." 남편의 말은 더디었는데, 그만큼 그 말에는 진심이 담겨 있는 것 같았다.

남편은 2년 가까이 지서주임 노릇을 열성스럽게 해냈다. 일정 때와 달라진 것은 언제나 권총을 차고 다녔고, 잠자리에서도 그것은 머리맡에 놓여졌다. 처음에는 그 사람 죽이는 구멍 뚫린 쇠뭉치가 징그럽고도 무서웠는데 차츰차츰 친밀감이 생기기 시작했고, 언제부터인지 모르게 그것이 머리맡에 놓여야만 그녀도 편한 잠을 잘 수 있게끔 되었다. 좌우익으로 엇갈린 시국은 그만큼 뒤숭숭하고 불안했던 것이다. 남편의 열성은 마침내 경찰서장 승진을 가져왔고, 벌교로 부임하게 되었다. 그 임시에 여운형이라는 사람이 암살을 당했다. 그 일로 세상은 시끌시끌했다. 장례식을 보려고 서울로 올라가는 사람들도 더러 있는 모양이었다. "모난 돌이 채이드라고, 너무 똑똑헌 것이 죄여." 남편의 한마디였다.

이번 반란사건을 당하기 전까지의 벌교생활은 순탄했었다. 좌익을 검거하는 일로 언제나 신경을 써야 했지만 그건 으레 하는 일로 만성이 되어 있기도 했다. 그러다가 느닷없이 당한 것이 반란사건이었다. "당장 떠야 써. 맨몸으로 당장 뜨라니께." 남편은 방에 들어오지도 않고 이 한마디를 외치듯 하고는 어둠 속으로 자취를 감추었다. 아이고메, 세 분째 천지개벽이 오고 말았구나! 그녀는 시아버지와 함께 허둥지둥 세 아이들을 수습하고, 돈만 챙겨가지고 무작정 집을 나서야 했다. 우선 아는 얼굴이 많은 벌교를 벗어나야 했다. 걷고 타고 하면서 목포 친정에 당도하기까지는 꼬박 사흘이 걸렸다. 남편한테서 돌아오라는 기별을 받고 보름이 넘어 다시 벌교를 찾아든 그녀는 자신들의 피신이 얼마나 아슬아슬했었는지 알게 되었다. 그러나 그녀는 경찰 노릇 그만두라는 말은 남편 앞에 내놓지 못했다. 그 말은 속에서만 맴도는 안타까움이었다. 수없이 간 떨어져내리는 이 생활을 언제까지 할 것인가 생각하면 권력이고 권세고 다 필요 없게만 느껴졌다. 겨우 위기를 모면하고 한시름 놓는가 싶었는데 남편이 또 느닷없이 전근발령을 받게 되었다. 그것도 영전이 아니라 좌천이었다. 남편은 전혀 말을 하지 않았으므로 그녀는 좌천당한 이유를 모르고 있었다. 반란군들이 득실거린다는 광양으로 밀려가고, 결국 몸을 상해 입원까지 하게 되었다. 어디를 얼마나 다쳤는지 애가 타면서도 그녀는 한편으로 입원이나마 하고 있음을 다행으로 여기고 있었다.

기차가 완전히 멎기도 전에 뛰어내린 목포댁은 곧 넘어질 듯 비틀거리다가 가까스로 몸을 바로잡았다. 기차를 향해 눈을 흘겨댄 그녀는 부산하게 걸음을 옮겨놓기 시작했다.

남인태는 왼쪽 어깨에 총상을 입어 수술을 받고 가료 중이었다. 목포댁은 붕대가 감긴 남편의 어깨를 보자마자 눈물바람부터 했다.

"넘새시럽게, 인자 그만 울소."

남인태는 아내를 찔벅였다. 그는 아내나 식구들 앞에서는 있는 그대로 사투리를 썼다. 공무 중에 표준말을 흉내내야 하는 고역에서 벗어나고 싶은 심리였다.

"내빌라두씨요, 내 설움도 풀어야제라."

목포댁은 코를 훌쩍이며 말했다.

"저 사람덜에 비허자먼 나넌 다친 것도 아닌디, 자네 설움꺼정 풀 자리가 아니시. 싸게 눈물 딲소."

남인태의 음성은 낮았지만 그 어조는 예사롭지가 않았다. 그만한 눈치 못 챌 목포댁이 아니었다. 그녀는 눈물을 훔치기 시작했다. 남편 옆으로는 두 사람이 더 누워 있었다. 그들의 몸에 감긴 붕대만으로도 그들이 남편보다 심하다는 것을 금방 알 수 있었다. 그녀가 눈물을 쏟았던 것은 남편의 부상을 염려해서가 아니라 안도해서였다.

"의사 말이 워쩝디여? 혹시……."

목포댁은 그 다음 말은 입에 올릴 수가 없었다.

"빙신이 될란지 안 될란지는 치료가 끝나봐야 알 일이제." 남인태는 무뚝뚝하게 말해 놓고 나서, 자신의 말이 재수 없게 여겨져, "빙신이야 되겠는가" 하고 토를 달았다.

"요리 다치기꺼지 혔는디, 그 공얼 생각혀서 워디 존 디로 안 보내줄께라?"

목포댁은 남편의 귀 가까이에서 속삭이듯 말했다.

"쓰잘데읎는 소리 말소."

남인태는 퉁명스럽게 말해 버렸다. 그러나 내심으로는 마누라의 그 머리 돌아가는 것에 놀라고 말았다. 그의 퉁명스러움은 자신의 마음을 들켜버린 것 같아 생긴 것이었다.

남인태는 처음부터 이번 부상을 전화위복의 기회로 삼으려고 궁리하고 있었다. 광양이라는 데는 경찰복을 입고는 한시도 맘 놓고 살 수가 없는 땅이었다. 반란군에다가 민간빨갱이들까지 합세해서 군경과 밀고 밀치는 공방전이 거의 매일이다 싶게 벌어지고 있었다. 그 위험지대에 부임해서 그가 줄기차게 매달린 생각은 첫째 안전도모, 둘째 조기전출이었다. 안전도모를 위해서는 서장의 권한을 최소한으로 축소해 가며 군인이나 서북청년단을 앞세웠고, 그 축소시킨 권한마저도 부하들에게 넘겨주는 것이었다. 그렇게 함으로써 가장 안전한 장소인 경찰서를 벗어나지 않을 수 있었다. 그런데 세상살이란 계획대로만 되는 것이 아니었다. 그날 밤 벌어진 긴급상황 앞에서는 도저히 발뺌을 할 수가 없었다. 한 마을에 병력을 투입시키고 난 다음인데 그 반대편 마을에 또 반란군이 출현한 것이다. 그 내키지 않은 야간출동에서 몸을 사린다고 사렸는데 그만 어깨에 총을 맞고 말았다. 그는 수술을 받고 나서야 그 부상을 전출에 이용하자는 생각을 하게 되었다. 그 난장판 속에서 빠져나오기 위해서는 자해라도 해야 할 판이었다. 그런데 생명에는 아무 지장 없는 부상을 당하게 되었으니 그보다 더 좋은 기회는 없었다. 다시는 그곳으로 돌아가고 싶지 않았다. 아니, 절대로 돌아가서는 안 될 일이었다. 그 난장판에서 죽는다는 것은 그야말로 개죽음이었다. 그곳이 난장판인 것은 전선도 없고 작전도 없는 싸움터이기 때문만은 아니었다. 적과의 전투를 따지기 전에 아군의 조직이라는 것부터가 난장판이었다. 군인에, 경찰에, 서북청년단에, 지방청년단까지 얽히고설켜 모두 제멋대로 설쳐대는 바람에 좌충우돌이었고, 거기다가 어느 조직이고 전투경험이 별로 없는 형편이어서 총질을 해대는 것에 비해 토벌효과는 그리 좋지가 않았다. 그런 상황 속에서 민간인들은 이것도 저것도 아닌 엉거주춤한 태도를 취하고 있는 속에 반란군들은 날이면 날마다 여기서 불쑥 저기서 불쑥, 언제 어떻게 개죽음을 당하게 될지 모를 일이었다. 특히 서북 청년단원들은 민간인들에게 원성을 사고 있는 것만이 아니라 군인들하고도 잦은 충돌을 일으켰다. 경찰이나 군인이 무색할 정도로 투철한 그들의 반공의식은 국책수행의 일익을 담당하고 있는 것이 확실했지만 그 도가 지나쳐서 판을 어지럽히는 경우가 허다했다. 남인태는 자신의 안전을 도모하는 데 그들을 십분 이용해 먹었다. 그러나 그들이 언제까지나 자신의 방패막이가 될 수는 없는 일이었다. 남인태는 부상을 이용할 수 있는 묘안을 아직 찾아내지 못하고 있었다. 아내에게 기별을 보낸 것은 병간호를 시키려는 것이 아니라 미리 돈을 장만시키기 위함이었다.

제각의 대문 앞 오망한 공지에는 햇살이 따스하게 괴어 있었다. 아무리 바람이 세게 부는 날이라도 크고 두꺼운 대문이 바람을 막아주는 탓으로 햇빛만 반짝 비치면 거기는 안방보다 따스했다. 그래서 길남이와 종남이는 그곳을 놀이터로 삼았고, 회정리 2구 아이들이 놀러오기도 했다.

"성, 영 심들제?"

쪼그리고 앉은 종남이가 입술까지 흘러내린 누런 코를 훌쩍 들이켜며 물었다. 그러나 고개를 잔뜩 웅크려박은 채 손을 놀리고 있는 길남이한테서는 아무 대꾸가 없었다. 종남이로서도 자기 때문에 애를 쓰고 있는 형한테 미안한 생각이 들어 한마디 한 것뿐 무슨 대꾸를 들으려고 한 것은 아니었다.

길남이는 동생의 썰매를 만드느라고 온 힘을 다하고 있었다. 이틀째 만들고 있는 썰매는 거의 마무리 단계에 이르고 있었다. 양쪽 받침 밑에 쇠줄을 붙이는 것만 남아 있었다. 그런데 그 쇠줄붙이기가 썰매를 만드는 일 중에서 제일 중요한 대목이기도 했다. 썰매가 잘 나가고 못 나가고는 그 쇠줄에 달려 있었던 것이다. 우선 쇠줄이 좋아야 했고, 좋은 쇠줄을 요동하지 않도록 단단하게 붙여야 했다. 썰매에 달 최고의 쇠줄로는 유리창문 밑에 붙은 쇠줄을 당할 것이 없었다. 그 쇠줄은 굵고 곧을 뿐만 아니라 중간중간에 못을 박는 구멍까지 뚫려 있어서 요동 못하게 붙이기도 쉬웠다. 그러나 그건 최고인 만큼 구하기도 힘들었다. 철물점에 가면 수북하게 쌓여 있지만 돈이 없었고, 관공서나 학교의 유리창문 밑에 달린 것은 군침만 돌게 하는 먹지 못하는 떡이었다.

얼음이 얼기 시작하면서부터 썰매를 만들어달라고 졸라대는 동생 종남이의 성화를 견디다 못해 길남이는 회정리 2구의 동철이를 찾아갔었다.

"잉, 창문철로? 고런 것 구허기야 뭐 떡 묵기제. 근디, 을매 줄래?"

쇠줄을 창문철로라고 말한 동철이는 그의 버릇대로 대뜸 대가부터 따지고 들었다. 그가 '을매 줄래?' 한 것은 돈을 말하는 것이 아니었다. 먹을 것을 얼마나 주겠느냐는 것이었다. 동철이는 아이들이 탐낼 만한 물건들을 이것저것 많이도 가지고 있었다. 그 자질

구레한 물건들을 그는 아무 때나 아이들 앞에 내밀어 보이고는 했다. 그건 자랑을 하자는 것이 아니었다. 아이들의 구미를 당기게 하는, 그의 말대로 손님을 끄는 일이었다. 물건을 갖고 싶어하는 아이가 나서면 동철이는 꼭 장터의 장수처럼 먹을 것을 놓고 흥정을 했다. 그가 아이들한테 인기가 있는 것은 먹을 것이면 무엇이거나 가리지 않는다는 점이었다. 아이들이 갖고 싶어하는 물건과 그들이 내미는 먹을 것이 잘 맞지 않아 흥정이 어려운 경우는 더러 있어도 동철이가 먹을 것 자체를 가리는 경우는 없었다. 그가 제일 높은 값을 쳐주는 것은 인절미나 시루떡 같은 것이었고, 죽은 쥐만 빼놓고 먹을 수 있는 것이면 무엇이고 일단 물건값이 되었다. 동철이가 그렇게 먹을 것을 밝히는 것은 끼니를 굶도록 가난하기 때문이었는데, 그 물건들이 끝도 없이 어디서 생기는지에 대해서는 아이들은 묻지도 알려고도 하지 않았다. 그러나 아이들은 말이 없는 속에서 서로가 다 알고 있었다. 동철이가 어디선가 훔쳐온다는 것을.

"고구마 두 개."

길남이는 미리 준비하고 있던 말을 기운차게 내놓았다.

"고구마 두 개?" 동철이는 되묻고는, "한쪽에 고구마 한 개썩이라 그것이제." 눈을 말똥하니 뜬 채로 고개를 갸웃갸웃하더니, "고구마도 크고 작은 놈이 있는디, 을매나 허제?" 고구마 크기를 당장 확인하자는 듯 고개를 쑥 뽑아늘였다.

"요만허다."

길남이는 동철이 코앞에다가 주먹을 불쑥 내밀어 보였다.

"주먹뎅이만 하다아……." 동철이는 꼭 어른 시늉을 내며 하늘을 쳐다보고 잠시 생각하는 듯하더니, "쪼오타, 길남이 니니께 특별허니 싸게 혀줘야제" 하며 눈을 찡긋해 보였다.

"원제 찾으러 올끄나?"

길남이도 그의 눈짓을 친숙하게 받으며 물었다.

"낼 아칙에."

"알었어, 낼 만내."

"근디 길남아!"

길남이는 돌아서다 말고 몸을 되돌렸다.

"니, 쇠줄만 갖고 썰매 못 맹근다는 것 알지야? 판자때기도 있어야 허고, 못도 있어야 허고, 톱, 장도리, 별것별것 다 있어야는디, 니 다 있냐?"

길남이는 동철이를 멍하니 쳐다보고 있었다. 말을 듣고 보니 판자만 있었지 다른 것들은 하나도 가지고 있지 않았다.

"니, 못도 썰매작대기에 박을 대못, 판자에 박을 중못, 쇠줄에 박을 새끼못, 못만 해도 천층만층인 것 아냐?"

길남이는 어느새 동철이 앞으로 완전히 돌아서 있었다. 길남이는 고개를 갸웃거렸다. 자기하고 나이는 두 살 차이밖에 안 나는데도 동철이한테서는 언제나 어른을 느끼게 되는 것이다. 나도 두 살을 더 먹으면 저렇게 될 수 있을까를 생각하고는 했다. 그러나 길남이는 그렇게 될 자신이 없었다. 그리고 꼭 그렇게 되고 싶지도 않았다.

"판자는 있고, 톱허고 장도리넌 워치케든 빌릴 것잉께, 못값은 을 매냐?"

"야, 그리 복잡허니 따지지 말고 니 판자럴 나헌테 갖고 오니라. 나가 썰매럴 삐까번쩍허게 맹글어줄 팅께, 몰아때레서 고구마 열 개만 내라. 으쩌냐?"

동철이는 눈을 반질반질 빛내고 있었다. 그 눈빛을 받으며 길남이는 잠시 생각했다. 고구마가 열 개면, 이 오는 십, 동생하고 둘이서 점심을 닷새나 굶어야 될 판이었다. 자신은 굶을 수도 있는 일이지만, 배고픈 귀신 들린 동생이 참아낼 것 같지가 않았다. 더구나 썰매를 가지려고 그런 짓까지 한 것을 어머니가 알게 되면 생판 난리가 나게 될 것이다. 닷새씩이나 점심을 쫄쫄이 굶어대며 동생이 비밀을 지키리라고 자신할 수가 없었다. 그렇다고 동생을 위해 자기 혼자 열흘씩이나 점심을 굶기는 싫었다.

"아, 멀 그리 생각허냐!"

동철이는 바락 소리를 지르며 눈을 부라렸다. 힝, 니가 내 맘 홀릴라고? 길남이는 마음을 다잡으며 앞뒤를 차근차근 따져나갔다. 닳아 없어지는 것 아니니까 톱이나 장도리는 빌려쓰면 될 것이고, 못이 아무리 여러 종류가 필요하다 해도 쇠줄 두 개에 고구마가 두 개였으니까 못은 고구마 한 개면 될 것이고, 그렇다면, 고구마 일곱 개가 순전히 수고비인 셈이었다. 씨펄놈, 순 도적놈 심뽀시!

"야, 워째 눈깔이 괭이눈깔로 변해뿌냐?"

동철이가 약간 켕기는 기색으로 길남이의 눈치를 살폈다. 길남이는 속으로 욕한 것이 들킨 것만 같아 얼른 표정을 바꾸었다.

"아녀, 아무리 생각혀 봐도 고구마 열 개럴 구헐 수가 읎어서 속이 상헌 것이여."

길남이는 얼떨결에 둘러대고 있었다.

"그려, 니도 느그 아부지 없이 무당집에 붙어사는 신센께로."

동철이는 이빨 사이로 침을 찍 내깔렸다. 그가 기분이 잡치거나 속이 상할 때면 하는 버릇이었다. 그럴 때 그는 어른스러워 보이기도 했고 불량스러워 보이기도 했다.

"글먼 워치케 헐래?"

동철이 먼저 입을 열었다. 이제 못이라도 바꿔먹자는 속셈이었다.

"못이나 구해도라."

"고구마 두 개."

"얼래, 쇠줄이 고구마 두 개였는디 그까진 못이 워째 두 개여?"

"못이 한 가지람사 고구마 한 개로 되겠지만 못이 세 가지다 요것이여, 세 가지."

동철이는 손가락 세 개를 펴서 길남이의 눈앞에다 디밀었다. 못이 아무리 세 종류라 해도 고구마 두 개를 내놓기는 억울했다. 한 개로 하자고 말을 할까 하다가 길남이는 그냥 돌아섰다.

"야, 길남아! 말얼 끝내고 가야제."

동철이가 다급하게 앞을 막아섰다.

"말허먼 멋 혀. 나넌 한 개면 쓰겄는디, 니가 안 깎아줄 것인디."

길남이는 배짱에다가 오기까지 부리고 있는 참이었다.

"화아, 씨발놈아, 말얼 혀야 속얼 알제." 동철이는 하늘로 고개를 젖히며 헛웃음을 치고는, "글먼 요렇게 허자. 무신 말이냐 하먼, 썰매작대기에 대못얼 박아야 허는디, 그 대못얼 박을라먼 그냥 박는 것이 아니라 못대가리 쪽이 작대기 속으로 들어가게 못얼 꺼꿀로 박아야 허는 것 니도 알지야? 그려, 그러자면 못대가리럴 장도리로 뚜둘겨대서 읎애야 허고, 꺼꿀로 박고 나먼 못 끝이 에지라져징께 또 뾰쪽허니 갈아야 하고, 고것이 을매나 심드는 일이냐. 나가 그 썰매작대기럴 맹글어줄 팅께 고것꺼지 합쳐서 고구마 두 개럴 내라."

길남이는 빠르게 생각을 굴렸다. 별로 손해볼 것 없는 일이다 싶었다. 썰매작대기를 만드는 것도 큰 일거리였던 것이다.

"좋아, 근디, 되나케나 맹글먼 안 되야!"

길남이는 동철이를 똑바로 쳐다보며 다부지게 말했다.

"걱정 말고, 고구마 요만 헌 것으로 네 개란 것 잊어뿔지나 말어라. 썰매작대기는 특별허니 맹글어줄 팅께."

동철이는 주먹을 들어 보이며 눈을 찡긋했다. 길남이도 눈을 찡긋해 보였다.

"근디, 니가 썰매럴 잘 맹글 자신이 있냐?"

"하먼, 공작숙제는 나가 우리 반에서 질잉께로."

"햐아아, 장난으로 맹그는 공작숙제허고 사람이 올라타고 달리는 썰매하고 똑겉은 줄 아냐? 야가 시방 자다가 봉창 뚜딜기는 소리 허네."

동철이는 어이없다는 듯 코웃음을 쳤다.

"봉창 뚜딜기는 소린지 아넌지는 두고 보드라고."

길남이는 오기를 부리며 돌아섰다. 고구마가 아깝기는 했지만 썰매를 손수 만들어보고도 싶었다. 그림을 그리거나 공작품을 만드는 것은 언제나 재미가 있었다. 특히 공작품을 만드는 손재주는 선생님의 칭찬을 들을 정도였다.

길남이는 집으로 돌아오는 길에 동철이를 생각하고 있었다. 동철이가 먹을 것이면 무엇이든 가리지 않는 것은 가난하기 때문이었다. 가난하면서도 동생들이 많기 때문이었다. 가난한 것은 아버지가 없기 때문이었다. 아버지가 잠시 어디로 간 것이 아니라 영영 죽어버렸다. 그의 아버지는 방죽에서 총살당했다고 했다. 어머니가 철다리 옆 부둣가 식당에서 물일을 해주고 얻어오는 국밥 한 그릇으로는 세 동생들을 먹여살릴 수가 없다고 했다. 그래서 장남인 자기가 동생들 배를 채워주어야 한다는 것이었다. 동철이는 일본에서 살다가 해방이 되어 돌아온 아이였다. 그가 귀환동포 마을로 불리는 회정리 2구에 사는 것도 그 까닭이었다. 그는 거기에 살면서도 귀환동포라는 말을 끔찍하게 듣기 싫어했다. 그는 몹시 화가 날 때면, 특히 동생들에게 일본 욕을 퍼부어댔다. 그는 언제나 주머니에 조그만 칼을 넣고 다녔다. 아이들이 아무리 졸라도 그것만은 먹을 것과 바꾸지 않았다. 접었다 폈다 하는 그 칼의 손잡이는 뿔로 덮여 있었는데, 거기에는 무슨 무늬가 새겨져 있었다. 얼핏 보기에도 값비싼 칼 같았다. "우리 아부지가 쓰든 것이다." 단둘이 있게 되었을 때 그가 한 말이었다. 자신이 아버지를 입에 올리지 않듯 그도 그때 말고는 아버지를 입에 올린 적이 없었다. 그는 학교를 다니지 못하고 야학을 다녔다. 그러면서 그까짓 공부는 해서 뭘 하느냐고 입버릇처럼 말하고는 했다. 어느 날인가는 불쑥, 야학의 여선생을 지 각시 삼았으면 좋겠다고 했다. 너무 엉뚱하고, 너무 기막히고, 너무 싹수없는 소리라서 자신은 입을 못 다물고 있는데 그는 느물느물 웃고 있었다. 그것만이 아니었다. 며칠 전에는 또 가슴이 얼어붙는 것 같은 무시무시한 말을 했다. 율어를 차지한 그 사람들이 쌀을 고루 나눠줘서 죽 끓여 먹던 사람들이 밥을 해먹는다는 소문이 읍내에 쫙 퍼졌는데, 그것이 정말이냐고 여선생한테 질문을 했다는 것이었다. 그런데 여선생은 딱 부러지게 대답은 하지 않고 긴가민가하게 말을 하더라는 것이다. 질문을 했던 것은 '그렇다'는 말을 듣고 싶어서였는데, 결국 질문은 하나마나가 되었고, 그러잖아도 배고픈데 질문을 하느라고 기운을 빼서 자기만 손해를 보고 말았다고 했다. 그의 말은 여기서 끝나지 않았다. 소문이 정말이라고 여선생이 대답했다면 동생들 끌고 율어로 이사를 갈 작정이었다는 것이다. 그는 그런 끔찍하고 무서운 말을 해놓고도 아무렇지도 않은 표정이었다. 오히려 질린 쪽은 자신이었다. 그는 마음이 나쁜 것 같지는 않았다. 그런데 하는 말이나 짓이 너무 어른 같을 때가 많아 별로 정이 들지 않고 서먹거렸다. 그는 곧잘 니넌 특별허니 어쩌고 하며 눈을 찡긋거리고는 했다. 그렇다고 정작 특별하게 해주는 것은 아무것도 없었고, 물건을 바꿀 때는 다른 아이들이나 마찬가지로 먹을 것을 꼬박꼬박 챙겼다. 그러나 그 말이나 눈짓이 꼭 싫지는 않았다. 그의 말이나 눈짓은 이상스럽게도 가슴을 찡하니 울리며 아버지를 떠올리게 하고는 했다. 그래서 자신도 모르게 눈을 찡긋하게 되고는 했다. 어쨌거나 동철이는 자신보다 불쌍한 아이였다. 아버지가 없는 것이 그랬고, 세 동생들의 배를 채워주려고 무엇이든 훔쳐야 하는 것이 그랬고, 학교 못 다니는 대신 야학을 다니는 것이 그랬고, 어머니의 벌이가 형편없는 것이 그랬고……

길남이는 신작로를 가로질러 집으로 이어지는 길로 들어서며 소화 아주머니를 생각했다. 고맙고 고마운 사람이었다. 고구마를 바꿔 썰매를 만들게 된 것도 소화 아주머니의 덕이었다. 점심은 고구마 하나씩으로 때우지만 아침과 저녁은 밥을 먹었다. 어머니는 상머리에 앉을 때마다 "넘덜언 죽도 못 끓이는 판에 우리는 밥얼 묵는 것은 다 기자님 덕분이다" 하는 말을 되풀이했다. 종남이가 불쑥 "엄니, 다 알어" 했다가 얼마나 야단을 맞았는지 모른다. 길남이는 끼니때마다 되풀이되는 그 말이 하나도 지겹거나 지루하게 느껴지지 않았다. 어머니의 말을 들으며 속으로 "소화 아짐씨, 고맙습니다, 고맙습니다" 하고 말하는 것이다. 소화 아주머니가 아니었더라면 얼마나 배를 곯았을 것인가는 어머니가 말하지 않아도 너무나 잘 알고 있었다. 길남이는 어머니가 하라는 대로 겉으로는 '기자님'이라고 불렀지만 속으로는 '소화 아주머니'라고 부르고 있었다. 그 얼굴도 이름도 예쁘고, 마음씨까지 예쁜 소화 아주머니가 무당인 것이 싫었고, 더구나 무당을 높여 부르는 것이라는 기자님은 더 싫었다. 그런데 길남이가 진짜로 부르고 싶은 말은 따로 있었다. 아주머니라고 하니까 너무 먼 것 같고, 너무 늙은 것 같고 가까워지고 싶은 마음과 나이에 어울리는 말, 그것은 '소화 누님'이었다. 그러나 그보다 더 곱고 예뻐서 부르고 싶은 것은 이름의 뜻을 딴 '흰 꽃 누님'이었다. 소화, 소화……. 그 흔하지 않은 이름은 뇌일수록 정이 들면서도 이상하게 슬픈 느낌이 생기기도 했다. 봉선화·채송화 그런 것들처럼 꽃이름 같기는 한데 무슨 뜻인지 알 수가 없었다. 그래서 망설이고 망설이다가 어머니 몰래 물었던 것이다. "흰 꽃이란 뜻이제." 소화 아주머니는 정말 흰 꽃처럼 잔잔하게 웃으며 머리를 어루만져주었다. 그러나 속으로라도 '소화 누님'이라고 부르는 것은 너무 버릇없고, 신령님이 벌을 내릴 것 같아 소화 아주머니로 부르기로 했던 것이다. 소화 아주머니가 순천까지 넘어가게 된 다음부터 길남이는 어머니가 애닳아하는 것만큼 걱정이 되고 잠이 오지 않았다. 거의 매일밤 꿈을 꾸었는데, 소화 아주머니를 찾아 길을 떠났다가 어디인지 모를 산속을 헤매기도 했고, 신령님 옆에 있는 호랑이를 탄 소화 아주머니가 시퍼런 물이 출렁거리는 강 저편으로 끝없이 멀어지는 것을 보며 발을 동동 굴러대다가 놀라 잠이 깨기도 했다. 좋은 꿈을 꾸려고 했지만 되지 않았다. 길남이는 어머니에게 한 번도 묻지 않았지만 소문에 귀 기울여 소화 아주머니와 어머니가 왜 잡혀 들어갔었는지 다 알고 있었다.

　"성, 날이 땡땡 춰야 썰매럴 탈 것인디, 워째 해가 쨍쨍 비치고 이런당가."

춥거나 배고픈 것은 한시도 못 참는 것이 썰매 탈 욕심으로 해 뜬 것을 타박하고 있었다. 동생의 하는 짓이 하도 어이가 없어 길남이는 쇠줄을 구부린 뒤쪽 끝에 못을 박다가 픽 웃음을 흘렸다. 동생은 어제와 오늘 점심을 굶었으면서도 배고프다는 말 한마디 하지 않았다.

길남이는 반쯤 박힌 못을 장도리로 가만가만 두들겨가며 반대쪽으로 휘어지게 하고 있었다. 쇠줄 양쪽에 못을 쳐서 서로 엇갈리게 구부려 쇠줄을 고정시키는 일이었다. 못은 처음보다는 몇 갑절 쉽게 마음먹은 대로 말을 들었다. 솜씨가 익숙해진 탓이었다. 반대쪽에 못을 하나만 더 박아 구부리면 쇠줄은 까딱도 하지 않게 고정되고, 그럼 썰매는 완성이었다. 길남이는 서너 개 남은 못 중에서 녹이 덜 슬고 잘생긴 놈을 마지막으로 골라 들었다. 그의 왼쪽 손가락 여기저기에는 피멍이 잡혀 있었다. 장도리질이 빗나가며 입은 상처들이었다. 길남이는 못을 비스듬히 누인 상태로 잡고 못 끝을 쇠줄에 바짝 붙여 장도리질을 시작했다. 그렇게 반쯤 박아 반대쪽으로 휘어야만 쇠줄을 물고 힘을 받게 되었다.

"다 되얐다!"

길남이가 썰매를 떠다밀며 소리쳤다.

"와아, 우리 성 최고다아!"

종남이가 환성을 터뜨리며 썰매를 끌어안았다.

길남이는 눈을 질끈 감으며 팔다리가 찢어져라 기지개를 켰다. 정신이 아지랑이 밭으로 아른아른해지는 속에서, 어머니가 집에 없어서 썰매 만들기가 편했다는 것과, 한시라도 빨리 소화 아주머니가 보고 싶다는 생각을 하고 있었다. 어머니는 재판을 받고 오늘에야 풀려나게 된 소화 아주머니를 모시러 아침 일찍 순천으로 넘어갔던 것이다.

반란사건에 가담했다가 연루된 자들의 집에는 새해부터 소작을 일체 내주지 않기로 한 지주들의 결정은 며칠에 걸쳐 읍 전역으로 퍼져나갔고, 마침내는 골목골목에서 아이들의 입에까지 오를 정도였다.

"인자 칠상이 느그 집 큰탈나부렀다."

"하먼, 농새 뺏게불먼 멀 묵고 살어."

"묵을 거 암것도 읎으면 굶어죽는다."

"참말로 칠상이 니 큰탈났다."

예닐곱 살씩 나 보이는 그만그만한 꼬맹이들이 양지바른 토담 구석에 모여서서 작은 입들을 다투듯이 놀리고 있었다. 그런데 네댓 명에게 둘러싸이듯이 서 있는 한 아이만 고개를 수그린 채 말이 없었다. 얼굴이 핼쑥하게 굳어진 그 아이는 아랫입술을 꼭 물고 있었다.

"다 공산당 해서 그런겨."

"긍께 공산당 허지 말어야제."

"칠상이 니 멍청이다. 느그 아부지 공산당 못허게 니가 말기제."

"요런 빙신아, 워떤 어런이 고런 일얼 아그덜 말 듣냐."

가운데 선 아이는 아랫입술을 더 꼭 물며 눈을 질끈 감았다. 아버지라는 말을 듣게 되자 눈물이 나려고 했던 것이다.

"칠상아, 니 인자 워쩔래?"

"안 굶어죽을라면 동냥이라도 해야제 워쩨."

"동냥?"

"그려, 동냥. 니 동냥이 먼지 몰러?"

"허먼, 칠상이가 비렁뱅이놀이럴 헌다고?"

"안 굶어죽을라면 워쩔 것이냐."

가운데 선 아이의 고개는 더 수그러들었고, 굳어졌던 양쪽 볼이 씰룩거렸다.

"칠상이가 쪽박 들고 장타령허는 동냥아치가 되야?"

"히히, 고것참 우습겄다."

아이들의 얼굴에는 금방 장난기가 서리고, 가운데 선 아이를 향한 눈들에 윤기가 돌았다.

"잉, 칠상이넌 노래럴 잘헌께로 장타령도 잘헐 것잉만."

"맞어, 장타령이 바로 비렁쟁이 노랜께."

"칠상아, 지끔부텀 연습해야 쓸 것잉께 워디 한분 혀봐라."

"어얼시구시구 들어가안다아, 저얼시구시구……."

가운데 선 아이가 아앙 울음을 터뜨리며 달리기 시작했다. 아이들은 머쓱해진 얼굴로 서로를 쳐다보다가 제각기 눈길의 방향을 바꾸고 있었다.

칠상이는 외서댁의 남편 강동식에 의해 좌경화된, 샘골댁의 남편 유 서방의 아들이었다. 어른들은 아이들의 귀를 조심해야 할 이야기가 아니어서 마음 놓고 입을 모았던 것이고, 가난한 생활 속에서 먹고 굶는 것에 대해서는 곤충의 촉수처럼 민감한 반응을 나타내는 아이들에게 그것은 이야깃거리가 아닐 수 없었다.

어른들 사이에서는 그 문제에 대한 반응이 날이 바뀌어감에 따라 묘하게 변해가고 있었다. "참말이제 혀도혀도 너무덜 헌다. 세세만년 살 것도 아닌 한평상에 워째 그리 모지락시럽게 척지고 살라고 허는고." "있는 것덜이 허는 짓거리란 것이 다 그리 베락 맞을 짓거리덜뿐인 것이여, 닌장맞을." "각단지게 베락얼 열두 번썩만 맞어라." "죽을병 들어 누운 사람 가심에 칼질허고 뎀비는 꼴이 꼭 요것이구만그랴." "그나저나 남은 입덜이 워찌 살란지 큰일 아니라고?" "참말로 뼁아리 겉은 어린 새끼덜 델꼬 안사람덜 당헐 고초가 깜깜헐 일이시." "글씨 말이시, 요런 일맨치로 각다분헐 일이 또 워디 있겄어." 이렇듯 처음에는 거의 모든 소작인들의 입에서 지주들의 처사를 비난하는 소리가 거칠게 쏟아졌고, 그와 반대로 관련 소작인들을 염려하는 소리는 따뜻했다. 그런데 이삼일을 지나게 되자 지주들을 비방하는 소리는 바람 자듯이 점차 잠잠해져가면서, 그들이 소작논을 거둬들여 어떻게 처리할 것인지에 대해 은근한 관심들을 쓰기 시작했다. "근디 말이시, 요분에 지주덜이 거둬딜이는 소작이 을매나 될랑가 몰라?" "금메 말이여, 입산자만이 아니고 진작 죽어뿐 사람덜 것꺼정 몰수헌다니께 굉장허덜 않컸어?" "근디 그 농토럴 워찌헐랑가?" "즈그 손수 안 헐 것잉께 새로 소작얼 부치겄제.""천상 그러겄제?""말이 났으니 말인디, 소작 뺏긴 사람덜 가심 절통헌 것이야 다 지 죄닦음 허는 것잉께 우리가 으짤 수 읎는 일이고, 몰수해 딜인 전답은 누가 묵어도 묵을 것 아니라고?" "그렇겄제." 이렇듯 믿을 만한 사람끼리 머리를 조아리고 앉아 수군거리기 시작했다.

그런데 정작 일을 당한 당사자들은 약속이나 한 것처럼 침묵하고 있었다. 그러나 그건 침묵이 아니었다. 절망이었고, 체념이었다. 그렇게 되리라는 낌새는 오래전부터 느껴져왔던 것이고, 그것이 현실로 나타난 것뿐이었다. 그 현실 앞에서 그들은 속수무책이었다. 그 어디에 하소연할 곳도, 도움을 청할 곳도 없었다. 그렇다고 지주들을 찾아가 사정을 하거나 빌어서 될 일도 아니었다. 지주들이 자기네를 원수로 대하고 있다는 것을 그들 스스로가 먼저 알고 있었다.

어두운 고샅을 허리 구부정한 남자가 가고 있었다. 그 사람은 좁고 어두운 고샅을 한사코 왼쪽으로 붙어서 걷고 있었는데, 왼손에 들린 묵직한 느낌의 물건을 감추려고 그러는 것 같았다. 그 사람은 미처 열 발짝도 떼어놓지 못하고 뒤를 돌아보고는 했다. 그런 식으로 얼마를 걸어가던 그는 어느 집 앞에서 걸음을 멈추었다. 그리고 좌우를 빠르게 살폈다. 고샅에는 어둠뿐이었다. 그는 어깨숨을 쉬며 판자문을 거칠게 흔들어댔다.

"어이 와, 아가. 숙자야아."

판자문을 흔들어대는 기세에 비해 그의 목소리는 크지 못했다. 계속 주위를 경계해 왔던 것처럼 일부러 죽이고 있는 목소리였다. 방문에는 불빛이 희미하게 배어 있는데 사람의 기척은 나지 않았다.

"야아야, 숙자야, 사람 왔다."

그의 목소리가 높아졌다. 그는 자신의 목소리에 놀란 듯 다시 좌우를 빠르게 살폈다.

"누구다요?"

방문이 열리며 여자아이 목소리가 들려왔다.

"나다, 싸게 문 따그라."

"나가 누구다요?"

여자아이는 마루에 그대로 선 채 물었다.

"아, 목청 들으면 몰르냐. 싸게 문이나 따랑께."

그는 짜증스럽게 말하며 문을 마구 흔들었다.

"음마, 음마, 문 뿌시거지겠소. 아부지, 나와봇씨요."

여자아이가 놀란 소리를 내며 방으로 들어가버렸다. 저런 오살헐 년이, 그는 욕을 내뱉으며 또 좌우를 살폈다.

"뉘기여?"

방에서 남자가 나오며 물었다.

"나요, 칠복이."

그는 힘준 음성으로 빠르게 대답했다.

"칠복이이? 자네가 워쩐 일여, 어둔디."

남자가 마루로 내려서며 컬컬한 음성으로 말했다. 그는 자신의 이름이 크게 불리는 것에 진저리를 쳤다.

"무신 일이여, 뜬금없이."

"누구, 와 있는 사람 읎제라?"

그는 대문을 들어서며, 사랑방에 불빛이 없음을 확인하면서도 이렇게 물었다.

"읎구만. 누구 또 오기로 혔는감?"

"아니구만요. 오늘 밤에넌 아재허고만 둘이서 쪼깐 헐 이약이 있구만이라."

그는 보라는 듯이 왼손에 들고 있던 묵직한 것을 약간 높이 치켜올려 오른손으로 바꿔들었다.

"헐 이약이 있음사 들어봐야제."

남자가 점잖을 빼는 목소리를 꾸미며 앞장섰다. 작인 장칠복이가 마름 오동평이를 찾아온 것이다.

"이약허소."

등잔에 불을 당긴 오동평이가 무뚝뚝하게 말했다.

"요것이 지리산 토종꿀인디요, 산삼 담가는 보약이라는디, 잡숴보시씨요."

장칠복이는 보퉁이를 오동평의 앞으로 밀어놓았다.

"지리산 토종꿀? 지리산이 빨갱이 천지가 된 것이 언제라고 꿀이 나오고 자시고 헐랑가?"

장칠복이는 그만 가슴이 뜨끔했지만 아랫배에 힘을 주며 헛기침부터 한 번 했다.

"어허, 무신 말얼 그리 섭허게 혀뿌시요. 꿀이야 따서 오래 묵힐수록 약효가 나는 법인디, 요것언 1년도 더 넘은 것이요. 우리 장모님이 내 생일에 갖고 온 것인디, 우리 집서 묵은 것만도 열 달이 넘었소."

장칠복이는 정말 역정을 내는 것처럼 얼굴이고 목소리를 꾸며대고 있었다.

"꿀이야 부자지간에도 믿지 말라고 허는 말 안 있드라고? 그려서 그냥 혀본 소리시."

오동평이 헛웃음을 치며 능치고 있었다.

"장모가 사우 가짜꿀 믹이진 않겄제라. 즈그 딸년 신세 엎어뿔 심뽀 아닐람사."

장칠복이는 한 번 더 못을 치고 있었다.

"하면, 사우 사랑 장모닝께." 오동평이는 어느덧 흡족한 얼굴로 맞장구를 치고는, "요것에 까시가 들기는 들었는디, 고것이 무신 까시까?" 보퉁이를 끌어당기며 장칠복이를 빤히 쳐다보았다.

"묵어도 안 걸릴 만헌 까시요." 장칠복이 자리를 고쳐 앉고는, "속씨언허게 그냥 확 까놓고 말혀 뿔겄소. 긍께, 요분 좌익헌 사람덜 소작 뺏어갖고 새로 작인 정헐 적에 나도 한몫 부쳐도라 그것이요."

그는 가슴이 벌떡이는 것을 느끼며 숨을 들이마셨다.

"새로 소작얼 부치기는 부쳐야겄제."

오동평이는 무표정한 얼굴만큼이나 막연한 말을 흘렸다. 그는 장칠복이가 왜 찾아왔는지 이미 간파했던 것이고, 이제 낚시를 던지고 있었다.

"동평 아재, 나도 더 나이 묵기 전에 심 잠 얻어야 쓰겄는디, 아재가 눈 딱 감고 한분 봐주씨요."

"금메, 나서는 사람이 많은디다가, 자네야 기왕 부치고 있는 소작이 있응께로 그 일이 말맨치로 쉽덜 안 혀."

"아재, 아재 심으로 소작 부치고 띠는 일이야 손바닥 뒤집기보담쉰 일이 아닌게라. 은혜 두고두고 갚을 팅께 나 잠 잡아줏씨요."

"고 까시가 너무 크시."

오동평이는 끌어당겼던 보퉁이를 다시 제자리로 밀어놓았다. 거절이었다. 아니, 꿀 정도로는 배가 안 찬다는 뜻이었다. 씨부랄 놈, 지도 종놈 신세에 더 불쌍헌 놈덜 피 뽈아묵자고, 장칠복이는 배창자가 뒤틀리고 있었다. 그러나 이대로 물러설 수는 없었다. 밥상은 차려진 밥상이고, 배가 고픈 쪽은 이쪽이었다.

"좋소, 가실에 쌀 반 가마니 내겄소."

장칠복이는 급한 성질을 못 이기고 불쑥 말을 뱉었다.

"글씨이, 쌀이고 보리고 그것이야 나중 이약이고, 자네야 기왕 부치고 있는 소작이 안 있능가. 고것이 문제시."

오동평이는 두 다리를 뻗으며 담배에 불을 붙였다. 장칠복의 가슴에서는 불길이 솟기려 하고 있었다. 그러나 그는 어금니를 사려물었다. 자칫 잘못 나갔다가는 부치고 있던 소작마저 떼일지 몰랐다.

"아재, 사람 피 보트게 허지 말고, 워쩌면 쓰겄는지 아싸리허게말해 뿌씨요."

"어허, 요것이 자네 일이제 나 일인가?" 오동평은 먼산바라기를 한 채 담배연기를 푸우 내뿜고는, "근디, 한분 소작얼 부쳤다 허먼 인정상, 의리상 일이 년 만에 뗄 수 없는 일 아니겄는가?" 고개를 갸웃하게 틀어 장칠복이를 의미 깊은 눈길로 겨냥하고 있었다.

"알겠구만이라. 한 가마니럴 채우겄소."

장칠복이가 손바닥으로 방바닥을 치며 말했다.

"그려, 자네가 새끼덜이 많제." 오동평은 뻗었던 다리를 접어들이며 꿀보퉁이를 다시 끌어당기고는, "요것에다가 인삼 서너 뿌리 갈아서 쟀다가 묵으먼 지대로 된 정력보약이라든디." 흘리는 것처럼 말하고 있었다. 말이담배에 불을 붙이고 있는 장칠복이는 그 말을 못 들은 척했다.

두 사람은 잠시 말없이 앉아 있었다.

"통금이 다 되얐는디 그만 가보소."

오동평이 먼저 일어섰다.

"워쨌거나 고맙구만이라."

장칠복이 따라 일어서며 말했다.

"안직은 고마울 것 읎네. 나가 심이야 쓰겄지만, 꼭 된다고 믿지는 말소."

오동평이 방을 나서며 하는 말이었다.

"아재, 나가 인삼얼 구헐 것잉께 아재가 먼첨 구해뿔지 마씨요."

장칠복이는 토방으로 내려서며 기어이 이 말을 하고야 말았다.

"아니시, 그럴 것 읎네."

두 사람은 더 말이 없이 마당을 가로질러갔다.

"나 아재만 믿겄소."

대문을 나서며 장칠복이 말했다.

"어이, 염려 놓고 잠 편케 자소."

오동평의 목소리는 어둠 속에서 흔쾌하게 울렸다.

회정리 3구 초입에 자리 잡은 노덕보의 집에서는 아이들 떠드는 소리가 왁자했다.

"아이고 요런 웬수녀러 것덜아, 지름 아깝고 배 꺼지는디 싸게싸게 자빠져 안 자고 무신 놈에 북새질이여 북새질이이."

부엌에서 나오던 조성댁은 있는 대로 소리를 지르며 아랫방으로 내달았다. 아이들 떠들던 소리가 뚝 그치면서 지게문도 캄캄해졌다. 조성댁은 내달아온 기세 그대로 지게문을 열어젖혔다.

"요런 웬수녀러 새끼덜아, 밀금헌 죽 한 그럭썩 처묵은 것이 얹힐 성불러 그리 뛰고 발광이냐. 낼 아칙에 배고프다고만 혀봐라, 주딩이를 짝짝 찢어놀 것잉께. 죽 처묵은 것덜이 밥 처묵은 것덜맨치로 뛰고 발광을 허먼 그 배가 워찌 될 것이냐. 싸게 찍소리 허지 말고 자빠져들 자! 또 북새질만 처봐라."

조성댁은 방 안의 어둠 속에다 대고 한바탕 소리를 퍼붓고는 지게문을 닫았다. 방문 앞에서 돌아서는 그녀의 가슴에는 찬바람 이는 공허감이 몰려들었다. 그녀는 아이들을 나무라고 있는 것이 아니었다. 오늘 저녁으로 밀기울마저 탈탈 털어 시래기죽을 끓였던 것이다. 서운상과 얽혀 있는 소작문제는 아직도 풀리지 않고, 당장 내일부터는 무슨 수로 끼니를 대나 하는 막막하고도 답답한 심사를 주체하지 못하고 있다가 아이들한테 포악을 부리게 되었다.

묽은 죽으로 헛배를 채운 노덕보는 벽에 몸을 부린 채 끄덕끄덕 졸고 있었다. 조성댁은 그런 남편을 한동안 바라보고 섰다가 조심조심 흔들었다.

"예 말이요, 정신 채리고 나 말 잠 들어보씨요."

"말언 무신 말. 들으나마나 헌 소리."

노덕보가 짜증스럽게 팔을 내저었다.

"우리가 살 방도가 있당께요!"

조성댁이 빠락 소리를 질렀고, 노덕보는 눈을 껌벅이며 몸을 바로잡았다.

"무신 말인고 허니, 되지도 안 헐 일로 서운상이 찾아댕기지 말고, 좌익헌 사람덜헌테서 거둬딜인 전답을 새로 소작놀 것잉게 싸게 그 구멍을 뚫으라 그것이요. 내 생각이 으쩌요?"

"그려, 가만있어보소."

노덕보의 어조가 달라지며 얼른 담배쌈지를 집어들었다. 그는 담배를 빡빡 말아대며 무슨 생각인지를 하고 있었다.

"근디, 고것은 곤란헌 문젠디. 넷이나 다 그리 허면 몰라도, 우리가 항꾼에 힘얼 합치자고 약조헌 말이 있는디 나 혼자 그래불면 남자 체면에 의리 읎는 짓거리가 되제."

"음마, 음마, 체면이 밥 믹에주고, 의리가 떡 준답디여? 오늘 저녁으로 밀지울도 딱 떨어져뿌렀소. 새끼가 넷에, 엄니, 당신, 나, 입이 일곱인디 체면이고 의리고 찾을 마당이요, 시방? 다 지 살 구녕 지가 찾아야제 공염불이 무신 소양 있소. 그라고, 넷이서 항꾼에 그리 헌다는 것도 앞짜른 생각이오. 지끔 서로 표식은 안 내지만 속으로는 넘 멈첨 소작 얻을라고 눈에 불 킨 판인디, 당신언 태평시럽게 그 사람덜꺼정 끌어딜일라고 허다니, 그래갖고는 될 일도 안 돼뿌요. 다 경쟁잔께."

노덕보는 한동안 말이 없었다.

"자네 말도 맞는 말인디, 결국은 다 알아질 일이고, 그리 되면 사람 체면이……"

"엄니허고 새끼덜 굶기는 것보담 낫제라. 우리넌 가만있었는디 알음 있는 사람이 권한 것이라고 헐 수도 있고, 그때 가서 둘러붙일 말이야 을매든지 있응께, 고런 것이야 다 나헌테 맽기씨요. 으쩌요, 헐라 안 헐라?"

"늙은 엄니나 어린 새끼덜얼 굶게 쥑일 수야 읎는 일이제."

# 6

## 술찌끼를 먹고 취한 아이

"요런 빙신 겉은 새끼야, 눈깔에 멍씨 백혔냐, 고것도 못 지키게."

염상구는 부동자세로 서 있는 부하의 정강이를 냅다 걷어찼다.

"아이쿠쿠쿠……."

부하는 숨 막히는 소리를 토하며 다리를 감싸고 주저앉았다.

"요거, 요거 노는 것 잠 보소. 다리 작씬 뿐질러뿔기 전에, 차려엇!"

염상구는 호령을 하며 또 걷어찰 것 같은 몸짓을 했다.

"아이고메 단장님, 죽을죄를 졌구만이라."

부하는 벌떡 일어나 부동자세를 취했다. 그의 눈에 눈물이 맺혀 있었다.

"새끼야, 난 인자 단장이 아니라 감찰부장이다, 감찰부장." 염상구는 옆사람들이 들으라는 듯 고까운 어조로 소리치고는, "요런 얼빠진 새끼야, 니 모강댕이가 몇 개라고 죽을죄럴 그리 쉽게 저질러

뿌냐 그것이여." 다시 정강이를 걷어찼다.

"아이고 엄니, 나 죽네."

"요 좆만 새끼야, 차렷! 차렷!"

염상구는 경찰서 안인데도 거칠 것 없이 소리를 질렀다. 그는 지금 외서댁을 감시하게 했던 부하를 닦달하고 있었다. 그가 부하를 굳이 경찰서로 끌어들인 데는 그 나름의 목적이 있었다.

"요새끼야, 나가 워째서 그년얼 감시허라고 헌 질 아냐. 고년이 내 새끼럴 배고 있응께 잘 모시라는 뜻인 줄로 알었디야? 고것이 아니면, 고년이 또 저수지에 퐁당 빠져 뒤지는 거이 무서바 그런 줄 알었냐? 그래서 좆 묵어라 허는 맴으로 헛눈폴고 자빠졌다가 온 디 간 디럴 몰르고 둔전기리는 것이여! 요런 쎄 빠질 자석아, 나가 감시럴 허란 것은 고런 짜잔헌 이유가 아닌 것이여. 그년 냄편 강동식이, 강동식이럴 잡자는 것이었어. 나가 애시당초 그년 뱃대기에 올라탈 적부텀 고런 계획이 서 있었다 그 말이여. 재미럴 보잠사 쎄고 쎈 것이 천년디 멋 땀세 헌 지집얼 건디리냐 그것이여. 고런 계획이 아니었음사 고년이 내 새끼 밴 것얼 머 헐라고 느그 시켜감스로 소문 냈을 것이냐. 강동식이 그놈이 그 소문 듣고 분허고 원통혀서 마누래 족칠 심뽀로 집 찾아들먼 고때 딱 때레잡아뿔라고 헌 것이다 그 말이다. 근디 니가 그년얼 장흥으로 내빼게 혀분 것이여, 빙신아!"

염상구는 또 정강이를 걷어찼다.

"엄니! 나 죽어."

"차려엇! 싸게 차려엇!"

염상구는 바로 그 말을 심재모와 서장에게 간접적으로 하기 위해 경찰서에서 판을 벌인 것이다. 외서댁이 자살 소동을 벌이고, 그 소문이 좋지 않게 퍼졌는데도 심재모도 서장도 왜 그런 일을 저질렀는지 묻지를 않았던 것이다. 그렇다고 먼저 이유 설명을 하고 나설 수도 없는 노릇이었다. 똥 누고 밑 안 닦은 기분으로 찜찜하게 지내다가 단장 자리 빼앗기는 일을 당했고, 부장 자리나마 지키자고 마음 정리하고 나니 외서댁이 생각났던 것이다. 당연히 친정에 있는 줄 알고 거처를 집으로 옮기라는 명령을 내리려다 보니 외서댁은 이미 장흥으로 떠나고 없었다. 부하에게 기합을 넣을 겸 자신의 열성을 증명할 겸 부하를 경찰서로 끌어들였다. 감찰부장으로 밀려난 마당에 자신의 열성은 더욱 증명될 필요가 있었다.

심재모는 사무실에 앉아서 염상구가 떠들어대는 소리를 다 듣고 있었다. 그의 마음은 별로 좋지가 않았다. 염상구의 말을 전적으로 믿지 않는다 하더라도 어느 대목은 사실 그대로였다. 외서댁의 임신 사실을 청년단원들이 퍼뜨리고 다닌 점이었다. 그것을 얼핏 이상하게 생각하면서도 그냥 지나치고 말았는데, 거기에 바로 그런 흉계가 들어 있었다는 것이다. 그것이 사실이면 외서댁을 범하게 된 동기도 사실일 수 있었다. 여자와 관계하는 쾌락은 덤으로써, 염상구가 쓰기 좋아하는 말인 꿩 먹고 알 먹고인 셈이었다. 그것이 사실 그대로라면 심재모의 마음은 더욱 언짢아지는 것이었다. 염상구의 그 물불을 가리지 않는 잔인성을 어떤 측면에서든 수용할 수가 없었다.

"독사 같은 녀석."

심재모는 담배를 빼들며 그의 가늘게 째진 눈을 떠올리고 있었다. 그 눈에는 언제나 잔인과 교활이 함께 도사리고 있었다.

"니까진 얼빙이가 강동식이 모가지 띠갖고 오기는 열 분 죽었다가 깨나도 틀린 일이고, 오늘 당장 장흥으로 가서 외서댁이나 붙들어와!"

심재모는 의자에서 일어섰다. 그리고 사무실을 나갔다.

"염 부장, 외서댁은 데려올 필요 없소."

심재모의 목소리가 염상구를 향해 날아갔다. 염상구가 고개를 홱 돌렸다. 심재모의 뒷모습이 사무실로 사라지고 있었다.

"니년 사무실로 가 있어."

염상구는 독기가 내밴 얼굴로 부하에게 손짓했다. 그의 가슴에서는 걷잡을 수 없이 불길이 솟고 있었다. 솟기는 성질대로 하자면 당장 심재모의 방으로 뛰어들어 그놈의 두 눈에 칼을 꽂고 말아야 했다. 사람을 뭘로 보고 여럿 앞에서, 더구나 부하에게 내린 명령을 낚아채며 개망신을 시킨단 말인가. 이렇듯 무참한 꼴을 당하기는 나이 먹고 처음 있는 일이었다.

"나갑시다."

임만수가 염상구의 팔을 끌어당겼다. 염상구는 팔을 뿌리쳤다. 그러나 임만수의 손아귀는 옷을 그대로 틀어잡고 있었다.

"나도 그만큼 당하고도 참고 있소."

임만수가 염상구를 달래는 듯한 눈길로 쳐다보며 다시 팔을 끌어당겼다. 염상구는 숨을 훅 내뿜으며 일어섰다. 어디 두고 보자, 염상구는 어금니를 뿌드득 갈아붙였다. 그의 성질에 불이 붙은 것은 여러 사람들 앞에서 망신을 당해서만이 아니었다. 자신의 노력이 완전히 수포로 돌아가고 만 분함도 섞여 있었다. 심재모가 외서댁을 데려오지 못하게 한 것은 자신의 말을 전부 거짓말로 취급했기 때문이라고 염상구는 생각했다.

심재모는 시계를 들여다보았다. 근무 순찰을 나가볼 시간이었다. 그는 총을 들고 일어섰다.

"사령관님, 마침 기셨구만요."

형사부장이 헤벌쭉하게 웃으며 들어섰다. 그 뒤에 키가 작달막하고 얼굴이 네모지게 큰 중년의 사내가 따라 들어오고 있었다. 양복을 받쳐입은 그 사내는 미끄럽게 느껴질 지경으로 머리에 기름을 맥질하고 있었는데, 앞으로 모아잡은 두 손에는 중절모가 들려 있었다.

"무슨 일이오?"

형사부장의 태도나 사내가 풍기고 있는 인상으로 보아 시답잖은 일로 판단한 심재모의 태도는 지극히 딱딱했다.

"예에, 이분이 악극단 단장이신디, 음력설도 닥치고 혔응게 읍민들 설 기분도 돋과줄 겸 혀서 공연 허락얼 잠 내주십사 허고……."

"그런 일이라면 서장님한테 말하시오."

심재모는 한심하다는 생각을 하며 사무실을 나갔다. 계엄하에서 형사부장이란 자가 악극단 단장이나 달고 다니는 것이 한심스러웠고, 한쪽 공무원들은 음력설을 쇠지 말고 양력설만 쇠자고 계몽하고 다니는데 경찰 공무원이란 자가 음력설 기분을 돋운다는 명분을 엉뚱하게 이용하려 드는 것이 한심스러웠다.

심재모는 설날의 고향을 생각하며 걸어가고 있었다. 윷놀이, 연날리기, 세배꾼놀이, 유과의 맛…… 그런 것들은 하나같이 어린 시절의 기억이었다. 설날의 기억 속에 중학생 교복을 입은 자신의 모습은 찾을 수가 없었다. 더 나이가 먹어서 설을 회상해도 역시 어린 시절의 기억만 떠오르게 될 것 같았다. 추억이라는 것은 이상스럽고 묘한 데가 있었다. 똑같이 되풀이되는 일인데도 추억으로 남는 것은 어느 특정한 나이 때의 것일 뿐이다. 감동의 정도가 제일 강한 때의 것들만 남게 되는 탓일 것이다. 설날 가장 신바람나는 것은 뭐니 뭐니 해도 세배꾼놀이였다. 할아버지와 아버지 친지들 중에서 돈을 타낼 만한 분들의 집을 정신없이 돌다 보면 점심 먹는 것도 깜빡 잊고는 했었다. 장사를 오래 했고, 상점의 규모도 제법 커서 할아버지와 아버지가 관계하는 사람들은 꽤나 많았다. 세뱃돈은 버는 재미도 좋았지만, 쓰는 재미는 더 좋았다. 설날의 기억이 집에 대한 향수를 자극했다. 이제 설이 며칠 앞으로 다가와 있었다.

심재모는 그냥 지나칠까 하다가 이상한 느낌이 들어서 걸음을 멈추었다.

"아나, 아나, 날 잡아봐라."

"워리, 워리, 오로로로로……."

"그려, 날 잡아라아. 요 사탕 줄 것잉께."

"어야, 어야, 삐틀빼틀, 넘어진다, 넘어진다. 헤헤헤헤……."

서너 명의 아이들이 한 아이를 어지럽히듯 부산스럽게 돌기도 하고 엇갈리기도 하면서 놀려대고 있었다. 그런데 놀림을 당하고 있는 아이가 심상치 않았다. 넘어질 듯 넘어질 듯 비틀거리며 아이들을 잡으려고 하는데 다리는 다리대로 휘둘리고 휘청이고 꺾이고, 팔은 팔대로 허공을 휘젓다가 처져내리고 다시 허공을 헤집고 하다가 뒤뚱 넘어지거나 털썩 주저앉고는 했다. 그러면 아이들은 좋아 죽겠다는 듯 웃어댔다. 그 아이는 무슨 병을 크게 앓은 불구 같기도 했고, 어찌 보면 술 취한 어른들의 몸놀림과 비슷하기도 했다. 어린아이가 술에 취했을 리는 없고, 불구인 아이를 성한 아이들이 놀이개감 삼고 있는 것을 목격하고 그대로 지나칠 수가 없었다.

"이놈드을, 못써어."

심재모는 아이들 가까이 다가서며 엄하면서도 아이들이 놀라지 않도록 목소리를 꾸며냈다. 아이들은 조작되는 인형들처럼 움직임을 일제히 뚝 멈추었다. 그런데 그 아이 혼자서만 중심 잡히지 않는 동작을 계속하고 있었다. 아이들은 키 큰 심재모를 올려다보느라고 얼굴들이 하늘을 향해 있었다.

"이놈들, 몸 아픈 아이를 그렇게 정신없이 놀려대면 어떻게 해. 이 군인 아저씨한테 혼나볼래?"

뒤로 주춤주춤 물러나는 아이, 눈이 휘둥그레진 아이, 씽긋 웃는 아이, 곧 울듯이 입이 씰룩이는 아이, 모두 제각각이었다.

"퍼이, 아자씨는 암것도 모름시롱. 쟈가 술찌기미 묵어서 저러제 아픈 디는 하나또 없어라."

씽긋 웃던 아이가 야무지게 말했다.

"뭐라고? 술찌기미가 뭐지?"

"아이고 참말로 우스버라. 군인 대장이 돼야갖고 술찌기미가 먼지도 몰르네."

그 아이가 어이없다는 듯 웃었고, 다른 아이들도 킥킥, 히히, 눈치 살피며 따라 웃었다. 심재모는 민망해져, 술찌기미, 술찌기미를 뇌며 그것이 무슨 뜻의 사투리인지를 알아내려고 했다. 그때였다.

"자, 잡았다아. 사, 사탕, 사탕 내."

불구라고 생각했던 그 아이가 한 아이의 팔을 잡고 매달리며 혀 꼬부라진 소리를 냈다. 그 아이의 모습을 보는 순간 심재모의 머리에는 '술찌끼'라는 말이 퍼뜩 떠올랐다. 그 아이의 얼굴은 벌겋고 눈은 풀려 있었다. 술 취한 어른의 모습 그대로였다.

"새끼야, 지끔은 쉬는디 사탕은 무신 사탕."

팔을 잡힌 아이가 팔을 뿌리쳤다. 술 취한 아이는 그대로 나뒹굴어졌다.

"이놈아! 그게 무슨 짓이야."

심재모는 아이를 나무랐다.

"술찌기미가 먼지 갤차디릴께라?"

씽긋 웃던 아이가 자신에 찬 얼굴로 말했다.

"술 거르고 남은 찌꺼기라는 것 아저씨도 알았다. 그런데 말이야, 쟤는 왜 그 독한 걸 먹었지?"

"요상허시, 어런이 몰르는 것도 많네?" 아이가 고개를 갸우뚱하며 이상하다는 눈으로 쳐다보았고, "배가 고픈디 묵을 것 없응께 밥 대신 묵었제라." 딴 아이가 샘내듯이 얼른 말했고, "우리넌 다 묵어봤는디 아자씨만 못 묵었는갑다. 히히히……." 그 옆의 아이가 재미있다는 듯 히히거리자 다른 아이들도 따라 웃었다.

심재모는 머리가 잠시 공백상태가 되는 것을 느꼈다. 술찌끼를 먹은 아이가 술기운에 취해 몸을 가누지 못하고 흐늘거리는 모습도 처음 보는 것이었고, 배가 고프면 술찌끼를 밥 대신 먹는 것을 당연한 것으로 여기는 아이들의 말도 처음 듣는 것이었다.

심재모는 흔들거리고 있는 아이에게로 다가갔다. 그리고 아이 앞에 쪼그려앉으며 양쪽 팔을 붙들었다.

"애야, 너 지금 정신없지? 어지럽지?"

아이가 눈꺼풀을 무겁게 껌벅이며 고개를 끄덕였다.

"그럼 집에 가서 자야지. 어서 가거라."

"싫여, 집. 집 추어서 싫여."

도리질하는 아이한테서 그리 진하지 않은 술냄새가 났다.

"너 이 군인 아저씨 말 안 들으면 야단맞는다. 집에 가서 자겠다고 약속해."

아이는 금방 입술을 씰룩거리며 고개를 끄덕였다.

"얘, 너 이 애 집 알지?"

심재모는 씽긋 웃던 아이를 지목했다.

"아는디요."

"그럼 이 앨 데려다줘라. 이건 아저씨가 시키는 일이니까 안 들으면 혼난다."

"알았어라."

"그리고 너희들 모두 이 애를 아까처럼 놀리면 안 돼. 또 그런 짓 하면 아저씨가 혼내준다. 알겠지?"

아이들이 제각기 작은 소리로 대답했다.

심재모는 아이들이 멀어지는 것을 한참이나 지켜보고 서 있었다. 믿을 수 없는 일이었다. 그러나 직접 목격한 사실이었다. 돈이 없는 술주정꾼이 막판에 술찌끼를 먹는다는 말은 들었다. 그리고 어렸을 때, 어느 집에선가 돼지에게 술찌끼를 먹여 돼지가 술기운으로 꽥꽥거리며 이리 박치고 저리 박치고 하는 꼴을 본 일이 있었다. 어른들도 아니고 아이들이 술찌끼를 먹고 흐느적거려야 하는 가난, 심재모는 밥을 굶어본 일 없이 살아온 자신의 삶이 오히려 비정상이었을지도 모른다는 생각을 했다. 며칠 전에 남의 보리싹을 밤중에 뜯다가 붙들려온 여자가 있었다. 죽 끓일 거리가 없어서 그랬다고 여자는 울먹였다. 그것까지만 해도 있을 수 있는 일로 생각하고 여자를 돌려보냈던 것이다. 그 다음 단계가 바로 술찌끼를 먹을 수밖에 없는 막다른 길이라는 것을 그때는 생각해 내지 못했다. 심재모는 그 아이들을 만나기 직전까지 자신이 했던 설에 대한 회상이 문득 부끄러워지고 죄처럼 여겨짐을 느꼈다. 그리고 그런 사람들에게 며칠 앞으로 다가온 설이라는 것이 무슨 의미가 있을 것인가 하는 생각도 들었다. 그건 기쁘고 즐거운 날이 아니라 슬프고 서러운 날일 뿐이리라. 그 아이들이 다음에 커서 회상하게 될 설은 어떤 것일까.

심재모는 총을 추슬러 메고는 걸음을 옮겨놓기 시작했다. 그의 걸음걸이는 여느 때 없이 빠르면서도 보폭이 컸다.


이지숙은 염상진으로부터 내려온 지시사항을 어떻게 이행해야 할 것인지 고심하고 있었다.

'소작을 떼였다고 절대 실망하지 않도록 할 것. 우리가 율어를 해방구로 장악하고 있는 한 생활대책은 완전 해결될 것임. 이 점 명백히 주지시킬 것.'

이처럼 반가운 소식이 또 있을 수 없었다. 그러나 그 소식을 각 집마다 비밀리에 전하는 것이 문제였다. 이지숙은 자신의 뒤에 언제나 감시의 눈이 따르고 있다는 것을 전제하고 행동해 왔다. 그동안 신경을 곤두세우며 움직여왔지만 아직까지는 미행의 낌새는 포착하지 못했다. 그러나 그것으로 안심할 일은 아니었다. 상대방의 감시의 방법이 더 능란해졌을지도 모를 일이었다. 읍내의 조직은 병원사건이 발생했을 때보다 갑절 이상 강화된 상태였다. 그러므로 집집마다 직접 소식을 전한다는 것은 일단 보류되었다. 그 다음으로 생각한 방법이, 각 마을마다 한 집씩을 고르고, 그 집을 통해 전파하는 방법이었다. 그러나 그건 비밀 유지가 어려운 위험이 따랐다. 이지숙은 더 이상의 방법을 찾아내지 못하고 여기서 난감해져 있었다. 물론 그 두 가지 방법을 생각하기 전에 조직의 활용이 당연히 선행되어야 했다. 그러나 아직 조직구축이 안 된 상태였다. 그렇게 활용할 만한 조직을 구축하기에는 그동안 시간적인 여유가 너무 없었던 것이다. 혁명투쟁이 의지와의 싸움이라면 조직구축은 시간과의 타협이었다. 의식화의 필연적 요인 발견, 인간적 신뢰의 바탕 마련, 점진적인 의식화 작업 착수, 이 세 단계를 거쳐서야 비로소 조직화에 이르게 되는 과정은 최소한의 시간을 필요로 했다.

이지숙의 그동안의 생활 전부와 의식 전체는 오로지 조직구축에만 집중되어 왔다. 교회를 꼬박꼬박 나가는 것도 야학선생으로서 기본적 의무를 지키기 위해서가 아니었다. 처음부터 야학의 선생이 되고자 했던 목적이 그랬던 것처럼 교회를 나가는 것도 지하조직의 구축을 위함이었다. 야학이나 교회는 그 목적을 손쉽게 달성시킬 수 있는 더없이 좋은 밭일 뿐 아니라 신분을 위장시켜 주는 아름다운 옷이었다. 그러나 그 밭을 일구고만 있을 뿐 아직 씨앗을 뿌리지는 못했다. 그런 상태에서 염상진의 지시를 받게 되자 이지숙의 고심이 시작되었다.

이지숙은 임무수행의 방법을 찾아 고심하는 한편으로 염상진이 왜 그런 지시를 내렸는지 생각하지 않을 수 없었다. 왜냐하면 자신의 현재 상황을 누구보다 잘 알고 있는 것이 염상진인데, 그가 내린 지시는 조직기반이 없이는 수행하기가 용이하지 않은 것이기 때문이었다. 돌발적인 사태에 직면해 그 점을 간과한 것이었을까. 염상진이 그렇게 단순하고 즉흥적일 것 같지는 않았다. 그 문제에 연결되어 그 지시가 과업수행에 얼마나 중요한 작용을 하게 될 것인가도 따져보지 않을 수 없었다. 지시의 골자는 가족들에 대한 '생계위협 해결'이었다. 그럼 그 사실을 전하자는 목적은 무엇인가. '불안해소'일까. 그렇다면 과업수행을 위한 지시치고는 너무 단순한 것이었다. 과업수행의 지시는 단순효과가 아니라 복합효과를 내는 것이어야 하며, 소극적이 아니라 적극적이어야 하고, 소아적인 것이 아니라 대의적인 것이어야 했다. 이런 의문 앞에 그 의문이 잘못된 것임을 지적이라도 하듯이 떠오르는 것은 염상진과 안창민이었다. 두 사람이 자신이 알고 있는 그런 점을 모를 리가 없었던 것이다. 그럼 그 지시에 담긴 복합목적은 무엇이란 말인가. 이지숙은 다시 원점으로 돌아와 숨겨진 의미를 찾아내려고 지시내용을 다시 곱씹게 되었다.

조성을 기습했다가 율어를 기습당해 불의의 인명손실을 입은 염상진은 그 뒷수습을 위해 며칠 동안 우울하고도 분주하게 보내야 했다. 사상자는 장례를 치르는 것으로 일단락되었지만 부상자의 치료가 큰 근심거리였던 것이다. 물론 찾아갈 병원이 없어서가 아니었다. 당원이 운영하고 있는 광주까지 부상자들을 옮긴다는 것이 문제였다. 순천에 한 군데 있던 당원의 병원은 이번에 문을 닫고 말았다. 그 존재가 노출된 때문이었다. 여덟 명의 부상자 중 다섯은 병원치료를 받아야 했다. 기차를 탈 수 없는 입장에서 환자들을 도보로 광주까지 옮겨갈 수밖에 없었다. 엉성한 응급처치를 했을 뿐인 환자들을 뉘어놓고 한시를 지체할 수 없는 일이었다. 백아산지구에 선을 대서 화순군당의 지원을 받아 지름길을 골라가며 어둠을 헤친 그 강행군은 사흘이 걸렸다. 가는 도중에 숨이 끊긴 부하 하나를 산골짜기에 묻어야 했다.

광주로 가면서도, 광주에서 돌아오면서도 염상진은 율어를 기습당한 사실에서 잠시도 놓여나지 못했다. 아니, 그는 의식적으로 그 문제를 물고 늘어졌던 것이다. 그는 심재모라는 존재에 대하여 생각한 것이 아니었다. 심재모가 그렇게 기동성을 발휘할 수 있도록 짜여진 경찰조직의 구조화를 의식하고 있었다. 물론 벌교 병력으로 조성을 지원하고, 보성 병력으로 율어를 공격하게 한 심재모의 능력을 경시하거나 과소평가하는 것이 아니었다. 그 누구나 심재모의 입장에서 그런 상황을 맞게 되면 하나같이 벌교와 보성 병력을 동시에 움직여 조성을 양쪽에서 협공지원하는 작전을 세웠을 것이다. 그런데 심재모는 그 당연하고도 보편적인 작전을 넘어서 의외의 이중작전을 전개했던 것이다. 그 의외성은 심재모 개인이 갖춘 남다른 능력으로 인정해야 했다. 그러나 심재모 개인의 판단력이나 추리력이 아무리 뛰어나다 해도 그것을 뒷받침할 수 있는 체계적 조직이 갖추어져 있지 않았다면 그런 의외적인 이중작전은 수행될 수 없는 것이었다. 벌교에 자리 잡고 앉아 있는 심재모가 보성의 병력으로 율어를 기습하도록 작전지시를 내릴 수 있는 통신망의 조직화, 바로 그것이 문제였다. 그 통신망의 조직화는 조성을 공격하는 여섯 가지 목적 중 세 번째였던 적의 기동성 파악을 유감스러울 만큼 만족시켜 준 결과를 가져왔다. 그것은 기동성의 파악으로 끝난 것이 아니라 다른 목적들을 달성하는 데도 결정적인 영향을 끼쳤다. 예상하지 못했던 기습공격을 당해 너무 많은 인명피해를 입음으로써 해방군의 건재를 알리려던 첫째 목적을 손상했고, 계엄군의 전력을 약화시킴과 동시에 그 위신을 추락시키고자 했던 둘째 목적을 실패했고, 공격의 완전 승리로 부하들이 가지고 있을 불안감을 일소하여 사기를 진작시키고 해방군으로서의 자신감과 긍지를 세우려던 넷째 목적이 와해되었던 것이다.

그러나 염상진이 통신망의 조직화를 심각하게 받아들이는 것은 당장의 피해나 손실을 따져서가 아니었다. 그것은 앞으로 닥칠 문제점이었고, 자신의 부대에 국한된 것이 아니라 전반적 투쟁에 걸쳐 영향을 미치게 될 문제였다. 염상진은 다시금 미군정 3년을 돌이켜 생각하지 않을 수 없었다. 그런 통신망의 확대와 강화는 경찰력의 조직과 함께 군정기간 동안에 이루어진 것이었다. 남한에서 공산주의 세력을 완전히 제거하고자 했던 미군정은 그 일을 효과적으로 수행할 수 있는 조직된 세력을 필요로 했다. 그것이 일제시대의 경찰조직과 그때에 경찰관이나 끄나풀 노릇을 했던 집단이었다. 일정 때의 경찰조직은 일사불란한 명령하달과 상부보고가 이루어지도록 짜여진 중앙집권적 조직이었다. 그 조직은 사령부를 서울에 두고, 각 도마다 도경찰국을 두었으며, 그 아래 군경찰서가 설치되고, 다시 그 아래 읍과 면 단위의 지서가 있고, 마을에 따라 파출소를 두었다. 도 단위로 구분된 경찰조직은 모든 지시나 명령을 도경찰국으로부터 받아 움직였고, 도경찰국은 도지사가 아닌 서울의 사령부 지시를 직접 받도록 되어 있었다. 경찰조직은 행정조직과 완전히 분리 독립된 상태에서 자체의 통신시설과 운송시설까지 갖추고 있었다. 경찰력을 이용한 무력식민통치를 극대화하기 위한 방법이었다. 일제는 그런 경찰조직을 이용하여 모든 정치성을 띤 단체나 그런 회합에 대해 등록·통제·감시를 했으며, 인쇄물이나 신문, 영화, 우편물 등에 대한 사전 검열을 실시했고, 곡물의 공출을 강요하고 감시했으며, 고도의 훈련을 거친 비밀경찰과 정보원 조직을 갖춰 그것을 활용함으로써 물샐틈없는 식민통치를 자행했다. 남한을 점령한 미군은 군정 실시와 때를 같이해서 그 경찰조직을 그대로 이용하기 위해 대중들의 반대와 비난을 아랑곳하지 않고 '경력자 우선'을 내세우며 일제치하의 경찰조직에 가담했던 여러 종류의 민족반역자들을 경찰에 복귀시켰다. 그것이 그들의 재생의 기회가 된 것은 물론이었고, 이북에서 내몰리거나 도망나온 일제 경찰관 출신들이 더없이 좋은 피난처를 마련한 것도 그때였다. 미군정은 '일제치하에서 일본을 위해 경찰업무를 충실하게 수행한 한국인들은 우리를 위해서도 그럴 것이다'라고 자신만만하게 말했고, 재생을 얻은 경찰들은 그 말을 입증이라도 하듯 일본경찰이 식민통치를 위해 자행했던 짓들을 그대로 답습하면서, 미군정이 원하는 공산주의 척결에 선봉장이 되었던 것이다. 미군정은 그런 경찰의 수를 급속히 확대시키는 한편 장비의 강화도 꾀해

나갔다. 그중의 하나가 바로 통신망의 강화였다. 일제시대부터 갖추어졌던 경찰의 자체 통신망이 미국에 의해 더욱 보완되고 확대된 것이다. 염상진은 이번 경험을 통해서 과학화된 통신시설이 얼마나 강력하고 효과적인 전투장비인지를 실감하지 않을 수가 없었다. 그 실감은 앞으로 전개해야 할 모든 지역의 투쟁에 어두운 예감으로 작용하고 있었다. 혁명의 성취는 의지만으로 달성되는 것이 아니었다. 전투가 작전만으로 이길 수 없는 것과 마찬가지였다. 혁명은 의지투쟁과 무력투쟁의 복합으로 성취되는 것이었다. 지하활동 기간이 의지투쟁의 단계였다면 여수·순천의 투쟁을 기점으로 무력투쟁의 단계로 접어든 것이다. 무력투쟁의 요건은 작전·병력·화력이었다. 여수·순천의 투쟁이 열세로 몰린 절대적인 원인은 바로 화력의 열세 때문이었다. 지상병력의 투입만이 아니라 폭격기와 군함까지 동원된 화력 앞에서 일단 후퇴는 불가피한 것이었다. 그 화력은 곧 2차대전의 주도권을 잡았던 미국의 화력이었던 것이다. 그리고 작전을 그렇게 신속하게 짜고 병력을 기민하게 동원한 것도 순전히 미군들의 능력이었다.

그들이 폭격기를 띄워 순천을 무차별 폭격해 대고, 군함을 동원해 여수를 향해 무차별 함포사격을 가해댄 것은 새삼스럽게 놀랄 일이 못 되었다. 그들은 벌써 10·1인민항쟁 때 비무장인 군중들을 향해 탱크를 몰아댔고, 비행기로 위협폭격을 해댔다. 그리고 제주도 4·3사건이 터지자 군함을 동원해 섬을 봉쇄하는 한편 비행기로 폭격을 감행했던 것이다. 그런 그들이 자기네의 구미에 맞는 괴뢰정권을 세우자마자 일어난 여수·순천의 항쟁에 그런 입체작전을 감행하고 나온 것은 너무나 당연한 일이었다. 그건 자기네의 괴뢰정권을 향한 첫 번째 도전인 동시에, 완전무장을 갖춘 현역군인들에 의한 것이었다. 그들은 그 첫 번째 도전을 최단시간 내에, 완전무결하게 파괴함으로써 자신들의 힘을 과시함과 아울러 재도전이 소용없음을 시범적으로 세상에 알리고자 했을 것이 분명했다. 그러나 그들은 화력의 무자비함은 유감없이 발휘할 수 있었지만, 항쟁세력을 완전무결하게 제거하려던 계획은 그야말로 완전무결하게 실패하고 말았다. 그들이 신속한 만큼 항쟁세력도 신속하게 대응해서 제2의 전선을 구축한 것이다. 그리고 그들이 저지른 만행은 인민들이 그들에게 또 한 번의 적대감과 증오심을 품게 하는 좋은 기회가 되었던 것이다. 군정은 경찰을 앞세운 계속적인 폭압으로 공출제를 밀고 나가면서, 통일조국을 바라는 절대다수 인민들의 뜻을 짓밟고 단독 괴뢰정권을 세웠다. 그들은 경제를 파탄에 몰아넣어 인민의 생존권을 손아귀에 넣고, 배급제를 미끼로 해서 인민의 정치권을 희롱해 대면서 자기네들의 정치목적을 무난하게 달성시켜 나가는 교활하고도 잔인한 방법을 썼다. 그건 표본적인 제국주의적 지배방식이었고, 인민들은 자기들도 모르는 사이에 목에 올가미가 걸린 노예들이 되어 있었다. 선거가 임박해서 전에 없이 많은 배급표가 나돌았던 것은 그게 쌀이 아니라 독약이었던 것이다. 그러나 굶주림에 지친 인민들은 그게 독약인지 무엇인지 구별할 겨를이 없었다. 우리 민족이 사회주의를 선택하든 자본주의를 선택하든, 그것은 오로지 우리 민족 전체의 총의에 따라 결정하고 선택되어야 할 문제였다. 그런데 그들은 제국주의 폭력과 간악을 앞세워 우리 민족의 삶을 파괴하고 자주를 강탈했다. 그들과의 싸움은 필연적인 것이고, 아무리 앞길이 험난하더라도 기필코 수행하지 않을 수 없는 싸움이었다.

염상진은 그런 각오 속에서 부대를 정비하는 한편 앞으로의 활동계획을 세워나갔다. 그러다가 입수하게 된 것이 소작몰수에 대한 소식이었다. 그는 담담한 심정으로 그 소식을 받아들였다. 그건 이미 예견하고 있었던 보복조처 중의 하나일 뿐이었다. 야산대가 해방구를 확보해 가며 활동을 전개하게 된 것은 혁명의 결정적 시기를 향해 무력투쟁을 벌임과 아울러 인민의 지지기반을 지속적으로 확대함에 있었다. 그것은 어느 것이 더 중요하다고 할 수 없는 활동목표였다. 인민의 지지를 확대하는 방법으로 채택한 것 중의 하나가 활빈이었고, 그것은 조성을 공격했을 때 여섯 번째 목적이었다. 동지들의 가족이 소작을 몰수당하게 되었다는 것은 이미 세워둔 활빈의 필요성이 좀더 구체성을 갖게 된 것에 지나지 않았다. 그리고 율어를 지켜야 할 이유가 또 하나 첨가된 셈이었다.

염상진은 소작몰수에 대처하는 방안을 즉각 만들 필요를 느꼈다. 그것은 가족들의 불안감을 해소시키는 것에만 목적이 있는 것이 아니었다. 자신들이 가족들의 생활대책을 해결하게 될 것이라는 사실이 널리 알려지는 것은 심리전의 효과를 확대시킬 수 있는 좋은 계기이기도 했다. 그래서 지체 없이 이지숙에게 지시를 내리게 되었다.

그런데 이지숙은 그 지시문을 '각 집마다 비밀리에 전하는 것'으로 해독하고 있었다. 사실 지시문에는 그 내용을 '유포'시키라는 말이 없었다. 이지숙이 며칠 고심하고 있는데 다시 지시가 내려왔다.

'왜 사업 진척이 없는지, 그 사실을 널리 유포시키는 것은 한시가 급한 일임.'

그 지시를 받고 이지숙은 어깨가 처져내리도록 맥이 빠지는 것을 느꼈다. 그리고 자꾸만 쓴웃음이 지어졌다. 그동안 혼자 애달아했던 고심이 허망하도록 어이없었던 것이고, 지시문을 모호하게 작성해서 자신을 그토록 애먹인 염상진이나 안창민이 야속했던 것이다. 지난번 지시문의 끝 문장인 '이 점 명백히 주지시킬 것'이 '이 점 널리 유포시킬 것'이어야 했고, 그랬더라면 시간의 소모도, 신경의 소모도 전혀 할 필요가 없었던 것이다. 이지숙은 지시문의 명확성이 얼마나 중요한 것인지를 다시 한 번 인식했고, 두 사람의 실수 아닌 실수를 인간적인 일면으로 이해하기로 했다.

그 사실은 이틀이 못 가 읍내 안통을 휘도는 소문이 되었고, 사흘이 못 가 조성과 보성까지 퍼져나갔다.


정현동 사장은 늦잠에서 깨어나고 있었다. 창호지문에는 햇발이 가득 담겨 있었다. 그는 이불 속에서 기지개를 켰다. 아무리 기지개를 켜보아도 몸은 개운해지지 않았고 기분도 맑아지지 않았다. 감방에 들어가기 전에는 없었던 증상이었다. 미결감에 갇혀 겪어야 했던 심신의 고초가 아직 덜 풀린 탓인지도 모른다. 그러나 몸은 이렇다 하더라도 마음이 왜 그렇게 끄무레하고 께끄름한지 모를 일이었다. 무죄가 아니고 집행유예로 풀려나서 그러는 것일까. 정 사장은 고개를 저었다. 법을 다룬다는 놈들은 집행유예도 벌은 벌이라고 아주 근엄한 얼굴로 말하며, 집행유예로 내보내는 것을 무슨 큰 선심이나 쓰는 것처럼 생색을 냈지만, 그것은 다 허가증 가진 도둑놈들이 저지르는 속 훤히 들여다보이는 낯짝 두꺼운 행티였다. 벌을 줄 만한 죄는 못 되고, 그냥 내보내자니 서운한 생각이 들고, 제놈들 배 불릴 만큼 불리고 벌주는 척해서 내보내는 것이 집행유예라는 것 아닌가.

정 사장의 심사가 꿈틀거리고 있는 것은 한두 가지 이유 때문이 아니었다. 그동안 감방살이의 고생도 억울했지만 그것이야 공산당 하는 아들에게 돈을 몰래 준 죄닦음으로 칠 수도 있었다. 그러나 풀려나기 위해서 터무니없이 많이 없애버린 돈은 생각할수록 아깝고 억울했다. 그에 잇따라 보증서에 도장 하나 누르는 것을 외면해버린 유지라는 작자들에 대한 유감이 꼿꼿하게 목을 치받고 올라왔다. 그리고 아들이 공산당에서 깨끗하게 발을 떼지 않는 한 이 일은 집행유예로 끝날 것이 아니었다. 뿐만 아니라 살인죄목보다 더 무서운 사상문제로 재판까지 받고 나왔으니 경찰들은 더 버르장머리 없이 나대게 될 것이다. 이런저런 것들이 뒤엉켜 정 사장의 마음은 어수선하고도 우중충했다.

잠기운이 완전히 가시고 몸이 잠자리를 벗어나도 좋을 만큼 탄력감이 생기자 정 사장의 귀에는 바깥 소리가 담기게 되었다. 밖에서는 왁자지껄한 사람들의 소리가 들려오고 있었다. 정 사장은 그만 짜증이 솟겼다.

"어이, 어이, 누구 없냐!"

정 사장은 이불을 걷어차고 일어나 앉으며 소리 질렀다. 그는 밖에서 들리는 소리가 무슨 소리인지 내다보지 않고도 알 수 있었다.

"일어나셨구만이라. 몸언 좀 워떠시요?"

낙안댁이 방문을 옆으로 밀치고 들어오며 그 몸짓만큼 다급하게 말하고 있었다.

"저것덜 싹 다 쳐내뿔소. 귀가 시끌시끌혀서 못살겄네."

정 사장은 있는 대로 신경질을 부렸다.

"음마, 듣기 싫어도 쪼깐 참으씨요. 나가 나가서 못 떠들게 헐 것잉께요."

"어허, 쫓으라면 얼렁 싹 쫓아뿔러. 사람소리 듣기도 싫고, 저것들이 떠들지 말란다고 안 떠들 것들이 아닝께로."

"금메, 요맘때면 내둥 저러는 것 암스로 꾸척시럽게 왜 그래쌓소. 돈 달라는 것도 아니고 그냥 내뿌리는 것 얻어가는 것인디. 그라고, 시방 우리 처지가 처진디 못사는 사람덜 그리 박대혀서 인심 잃으면 졸 것이 머시가 있겄소. 글안해도 우리 집 손꾸락질헐스로 나쁜 소리만 헐라고 허는 시상인디."

정 사장은 아내의 말에 더 할 말이 없어지고 말았다. 술도가 앞에는 술찌끼를 얻으러 온 사람들이 북적대고 있을 것이고, 그들을 내몰았다가는 그야말로 온갖 욕을 먹게 될 것이다. 더구나 자신이 처해 있는 상황도 예년과는 달랐다. 술찌끼를 얻으러 온 사람들은 자신에게 아무런 도움을 주지는 않지만 피해는 얼마든지 줄 수 있는 사람들이었다. 결국 시궁창에 버리고 말 술찌끼를 나눠주지 않고 사람을 내쫓더라 하는 말로 시작될 그들의 험담이 퍼지는 경우 좋을 것은 아무것도 없었다.

"맘 편허니 잡숫고, 지내간 일 다 잊어뿌리씨요."

언제 나갔다가 들어왔는지 아내가 약사발을 앞에 놓으며 말했다. 정 사장은 아내의 말을 마땅찮아하는 듯 뻑뻑하게 느껴지는 소리를 끄으응 내며 자리를 고쳐 앉았다.

"저어…… 서운상이 그 사람도 만내보셔야겄제라?"

낙안댁은 남편의 눈치를 살피며 조심스럽게 입을 열었다.

"어허! 남정네 허는 일에 배 놔라 감 놔라 해쌓지 말고 자네 헐 집구석 일이나 챙기소."

정 사장은 약사발을 들려다 말고 벌컥 화를 냈다.

"알겄구만이라. 맘이 껄쩍찌근해서 그냥 혀본 소린께요."

낙안댁은 변명을 서두르며 금방 날아올 것 같은 불화살을 피해섰다. 남편의 온몸에는 분이 서려 있었고, 걸핏하면 화를 벌컥벌컥 냈다. 그녀는 완전히 죄인이 된 기분으로 남편 앞에서는 살얼음을 걸었지만 남편의 곤두선 신경은 아무 때나 불똥을 튀기려 했다.

"밥상이나 딜이소."

정 사장은 끓어오르는 성질을 토해내듯 가래를 돋워올렸다. 그의 마음이 칙칙하게 흐려져 있는 데에는 서운상도 한몫을 하고 있었다. 처음 계약대로였다면 서운상은 이미 중도금을 치렀어야 했다. 그런데 그 중도금 날짜가 자신이 갇혀 있는 동안에 지나갔고, 서운상은 그것을 빙자했음인지 집안에도 일언반구 없이 중도금 날짜를 넘기고 말았다. 그의 기분을 우중충하게 만들고 있는 이런저런 것들이 다 지나가버린 일들이라면 서운상과의 일은 앞으로 해결을 보아야 할 중대한 문제였다.

"손님 오셨구만요."

겨우 얼굴이 보일 정도로만 방문을 밀친 낙안댁은 대청마루에 선 채 말했다. 그 얼굴에는 새치름한 냉기가 표나게 서려 있었다.

"뉘여!"

아내의 기색을 직감적으로 읽어낸 정 사장의 어조 또한 곱지가 못했다.

"최익달이 양반이오."

말을 하는 낙안댁의 입술이 틀려돌아갔다. 마음 같아서는 '최익달이놈이요' 하고 싶었지만 당사자가 댓돌 아래 서 있었으므로 마지못해 '양반'이라고 존대를 붙이는 그녀의 속은 뒤틀릴 대로 뒤틀리고 있었다. 보증서에 도장 하나 눌러달랄 적에는 그리도 야박허게 퇴짜허든 놈이 무신 낯짝 들고 집 안으로 끼대들어와, 끼대들어오길. 그녀는 최익달의 발등에 침을 내뱉고 싶은 심정이었다.

"최익달이……?"

정 사장의 얼굴은 의아했다. 최익달이 왜 자신을 찾아왔을까에 대해 그의 의식의 촉수는 기민하게 움직였다. 그러나 얼른 잡히는 것이 없었다. 다만 불유쾌한 느낌이 스치고 지나갔다.

"정 사장, 나 최요."

컬컬한 목소리가 밖에서 들려왔다. 정 사장은 혀를 차듯 하는 마른 입맛을 다시며 자리에서 일어섰다.

"들어오씨요."

그전과는 달리 정 사장은 방에 선 채로 말하고 있었다.

"기동이 애롭다냐 어쩐다냐."

어느새 낙안댁은 사라져버리고, 그대로 조금 열려 있는 방문을 옆으로 밀며 최익달은 혼잣말을 하고 있었다. 손이 왔는데 내다보지도 않은 채 방 안에서 들어오라고만 하는 상대방의 태도에 그의 심사는 벌써 꼬였던 것이다. 그런데 방문을 열자마자 방 가운데 버티듯 하고 선 정 사장과 그의 눈이 정면으로 마주쳤다. 그러자 그의 심사는 더욱 꼬여들었다.

"지기럴, 뉘 있는 줄 알었등마……."

최익달은 노골적으로 불쾌한 표정을 지었다. 보증서에 도장 찍기를 회피한 열쩍음도 있고 해서 용건과는 상관없이 우선 예의 갖춰 인사를 차리려 했던 그의 마음은 싹 변하고 말았다.

"고만헌 고상에 골병들어 구둘장 짊어질 만치 강단이 없지는 않소. 무신 일인지 않기나 헙시다."

정 사장도 반기는 기색 전혀 없이 말에 가시를 박고 있었다.

"입에 발린 인삿말 헐 것 읎고, 용건만 말허겄소."

최익달은 앉자마자 이렇게 말했고, 정 사장은 그 심상찮은 기세에 등줄기가 뻣뻣해지도록 긴장감을 느꼈다.

"나가 걸음한 용건이 무엇인고 허니, 서울 가신 우리 익승이 성님 앞으로 술도가 소유권을 이전허는 문제 땀시요."

정 사장은 머리가 쿵 울리는 것을 느꼈다. 꺼림칙하게 마음에 걸려왔던 문제가 말썽을 일으키게 된 것이었다. 근디, 최익달이 니놈이 나서는 이유가 머여? 정 사장의 마음은 이내 냉정해졌다.

"성님이 나헌테 핀지를 보내셨는디, 양력설에 내레오실라다가 일이 분주혀 그리 못허셨고, 음력설에나 내레오실 참이었는디 또 일이 산데미라 못 오시게 생겼응께, 나보고 금년 양력 초하로부텀 술도가 소유권 반을 성님 앞으로 돌리는 일을 맡어 허라고 허셨소."

힘을 넣은 고개를 뒤로 잔뜩 끌어당긴 최익달은 정 사장을 깔보는 눈길을 보내고 있었다.

"허, 당췌 무신 놈에 자다가 봉창 뚜딜기는 소리럴 그리 요상시럽게 허는고? 최 사장 성님이 안직 노망헐 나이도 아닌디 넘 술도가럴 놓고 그 무신 뜸금없는 소리다요?"

정 사장은 표정 하나 변하지 않고 오히려 최익달에게 묻고 있었다.

"아니, 그리 약조가 되았다고, 말만 전허면 정 사장이 다 알어서 헐 것이라고 핀지에 씨였었소."

최익달의 언성이 높아졌다.

"심바람을 맡었으면 심바람만 헐 일이제 목청 돋구지는 마씨요. 나넌 고런 약조헌 일 읎응께, 내 말 성님헌테 핀지로 써보내든지,

서울로 찾어올라가서 전허든지 고것이야 알어서 허씨요."

"아니, 정 사장, 우리 성님이 안 헌 약조럴 혔다고 헐 리가 없는 일인디……."

"어허, 최 사장! 최 사장은 심바람꾼이제 나헌테 이렇다 저렇다 말헐 자격이 없는 사람이요. 심바람얼 허자고 나섰으면 똑똑허니 허씨요."

정 사장은 태연하고도 당당했고, 속사정을 전혀 모르고 있는 최익달로서는 정 사장이 거짓말을 하는 줄 빤히 알면서도 속절없이 심부름꾼이 될 수밖에, 무엇을 따지고 캐고 할 방법이 없었다.

"쪼오쏘. 워디 두고 봅씨다."

최익달은 방바닥을 차고 일어났다.

"질 미끄러운 디 있을란지 몰릉께 잘 가보시드라고요잉."

정 사장은 최익달의 뒤꼭지에다 대고 노골적으로 비아냥거리고 있었다. 그러나 속은 형용할 수 없을 정도로 답답하고 암담했다. 일단 최익달을 그런 식으로 쳐내기는 했지만 최익승이놈이 그대로 단념할 놈이 아니었던 것이다. 또 하나 액운이 닥쳐온 것이다. 내 팔자가 어찌 되려고 이러는가, 정 사장은 자신의 앞날이 더없이 걱정스러웠고, 그건 자식이 아니라 원수로다……. 무시로 터져나오는 아들에 대한 탄식을 또 어금니에 물었다.

# 7

## 쑥떡뿐인 설

해가 기울고 있었다. 산등성이를 넘어오는 바람에 차츰 생기가
실려왔다. 율어면의 서편 산들은 제 그림자에 덮여 어슴푸레했고,
동편 산들은 석양햇살을 받아 붉게 상기된 모습으로 대조를 이루
고 있었다. 집집마다 파르스름한 저녁연기들을 피워올리고 있었다.
산으로 에워싸인 사발 모양의 율어에 석양빛이 그득했고, 그 속에
서 피어오르고 있는 저녁연기는 그지없이 한가로웠다. 염상진은 징
광산 마루의 초소에서 그 전경을 내려다보고 있었다. 그는 석양빛
에 감싸인 율어의 특이한 풍경을 감상하고 있는 것이 아니었다. 멀
고 멀게 뻗어나가 있는 그의 눈길은 행여 연기가 오르지 않는 집
이 없는가를 살피고 있었다. 밥때에 연기를 피워올리지 못하는 집
은 끓일 것이 없다는 증거였다. 자신이 율어를 해방구로 장악하고
있는 한 그런 집이 있어서는 안 될 일이었다. 그런 일이 없도록 이

미 조처를 했으면서도 그는 신경 쓰기를 게을리하지 않았다. 그가 율어를 장악하고, 식구들 수에 비례해서 곡식을 분배해 주며 남자들에게 금지시킨 것이 있었다. 사랑방의 화투놀음이었다. 겨울철은 게으름 피우며 그냥 노는 시간이 아니라 내년 농사를 짓기 위한 준비기간인데, 화투놀이에 빠져 농사준비를 소홀히 하고, 빚까지 짊어지고 하는 짓은 바로 인민해방을 가로막는 행위이므로 만약 그 짓을 하다가 적발될 경우 전 재산을 몰수하고 율어에서 내쫓는 엄벌을 가할 것임을 강조했던 것이다.

처벌받는 것이 두려웠던 것인지, 아니면 해방에 대한 진정한 자각 탓이었는지 확실하지는 않지만 아직까지 놀음을 하다가 적발된 사람은 없었다. 그것이 비록 자각에 의해서가 아니라 처벌을 무서워한 결과라 해도 염상진은 그 결과에 만족을 느끼고 있었다. 인간은 어차피 제도 속의 동물이고, 그 울타리 안에서 의식적이든 무의식적이든 습관을 익히게 되고, 좋든 싫든 생존을 유지하게 되어 있었다. 화투놀음이라는 것은 병든 부르주아 근성과 타락한 자본주의 의식이 뒤섞여 만들어낸 대표적인 악성 습관이었다. 그런데 프롤레타리아일 뿐인 처지에서 그 못된 병에 감염되어 손쉽게 돈 얻기를 소원하고, 그 돈으로 부르주아적 생활을 향유할 수 있기를 꿈꾸는 것이다. 그러나 그것은 악성 습관에 병들어 있는 착각이고 몽상일 뿐이었다. 화투놀음으로 프롤레타리아가 부르주아가 되는 계급상승이 이루어진다면 얼마나 다행한 일인가. 그러나 그런 기적 아닌 이변은 결코 일어나지 않는다. 아편중독자가 끝내는 완전한 파멸인 죽음에 이르고 말듯이 화투라는 악성 습관도 계급상승이 아닌 그 반대의 완벽한 파탄을 초래하는 질병이었다. 봉건적 계급이든 자본주의적 계급이든, 이미 형성되어 있는 계급체제 아래서 계급의 상승이란 있을 수 없는 일이었다. 계급의 본질과 속성이 무엇인가. 계급은 수평적 구분이 아니고 수직적 체계인 것이다. 하층계급이 상승을 꾀하면 꾀할수록 상층계급이 억누르는 압력은 상대적으로 커지게 된다. 그것은 영원히 풀리지 않는 수직구조의 역할이었다. 그러나 그 해결의 유일한 방법이 있다. 그것이 바로 혁명이다. 혁명은 완전히 새로움의 창출이고, 완벽한 새로움의 건설이다. 그 세계의 전개를 위하여 인간의 의식은 새롭게 탄생되지 않으면 안 된다. 새로운 제도의 삶을 수용할 수 있는 의식의 탈바꿈, 그것을 위해서는 새로운 규율의 강압이 불가피하며 악성 습관에 병들어 있는 모든 자들은 그 병이 치유되는 동안 새로운 규율이 요구하는 건설적인 고통을 달게 인내해야 하는 것이다. 아편중독자가 새로운 인간으로 탄생되기 위해서는 필수적으로 감금의 기간을 거치는 고통을 인내해야 하듯이. 이제 율어는 해방된 땅이다. 그 땅에 사는 모든 사람들은 의식의 탈바꿈 과정을 거쳐야 하고, 자각에 의해서가 아니라 처벌이 무서워 화투를 못 치는 것이라 하더라도, 그 기간이 길어지게 되면 점차로 화투를 쳐야 하는 못된 습관이 고쳐지면서 새 질서에 의한 습관을 익히게 될 것이다. 더구나 처벌을 위한 규정만 만든 것이 아니라 안창민을 통해 의식교육을 실시하고 있으므로 그 영향이 보다 좋은 효과로 나타나게 되리라 믿었다. "저 산 높이에다 농토가 현재의 열 배쯤 되었다면 얼마나 좋았을까 하는 공상에 빠지곤 했지." 염상진은 율어를 내려다보며 선배 김태규의 말을 떠올리고 있었다. 김 선배는 자신의 생각을 부질없는 공상이라고 말해 버렸지만 그건 결코 허황한 공상만은 아니었다. 그의 생각은 효과적인 투쟁을 전개할 수 있는 근거지가 필요하다는 절실한 실감에서 비롯된 것이었다. 율어는 해방구로서의 입지조건은 거의 완벽했지만 역시 농토의 넓이는 만족스럽지가 못했다.

염상진은 담배에 불을 붙였다. 숨길이 닿는껏 담배연기를 깊이 들이마셨다. 담배연기에 적셔지는 의식의 아련함 속에 김태규에 대한 그리움이 서려들었다. 그는 지금 어디에서 무엇을 하고 있을까. 그의 종적 없음에 대하여 염상진은 한 번도 불길해하거나 불안해 본 적이 없었다. 그는 어디선가 건재하고 있을 것임을 믿었다. 그러나 한 가닥 염려가 없는 것도 아니었다. 그 염려는 작년에 조선민주주의인민공화국이 수립되면서 가슴에 자리 잡게 된 것인데, 물론 김태규 개인에 국한된 문제는 아니었다. 공화국의 수상은 김일성 동지였고, 부수상은 박헌영 동지였다. 바로 그 점이 염상진의 염려를 자아냈다. 해방이 되면서 공산당 재건운동이 활발하게 일어나고, 각 계파의 통합을 거쳐 조선공산당이 결성되었을 때 그 책임비서는 박헌영 동지였다. 그때 중앙당은 북조선분국을 정식으로 인준하며 그 책임비서로 김일성 동지를 임명했다. 그런데 미군정은 공산당 활동 불법화 조처를 취했고, 그에 따라 무력탄압이 가해짐으로써 박헌영 동지는 이북으로 피신하지 않을 수 없게 되었다. 그러고 나서 2년여의 세월이 흐른 다음 수립된 공화국에서 김일성 동지가 수상이, 박헌영 동지가 부수상이 된 것이다. 여러 가지 현실적 여건의 작용이 있었을 것이고, 사전에 충분한 이해와 납득을 거쳐 이루어진 일일 거라고 생각하면서도 마음 한구석에 미심쩍은 점은 그대로 남아 있었다. 만약 현실적 제약이 아무것도 없는 상태에서 공화국이 평양이 아닌 서울에서 수립되었을 경우에도 그런 결과가 나왔을 것인가 하는 의문이었다. 그 의문은 곧바로 염려로 이어졌다. 두 동지의 위치 바뀜이 상호간의 충분한 이해와 납득을 바탕으로 이루어진 것이 아니고 어떤 물리적 힘이나 상황적 조건에 의해 마지못해 짜여진 것이라면 그 미래가 순조로울 수 있을까 하는 점이었다. 만에 하나라도 두 동지 사이에 불화가 내재되어 있다면……. 염상진은 이 대목에서 스스로의 생각에 제동을 걸고는 했다. 그 생각을 더 진전시켜 보았자 의문만 깊어질 뿐이고, 장래에 대한 막연한 불안감은 자꾸만 커져 당장의 투쟁의욕까지 손상시키려고 할 뿐이었다. 그리고 그건 위험하기 짝이 없는 반당적 사고였던 것이다. 안창민과 단둘이 앉은 자리에서도 토론에 부칠 수 없는 중대한 문제였다. 그건 언제까지나 가슴속 깊숙이 묻어두어야 할 의문이고 염려였다. 여러모로 생각이 깊은 안창민은 그런 의문을 갖지 않았을까. 그도 입 밖에 내지만 않았을 뿐 그런 생각을 하지 않았을 리가 없었다. 공화국 수립 소식이 퍼졌을 때, "흥, 박헌영 제놈도 별수 없지" 하며 우익반동들도 예사로 코웃음을 쳤던 문제였다.

"대장님, 쩌 아래 본부서 신호 연기가 올르는구만이라."

부하의 보고에 염상진은 왼쪽 다리를 꺾어 구두 뒤축에다 꽁초를 잉끄렸다. 본부로 사용하고 있는 지서가 아득하게 멀리 보이고, 그 앞에서 연기 두 가닥이 곧바로 하늘을 향해 뻗어오르고 있었다. 그 연기는 다른 집들에서 나는 연기와는 달리 바람을 타서 흩어지지 않았고, 색깔도 검푸르게 짙었다. 그건 불길이 잘 보이지 않는 낮에 사용하는 봉화로서, 토끼똥을 태운 연기였다. 그 신호는 조성책 오판돌과 보성책 이해룡이 도착했음을 알리고 있었다.

"근무 철저히 하도록!"

염상진은 초소에 있는 부하들에게 이르고 몸을 돌렸다. "옛, 알겄습니다!" 서너 명의 기운찬 합창이 염상진을 떠밀듯 했다.

염상진은 아래쪽을 향하여 뛰기 시작했다. 가풀막진 내리막인데다가 크고 작은 바위들과 나무들이 장애물로 놓였음에도 불구하고 그는 아무런 방해도 받지 않고 거침없이 달려내려가고 있었다. 바위를 뛰어넘고, 나무 사이를 빠져나가고 하면서도 그가 달리고 있는 속도는 거의 일정했다. 바위를 뛰어내리다가 새로운 장애물을 발견하면 그는 공중에 몸을 띄운 채로 그 장애물을 피해 발이 놓일 자리를 찾아 순간동작을 했다. 잠시의 멈춤도 없이 산을 달려내려가고 있는 그는 흡사 몸 날쌘 한 마리 산짐승이었다. 그가 산을 오르내리는 것을 몸에 익힌 것은 지리산에서였고, 그의 주력은 심마니들과 맞먹는 것으로 보통사람들의 다섯 배쯤 빠른 속도였다. 대성골 화전마을에서 출발해서 세석평전을 지나 천왕봉에

올랐다가 그 길을 되짚어 내려오는 데는 한나절로 족했다. 평지만 밟고 사는 사람들로서는 그 빠르기가 도저히 믿어지지 않는 거짓말 같았지만 지리산 속에 사는 사람들 앞에서는 별다른 자랑거리가 될 수 없음은 물론이었다.

본부로 들어서는 염상진을 안창민·오판돌·이해룡 세 사람이 맞았다.

"어찌, 준비들은 다 됐소?"

염상진이 의자에 앉으며 물었다.

"다 완료혔구만이라."

오판돌이 대답했고, 이해룡은 눈길로 대답을 대신했다.

"진작 한 말이지만, 오늘 작전은 적과 싸우는 게 목적이 아니니까 절대로 인명피해를 입지 않도록 해야 할 것이오. 어느 군대나 마찬가지지만, 특히 우리들 입장에서는 인명보호가 최우선책이 돼야 하오. 적은 갈수록 병력을 강화할 수 있는 데 비해 우리 형편은 그렇지가 못하기 때문이오."

염상진은 잠시 말을 끊고 담뱃갑을 꺼냈다. 담뱃갑 아래를 손가락으로 톡톡 쳐서 담배개비 서너 개가 반쯤씩 나오도록 해서 염상진은 담뱃갑을 오판돌 앞으로 내밀었다. 오판돌은 두 손을 받쳐 조심스럽게 담배 한 개비를 뽑았다. 염상진은 담뱃갑을 이해룡 앞으로 옮겼다. 이해룡도 오판돌과 같은 동작으로 담배를 뽑았다. 염상진이 끝으로 담배를 뽑아들었다. 담배를 피우지 않는 안창민이 성냥을 그어 염상진으로부터 차례로 불을 붙이게 했다. 염상진이 담배를 돌린 것은 단순하게 담배를 한 대씩 나눠 피우자는 뜻이 아니었다. 그것은 앞에 남겨둔 작전에 대한 서로의 결의를 다짐하는 것이었고, 대장으로서 부하들에게 보내는 격려였다. 작전을 앞에 둔 염상진은 언제나 그것을 잊지 않았다.

"오늘 밤 11시 정각을 기해 작전개시, 두 시간 동안에 작전완료, 각 부대가 현재 은폐되어 있는 지점까지 퇴각하는 데 각각 세 시간, 내일 아침 7시에서 8시 사이에 이 자리에서 다시 만나도록 합시다. 다시 강조하지만, 상황에 따라 최대한 대처하되 절대로 무리한 작전은 피하시오. 이건 처음 시도하는 각 부대별 작전이니만큼 더욱 신중을 기해야 하오. 자아, 그럼 두 분, 수고해 주시오."

의자에서 일어선 염상진은 오판돌·이해룡과 악수를 나누었다.

염상진이 50명의 부하를 이끌고 벌교를 향해 율어의 주리재를 넘은 것은 밤 9시였다. 오판돌과 이해룡도 각기 50명씩의 부하를 이끌고 있었으므로 율어에는 안창민을 포함해서 20여 명이 있을 뿐이었다.

염상진은 마을을 피해 산자락을 밟아가며 병력을 이동시켰다. 아무런 장애 없이 예정시간대로 전동리 뒷산에 도착했다. 거기서 하대치에게 30명의 부하를 분리시켜 주었다.

"하 동무, 전투개시 총소리가 나고 나서도 담배 두 대쯤 피울 시간 간격을 두었다가 행동하도록 하시오."

"알겠구만요."

"그러나 고정보초는 움직이지 않을지도 모르니까 방심하지 말고, 이 점 잘 살펴야 하오."

"알겄구만이라."

하대치는 어둠 속에서 힘을 꽁꽁 쓰듯이 야무지게 대답하고 있었다.

"만약 사태가 위급해지면 작전을 포기하고 신속하게 후퇴해서 단 한 명이라도 인명피해를 입지 않도록 하시오."

"알겄구만이라."

"작전을 마치는 대로 나와는 상관없이 부대를 지휘해서 신속하게 본부로 돌아가도록 하시오."

"알겄구만요."

염상진은 무장병력 20명을 이끌고 부용산으로 오르기 시작했다. 용연사를 돌아 부용동 가까이 접근했을 때 예정된 11시가 20분쯤 남아 있었다. 염상진은 부하들을 가까이 모이게 했다. 그리고 목소리를 낮추어 말을 시작했다.

"오늘 작전은 적과 전투를 벌여 적을 죽이자는 것이 아니다. 적들을 우리 쪽으로 유인해서 시간을 오래 끄는 것이 오늘의 작전 목적이다. 그러니까 몸을 최대한 낮춰가며 명령에 따라 총을 쏘기만 하면 된다. 그렇다고 총을 하늘이나 땅바닥을 향해 갈기라는 말은 아니다. 반드시 적을 향해 쏘되 우선 몸조심을 하라는 뜻이다. 적을 유인하면서 한 놈이라도 죽일 수 있다면 그보다 더 좋은 일은 없다. 우리는 적을 유인하면서 칠동 쪽으로 서서히 물러날 것이다. 옆사람과의 간격을 절대로 한 팔 이상 벌리지 말 것. 너무 간격을 벌렸다가는 날이 어둡기 때문에 부대를 이탈할 염려가 있다. 만약에 부대를 이탈해서 혼자 떨어지게 되는 경우에는 절대로 당황해선 안 된다. 침착하게 정신을 차리고 산을 이용해서 본부로 돌아가도록 해야 한다. 반드시 산을 타야만 한다. 그것이 제일 안전한 방법이다. 모두 내 말 명심하도록."

11시 정각에 총성이 어둠을 찢어대기 시작했다.

막 잠자리에 들었던 심재모는 튕기듯이 일어나 방바닥을 더듬어 댔다. 두 손을 아무리 휘저어도 머리맡에 두었던 성냥은 잡히지 않았다. 놀라 일어나는 바람에 그는 자신도 모르게 반 바퀴나 돌아섰던 것이고, 그가 머리맡이라고 생각해서 더듬고 있는 곳은 문 쪽이었다. 총소리는 한층 심해지고 있었다. 총소리에 따라 그의 마음은 더욱 다급해지고 있었다. 그러나 성냥은 손에 잡히지 않았다.

"빌어먹을!"

심재모는 버럭 소리 질렀다. 그때 전화벨이 울렸다. 심재모는 벌떡 몸을 일으켰다. 그의 눈에서는 불이 번쩍 튀었고, 그는 손으로 머리를 감싼 채 신음을 흘리며 주저앉고 있었다. 그는 성냥을 찾느라고 책상 가까이까지 와 있었고, 그런 줄도 모르고 전화를 받기 위해 급히 일어나다가 책상 끝에 그대로 머리를 짓찧은 것이었다. 총소리와 전화벨 소리를 어슴푸레하게 들으며 심재모는 한동안 꼼짝을 못하고 앉아 있었다.

"서장입니다. 습격입니다. 칠동 쪽 후미끼리 부근입니다."

심재모가 수화기를 들자마자 쏟아져나온 소리였다.

"알겠소. 곧 나갈 테니 병력 대기명령부터 내려주시오."

"조처했습니다."

심재모는 아직도 욱씬거리는 통증을 느끼며 자신이 엉뚱한 곳에서 성냥을 찾고 있었음을 그제야 깨달았다. 그는 성냥을 찾아들며 어이없는 웃음을 픽 흘렸다.

호롱에 불을 당기며 심재모는 이번 공격의 목적이 무엇일까를 신중하게 생각했다. 벌교를 직접 치고 들어오다니, 정면대결을 해서 끝장을 보자는 것인가. 심재모는 고개를 갸웃거렸다. 염상진의 속셈이 무엇인지 알 수 없는 일이었다. 그가 공격을 해온 마당에 맞서 싸우는 것이 우선은 급선무였다.

심재모는 서둘러 옷을 입고 숙소를 나섰다. 경찰서까지는 30여 미터의 거리였다. 10시까지 경찰서에 있다가 서장과 교대를 하고 숙소로 돌아왔던 것이다.

"방금 조성과 보성에서 연락이 왔었습니다. 그곳에서도 공격이 시작됐다고 합니다."

심재모가 들어서자마자 권 서장이 긴장해서 한 말이었다.

"이거 야단났군."

심재모의 입에서 얼떨결에 흘러나온 말이었다. 이렇게 되면 전면 공격을 감행하고 있는 게 아닌가. 정말로 끝장을 보겠다는 속셈인가? 심재모의 미간이 심하게 구겨졌다.

"보고받고, 뭐라고 지시했습니까?"

심재모는 서장에게 눈길을 돌렸다.

"여기도 같은 상황이니 최선을 다해 퇴치하라고 했습니다."

"그럴 수밖에 없는 일이죠. 그런데 다른 방향에선 공격이 없습니까?"

"아직까진 없습니다."

"칠동 쪽이라…… 미리 퇴로를 확보해 놓고 공격을 시작한 모양이군." 심재모는 혼잣말을 하며 M1소총의 노리쇠를 후진시켜 익숙한 솜씨로 탄창을 장전하며, "서장님은 여길 지키십쇼. 난 전방을 맡겠습니다. 우릴 그쪽으로 유인해 놓고 소화다리 쪽에서 치고 들어올지도 모릅니다" 하고는 민첩한 동작으로 사무실을 나갔다.

심재모는 역전까지 한달음에 뛰었다. 어쩌자고 일제히 공격을 가해 온 것일까. 지난번과 같은 작전을 못 쓰게 함인가. 그리고 지난번에 허를 찔린 데 대한 보복공격인가. 글쎄, 개인화기도 제대로 못 갖춘 상태에서 보복공격? 아니지, 천치가 아닌 염상진이가 승산 없는 싸움을 걸어올 리 만무하다. 전면공격을 감행해 왔다면 율어는 비었을 것 아닌가. 2개 소대 병력만 더 있었더라도 율어를 치게 하는 것인데. 경찰병력과 청년단을 율어에 투입해? 아니다, 무리해선 안 된다. 어디에 함정이 있는 줄도 모르고 병력을 출동시킬 수는 없다. 심재모가 역전에 당도할 때까지 정리한 생각이었다.

병력은 역과 차부를 중심으로 포진해 있었다. 짙은 어둠 속에서 총성만 엇갈리고 있었다.

"상황은 어떤가?"

심재모는 상사에게 물었다.

"상황이고 뭐고, 너무 어두워 적의 위치도, 숫자도 파악할 수가 없습니다."

"적이 여기만이 아니라 조성과 보성도 지금 동시에 공격하고 있으니 숫자는 많지 않을 것이다, 우회공격을 시도해 보면 어떻겠나?"

"글쎄요, 오른쪽은 산줄기고, 우회공격을 하자면 천상 왼쪽 철길을 따라가야 하는데, 지리를 환히 알고 있는 적이 그만한 대비 안하고 있겠어요?"

상사의 어조는 다분히 부정적이었다. 작전 앞에서 몸을 사리는 일이 없는 상사의 말이라서 심재모도 신중을 기하지 않을 수 없었다. 적은 오히려 우회공격을 기다리고 있을 수도 있었다.

"어쩌면 좋겠소?"

"어두워서 아주 망했어요. 민가들이 촘촘히 박혔으니 수류탄을 까서 던질 수도 없고, 답답한 일이긴 하지만 그냥 천천히 밀어내는 것이 어떨까 싶은데요."

"세 군데서 동시에 쌈이 붙은 형편에 적이나 우리나 지원병을 못 받기는 똑같은 입장이니까 그것도 한 가지 작전일 순 있소. 그런데, 시간이 너무 걸리지 않겠소?"

"우리 하는 일이 싸우는 일인데, 싸우면서 시간 좀 끌면 어떻습니까. 저놈들한테 밀리지만 않으면서 총질을 하다 보면 우리보다야 저놈들이 먼저 총알이 떨어지겠지요."

안전도모를 위한 물량작전을 하자는 것이었다. 지난번 같은 인명 손실을 내서는 안 된다는 것이 상사의 의중이라고 심재모는 생각

했다. 그때 부상당해 순천도립병원으로 후송된 병사들 중에 원대
복귀한 사람은 아직까지 한 명도 없었다. 병력 손실이란 사망자만
이 아니고 중상을 입은 부상자까지 포함되는 것이었다. 총으로 입
은 부상은 십중팔구 중상이게 마련이었다.

"좋소. 총알이 떨어지면 도망을 안 갈 도리가 없겠지. 얼마든지
있는 총알, 마구 갈겨대시오."

심재모의 말이 떨어지기가 바쁘게 상사가 어둠 속에다 대고 외
쳐댔다.

"전원 전방을 향해 집중사격엇! 낮은 자세로 집중사격엇! 전진
일보씩, 집중사격엇!"

총소리가 갑자기 요란해졌다.

염상진은 유인작전임을 눈치채이지 않기 위해 요령껏 응사해 가
며 한 발짝씩 뒤로 물러서고 있었다.

야트막한 산자락을 밟아가며 척령리 가까이까지 물러났을 때 예
정된 두 시간이 다 되어 있었다. 염상진은 좌우로 빠르게 움직이며
부하들을 확인했다. 20명, 전원 무사했다.

"지금부터 후퇴한다. 각자 앞사람을 놓치지 말고, 기운을 다해
달려야 한다. 자아, 후퇴다!"

횡계다리 위에 쌀가마니가 높게 쌓여 있었다. 그것은 모두 스물
일곱 가마니였는데, 다리 위에 쌓여 있어서 그런지 그 형체는 유별
나게 높고 크게 드러나 보였다. 그 쌀가마니들을 제일 먼저 본 것
은 김범우였다. 아니, 좀더 정확하게 말해서, 어젯밤에 총성이 울리

고 있는 동안에 그 쌀가마니들이 다리 위에 쌓이고 있었음을 그는
이미 알고 있었다.

총성이 울리기 시작한 직후 김범우는 예기치 않은 사람의 방문
을 받게 되었다. 그의 앞에 나타난 것은 하대치였다.

"가난헌 사람덜헌테 한 주먹썩이라도 골고로 노놔줘서 설얼 쇠
게 허자 고런 뜻인디요, 따른 지주덜헌테야 강제로 쌀얼 뺏어내는
것이제만, 대장님 말씸이, 김 선상님헌테는 예 갖춰 우리 뜻을 전허
먼 선선히 쌀얼 내주실 것이다, 그러시등마요."

하대치란 사내가 막힘 없이 한 말이었다. 작달막한 키에 돌덩어
리 같은 견고한 느낌의 체구를 가진 하대치라는 사내를 김범우는
물끄러미 올려다보고 있었다. 키도 인상도 염상진과는 전혀 어울
리지 않는데도 그 사내가 염상진의 부하로서는 더할 수 없이 안성
맞춤이라는 생각을 하고 있었다.

"으쩌실라요?"

사내의 팽팽한 어조가 김범우의 행동 결정을 독촉하고 있었다.
자신의 말에 따라 하대치의 어깨에 메어진 총의 방향이 달라질 것
임은 자명한 일이었다. 김범우의 머릿속에서는 많은 생각들이 다
투듯이 일어나고 있었다. 그러나 그 생각들은 염상진을 상대로 했
을 때나 필요한 것이었지 하대치라는 사내를 상대로는 하나도 쓸
모가 없는 것이었다. 하대치가 필요로 하는 것은 단 하나, 쌀을 그
냥 내놓겠느냐, 강제로 빼앗기겠느냐, 하는 태도 결정이었다.

"얼마나 필요하오?"

"다섯 가마니요."

"그럽시다."

김범우는 조용히 광 문을 열었고, 다섯 사람은 쌀 한 가마니씩을 거뜬거뜬 업고 어둠 속으로 사라졌다.

"김 선상님, 고맙구만이라."

마지막으로 대문을 나서며 하대치라는 사내는 고개를 깊숙이 숙였다. 혁명전사의 순결, 김범우의 머리를 얼핏 스쳐간 그들의 용어였다. 염상진과는 달리 정치의식의 무장이 다소 덜 되었을 그 모습, 처녀의 정조에다만 쓰는 것으로 통념화된 '순결'이란 말을 혁명전사 뒤에 왜 붙였는지 김범우는 비로소 알 것 같았다. 하대치의 모습과 순결이라는 말은 이상스럽게 생기를 띠고 어울리는 느낌이었다.

다리 위에는 쌀가마니들만 쌓여 있는 것이 아니었다. 거기에는 글씨가 쓰인 한지 한 장이 나붙어 있었다.

벌교 인민 여러분!
이 쌀을 고루 나눠 설을 쇠십시오.

주먹만큼씩 한 크기로 쓴 붓글씨였다. 그리고 그 옆으로 약간 작은 크기의 글씨들이 이어지고 있었다.

만약 이 쌀을 나눠갖지 못하게 방해하는 자들은 모두 인민의 적이다.

김범우가 이 격문을 대한 것은 날이 희번하게 트여올 즈음이었다. 이 생각 저 생각을 하며 총소리가 멎어서야 잠자리에 들었던 김범우는 깊은 잠을 자지 못하고 눈을 떴다. 발걸음은 자연히 횡계다리로 옮겨지지 않을 수 없었다. 가서 보니 예상했던 대로 그런 격문이 붙어 있었다. 그때 이미 열 명이 넘는 사람들이 쌀가마니 주위에 웅성거리고 있었다. "나는 까막눈인디, 머시라고 썼소?" 수건을 머리에 쓴 한 여자의 수군거림이었다. "요 쌀얼 갖다가 설얼 쇠라고 썼소." 한 남자의 낮은 목소리였다. "아무보고나 갖고 가라고런 말이다요?" 다른 여자의 말이었다. "벌교 인민이라고 혔응께 아매 그런갑소." 같은 남자의 대꾸였다. "허먼, 먼첨 가지가는 것이 임자시?" 또다른 여자의 말이었다. "짐칫국 먼첨 넘기지 마씨요. 요 쌀 임자야 뻔헌께, 날이 더 새먼 눈에 불 키고 쫓아와 찾어갈 것이고, 넘 먼첨 요 쌀 손댔다가는 목구녕에 넘게보지도 못허고 좌익으로 몰려 졸갱이럴 칠 것잉께." 다른 남자의 입바른 말이었다. "워따, 요 쌀얼 묵든 안 묵든 간에, 총질꺼정 혀감스로 요리 맘 쓴 그 맴이 아즘찮이 아즘찮이 또 아즘찮이요." 남자의 입바른 말을 면박하듯 하는 어느 여자의 더욱 입바른 말이었다. 김범우는 사람들 사이를 슬그머니 빠져나와 집으로 발길을 돌렸다.
　사람들이 주고받는 말 속에는 자신이 염려했던 문제점들이 다 들어 있음을 김범우는 느끼고 있었다. 쌀의 소재를 알게 된 주인들이 어떻게 나올 것이냐가 문제였고, 주인들이 쌀을 찾아갔을 경우 그들이 표나게 인심을 잃게 될 것은 말할 것도 없고 그에 따른 가난한 민심의 흔들림이 문제였고, 손 빠르게 쌀을 가져가는 사람들이 생길 경우 어떻게 해야 할 것인지가 문제였고, 경찰이나 계엄군이 쌀을 통제한다 하더라도 궁극적으로 그 처리가 문제일 것이었다. 어떠한 문제점들이 있든 간에 그것으로 골머리를 앓아야 하는 건 이쪽이었고, 그런 문제점들과는 상관없이 완전하게 목적 달성을 한 것은 염상진이었다. 두 번째 문구에 내포되어 있는 나각적인 의미와 함께 염상진의 자신에 찬 모습이 김범우의 뇌리를 채워왔다. 어쩌면 당신이 이 세상에서 가장 행복한 사람인지도 모른다……. 씁쓸한 웃음을 입가에 물며 김범우가 한 생각이었다.

횡계다리에서 총성이 울리는 소란이 벌어진 것은 아침밥때 즈음이었다. 밥을 먹고 있다가 총소리를 들은 김범우는 반사적으로 자리를 차고 일어섰다. 바로 코앞인 횡계다리에서 울린 총성은 그만큼 요란했고, 김범우는 사람이 죽는 것으로 알았던 것이다.

고무신을 질질 끌며 대문을 나선 김범우는 부리나케 골목을 벗어나 큰길에 나서보니 횡계다리 위에뿐만이 아니라 다리 양쪽으로 사람들이 빽빽하게 모여 있었다. 총을 든 군인들이 쌀가마니를 에워쌌고, 한 군인이 쌀가마니 위에 올라서서 뭐라고 소리쳐대며 공포를 쏘고 있었다. "쩌 자석 저것, 무신 허깨비춤 쳐감스로 머시라고 떠들어쌓는다냐?" "아, 보면 몰르겄능가, 싸게싸게 물러스란 것이제." "와따 자네 영 똑똑혀뿌네잉. 넘이사 구경을 허든지 말든지 간에, 쌀 도라고 안 헐 것인디 워째 귀경허는 권리꺼정 막을라고 허냐 그 말이시, 나 말은." "닌장을 혈, 난 또 무신 소리라고. 하여튼지 간에 싸까쓰 본 지도 오랜디 귀경치고는 한분 헐 만한 귀경 거리시.""염상진이 그 사람 인물은 인물이랑께. 워찌 요리 기맥힌 일얼 꾸며내냔 말이여.""어허, 실답잖은 소리 허고 앉었네. 염상진 이니께 요런 일 해내제 워째." 김범우는 다리 쪽으로 눈을 보낸 채 두 남자의 말에 귀를 기울이고 있었다. 바로 옆에서 하는 말을 들으려고 신경을 모아야 하는 것은 사람들이 많이 몰려든 탓만이 아니었다. 모여선 사람들은 두 남자처럼 제각기 짝을 맞춰 말들을 주고받고 있어서 그 소란스러움은 공포로 쏘아대는 총소리로도 잡을 수가 없었다.

"쩌, 쩌, 총질해 대는 군인놈얼 갱물에다 처박아뿌러라! 싹수없이 누구 앞에서 총질이여, 총질이. 갱물에다 대갱이부텀 카악 처박아뿌러!"

어느 남자의 외침이 사람들 사이에서 터져올랐다. 소란스러움이 뚝 멎었다. 그 순간적인 고요는 섬뜩하게 차가웠다.

"맞어, 지가 군인이면 다여? 요 많은 사람얼 멀로 보고 총질이여. 저런 버르장머리 싹 뜯어고쳐줘야 혀."

다른 목소리의 맞장구였다. 그 목소리는 별로 크지 않았는데도 조용함 때문에 또렷하게 들렸다.

"말이야 맞는 말인디 순서가 틀렸구만. 저놈 버르장머리 고치는 것이 먼첨이 아니라 쌀가마니럴 갱물에 처박아뿌는 것이 먼첨이시. 우리야 묵은 것이나 진배 읎응께로 부자놈덜이 챙겨가지 못허게 갱물에 풀어 괴기덜이나 묵게 혀."

김범우는 문득 긴장했다. 그 말은 사태의 결과를 환히 내다보고 있는 오기의 발동이었고, 파급효과가 큰 선동이었다.

"어허, 고것 참말로 존 생각이시." "하면, 니도 나도 못 묵을 놈에 쌀, 괴기덜이나 믹여야제 공평허제." "그려, 그려, 우리 항꾼에 밀어붙여뿔드라고." 여기저기서 외침이 터져나오고, 사람들은 웅성거리고, 소란은 아까보다 한결 심해졌다. 김범우는 마음이 조급해졌다. 만약 몇 사람이라도 힘을 합쳐 사람들을 다리 쪽으로 떠밀기 시작하면 사태는 심각하게 변할 위험이 컸다. 난간이 없는 다리에 몰려 있는 사람들이 아래로 떨어질 수도 있었고, 군인들이 거칠어질 수도 있었다. 사람들의 동요는 일단 막아야 될 일이었다. 김범우는 몸을 빠르게 놀리며 길 가장자리를 살피고 있었다. 높직하게 올라설 만한 것을 찾는데 그런 것이 눈에 띄지 않았다. "싸게 밀어붙여뿌러." "떡 묵은 심치고 확 기운 써뿌러." "하면, 여자덜언 뒤로 빠져." 분위기는 점점 험악해져가고 있었다. 다급한 김범우의 눈에 잡힌 것은 전신주였다. 그는 잠시 멈칫했지만 체면 불구하고 전신주를 두 손으로 붙들었다.

"여러분, 여러분, 내 말을 들으시오!"

전신주의 첫 번째 발받침쇠에 몸을 실은 김범우는 목청을 다해 소리쳤다. 소란이 멎으며 사람들의 눈길이 일제히 그에게 쏠렸다. "원생이맹키로 전부상대에 달랑 올라앉은 저 물건은 뉘기여?" "아, 김 부잣집 아덜 아닌감?" "옳지러, 글고 봉께로 그 사람이시." "시끄럽소, 잠!" 한 여자가 두 남자를 향해 쏴질렀다.

"여러분, 우리 집에서도 저기다가 쌀을 내놨습니다." 김범우는 면구스러움이 왈칵 끼쳐오는 것을 느꼈고, 그러나 사람들을 효과적으로 설득시키려면 어쩔 수 없다는 생각을 하며, "그러나 우린 그 쌀을 다시 찾아오는 짓은 안 할 겁니다. 저 쌀을 바닷물에 던지는 것이 해결책이 아닙니다. 우리 집처럼 다른 사람들도 저 쌀을 찾아가지 않으면 어떻게 되겠습니까. 그 결과를 보지도 않고 쌀을 바닷물에 던져서야 되겠습니까? 해결은 지금부텁니다. 여러분들은 결과를 기다리십시오. 일이 좋게 처리되도록 제가 노력하겠습니다. 여러분, 이제 집으로 돌아가십시오. 봐봐야 쌀가마닙니다. 돌아들 가세요." 그는 사람들을 휘둘러보며 말을 마쳤다.

"어이쿠메 서방님, 워디 다치신 디는 없으신게라?"

전신주에서 뛰어내린 김범우를 머슴 천 서방이 부축하며 울상을 지었다.

"김 선생, 고맙습니다."

김범우 앞에 우뚝 서 있는 건 심재모였다. 김범우가 말을 하는 동안 그는 전신주 아래 와 있었던 것이다.

"고맙긴요."

김범우는 손바닥을 털며 어색한 웃음을 피웠다.

"누가 선동을 하는 줄 알았지 뭡니까."

김범우는 고개를 끄덕이며, 안 해도 상관없는 말을 굳이 하는 것이 심재모의 솔직성이라고 생각했다.

"저걸 어떻게 하실 겁니까?"

"우선 경찰서로 옮기게 했습니다. 해결 방법을 찾을 때까지 그게 좋을 것 같아서요."

김범우는 그저 고개를 끄덕였다. 그러나 그의 마음에서는 고개를 가로젓고 있었다. 해결 방법, 그건 찾으려고 해서 찾아지는 것이 아니라 싶었던 것이다.

"김 선생, 죄송하지만 조금 있다가 제 사무실로 좀 나와주시겠습니까. 의논드릴 일도 있고, 김 선생 댁도 피해자고 하니까요."

"그러지요."

김범우는 '피해자'라는 말이 거슬렸지만 그냥 지나쳤다.

사람들이 흩어져가고 있었다. 군인들이 쌀가마니들을 달구지에 옮겨다 싣고 있었다.

김범우가 심재모의 사무실에 도착하니 네 사람이 그를 기다리기라도 하듯 버티고 앉아들 있었다. 최익달·윤삼걸·안재길·최익도가 그들이었다. 그들은 낙안벌을 깔고 앉은 지주들이면서 집들이 읍내 안통이 아니라 횡계다리 언저리인 봉림이거나 홍교동이어서 변을 당한 사람들이었다.

그들은 말을 못하게 하는 벌에서 풀려나기라도 한 것처럼 서로 말을 많이 하려고 들었다. 그런 그들 사이에서 김범우 혼자만 묵묵히 앉아 있었다. 그들의 많은 말은 결국 염상진에 대한 욕이었다. 염상진은 그들의 입에서 몇 번씩이고 죽어갔다. 심재모는 그들의 말을 제지했고, 쌀을 어떻게 처리하면 좋겠느냐는 말을 꺼내놓았다. 도둑맞은 물건을 찾았으니 응당 주인이 가져가야 한다는 것이 그들의 일치된 의견이었다. 그들의 말은 분명했고, 그들의 태도는 완강했다. 간단하게 해결 방법이 찾아진 것이었다. 김범우는 심재모의 시선을 느꼈다. 김범우는 심재모를 향해 보일 듯 말 듯 고개를 저으며 그들의 뜻대로 해주라고 눈으로 말하고 있었다.

"됐습니다. 다들 쌀을 가져가시도록 하시죠."

심재모가 의자에서 일어나며 말했다. 그들은 심재모의 노고를 치하하는 말을 한마디씩 던지고 사무실을 나섰다.

"난 번번이 심리전에 참패를 당하고 있습니다. 전쟁을 어디 무기로만 하는 겁니까. 난 이번에 갈 데 없는 인민의 적이 되고 말았습니다. 염상진, 그 사람 당할 수가 없는 무서운 적입니다."

얼굴이 구겨진 심재모의 말은 침통했다. 김범우는 말없이 그에게 담배를 내밀었다. 당신의 능력이 부족한 게 아니라 상황이 염상진을 유리하게 만들고 있소, 하는 말은 입 밖에 내지 않았다.

"김 선생은 어떡하시겠어요?"

심재모가 담배를 뽑아들며 물었다.

"아까 사람들 앞에서 말한 대로, 난 찾아가지 않겠어요. 난 강도를 당한 게 아니라 자의로 내놨으니까요. 그렇다고 그 쌀 처분을 심 사령관한테 맡길 수도 없는 노릇이군요. 심 사령관이 그 쌀을 맡아 아무리 좋은 뜻으로 쓴다 해도 결과는 염상진의 뜻에 동조한 것이 되고 마니까요. 직책상 그건 난처한 입장에 빠지게 되는 일이지요. 난 그 쌀을 서민영 선생의 야학에 기증할 작정입니다. 선생님이 유익하게 쓰시겠지요."

"자의로 내놓다니요?"

"아, 뭐, 강제로 뺏긴 게 아니란 뜻입니다."

"아, 예. 저는 조성을 거쳐 보성까지 가야 합니다. 그 두 곳도 여기와 똑같은 일이 벌어져 있습니다. 내가 어젯밤에 완전히 속고 말았어요."

심재모는 쓴웃음을 지으며 모자를 집어들었다. 고개를 끄덕이며 느리게 일어서고 있는 김범우는, 어차피 정치의식을 기반으로 한 전술전략이란 복합적이고 다목적적이게 마련이지만 이번 일에는 가난한 사람들의 설을 진정으로 아파한 염상진의 마음이 무엇보다도 크게 작용했을지도 모른다는 생각을 했다.

음력설이 이틀 남아 있었다.


언제나 그렇듯 가난한 사람들에게 명절이란 없느니만 못한 것이었다. 맨살 드러나듯 한 가난을 새삼스럽게 확인하며 서러워야 했고, 철없는 어린것들의 기대에 찬 눈망울을 애써 외면하며 가슴 아파야 하는 것이 명절이었다.

그러나 설은 명절 중의 명절이었다. 추석이고 대보름을 큰명절이라 하지만 그것은 다 설을 앞세운 다음의 이야기였다. 설이 이틀 앞으로 다가왔을 때 아무리 가난한 사람이라도 그 나름의 설채비는 끝내놓고 있었다. 설이 되면 비렁뱅이도 쪽박에 낀 때를 벗기는 법이라고 했다. 가난한 사람들의 설채비라는 것은 거의가 어슷비슷했다. 농사일에 쫓기는 틈틈이 뜯어모아 처마그늘에 말려두었던 쑥을 꺼내 물통에 담갔다. 쑥의 독기를 우려내고, 쌀을 많이 섞지 못하는 떡을 보드랍게 하자면 서너 차례 물갈이를 하면서 이틀은 걸렸다. 그사이에 온 식구의 빨래를 하고, 밤이면 해진 데를 깁는 손질을 하는 것이다. 쑥을 건져내 물을 짜내기 전에 쌀을 물에 담가야 했다. 그때 가난한 아낙네들은 새로운 시름에 잠겨들었다. 하루 한끼를 죽으로 살면서도 깊이깊이 묻어두었던 쌀을 꺼내놓고 보면 한 됫박. 그것은 산 사람들의 몫이 아니라 조상님네의 몫이라고 없는 것으로 잊고 있었던 것인데, 막상 펼쳐놓고 보면 쌀알에 서린 빈한이 가슴을 저미는 서러움이었다. 인절미는 아예 바라지도 않지만 흰떡이나마 만들고자 하는 마음이 자아내는 감상이었다. 그러나 그런 마음은 치마에 묻은 검불 털어내듯 홀홀 털어버려야 했다. 그 쌀이나마 없어 장리쌀을 얻으려고 있는 집 문전을 기죽어 기웃거리지 않는 것만도 조상님 덕분이라 여겼다. 쑥떡은 쪄내 놓고 나면 말이 떡이지, 쌀가루 기운으로 겨우겨우 엉긴 상태의 쑥덩어리였다. 그것을 절구통에 넣고 쳐대면 쌀의 찰기가 좀더 살아나고 쑥이 몽그라져 풀이 죽으며 떡 모양새가 되었다. 아이들은 그것이나마 양쪽 손에 들고 길길이 뛰며 설기분을 돋우었다.

염상진의 아내 죽산댁은 물통에서 건져낸 쑥을 두 손아귀에 몰아넣고 꽁꽁 힘을 써가며 물기를 짜내고 있었다. 딸 덕순이는 부엌에서 불을 지피고 있었다. 덜 마른 솔가지는 매운 연기를 내뿜었고, 아궁이 앞에 앉은 덕순이는 이리저리 연기를 피하며 저고리 소매 끝으로 연방 눈을 훔쳤다.

"장자가 집을 비웠어도 큰집은 큰집잉께 우선 요것으로 설채비릴 혀라. 나가 또 눈치 바감스로 쌀말이나 더 갖고 올 요량잉께."

며칠 전 시어머니가 쌀을 이고 와서 한 말이었다. 남편이 율어에 진을 치고 난 다음부터 시어머니의 몸짓은 한결 질정이 없어 보였다. 무엇에 쫓기듯 허둥거리는 것 같기도 했고, 무엇을 찾는 듯 두리번거리는 것 같기도 한 모습이 불안하기 그지없었다. 그것이 다 자식 둔 어미의 어쩌할 수 없는 마음인 것을 죽산댁은 제 마음을 짚어 헤아리고 있었다. 남편이 좌익에 미쳐 그리 정신없이 돌아치며 집안을 외면할수록 아들 광조에게 쏟아지는 정은 더 애달프고 간절하고 살뜰해져갔다. 남편과 자식의 차이라는 것은 어떻게 말로 되어지는 것이 아니었다. 남편은 없어도 살아지겠는데 자식이 없어져서는 살아질 것 같지 않은 마음, 그런 차이였다. 내외지간은 한 몸이라 무촌이고, 자식지간은 한 발 건너서 일촌이라 했다. 그것은 도무지 신용할 수 없는 말이었다. 부부가 무촌이라는 것은 뜻 맞고 몸 맞았을 때 이야기지, 부부는 갈라서면 남남이라는 말도 있었다. 그러나 자식과 갈라서면 남남이라는 말은 세상 어디에도 없었다. 자식과는 갈라설래야 갈라서지는 것이 아닌 법이었다. 그것은 피나눔을 해서인 것이고, 피끈으로 이어져 있어서 그런 것이었다. 시어머니는 그 피끈이 당기고 또 당겨 그리도 허방을 딛는 것처럼 갈피를 잡지 못하는 것이리라. 그런 시어머니를 대할수록 안쓰럽고 애처로웠다.

"죽산댁, 멀 허시요?"

한 여자가 시루를 들고 사립을 들어서고 있었다.

"잉, 까끔댁, 어서 오씨요."

죽산댁은 오른팔을 들어 이마쯤에 흘러내린 머리카락을 넘기며 여자를 맞았다.

"나가 요것얼 지때에 갖고 왔는갑소이, 쑥 건지는 것 봉께로. 잘 썼구만이라."

까끔댁이 시루를 조심스럽게 놓으며 말했다.

"다 까끔댁이 매시라운께 그요."

죽산댁이 흐릿하게 웃으며 그 말을 받았다. 일손은 멈추지 않은 채였다.

"나가 매시라우먼 죽산댁언 워쩌라고라? 빈손으로 오기 미안시러바 쪼깨 갖고 왔는디, 안직 따땃헌께 요것 한 개 잡솨봇씨요."

까끔댁이 치마폭에 감싸가지고 온 놋그릇의 뚜껑을 열어 쑥떡 한 개를 집어내서 죽산댁의 입 가까이 디밀었다. 죽산댁은 입을 크게 벌려 떡을 받아넣었다. 그런 그녀의 얼굴에 좀더 확실한 웃음이 번지고 있었다.

"맛나요."

죽산댁이 떡을 우물거리며 말했다.

"맛나기는, 간이나 맞을란지 몰르겠소. 쌀이나 쪼깐 낫게 넣었음사 묵을 만헐 것인디."

"금메 말이오. 그리만 됨사 그 매시라운 솜씨에, 을매나 좋겄소."

"그려라, 읎이 삼스로 솜씨 매시라운 것도 서럼이제라."

까끔댁은 측은한 눈길로 죽산댁을 바라보았다. 죽산댁은 큰 허우대로 보아서는 어울리지 않는다 싶게 음식 만드는 솜씨가 좋았다. 친정이 밥술이나 먹고 사는 살림살이였다는 것을 알면 누구나 금방 고개를 끄덕였다. 음식솜씨라는 것도 살림살이에 따라 층하가 지게 마련이었다. 고기도 먹어본 놈이 잘 먹더라고 음식솜씨도 생활이 넉넉한 속에서 자라나며 가지가지 손끝에 익혀 배우는 것이었다.

"참, 정재에 덕순이가 있는 것 아니요?"

까끔댁이 뒤미처 생각난 듯 물었다.

"불 때고 있을 것이요."

"글먼 식기 전에 떡 한 쪽 믹여야제라." 까끔댁은 부엌을 향해, "야아야, 덕순아! 일 오니라, 떡 한 쪽 묵고 불 때그라" 있는껏 목청을 뽑았다.

부지깽이를 든 채로 덕순이가 뛰어나왔다. 덕순이는 멈칫 서며, "아짐씨 오셨는게라" 하며 고개를 꾸벅했다.

"워따 인사성도 붉다. 얼렁 요 떡 한 개 묵어봐라, 아짐씨가 맹근 것잉께."

까끔댁이 떡을 집어 내밀었다. 덕순이는 어머니의 눈치를 보며 머뭇거렸다.

"묵어라, 얼렁."

죽산댁이 딸을 옆눈길로 보며 쿠렁하게 말했다. 그때서야 덕순이는 떡을 두 손으로 받아들었다.

"아이고메 으짤끄나, 내가 매와서 우리 새끼 눈에 눈물범벅이 시웨."

까끔댁이 끌끌끌 혀를 찼다. 연기가 매워 눈물을 찔끔거린 덕순이의 눈 가장자리는 얼룩이 져서 지저분했다. 덕순이는 부끄러운 몸짓을 지으며 얼른 돌아섰다.

"워낙에 낭구가 설몰라논께로⋯⋯."

죽산댁은 말끝을 흐렸다.

"금메 말이요, 낭구할라 흔허덜 안 해논께 몰를 새가 있어야제라. 나가 시집와서 첨에 똑 죽겄든 것이 낭구 맘대로 못 싸질르는 것이드랑께라. 쌀 애낄라, 낭구 애낄라, 숨이 맥혀 살 수가 있어야제라. 처녀 적에넌 낭구야 허천나게 많았응께 죽을 묵음시롱도 구둘장이야 뜨끈뜨끈헌께 겨울나기가 행결 쉴했당께요."

"긍께 까끔댁 아니요. 처녀 적 이약 허먼 멀 헐 것이요. 여자야 시집팔자 잘 타고나야제 친정팔자 잘 타고나봤자 아무 소앙없소. 살아감스로 더 서럽기만 허제."

죽산댁은 가늘고 긴 한숨을 내쉬었다. 까끔댁은 무심결에 그 한숨을 따라서 쉬고 있었다. 까끔댁은 산이 많은 승주에서 시집을 왔고, 산이 겹겹인 산골마을을 '까끔실'이라고 부르기에 그녀의 택호는 자연히 까끔댁이 되었다.

"워치케, 떡헐 쌀언 구했습디여?"

까끔댁은 조심스럽게 말을 떼었다.

"시어무니가 쪼깐 가져오셨제라."

"다행이요. 근디, 광조 아부지가 횡계다리에다만 쌀가마니 쌓지 말고 이 마당 가운데다가 한 가마니 툭 던지고 갈 일이제."

까끔댁의 아쉬운 듯한 어조였다.

"그 문딩이 맘뽀가 모지락시러바 넘덜언 다 줘도 지 집구석만은 쏙 빼놀 물건이요."

죽산댁의 얼굴에는 금방 노여움이 서렸다.

"죽산대액, 그리 말허덜 마씨요. 여자 몸으로 죽산댁이 을매나 몸고상 맘고상 겪음서 사는지, 그 속이 을매나 씨리고 아프고 서런지 워째 몰르겄소. 그려도 광조 아부지럴 거짓꼴로라도 그리 말허먼 못쓰요. 광조 아부지는 장허고 또 장헌 사람이요."

"시끄럽소, 그 문딩이 이약."

죽산댁은 물기를 뺀 쑥덩어리를 패대기치듯 했다.

"금메 죽산대액, 죽산댁이야 어지께 횡계다리럴 안 나가봤응께로 몰라 그렇제, 시상에, 시상에 사람도 그리 많이 모였을랍디여. 그 많은 사람덜이 경찰이 욱대겨 모인 것도 아니겄고, 청년단이 겁믹여 모인 것도 아니겄고, 니도 나도 다 지 맘 동혀서 지 발로 걸어서 모인 것인디, 고것이 워째서 그리 되았겄소. 고것이 다 광조 아부지가 장헌 일허서 그렇고, 광조 아부지 심이 그 많은 사람덜얼 끌어댕긴 것이요."

"금메, 고것이 다 무신 소양 있는 짓거리요. 자석새끼덜언 쫄쫄이 굶게놓고."

"글씨 죽산댁, 나 허는 말 들어봇씨요. 거그 뫼 그 많은 사람덜이 다 하나씩 달린 입으로 각단지게 말허는디, 염상진이가 사람이다, 염상진이가 질이다, 염상진이가 장허다, 모다모다 요런 존 소리럴 노래허대끼 혔단 말이요. 요 인심 험헌 시상에서 광조 아부지 아니고는 그 누가 그런 존 소리만 들을 수 있겄소. 죽산댁이 그 소리덜얼 들었으면 그간 쌯이고 쌯인 서럼이고 분험이고 고상이고 싹 다 갱물 빠지대끼 깨끔허니 씻겨나감스로 배가 조계산만 허니 불렀을 것이요."

"고런 말 듣고 헛배 불러봐야 머 헐 것이요. 돌아스면 진짜 배만 더 고픈 법이요."

"글안해라, 죽산댁." 까끔댁은 죽산댁 옆으로 바싹 다가앉으며, "나가 요런 소리넌 아무헌테도 못혀본 소린디라, 그 많은 사람덜이 헌 말을 듣고 집으로 걸어옴스로 생각혀 봉께, 광조 아부지가 넘 못헐 고상 사서 허는 것이 결국은 헛고상허는 것이 아니구나 허는 것이고, 달븐 생각 한나는, 우리 집 남정네넌 멀 허는 남정넨고 허는 생각이 들드랑께요. 남정네로 한펭상 삼스로 광조 아부지맹키로 넘덜 위해 일험스로 우러름 받고 살기도 허는디, 거그다가 우리 남정네럴 비허니께 워찌 그리 짜잔허고 쫌팽이로 뵈는지, 참말로 기가 찹디다. 글타고 살림살이나 지대로 건사허먼 또 몰르겄소. 나무 한 짐 여축이 없이 께을러빠졌음스롱도 술이야 허먼 두 눈에 불을 키고, 화투야 허먼 자다가도 귀가 번쩍 허는 것이 그 문딩이요. 요분에 광조 아부지가 쌀을 골고로 갈라 설얼 쇠라고 혔는디, 우리 집은 그 쌀 한 알갱이도 받을 자격이 읎는 집이요. 광조 아부지가 쌀을 주고 잡아헌 것이 지성으로 일험스로도 가난허게 사는 사람덜이겄제, 우리 집 남정네맹키로 께을른 물건덜헌테는 외레 벌얼 내렜을 것잉마요. 하여튼지 간에 광조 아부지는 장허고, 죽산댁도 헛고상허는 거이 아닝께 심지게 살어야 쓰요. 말들을 안 혀서 그렇제, 워디 나만 요리 생각허겄소."

"그리 말얼 헌께로 고맙소. 근디, 고런 맘 아무헌테나 표식내지 마씨요."

"하먼이라, 나가 애기간디라? 워쨌그나 사람덜이 지 발로 걸어 그리 많이 뫼기는, 재작년 그러껜가 순천서 광주로 가는 김구 선상을 보겄다고 역전이 미어터지게 사람덜이 몰린 뒤로 첨 일이요. 고것이 다 말은 안 혀도 속은 있는 시상인심이요. 워따, 허고 잡은 말 다 혀분께로 속이 씨언허요. 나 인자 가볼라요."

"떡 잘 묵겄소."

죽산댁은 까끔댁이 사립 밖으로 나갈 때까지 그 뒷모습을 물끄러미 바라보고 있었다. 그런 그녀의 마음은, 추위로 얼어붙은 몸이 뜨거운 물을 한 사발 홀홀 불어 마시고 나면 속에서부터 풀리는 것처럼 훈훈한 기운이 감돌고 있었다.

죽산댁은 전혀 내색은 하지 않았지만, 횡계다리에 쌀가마니를 쌓았다는 말을 듣고, 문딩이 잡지랄 허네, 하는 감정이 불쑥 솟겼던 것이고, 한참을 생각하다 보니, 오랜만에 사람 같은 짓 했다는 생각이 들기도 했던 것이다.

회정리 3구의 김복동의 아내 장흥댁과 노덕보의 아내 조성댁은 예년처럼 지삼봉이가 머슴살이를 하는 이춘삼의 집에 불려가 설 채비 음식장만을 거들고 있었다. 그네들은 하루 밤낮을 꼬박 엉덩이 한번 제대로 붙이지 못하고, 허리 한번 제대로 펴지 못한 채 종종걸음을 치며 일에 시달렸지만 일정하게 정해진 품삯을 받아본 적이 없었다. 안주인인 박씨도 품삯을 정하지 않았고, 그네들도 품삯 정하기를 바란 적이 없었다. 일을 끝내고 나면 박씨는 자기 요령 대로 쌀됫박을 퍼주었고, 그네들은 아무런 불평 없이 머리 조아려 그것을 받아들었다. 그 쌀이 그네들의 설 쇨 밑천이 되어주었다. 그 래서 그네들은 설이 임박하면 행여나 불러주지 않으면 어쩌나 하는 은근한 걱정도 없지 않았다.

박씨네는 천 석, 2천 석 하는 부자들에 비하면 부자라고 할 수가 없었다. 그러나 박씨네는 농사가 얼마 안 되는 대신 이춘삼이가 자애병원 건너편에 물방을 차려놓고 있어서 그 재산이 얼마인지 속을 아는 사람은 없었다. 읍내에 하나밖에 없는 그 물방은 장날이 아니어도 언제나 사람이 끊이지 않았다. 그래서 양잿물만 팔아도 먹고살 돈은 넉넉하게 번다는 소문이 일찍부터 나 있었다. 그런데 그 가게에는 없는 것 없이 온갖 물감가루가 갖춰져 팔려나갔고, 성 냥이며 양초며 석유까지 팔았다. 박씨네는 알부자로 불렸고, 회정 리 3구에서는 꼽히는 부자였다.

"장흥댁, 요 찹쌀이 다 익었구마, 언넝 들내야겠네."

부뚜막에 한쪽 다리를 걸친 조성댁이 주걱 끝에 약간 찍어낸 찹쌀을 씹으며 말했다.

"어이, 번부터 띠내야제."

쌀가루를 반죽하고 있던 장흥댁이 칼을 들고 시루로 다가갔다. 김이 새나가지 못하도록 솥전과 시루가 맞닿는 부분을 삥 돌아가며 붙인 시룻번이 그동안 돌덩이처럼 딱딱하게 익어버려 그것을 떼내지 않고는 어떤 장사라도 시루를 그냥 들어올릴 수는 없었다.

"고것 잘 간수허소."

조성댁이 말했고, "칙간에 내뿔라네" 장흥댁이 엇지게 말을 받았다. 남의 집 음식 장만을 해주며 그네들이 마음 놓고 차지할 수 있는 것은 그것뿐이었다. 떡꼬리도 입에 넣기가 주인의 눈치 보이고, 전을 부치며 간보기로 입에 넣는 것도 주인이 신경 쓰이는데 시룻번만은 마음 놓고 싸가지고 갈 수가 있었다. 그런 만큼 그것은 딱딱하기만 하고 별다른 맛이 없었다. 소금으로 간을 맞춘 것도 아니어서 더 맛이 없는 것이다. 그러나 배곯는 아이들은 그것도 환장을 했고, 그것이 분명 쌀가루인 이상 묽은 죽에 비할 것이 아니었다. 박씨네는 떡을 한두 가지 하는 것이 아니니까 그것을 다 모았다가 둘이 똑같이 나누면 수월찮은 양이 되었다. 둘이는 서로 말은 하지 않았지만 시룻번을 붙일 때는 주인에게 타박 듣지 않을 정도로 넓고 두껍게 붙이고는 했다.

"야아야, 점예야, 시루 띠내는 것 암스로 멀 허고 있냐. 싸게 삼봉이 불러 떡칠 채비 시켜야제."

"내사 몰르겄소. 조성댁이 불르씨요."

나물거리를 다듬고 있던 점예는 바락 소리를 지르며 조성댁을 향해 눈을 흘겨댔다.

"아니 저년이 워째 저려. 경기럴 허는 것도 아니고 양잿물을 묵은 것도 아니고 니 워따 대고 소리 질르고 지랄이냐, 지랄이."

조성댁이 억누른 목소리였지만 앙칼지게 쏘아붙였다. 없이 산다고 저런 것들까지 하시하나 싶은 자격지심이 발톱을 세웠던 것이다. 양쪽 볼에 살이 쪄서 눈 위쪽보다는 아래쪽이 곱절은 더 커 보이는 얼굴을 한 점예는 연방 뭐라고 꿍얼대고 있었는데, 즈그 아딜 눔인가, 어쩌고 하는 말이 섞이고 있었다.

"저년이 문어 잡는 놈맹키로 알아듣지도 못혈 소리럴 머시라고 씨불거린다냐 시방. 니 나 욕허고 자빠졌냐!"

조성댁이 자기의 머릿수건을 홱 잡아채며 일어났다.

"에헤 이 사람아, 쟈 말얼 찬찬히 들어보소. 다 큰 총각보고 삼봉이, 삼봉이 불러싼다고 저리 역정이 난 것이시."

장흥댁이 눈을 깜박거리며 말했다.

"오라, 즈그 하늘 겉으신 님보고 존대럴 안 쓰고 버르장머리 읎이 이름얼 불렀다, 고것이구만. 워따, 워따 열녀 났다. 춘향이 찜쪄 묵을 열녀 났다. 남원골에 춘향이요, 벌교골에 점예로시."

조성댁은 입을 가리고 웃기 시작했다. 장흥댁도 따라서 웃기 시작했다. 화가 난 이유와 잔뜩 부어터진 살찐 얼굴이 웃지 않을 수가 없게 했던 것이다.

"머이가 그리도 우습소. 떡시루에 침 퉁게감서."

점예가 소리치며 발딱 일어섰다. 조성댁과 장흥댁은 그만 웃음을 뚝 그쳤다. 정말 떡시루에 침이 튀기라도 한 것처럼. 두 사람은 긴장한 얼굴로 서로를 쳐다보았고, 서로가 민망해져 눈길을 돌렸다.

"점예야 이년아, 느그 님헌테 그리도 존대 바치게 허고 잡으면 싸게싸게 시집이나 가그라. 니가 시집가면 존대허지 말라고 혀도 우리가 알어서 지 서방, 지 서방, 헐 거이다. 어런 앞에서 부끄런 것도 몰르는 요런 철따구니읎는 가시내야. 싸게 가서 삼봉이 불러 오니라!"

조성댁은 쥐어박기라도 하듯 끝말에 힘을 박아 야무지게 쏴질렀다. 아직도 부어터진 얼굴인 점예는 두 발로 부엌바닥을 퍽퍽 내지르며 밖으로 나가고 있었다.

"이년아, 시집가기 전에 엉치에 금 가겄다."

장흥댁이 혀를 차며 시루 손잡이를 잡았다.

"저 미런 툭시발 겉은 년, 시집가서 삼봉이 주먹에 다근다근 맞어야 저 미런 고칠 것이네."

조성댁이 시루를 맞잡으며 말했다.

나란히 붙은 세 개의 솥에는 다 떡시루가 올려져 있었다. 지금 들어내고 있는 것이 인절미였고, 가운데가 시루떡이었고, 그 다음이 가래떡 만들 쌀이 안쳐져 있었다. 그것만이 아니었다. 시루가 비워지는 대로 흰떡, 백설기, 쑥떡을 차례로 안쳐야 했다. 그중에서 제일 적게 만드는 것이 쑥떡이었다. 쑥떡은 떡살로 찍어내는 흰떡에 구색을 맞추기 위해 시늉하듯 만들 뿐이었다. 그 많은 종류의 떡을 쪄내고, 치고, 만들고 하다 보면 겨울 하루해가 다 저물었다.

어두워지기 시작하면서는 가지가지의 전을 부치고, 이런저런 나물을 무치며 밤이 깊어가게 되었다.

언제나처럼 떡들을 다 만들고 나자 땅거미가 내리고 있었다. 인절미를 썰랴, 가래떡을 빚으랴, 흰떡을 찍어내랴, 한시도 쉴 짬이 없이 몸을 놀리고 난 조성댁과 장흥댁의 허리는 커다란 돌덩이가 얹힌 듯했다. 그러나 나무다발에나마 잠시 엉덩이를 걸치고 허리를 풀 처지가 아니었다. 그네들은 살강 옆에 선 채로 한술씩 뜨고 또 일에 달라붙어야 했다. 숯불 위에 올려진 번철은 이미 달아 있었다. 조성댁과 장흥댁은 제각기 번철 하나씩을 차지하고 있었다. 장흥댁이 끄윽 트림을 해올렸다. "문딩이, 에지간히 돌라묵었는갑다." 조성댁이 중얼거렸고 장흥댁이 눈을 흘겼다. 번철에서 기름이 지지직거리며 끓자, 고소한 기름냄새가 퍼져오르기 시작했다. 아무래도 명절치레하는 기분을 돋우는 것은 떡 쪄내는 냄새가 아니라 전부치는 기름냄새였다. 전감을 놓을 때마다 번철은 깜짝깜짝 놀란 듯 피지직거리고 푸드득거리는 소리를 소란스럽게 앓았고, 기름냄새는 부엌을 넘쳐나 온 집 안에 진동하게 되었다. 조성댁이 끄윽 트림을 했다. "문딩이, 넘 말 허고 앉었네" 장흥댁이 픽 웃었고, "금메 말이시. 묵은 것도 읎이 속만 끄득허시" 조성댁이 목을 늘이며 또 한 번 트림을 해올렸다. 그네들은 여러 종류의 떡을 만들면서 주인의 권에 따라 떡꼬리를 주섬거리고, 간을 본다며 팥고물을 한 주먹, 뜸이 들었는지 본다며 떡쌀을 한 입, 그러다 보니 배가 찰 대로 차 있었다. 못 먹던 속에 갑자기 많은 양이 들어가니 연방 트림이

올랐고, 그네들은 배곯고 있는 자식들을 생각하며 속이 거북함을
죄의식으로 느끼고 있었다.

"어엄니, 어엄니."

잔뜩 도사린 어린아이의 목소리였다. 장흥댁과 조성댁은 거의
동시에 소리나는 쪽으로 고개를 돌렸다. 그런 그네들의 가슴은 철
렁 내려앉고 있었다.

"엄니, 나여 나."

부엌 뒷문에 얼굴만 간신히 내밀고 있는 아이가 빠르게 말했다.
그건 조성댁의 셋째아들 천수였다.

"아이고 문딩아, 여그는 머 헐라고 와."

조성댁은 질겁을 하며 팔을 치켜들었다. 장흥댁은 휴우 한숨을
내쉬었다.

"엄니, 나 배고파서 까물치겄단 말여."

천수는 어느새 문지방을 넘어 쪼르르 달려와 조성댁 옆에 바싹
붙어앉았다.

"아이고 요런 잡굿아, 엄니가 여그넌 얼씬도 말라고 안 허디야.
니 다리몽댕이 뿐질러지기 전에 싸게 가그라."

조성댁의 얼굴은 일그러져 있었고, 그 목소리도 살벌했다.

"엄니, 나 배고파 죽겄당께."

아이는 제 어머니의 태도에는 아랑곳없이 번철에서 지지직거리
고 있는 전에만 눈길을 쏟아붓고 있었다.

"엄니이, 쩌 부치기."

"안 뒤어, 가, 싸게 가!"

조성댁은 곧 쥐어지를 것처럼 주먹을 치켜들며 이빨을 응등물었다.

"기왕지사 와뿐 것인디 하나 믹여 보내씨요."

점예가 선선하게 한 말이었다. 어떻게 할까, 조성댁의 마음은 순간적으로 헝클어졌다.

"조성대액!"

장흥댁의 목소리는 찐득하게 길었고, 조성댁은 그 순간 마음을 간추렸다.

"안 뒤어, 젯상에 올르지도 안 헌 넘 음식을!"

조성댁은 강단진 어조로 말하며 고개까지 세차게 저었다. 그건 주인 박씨가 엄하게 내려놓고 있는 말이었고, 조성댁은 그 말을 점예가 아닌 바로 자기 자신에게 하고 있었다.

"워쩐 애기다냐!"

모두의 눈길은 일시에 부엌문 쪽으로 쏠렸다. 거기에는 소쿠리를 받쳐든 박씨가 곧게 서 있었다.

"금메 여그넌 얼찐도 허지 말라고 쎄가 닳게 말얼 일렀는디도 요런 문딩이 겉은 새끼가 생쥐새끼맹키로 뽀르르 기와갖고 지 엠씨 애간장얼 태웅마요. 지끔 쥐어뱅게갖고 쫓아낼 참이었구만요."

두 손을 모아잡고 일어선 조성댁의 변명이 구구했다.

"워쩌냐, 전에 입 댔냐 어쩌냐!"

박씨는 싸늘한 얼굴로 점예한테 묻고 있었다.

"아니구만이라. 쪼깐 아까 와갖고 전얼 묵고 잡아허는디 조성댁이 안 된다고 잡아띰스로 막 가라고 왈기든 참이구만요."

"참말이냐?"

"야아."

박씨는 부엌으로 한 발짝 들어섰다.

"누룽밥 긁어논 거 있냐?"

"있는디요."

"고것 들려 보내라."

"아니구만요. 그냥 보낼라능마요."

조성댁이 황급히 말하며 아들의 등을 떠밀었다.

"자넨 가만있소."

박씨의 말은 차고도 엄했다.

살강의 바가지에 든 누룽지를 점예는 꽁꽁 뭉쳤다. 박씨 쪽으로 힐끗 눈길을 보낸 그녀는 누룽지뭉치를 아이의 손에다 쥐여주었다. 그것은 아이의 야윈 두 손아귀에 넘치는 정구공만 한 크기였다.

"가그라, 싸게 가."

조성댁의 목소리는 메어들었고, 이리저리 눈치를 살피던 아이는 다람쥐처럼 부엌 뒷문을 넘어 자취를 감추었다.

# 8

# 어두운 정월 대보름

음력설날 교회는 어린아이들로 에워싸여 있었다. 교회는 약간 높은 지대에 자리 잡고 있어서 그 주위가 별로 넓지 못한 데다가 읍내의 아이들이 몰려들어 어디에도 발 디딜 틈이 없을 지경이었다. 아이들은 교회 주변의 빈 터만 채운 것이 아니라 계단에까지 겹으로 줄을 잇고 있었다. 그 아이들은 추운 것도 모르는 듯 작은 입들을 쉴 새 없이 놀려댔다. 그런 아이들의 표정은 거의가 밝았는데, 그 얼굴 피부나 입성은 가난을 있는 대로 드러내고 있었다. 그 아이들은 떡을 받으러 온 것이었다.

김범우에게 쌀 다섯 가마니를 받은 서민영은 그것을 어떻게 써야 할 것인지를 궁리하다가 마땅한 생각이 떠오르지 않아 이지숙에게 의논하게 되었다. 이지숙은 별 망설임 없이 떡을 해서 가난한 아이들에게 나눠주자는 의견을 내놓았다. 그것이 염상진의 뜻을 최대한 살릴 수 있는 효과적인 방법이라 생각했던 것이다. 다섯 가마니의 쌀로 떡을 한댔자 읍내의 가난한 아이들을 얼마나 먹일 수 있겠는가를 서민영은 염려했다. 떡을 못 얻어먹는 아이들이 생기는 경우 그건 하지 않음만 못한 일이었던 것이다. 그래서 이지숙은 열 살 미만의 아이들로 제한하자는 의견을 추가했다. 서민영은 고개를 끄덕였고, 그래도 안심이 안 된다며 쌀 두 가마니를 보태게 했다. 이지숙은 떡을 만드는 일부터 나눠주는 것까지를 떠맡았다. 떡은 백설기와 쑥떡 두 가지로 했고, 나뭇값이며 콩값이며 인건비 등속은 자신의 돈으로 충당했다. 그리고 야학의 학생들을 동원해 선전하게 했다.

와글거리는 아이들을 바라보고 있는 이지숙의 마음은 더없이 흡족하면서도 한편으로 슬그머니 걱정이 되기도 했다. 떡이 모자랄까 봐서였다. 두 번 타는 것을 막기 위해 팔목에 찍을 도장을 준비한 것은 잘한 일이라 싶었다. 열 살 미만인 아이들의 한끼 밥, 그것을 기준으로 해서 백설기 한 쪽과 쑥떡 두 개씩을 나눠주기로 했다.

교회의 문이 열리고, 떡 배급이 시작되었다. 어린 목소리들이 한꺼번에 질러대는 기쁨의 소리가 겨울햇살을 뚫고 솟아올랐다. 야학 학생들이 두 패로 나뉘어 줄을 세워 떡을 나눠주었다. 그 옆에서 이지숙은 아이들의 손목에 잉크 도장을 누르며, 꼭꼭 씹어먹어라, 하는 말을 꼬박꼬박 하고 있었다. 교회 문앞에서 멋쩍게 돌아서는 아이들도 더러 있었다. 누가 보나 열 살이 넘은 아이들이었다.

한나절이 겨워서야 아이들의 발길이 끊겼다. 다행히 떡은 약간 남아 있었다.

"여러분은 다 열 살이 넘었으니까 자격미달이지만 특별히 봐주겠어요. 다 같이 나눠먹도록 해요. 고생들 했어요."

피로감과 홀가분함이 함께 어우러진 상쾌한 기분으로 이지숙은 야학 학생들을 향해 소리 높여 말했다.


그건 바람소리만이 아니었다. 뒤란의 돌담에서 울려 바람에 섞인 소리. 그건 돌이 맞갈리는 소리가 분명했다. 누군가가 돌담을 밟지 않고서야 생길 수 없는 소리였다. 베틀에 올려진 명주올처럼 팽팽하게 긴장된 그녀의 신경줄들은 격자창으로 뻗어가 있었다.

갈그락……

두 손바닥으로 가슴을 누르고 누워 있던 그녀는 그대로 벌떡 일어나 앉았다. 그 소리는 분명 돌담을 밟는 인기척이었다. 두근거리던 그녀의 가슴은 이제 벌떡거리고 있었다. 그 심한 요동에 그녀는 가슴을 꼬옥 누르며 아랫입술을 물었다. 숨이 가빠지도록 심한 가슴의 벌떡거림은 확연한 인기척 때문인지 너무 갑작스레 일어나 앉은 탓인지 모를 일이었다. 그분일지 몰라, 꿈에 뵈던걸. 그녀는 흐릿한 윤곽의 창에 눈길까지 박고 있었다.

특, 특, 특.

간격을 두고 창을 두들기는 소리였다. 그렇제! 그녀는 속으로 소리치며 창문에 달라붙었다.

"누, 누구시요."

"소화, 나 정이요."

그녀의 가슴에서는 불꽃이 확 일었다.

"기둘리시써요."

저고리를 꿰고, 치마를 두르는 소화는 제정신이 아니었다.

정하섭은 장독대 옆에 서 있었다. 그의 모습을 보자 소화는 그만 숨이 막히는 것 같았다. 우뚝 멈춰선 소화에게로 다가선 정하섭은 그녀를 가만히 끌어안았다.

"소화, 미안하오."

정하섭의 나직한 음성이었다. 소화는 울컥 눈물이 솟구치는 것을 느꼈다. 아랫입술을 물었다. 그래도 눈물이 쏟아지려 했다. 입술을 잘근잘근 씹었다. 그의 따스하고 굵은 음성은 소화의 가슴속에서 메아리져 울리고 있었다. 그녀의 가슴에는 여러 개의 산들이 담겨 있었다. 그분이 준 소중한 생명을 피로 쏟아버린 안타까운 산, 너무 갑자기 어머니를 떠나보낸 한스러운 산, 낙안댁에게 냉대를 받았던 서러운 산, 견디기 어렵게 고문을 당했던 고통스러운 산, 감방에 갇힌 막막한 나날 속에서 키웠던 사무치게 그리운 산, 그 산들 사이를 그분의 음성은 메아리져 흐르고, 그 음성이 스쳐간 산들은 하나씩 하나씩 흔적을 감추어가고 있었다. 나도 함께 끌어안고, 이대로 죽고 싶어라. 소화는 얼핏 이런 생각을 했고, 그 터무니없는 자신의 욕심에 소스라치며 정하섭의 가슴에서 천천히 고개를 들었다.

"자리럴 옮겨야 허는디요."

"그럽시다."

정하섭은 팔을 풀었다.

소화는 어둠 속 여기저기를 살피며 제각을 향해 빨리 걸었다. 자정이 가까웠을 거라고 그녀는 밤의 깊이를 헤아렸다. 제아무리 감시가 철저하다 해도 이 깊은 밤에 여기를 지킬 눈은 없으리라 싶었다. 그러나 밤이라고 예전같이 마음 놓을 수는 없는 일이었다.

소화는 방문을 열었다. 어둠 가득한 속에서 냉기가 끼쳐왔다. 아이고 이 일을 워쩔꼬, 그녀는 마음이 암담해졌다. 방으로 들어선 소화는 어둠 속을 더듬어 윗목의 이불부터 옮겼다.

"여그구만요, 여그요. 금세 군불을 땔 것잉께 이불 우에 앉아 기시씨요."

"불 때지 마시요. 이불도 없이 바깥에서 자는 게 이골난 몸인데, 방 안이겄다, 이불 요 있겄다, 이만하면 대궐이요."

정하섭은 어둠 속에서 태평스럽게 말하고 있었다.

"지가 옆에 있음서 그리는 못허구만요. 참, 진지는 워쩌셨는가요."

소화 쪽에서 무언가 부스럭거리는 소리가 났다.

"불 켜지 마시오. 밤이 깊어 불빛이 멀리 가니까."

빠른 정하섭의 말이었다.

"문에 칠 이불 따로 있구만이라."

소화의 말이었고, 아 그런 여자였지, 생각하며 정하섭은 고개를 젖혀 뒷머리를 벽에다 기댔다. 생김은 꽃 같고, 마음은 어머니 같은 여자…… 머리는 기특할 만큼 영리하고, 몸은…… 몸은…….

"진지 워쩌셨는가요."

"아, 나 밥 먹었소."

정하섭은 소화의 알몸의 환상에서 깨어나며 황급히 대답했다.

방 안이 환해졌다. 방문에는 이불이 쳐져 있었다. 소화는 등잔에 불을 당겼다. 불빛을 받고 있는 그녀의 옆얼굴을 정하섭은 뚫어지게 쳐다보고 있었다. 확실히 전보다 야윈 얼굴이었다. 율어에 들렀다가 아버지와 소화가 당한 고초에 대해 대충 들었던 것이다. 야위기는 했으나 소화는 여전히 예쁜 꽃이었다. 아니, 전의 모습이 붉은 기운 감도는 흰 꽃이었다면 지금의 모습은 그 붉은 기가 빠져버린 그야말로 흰 꽃, 소화였다. 고초를 당하면서 더 예쁘게 피어나는 꽃…….

"쪼깐만 참으시씨요."

소화는 정하섭 쪽으로 눈길도 못 돌린 채 일어서서 걸음을 옮겼다.

"아니, 이 겨울에 어찌 맨발이오?"

정하섭이 놀라서 말했고, 소화는 제 발을 내려다보고는 그대로 주저앉으며 치마로 발을 가렸다. 너무 경황없이 밖으로 나오느라고 버선 신는 것을 잊어버렸음을 소화는 그때서야 깨달았다. 가슴 깊은 곳까지 다 들켜버린 부끄러움으로 소화는 몸이 달아오르고 있었다.

그녀의 태도로 보아 급한 김에 버선 신는 것을 잊어버렸음을 눈치첼 수 있었다. 그것은 이해가 되었지만, 자신의 지적에 그녀가 당황해서 발을 가린 것은 그때까지 맨발인 것을 모르고 있었다는 표시였다. 이 차가운 방바닥을 딛고 있으면서도 발이 시려운 것을 느끼지 못하는 여자, 이 여자를 그렇게 만들고 있는 것이 바로 자신인 것을 깨닫는 정하섭의 가슴에는 기쁨 아닌 괴로움이 먹먹한 통증을 일으키고 있었다.

"버선을 가질러 갈 수도 없는 일이고, 냄새나고 더럽지만 이 양말을 신어요."

정하섭은 재빨리 양말을 벗어 소화 앞으로 밀었다.

"아니구만요, 아니구만요."

소화는 고개를 저으며 뒤로 물러나앉았다. 그때 두 사람의 눈길이 엉겼다. 소화가 얼른 고개를 숙였다.

"난 이불 속에 발 넣고 있으면 되잖소. 그걸 안 신을려면 불도 때지 마시오."

정하섭의 단호한 말에 소화는 어쩔 수 없다는 듯 양말을 집어들었다.

"그 양말이 더럽긴 해도 버선보다는 뜨뜻할 거요. 미국 군인놈들 거니까."

방을 나가는 소화의 등에다 대고 정하섭은 말하며 빙그레 웃음 짓고 있었다.

"거기는 노출됐어." 염상진이 말했다. "포탄은 한번 떨어진 자리에는 두 번 떨어지지 않습니다." 자신이 대꾸했다. "그래?" 염상진은 제법이라는 얼굴로 빤히 쳐다보고 있다가는, "포는 기계고 자네 상대는 사람이란 걸 구분은 하겠지?" 하며 웃었다. "물론입니다." 자신은 그 묘한 웃음의 의미를 해득하려고 신경을 모았다. "자네의 판단을 믿기로 하지. 그런데, 그 처녀무당한테 더 기대하는가?" 웃음의 의미가 포착되었다. "동일 임무는 물론 포깁니다. 그러나 다른 임무는 계속 가능합니다." "어떤 근거의 확신인가." "제 판단에 근거합니다." "당원의 판단이니 믿겠네. 단, 무리해서 하 동무네 식구들 생활터전까지 망치는 일이 없도록." 염상진은 역시 냉정한 판단력과 남다른 자제력을 가진 사람이었다. 그는 소화와 자신과의 관계를 심상치 않게 판단 내리고 있으면서도 끝까지 그 말은 입에 올리지 않고 '당원'이라는 한마디로 정신을 환기시켰던 것이다. 그의 앞에 서면 자신의 몸이 투명한 유리로 변해버리는 것 같은 느낌에서 언제나 벗어나게 될지 모를 일이었다.

소화는 싸리나무를 아궁이 가득 밀어넣고는 부랴부랴 목욕탕으로 갔다. 그 아궁이에도 불을 지피고는 물을 퍼다 날랐다. 목욕통에 물을 채우고 나니 이마에 땀이 진득하게 내뱄다. 그녀는 양쪽 아궁이를 부산하게 왔다 갔다 했다. 서너 달 동안 싸리나무는 바싹 말라 있어서 급한 마음이 시원하게 풀리도록 불땀이 좋았다. 소화는 아궁이 앞에 앉아 고무신을 벗고 양말을 내려다보았다. 투박스럽게 생긴 양말이었다. 그 생김처럼 정말 버선보다 따뜻했다. 그 생각이 미치자 아까와 똑같은 부끄러움이 전신을 덮어왔다. 미친년, 버선 신는 것도 잊어묵어뿐 것도 워디 헌디, 워쩌자고 그때꺼정 맨발인 중도 몰랐는고. 근디, 위째 냉돌인디도 발이 안 시렀을꼬? 넋 빼고 있다 봉께 발이 시런 것도 몰랐겄제. 고것은 내 맘이 아니여. 나 맘대로 되는 일이 아니여. 그분이 그리 맹그는 것이제. 아니여, 모다모다 신령님 뜻이여. 소화는 불길이 물기에 젖어 흐릿거려지는 것을 느꼈다. 소매 끝으로 눈물을 훔쳤다. 냉돌에 맨발로 서도 그분 앞이라면 발이 시린 것도 모르는 자기가 소화는 더할 수 없이 좋았다. 그런 것은 결코 처음의 경험이 아니었다. 고문의 고통속에서도, 감방의 암울 속에서도 그분은 언제나 신령님과 나란히 서 있는 빛이었다.

소화는 양말 속에서 발가락을 꼼지락거려보았다. 양말의 감촉이 새롭게 발가락들 마디마디에 자극되고, 그 짜릿거림은 수천의 불꽃이 되어 일순간에 전신으로 퍼져나갔다. 그건 바로 정하섭 그분이 자신의 몸에 심는 뜨거움이었다. 아니, 그것이 아니었다. 그분의 인연의 씨를 다시 자신의 몸속에 심기를 욕심하는 바로 자신의 뜨거움이었다. 소화는 두 손으로 얼굴을 가렸다. 신령님, 이년의 가슴에 가득 찬 욕심을 태워주십시요. 이년의 가슴에서 타오르는 욕심의 불을 꺼주십시요. 소화는 흘러내리는 눈물을 훔쳤다. 그리고 다시 아궁이 가득 싸리나무를 밀어넣고 일어섰다.

목욕물은 따끈하게 데워져 있었다.

소화는 가만가만 방문을 열었다. 그분이 잠들어 있을지도 모를 일이었다. 방에서는 냉기가 느껴지지 않았고, 이불 위에 올라앉은 정하섭은 천장을 멍하니 바라보고 있었다.

"목욕물 디워졌구만요."

"아, 어느새 목욕물을……."

정하섭의 얼굴이 밝아졌다. 그 밝음이 그대로 자신의 마음의 밝음이 되는 것을 소화는 느끼고 있었다.

"고맙소. 미안해서 말을 못했었는데."

정하섭은 한 달 가까이 목욕을 못했음을 상기했다. 소화의 마음에서는 금방 밝음이 사그라지고 서운한 어둠이 차왔다. '고맙소'라는 말도 서운했고, '미안해서'라는 말도 서운했다. 그까짓 목욕물을 데우는 일일 뿐인데 굳이 그런 말을 하는 그분이 야속했고, 행여 그런 마음의 간격을 가지고 있나 싶어 동한 서운함이었다. 욕심내딜 말어, 욕심내딜. 애시당초 현생의 집짓기를 바래지 않고 시작헌 일 아니여. 엉뚱하게도 자꾸만 커지려는 욕심을 억누르며 소화는 자신을 꾸짖었다.

정하섭은 방문에 쳐진 이불을 들치다 말고 돌아섰다. 그리고 소화에게 다가가 그녀를 안았다.

"소화, 우리 함께 목욕합시다."

그는 속삭였다.

"워메!"

소화는 비명을 지르듯 하며 그의 가슴을 떠밀었다. 이미 예상하고 있었던 일이므로 그는 그녀가 가슴을 떠미는 곱절의 힘으로 그녀를 끌어안았다.

"이젠 어머니 사십구재도 지나지 않았소!"

그는 더 낮게 속삭였다.

"그것이 아니고라, 그것이 아니고라······."

그녀는 품을 벗어나려고 버둥거렸다. 그것이 아니면, 부끄러워서 그런다는 말이었다. 그는 그 부끄러워하는 꽃 소화를 보고 싶었고, 그 부끄러움을 찢어주고 싶은 강렬한 충동을 느꼈다.

"새삼스럽게 부끄러워할 것 없소. 우린 그런 사이가 아니잖소. 난 갈 길이 바쁘고, 따로따로 목욕할 시간이 없소."

"그려도, 그려도······."

소화의 힘은 누그러지지 않았다. 그때 그의 머리에 문득 떠오르는 말이 있었다. 그는 빙긋 웃음 지었다.

"소화, 이게 다 신령님 뜻이요."

그 말을 하자마자 그녀의 고개가 번쩍 들렸다. 그녀의 눈이 그를 똑바로 올려다보고 있었다. 그녀의 눈은 묘한 빛으로 타고 있었고, 그는 눈이 매운 것을 느끼고 있었다. 그녀의 타고 있는 눈은 묻고 있었다. 정말 그렇게 생각하느냐고. 그는 고개를 끄덕였다. 한 번이 아니라 연이어 끄덕였다. 그 끄덕임에 따라 그녀의 눈에서는 그 묘한 빛이 사라지며 눈물이 번지고 있었다. 끄덕거림을 계속하고 있는 그의 고개는 차츰차츰 숙어들어 마침내 그의 입술은 소화의 입술에 포개졌다. 그는 흰 꽃이 내뿜는 흰빛 뜨거움을 가슴속 깊이 깊이 빨아들이고 있었다.

"소화, 나 때문에 겪은 고생 내 다 알고 있소."

정하섭이 말했고, 소화는 엉겁결에 손을 들어 그의 입을 가리며 얼굴을 돌렸다. 만나자마자 미안하다고 했던 그 첫마디가 무엇을 뜻했던 것인지 알았고, 소화는 또다시 미안하다는 말을 듣고 싶지 않았던 것이다. 정하섭은 자신의 입을 가리고 있는 소화의 손을 어루만졌다. 작고 보드라운 손이었다. 그 손은 생김새와는 달리 너무나 큰 뜻을 간직하고 있었다. 베풀기만 하고 당하기만 하면서 아무것도 바라는 것이 없는 손, 그건 소화의 마음이었다. 어머니 같은 여자⋯⋯. 정하섭은 어루만지던 소화의 손을 잡고 방문으로 걸음을 옮겼다.

호롱불이 밝혀진 목욕탕에는 김이 자욱하게 서려 있었다. 창문이 없는 데다가 김이 서려 있어서 목욕탕 안은 훈훈했다.

"여기가 방보다 낫군."

정하섭은 눈에 익은 목욕탕을 둘러보며 중얼거렸다. 그리고 옷을 훌렁훌렁 벗기 시작했다. 소화는 정하섭의 뒤에 등을 돌리고 굳은 듯이 서 있었다. 알몸이 된 정하섭이 돌아섰다. 그의 얼굴에 웃음이 스쳐갔다.

"자아⋯⋯."

정하섭이 소화의 어깨에다 손을 얹었다. 그때서야 소화의 손이 옷고름으로 올라갔다. 정하섭의 손으로 그녀의 저고리가 벗겨졌다. 치마가 스르르 흘러내렸다. 속적삼이 다시 정하섭의 손으로 벗겨졌다.

"아니, 이게 뭐요!"

정하섭이 느닷없이 소리쳤다. 소화는 입술을 물며 눈을 꼬옥 내리감았다. 정하섭은 얼떨결에 소리쳐놓고 다음 순간 그것이 무엇인지를 퍼뜩 깨달았다. 맨살로 드러난 소화의 등에 푸릇푸릇하기도 누릇누릇하기도 한 멍자국들. 그건 고문을 당한 상처의 흔적이었다.

"망할 자식들! 이럴 수가……."

정하섭은 뻗쳐오르는 분노에 휘감기며 이빨을 맞물었다. 분노의 열기만큼 그의 남성적 열기는 싸늘하게 얼어붙었다. 그는 소화를 와락 돌려세웠다. 가슴은 등보다 더 심했다. 가슴에 불이 붙으며 울음이 복받쳐올랐다. 그는 입술을 응등물었다. 그리고 울음을 거친 숨결로 바꿔 토해냈다. 그는 그녀의 속곳을 끌어내렸다. 입술을 문 채 눈을 질끈 감은 소화는 미동도 하지 않고 있었다. 그는 마지막으로 단속곳을 끌어내렸다. 고문의 흔적은 소화의 전신에 흩어져 있었다.

"소화……."

그는 소화의 두 다리를 감싸잡으며 얼굴을 그녀의 허벅지에다 비벼댔다. 그까짓 살껍질이 터지고 멍든 것은 아무것도 아닙니다. 당신이 준 인연의 끈을 피로 쏟아 끊어버린 것에 비하면 아무것도 아닙니다. 살에 잡힌 멍이야 날이 가면 시나브로 풀려가는 것이지만 마음에 잡힌 멍이야 세월이 갈수록 커져나가 뿌리가 한정 없는 한이 됩니다. 임신을 했었다는 것도, 고문으로 낙태를 했다는 것도 입에 올릴 수 없음의 서러움에 사무치며 소화는 정하섭을 일으켰다.

두 사람은 서로를 쳐다보았다. 소화의 볼에는 눈물이 흘러내리고 있었고, 정하섭의 눈은 충혈되어 있었다.

"소화……."

그가 그녀를 와락 끌어안았다. 그녀도 그를 마주 끌어안았다. 제가 당한 일을 이리도 아파해주고 쓰라려해주는 것만으로 저는 더 바랄 것이 없습니다. 아무것도 더 바랄 것이 없습니다. 그녀는 그의 알몸을 온 힘을 다해 끌어안고 또 끌어안았다. 이대로 이 몸 바스러지리라 마음먹으며.

소화를 목욕통 안으로 끌어들인 정하섭은 그녀의 몸에 물을 끼얹어주며 멍자국들을 핥기 시작했다. 그건 애무의 행위가 아니었다. 지금 그에게 그녀의 몸은 남자의 욕정을 불러일으키는 여자의 몸이 아니었다. 자신이 당해야 될 고통을 대신 당한 순직한 희생물이었고, 자신은 교활하게도 예견된 위험을 피한 또다른 가해자였다. 전신에 찍혀 있는 그 참담한 고문의 흔적 앞에서 감히 무슨 말을 할 수 있을 것인가. 원수를 갚아주겠다고? 너는 마침내 훌륭한 혁명전사가 되었다고? 그런 소리를 지껄일 수 있는 뻔뻔스럽고 간사스러운 혓바닥을 열 토막, 스무 토막을 내버려야 한다. 그 멍자국들은 어떠한 말도 용납하지도 허용하지도 않고 다만 죄의식만을 확인시키고 있었다. 부모가 자식의 종기에서 고름을 빨아내듯, 모든 짐승이 새끼의 상처자리를 핥듯이, 그는 그 순직한 인간의 몸에 찍은 자신의 죄를 진정으로 비는 마음으로 멍자국을 핥아나가고 있었다.

혁명전사는 인민해방에 복무해야 하고, 인민은 혁명투쟁에 복무해야 한다. 백번 옳은 말이다. 그러나 인민의 복무라는 것이 투쟁자가 미리 피한 위험의 희생물이 되는 것까지를 말하는 것인가. 결코 그것은 아니다. 투쟁자의 복무의 마지막은 자아희생으로 완결되는 것이지만 인민의 복무는 선의의 협조로써 끝나는 것이다. 그것은 자각과 비자각의 차이이며, 능동과 수동의 차이인 것이다. 혁명을 자각한 자는 스스로에게 의무를 지운 것이며, 그 의무의 짐은 혁명을 성취했을 때 권리의 힘으로 바뀌게 된다. 그러나 인민은 자각의 의무를 스스로 지우지 않았으므로 혁명이 성취되어도 인민일 뿐이다. 인민은 혁명의 목적이며 바탕이되 수단일 수는 없다. 인민은 흐르는 물줄기다. 물은 높은 데서 낮은 데로만 흐르고, 낮은 데를 만나면 스스로 그 높이를 높여 흐르고, 장애를 만나면 피해서 흐른다. 인민을 혁명의 수단으로 삼을 때 인민은 그 장애를 피하게 된다. 인민이 외면한 혁명은 존재할 수 없다. 혁명은 목적과 바탕을 상실했고, 인민은 다른 길을 선택했으므로. 인민은 혁명적 존재가 아니라 생활적 존재다. 그러므로 인민의 복무는 생활을 침해받지 않는다는 보장 아래서만 가능할 뿐이다. 이러한 인민의 수동성을 기회주의나 이기주의로 파악하는 혁명자가 있다면 그는 이미 혁명자가 아니다. 그래서 혁명은 외로움이 고통이라고 했다. 소화가 당한 고통은 인민의 복무 한계를 넘어선 것이다. 그것은 전적으로 자신이 저지른 잘못 때문이었다. 자신의 죄가 아니었으려면 소화가 자각된 혁명의 분자였어야 했다. 다시는 소화에게 이런 죄를 짓지 않으리라.

방으로 돌아와서 정하섭은 비로소 남자로 소생할 수가 있었다.

소화의 예사롭지 않은 뜨거움에 촉발되어 그의 남성은 거세게 불을 뿜어올렸다. 소화의 알몸은 그대로 불덩어리였다. 그도 불덩어리가 되어 불덩어리 속으로 빨려들었다. 빨려들어갈수록 뜨거워지는 불 속, 깊은 혼미함, 더 깊어지는 혼미함.

그녀는 훨훨 타오르는 불길 속을 춤추고 있었다. 불길을 마시며 마시며, 그녀는 그때처럼 소리치고 있었다. 신령님, 애를 배게 해주십시오. 이분의 애를 배게 해주십시오. 신령님 영험으로 애를 배게 해주십시오.

땀이 범벅된 몸을 끌어안고 두 사람은 죽은 듯이 누워 있었다. 등잔의 흐린 불빛이 그들의 알몸 위에 내려앉고 있었다.

"설은 워디서 쇠셨는가요."

소화가 실오라기 같은 소리로 물었다.

"산에서."

"산?"

"지리산."

"멀기도 혀라. 설떡도 못 잡숫고요?"

"애들이나 먹는 거지."

소화는 자신도 모르게 정하섭의 가슴으로 파고들었다. 아니, 그의 말이 끌어당겨 끌려간 것이다. 존대가 아닌 그의 말이 그렇게 정답고, 다정하고, 편안하고, 가깝게 느껴질 수가 없었다.

"앞으로도 쭉 그리 말씸허시씨요."

"무슨 소리요?"

"그것 아니고요, 말씀을 낮춰 허시랑께요."

소화는 그 이유를 말할 수는 없었다.

"내가 반말을 했었소? 그거 미안허게 됐소."

"그것이 아니랑께요. 지는 낮춘 말이 훨씬 좋구만요. 정답고……."

소화는 입을 다물었다. 정하섭은 그때서야 그녀의 말뜻을 알아차렸다. 그는 그녀를 꼭 껴안았다. 들꽃냄새가 스쳐갔다.

"그러지, 그럼."

"고렇게요."

소화는 더 가슴으로 파고들며 바르르 떨었다. 그 떨림이 정하섭의 가슴으로 전해지고 있었다. 내가 이 여자를 너무 목마르게 만들고 있구나, 그는 마음이 어두워졌다.

"근디, 허시는 일언 지대로 잘돼가는가요?"

"소화, 앞으로 다시는 그런 일 안 시킬 테니까 우리가 하는 일에 관심 쓰지 말어."

"안 되어라, 안 되어라."

소화는 소리치듯 하며 그를 떠밀고 일어나 앉았다. 그녀는 얼른 치마를 끌어다가 앞을 가렸는데, 그 얼굴이 금방 울 것 같았다.

"왜 그래, 소화."

정하섭이도 일어나 앉으며 이불을 끌어다가 아래를 덮었다.

"글면 다시는 안 오시겠다는 말씸인디요."

소화의 목소리에 벌써 울음이 섞여 있었고, 붉은 입술과 그 언저리가 씰룩거렸다.

"아니야, 아니야, 그런 말이 아니야. 소화한테 죄짓는 짓 다시 안 하겠다는 뜻이지, 안 온다는 말은 아냐."

"결국 그 말이 그 말이제라. 시키실 일 읎는디 지 겉은 년 보실라고 역부러 오실 리 만무제라."

그것은 소화의 자학이면서, 자신의 심장을 정통으로 찔러오는 꼬챙이였다. 정하섭은 할 말이 없었다.

"지가 감옥에 갇혀 있음시로, 허시는 일얼 되작되작 생각혀 봤구만이라. 무식헌 소견이라 세세헌 것이야 알 방도가 읎고, 시상 워떤 사람이고 천대 천시 안 허고 공평하게 사는 시상을 맹그는 것은 일 중에 질로 잘허는 일이란 생각이 들고, 그런 존 일이먼 지 겉은 년도 허고 잡다는 맘이 생기드만요."

소화의 그 엉뚱한 말에 정하섭은 기가 막혀 헛웃음이 나오려고 했다. 그는 담배에 불을 붙였다.

"그래, 고문을 당하고 갇히고 하면서도 정이 떨어지는 것이 아니라 그런 엉뚱한 생각을 하다니, 무섭고 겁나지 않아?"

"무섭고 겁나는 일이야 고비만 넘기먼 되는 일이제라. 그라고, 그리 큰일허는디 그만헌 고초야 따라댕기겄제라."

꼭 골수당원이 교육과정에서 하는 말을 한다 싶었다. 그녀의 그런 마음이 혁명의식의 자각이 아니라 사랑이 매개가 된 감상의 산물임을 그는 잘 알고 있었다. 그는 더 말할 필요를 느끼지 않았다.

"지 맘이 그렇께 지 겉은 것, 허시는 일에 끼주지는 안혀도 그전 맹키로 심바람을 시켜주시씨요. 더 영축없이 헐 것잉께요."

"그러지."

"지 얼굴 보고 대답허시씨요."

소화는 또렷하게 말했다. 정하섭은 빙그레 웃으며 눈길을 들었다. 눈앞에 정색을 한 소화의 얼굴이 있었다. 지금까지 보인 태도는 소화답지 않은 면모라는 생각을 했었다. 그러나 그녀의 정색한 얼굴을 보는 순간 그것이 잘못된 생각임을 알았다. 그건 가장 소화다운 면모의 변형이었던 것이다. 맨발이 시려운 줄도 모르는 바로 그 열정의 변형이었다.

"앞으로도 심바람시켜 주시씨요."

"그러지."

"신령님 앞에 약조허실 수 있으신게라?"

"약조하지."

"고맙구만이라."

소화가 정하섭의 가슴에 쓰러져왔다. 정하섭은 소화를 끌어안았다. 종이기를 불사하며 아무것도 아닌 자신을 이리도 갈망하는 여자. 종 같은 아내를 얻은 남자가 가장 행복한 남자라 적고 있는 불경이 아니더라도 그는 어떤 행복감 같은 것이 가슴에 넘치는 걸 느끼고 있었다. 정하섭은 새로운 들꽃냄새에 휘말리며 욕정의 불꽃이 터져오름을 느꼈다. 소화를 요 위에 눕혔다.

금융조합장 유주상의 집에서는 거창한 명칭을 내건 회의가 소집되어 있었다. '벌교·조성지구좌익척결준비위원회'가 그것이었다. 이

길이도 길고 내용도 엄숙한 명칭을 작명한 것은 집주인 유주상이었다. 행정단위가 보성군 벌교읍이 엄연한데도 그는 멋대로 행정단위까지 바꾸어 벌교를 군으로 승격시켜 놓고 있었다. 그가 척결하고자 하는 좌익의 조직도 벌교군당 아래 보성읍당이 있는 것처럼 되어 있었다. 그 명칭 하나에 그의 성품이 여러모로 드러나 있었다. 벌교를 앞으로 끌어낸 것에서 약삭빠른 현실주의를, 길고도 거창함에서 허풍스런 권위주의를, 엄숙한 내용에서 음흉스런 정치주의를 드러내고 있었다. 그는 돈을 만지는 사람답게 양지지향적 현실감각이 예민하게 발달되어 있는 한편으로 그에 못지않은 권력 욕구도 남모르게 감추고 있었다. 그 양면의 성취를 위해 그는 나름대로 주도면밀한 인생설계를 짜놓고 부단히 밀고 나아갔다. 그가 마흔이 안 된 나이에 금융조합장 자리를 따내고, 봉변을 당해가면서까지 청년단장 자리를 차지한 것이 다 그 설계에 따른 것이었다. 그가 꿈꾸고 있는 인생의 목표는 금융인으로서의 성공이 아니라 정치가로서의 성공이었다. 그의 권력지향은, 금융조합에 몸담고 있으면 돈이야 뜻한 대로 주무를 수 있지만 권력 앞에서는 꼼짝 못하는데, 정치인이 되면 권력과 돈을 한꺼번에 몰아쥘 수 있다는 파악에서 비롯되었다. 정치가로서의 1차적 입신은 국회의원이 되는 것이었고, 청년단장 자리를 차지한 것은 그 기초 포석이었다. 회의라는 명목을 붙여 오늘 사람을 모은 것도 그러한 계획과 무관할 수 없었다.

그의 방에는 걸게 차린 술상이 놓여 있었다. 그 술상에 둘러앉은 사람은 최익달·윤삼걸·최익도였다. 안재길은 몸이 아프다며 오지 않았고, 김범우의 집에는 아예 연락을 하지 않았던 것이다. 그러고 보면 유주상이가 대상으로 삼은 것은 모두가 염상진한테 쌀가마니를 빼앗겼다가 되찾은 사람들이었다.

"오늘 이렇게 모신 것은 지난번 일로 놀라시고 속들 상하신 걸 위로할 겸 저 좌익들을 뿌리 뽑을 대책을 강구하자 그런 뜻이 있습니다. 위로라면 다소 늦은 감이 있습니다만 설 명절이 끼어서 일부러 날짜를 늦춰잡은 겁니다. 그리고 남원장으로 모실까도 생각했었습니다만 계집들이 새로 온 것도 아니고 그게 그 타령인 데다가, 오늘 나눌 얘기가 중요한 얘기라서 신중을 기해 집으로 모신 겁니다. 편히들 드시면서 좋은 말씀들 나누십시다."

나이에 걸맞지 않게 점잔을 빼가며 유주상은 주인으로서 한마디를 했다.

"거 조합장이 벌교사람도 아님스로 자리럴 먼참 맹글어뿐께 우리넌 당최 미안시럽고 면목이 없어 얼굴을 들 수가 없소. 하야간에 고마운 일이고, 우리가 진작에 요런 자리럴 맹글어서 빨갱이문제럴 다잡고 들어야 혔을 것이요."

윤삼걸이가 말을 받았다.

"말을 허자고 멍석 깔았응께 말을 안 헐 수가 없는 일인디, 그 심재몬가 사령관인가 허는 물건은 대체 멀 허고 앉었는 제겐이여. 염가놈이 징광산에 진을 치고 앉었는 것은 우리덜 머리꼭대기에 불화로가 얹친 것이나 똑겉은디, 고것덜얼 팍팍 문질러뿌러 씨럴 몰리든지, 고것덜도 빈대가 아니라 사람잉께 그리 못허겄으면 조계산이고 지리산으로 몰아내얄 것이 아니냐 그 말이여. 근디 그 제겐허고 자빠졌는 쌍통머리는 머냔 말이여. 늘어진 붕알 맨지작이는 놈맨치로 태평치고 있다가 염가놈이 뻗대고 대들먼 당허고 당허고 험스로 포도시 응대허는 시늉만 허고 있다 이거시여. 그 자석 믿고 우리가 워처크름 두 발 편히 뻗고 자겄소."

최익달이는 뜸도 들일 것 없이 본격적으로 치고 나왔다. 정 사장 일을 처리하는 것을 계기로 심재모에 대한 감정이 근본적으로 뒤틀렸던 그는 이번 일을 당하고는 아예 적개심을 품게 되었다. 그날 밤 당한 일을 생각하면 그는 정말 불알이 오그라붙는 것을 느꼈다. 살에 찬바람이 휘익 일어나며, 전신이 굳어지는 것이었다. 그날 밤 그는 꼭 죽는 줄만 알았었다. 최익달의 노골적인 말은 유주상이가 바라고 있던 바였다.

"예에, 바로 그 점이 문젭니다. 적을 무찌르자면 적극적으로 공격을 해야지, 적이 공격해 오기를 기다리며 수비만 해서 언제 좌익의 뿌릴 뽑겠습니까."

유주상은 자기가 생각하고 있는 쪽으로 부채질을 하고 있었다.

"이번에 우린 죽은 목숨이나 진배없지요. 이리 살아 있는 것은 어찌 보면 염상진헌테 고마워해야 할 일이오. 그러니 이게 말이 됩니까. 쌀을 도로 찾은 것도 그래요. 그게 어디 심재모 힘입니까. 염상진이가 힘이 드니까 한곳에 쟁겨놓아서 찾은 것이지, 만약 쫄개들이 많아 그 쌀을 각단지게 가난헌 사람들 집에 풀었드라면 무슨 수로 도로 찾았겠어요. 그러니까 심재모가 그날 밤 총질을 해댔지만 그건 말짱 헛방만 쏴질러댄 허깨비장난이었다 그겁니다. 이것만 가지고도 심재모는 마땅히 추궁당해야 합니다."

세무서장 최익도의 말은 윤삼걸이나 최익달에 비해 아주 분석적이고 논리적이었다.

"거 자네, 말 한분 조단조단 야물딱지게 잘혔네. 그려, 추궁혀야 허고말고."

최익달이 자기 동생 자랑이라도 하듯 윤삼걸과 유주상을 번갈아 쳐다보았다.

"하면, 요 벌교바닥에서야 최씨·윤씨 가문 빼먼 머 보잘 것이 있소."

윤삼걸은 자기네 가문까지 높이며 거드름을 피웠다. 그 기준이 농지 소유에 따른 것이 빤한데 윤삼걸은 김씨네나 안씨네는 깔아뭉개고 있었다. 이야기가 샛길로 빠지려 하고 있었다. 그것을 놓칠 유주상이가 아니었다.

"그러믄요, 금융조합도 두 성씨 가문 덕에 운영되는 것이나 다름없지요. 그런데, 우리의 적인 빨갱이를 척결함에 있어서 가장 좋은 방책이 무엇이며, 심재모를 추궁하자면 그 방법이 무엇인지가 문제 아니겠습니까."

유주상은 유연하게 이야기를 제 길로 끌어들였다.

"추궁이고 머고 다 션찮은디, 아조 싹 바까치워서 우리럴 잘 받듦시로 빨갱이도 쥐 잡데끼 씨언씨언허게 때레잡을 괭이맹키로 싸나운 사람얼 불러딜일 방도를 세웁시다."

윤삼걸의 열 받친 말이었다. 그 앞뒤 없이 막가는 말에 당황한 건 유주상이었다. 그는 극단적인 일을 도모하자고 오늘의 자리를 마련한 것이 아니었고, 현실적으로 그런 방법이 실현될 가능성도 희박했던 것이다. 다른 사람의 동조가 있기 전에 빨리 방향을 틀어야 했다.

"아, 예, 윤 회장님의 말씀이 백번 지당합니다. 그렇게 돼야만 우리 같은 사람들이 마음 편안하게 일할 수도 있고, 우리 같은 사람들이 마음 편안하게 일을 해야 이 나라가 부강하게 잘되어가는 것 아니겠습니까. 그러허나, 빨갱이라는 것들이 우리 벌교에만 들끓는 것이 아니고 저 제주도부터 장성·나주까지 전라남도 전부, 남원·고창·무주로 해서 전라북도 반 이상, 하동·진주·합천으로 한 경상남북도 반, 이런 식으로 따져놓고 보면 거의 온 나라가 지금 빨갱이 때문에 골머리를 앓고 있는 실정입니다. 그리허니 어딘들 급하지 않은 데가 있겠습니까. 더구나 군대라는 것은 일반 행정조직과는 달라서 어느 특정지역의 요구가 잘 통하지도 않습니다. 그러니 지금 형편이 마땅치 않더라도 그 범위 내에서 방법을 강구해야 되지 않을까 합니다."

유식함을 내보여 상대방들 기도 죽일 겸 자기가 목적하는 대로 이야기를 몰아붙일 겸 해서 유주상은 그의 생리대로 그야말로 거창하게 의견을 피력하며 좌중을 훑어보았다.

"허어 참, 유 조합장은 금융조합장으로 앉었기는 아깝소. 아는 것 많고, 말 잘허고, 똑똑허기가 우리 익도 동상허고 저울에 달먼 그 눈금이 서로 쉴락 말락 헐, 도지사깜덜이여." 최익달은 단순한 성품 그대로 순진한 감탄을 마지않으며, "이약허든 짐에 유 조합장이 아조 그 방도꺼지 말해 봇씨요" 하고는 술잔을 기울였다.

"아닙니다, 최 서장님부터 말씀하시지요. 분명 좋은 의견이 있으실 텐데요."

유주상은 영리하게도 작은 위험까지 살짝 피해 섰다. 찬물도 상이라면 좋더라고, 최익달의 말이 아무리 입 끝에 발린 것이라 하더라도 자기와 최익도를 나란히 비교해서 도지사감이라고 한 것은 열 번 들어도 싫은 말일 수가 없었다. 그런데 칭찬을 듣고도 최익도는 자신만큼 기분이 좋지 않을 수도 있었다. 나이 차이가 서너 살이나 났던 것이다. 유주상은 최익도를 대접하는 척 발언의 기회를 넘겨주었다.

"글쎄올시다, 지금까지 일만 가지고 심재모를 갈아친다는 건 어려운 게 사실일 것이고, 심재모를 불러다 앉혀놓고 지금까지 공격만 당해온 잘못을 따지고, 앞으로는 공격을 당할 것이 아니라 이쪽에서 적극적으로 공격을 하게끔 압력을 가하자는 겁니다."

"아아, 역시 최 서장님이십니다. 제 생각도 바로 그것입니다." 유주상은 허풍스럽게 손바닥까지 맞때리며 동의를 표하고는, "그런데 말씀입니다, 우리가 할 말의 골자는, 소극적으로 수비만 하지 말고 적극적으로 공격을 하라 이것인데, 심재모가, 그것도 작전이니 간섭하지 마라, 이러면서 우리 공박을 피하려고 하기가 십상입니다.

군대에서는 져서 후퇴하면서도 그것이 작전이라고 하는 판이니, 심재모가 그렇게 나오면 우린 할 말이 없어지게 된다 이겁니다. 그러니 최 서장님 의견에다가, 심재모가 그따위로 나오지 못하도록 하는 방법을 짜야 할 것이다 하는 제 의견을 첨가합니다." 그는 정종잔을 꼴깍 비웠다. 목적한 바를 이룬 것이나 마찬가지여서 그는 기분이 느긋해졌다.

"맘 급헌디 고것이 먼지 싸게싸게 말혀 봇씨요."

윤삼걸이 담배를 잉끄려 껐다.

"아까 최 서장님 말씀이 압력을 가하자고 했는데, 압력을 가하자면 이쪽 힘이 크면 클수록 좋을 것 아닙니까?"

유주상은 다 따놓은 감 먹을 것 서두를 게 없다는 기분으로 좌중의 반응까지 확인하고 있었다. 세 사람은 고개를 끄덕이거나 짧은 대답으로 당연하다는 동의를 나타내고 있었다.

"그래서, 이쪽 힘을 키우기 위한 방법으로 벌교 유지들만 모일 것이 아니라, 벌교가 중심이 되어 보성·조성 유지들까지 단합시켜 하나의 단체를 만들면 어떨까 합니다. 그러니까 단체 명칭을 '벌교·조성지구좌익척결위원회' 같은 것으로 내걸고 말입니다. 좌익을 없애자는 단체는 생길수록 나라에서도 환영하고 하니까 말입니다."

"아아, 고것 한분 쪼오쏘오!"

윤삼걸은 기분이 좋거나 화가 나면 하는 버릇대로 술상을 치며 소리쳤다.

"어허, 과시 유 조합장은 달브당께로."

최익달은 양쪽 입꼬리가 처져내리며 고개를 끄덕였다.

"단체라면 인적 구성이 문제겠지요?"

최익도는 한발 건너뛰고 있었다. 너에게 주걱을 빼앗길 수가 없다는 의도를 노골적으로 표시한 셈이었다. 그러나 이 문제에 있어서만은 최익도는 이미 유주상의 적수일 수가 없었다.

"그거야 물론입니다. 덕망 있고 능력 있는 유지들이 자리를 맡아 명실상부한 최고의 단체를 만들어야겠지요. 그러니까 모두의 찬동에 의하여 이 자리를 '벌교·조성지구좌익척결준비위원회'로 하고, 벌교·보성·조성을 총괄하는 본부와 그 아래 각 지역단위위원회를 두는 겁니다. 그리고 세 분 중에서 본부위원회 위원장 직책과 벌교위원회 위원장 직책을 맡으시면 좋지 않을까 합니다."

유주상의 입에서 감투가 들먹여지자 벌써 눈빛이 달라지기 시작한 세 사람은 그의 말이 끝나게 되자 더 긴장의 빛을 드러냈다. 특히 최익도는 긴장을 한 것만이 아니라 어리둥절하기까지 했다. 정작 유주상 본인이 차지할 자리가 없었던 것이다.

"근디, 우리야 의논혀서 그리 헌다 허고, 유 조합장 자리넌 워치케 되았어?"

최익달이가 최익도의 마음을 헤아리기라도 한 듯 이렇게 물었다.

"저야 벌교가 아직은 타향이고 나이도 제일 연하고 하니까 궂은일이나 심부름할 자리나 하나 정해주시면 맡기로 하죠, 뭐. 그런데 말입니다, 아까 본부에 위원장이라고만 했는데, 거기에 부위원장이 빠졌습니다. 지역위원회에는 필요 없을지 몰라도 본부에 부위원장이 없어서야 되겠습니까?"

유주상은 세 사람을 위해 세 개의 감투를 만들어냈다.

"이거 뭐 돈 생기는 것도 아닌데 위에서부터 연장자 순으로 정하는 게 어떻겠습니까?"

최익도가 던진 말이었다.

"어엉, 고것 좋네, 쪼와. 그리 허세."

윤삼걸이 쫓기듯 다급하게 말하며 히멀건하게 웃고 있었다. 최익도의 뜻은 제 형을 위원장에 앉히려는 것이었고, 그 말은 바로 자기를 향해 한 것임을 윤삼걸이 모를 리 없었다. 친형제는 아니라도 형제인 데다가, 세무서장의 말이었던 것이다.

"그리하면, 유 조합장 자리넌?"

최익달이 술기운만이 아닌 불콰해진 얼굴로 유주상에게 물었다.

"저야 뭐, 아까 말씀드린 대로 궂은일 하는 총무 자리나 맡기로 하지요."

"그렇제, 그렇제, 그 자리가 있구만. 인자 빨갱이 뿌랑구 뽑게 되았다. 자아, 우리 항꾼에 술 한잔썩 쭈욱허니 헙시다."

최익달의 말에 따라 모두는 술잔을 들었다.

모든 것은 유주상의 뜻대로 끝이 났다. 그가 내세운 좌익척결은 첫 번째가 아니라 두 번째 목적이었다. 그가 필요로 한 것은 벌교·보성지구 유지들의 자연스런 규합이었다. 그 규합을 위해 단체가 필요했고, 그 조직을 통해 유지들과 자연스럽게 접촉을 꾀하려는 것이었다. 벌교·조성지구는 바로 국회의원 선거구였던 것이다. 그는 두 번째 목적도 물론 누구 못지않게 중대하게 생각하는 터였다. 그 두 가지 목적을 가장 효과적으로 추진할 수 있는 자리가 총무였다. 모든 조직의 총무라는 자리는 그 자리에 앉는 사람의 능력에 따라 실권을 좌우할 수 있다는 것을 그는 알고 있었다. 실권을 손에 쥐게 되면 유지들과의 접촉이 원활하게 되고, 총무로서 뒤로 물러나앉아 있으면 염상진의 표적이 되는 것도 피할 수 있는 일이었다.

"열흘이 넘었는디도 워째 염가놈이 잠잠허시?"

최익달이 고개를 가우뚱했다.

"닭장에 장닭이 흘레붙는 것이 일이데끼 그놈 허는 일이 죽으나 사나 총질허는 것인디, 워다다 워쩌크름 총질얼 헐끄나 허고 종그는 참일 것이요."

윤삼걸이가 정떨어진다는 듯 짭짭 입맛을 다셨다.

"그 자식 그거, 그 풍신에 그 머리로 공산당만 안 혔으면 좀 좋아. 지놈 좋고, 우리 좋고. 참 골칫거리요."

최익도가 혼잣말처럼 했다.

"그런데 말입니다, 그 김범우란 사람, 아니 김씨 집안이 좀 문제 아닙니까? 쌀을 안 찾아가 다른 분들 입장을 난처하게 만든 것도 뭐한데, 그 쌀로 결국 떡을 만들어 배급하는 바람에 더 난처하게 만들었단 말입니다. 그 행위가 염상진의 뜻에 동조한 것이 분명한 사실인데, 그걸 내가 법으로 얽어볼려고 아무리 머리를 짜봐도 법에는 안 걸리는 일이거든요. 거 참 괘씸해서."

유주상의 말이었다.

"그놈에 집구석이 옛적부텀 삐까닥혔소. 김범우란 놈도 한때 빨 갱이 사상을 가졌고, 지끔도 허는 행투 보면 뿔근 물이 붉으딕디그 리헌디, 법이란 것이 틀려묵었소. 빨갱이럴 잡자 혔으면 고런 놈덜 부텀 타작마당 검불 쓸데끼 싹싹 잡어다가 처박어야 헌다 그 말이 요. 그래야 저 아랫것들도 겁묵고 꼼지락을 못헐 것인디, 핫바지맹 키로 그냥 헐렁헐렁허니 헌께로 요번에 횡계다리에도 그 잡녀러것 들이 그리 많이 몰려든 것 아니겠소. 김범우란 놈도 실은 염가놈허 고 내통허는 빨갱인지도 모를 일이요. 우리 성님이 사람 보는 디는 귀신인디, 무담씨 고눔을 잡아가두게는 안 혔을 거인디 말여……."

최익달이 고개를 갸웃갸웃하고 있었다.

"방법은 하나밖에 없어요. 우리가 이 나라 빨갱이를 다 어쩔 수 는 없는 노릇이고, 우리는 우리 사는 데만 단속하면 되니까, 오늘 만든 단체로 심재모를 밀어붙여 염상진을 죽이는 수밖에 없어요. 그놈을 죽여 소화다리에 널어버리면 우린 두 다리 뻗고 편케 잘 수 있어요." 최익도는 결론 내리듯 말했다.

"맞는 말이시."

"오늘 참 잘 뫘네그랴."

"한잔씩 쭈욱 드십시다."

한반도의 겨울기온은 삼한사온이라고 하였다. 남도지방에서는 그 자연의 변화가 신기할 정도로 잘 지켜져나갔다. 마치도 무슨 법 칙이나 되는 것처럼. 사흘이 추우면 나흘은 따스하고, 그 신비로운 번갈이로 겨울은 깊어갔고, 그 번갈이를 따라 겨울은 한 꺼풀씩 얇어져갔다. 그 이음목이 음력설이었다.

절기의 변화는 하늘에서 오되 땅이 먼저 깨닫고, 살아 있는 것들 중에서는 지심에 목숨줄을 대고 있는 나무들이 제일 먼저 깨달음을 다시 깨닫는 것인지도 모른다. 음력설을 고비로 절기가 달라졌음을 서둘러 알리는 것은 동백이었다. 음력설을 넘기면서 동백나무들은 서로가 다툼이라도 하듯 이 가지 저 가지에 선연한 핏빛의 꽃들을 피워내기 시작했다. 초록빛 잎사귀들에 떠받들려 매운 추위 속에서 피어나는 핏빛으로 붉은 꽃, 동백잎들은 제각기 윤기를 머금어 그 초록빛이 유난히 진하게 돋아올랐고, 그 잎사귀 사이사이에서 피어나는 꽃들은 초록빛 속에서 선홍의 모습을 더욱 붉게 치장했다. 동백나무는 무리를 지어 사는 까닭에 가지마다 꽃을 피우기 시작하면 핏빛의 꽃무덤을 이루어놓았다. 앞서 핀 꽃은 쉬 지지 않고 아랫가지의 봉오리가 벙글기를 기다리므로 선홍빛 꽃숲은 오래도록 찬 바람에 시달리는 처연한 외로움이었다. 누구나가 동백꽃을 처연한 아름다움으로 느낌은 사람도 저어하는 추위 속에 피는 까닭이리라. 아침안개에 묻힌 동백의 핏빛 꽃들은 안타까운 서러움이었고, 흩날리는 눈발 속의 동백의 핏빛 꽃들은 사무치는 한이었다.

동백은 남도지방의 꽃이었다. 동백꽃은 질 때도 그 빛깔도 모양새도 변하지 않은 채 꽃잎 하나하나가 떨어지는 것이 아니라 가운데 꽃술만 남겨놓고 본래의 모양 그대로 뚝뚝 떨어져내리는 것이다. 마치도 핏빛의 눈물을 떨구는 것처럼. 그래서 사람들은 동백꽃을 한 많은 처녀 넋의 환생이라고 했는지 모른다. 또는, 한 많은 청상의 환생이라고 했는지도 모른다.

동백이 그 꽃을 피워올리는 것은 정월 대보름 임시부터였다. 읍내의 마을 여기저기에는 동백꽃이 무더기무더기 피어 있었고, 성급한 아이들은 보름을 이삼일 남겨둔 대낮부터 불붙는 깡통을 빙글빙글 돌려대기 시작했다.

그런데 대보름 이틀을 남겨놓고 계엄사령관 이름으로 보름놀이 일체를 금한다는 조처가 각 마을을 통해 집집마다 전해졌다. 어두워진 다음에 아이들이 불깡통을 돌려서도 안 되고, 만약 그것을 어기면 그 아이의 부모를 구속한다는 것이었다. 그 조처는 물론 보름놀이의 술렁거림을 틈타 염상진네가 저지를지 모를 어떤 일에 대비하기 위해서였다. 그런 강력한 조처가 내려진 것이나, 누구도 건의 한마디 못하고 그 조처를 따를 수밖에 없는 것은, 하루 전에 일어난 큰 사건 때문이었다. 장흥경찰서가 습격을 당해 경찰이 반이나 죽었는데, 그 주력병력이 염상진네였다. 도당의 지시를 받은 염상진은 오판돌과 함께 100명을 이끌고 지원 공격을 나갔던 것이다.

설이 차분하게 새해를 맞는 명절이라면, 보름은 기운차게 새해를 시작하는 명절이었다. 보름을 기점으로 농사절기가 시작되는 것이었다. 정월 대보름이 달[月]의 잔치이면서 또한 불의 잔치인 것은 농사의 시작을 의미했다. 어린아이로부터 시작해서 어른에 이르는 불놀이는 재미만으로 하는 명절맞이 놀이가 아니라 농사의 해충을 방제하는 거였다. 그것과 더불어 풍년을 기원하는 불놀이가 곁들여지는 것이다.

해마다 벌교사람들은 오곡밥을 먹은 다음 마을마다 자기네 뒷산으로 올라 커다란 모닥불을 피워올리며 달맞이를 했다. 달이 둥실 솟아오르면 그 불길을 기운발이 센 총각들의 오줌으로 껐고, 사람들은 다투어 타다 꺼진 나뭇가지들을 하나씩 집어들고 산을 내려갔다. 그 나뭇가지들은 처마 밑에 걸리거나 꽂혀 1년 액운을 막아내는 신주 노릇을 했다. 눈에서 별이 오락가락하도록 아랫배에 힘을 넣어 모닥불을 끈 총각들은 그대로 산에 남아 돌싸움할 준비들을 했다. 이웃마을 총각들과 돌팔매질을 해가며 서로의 산을 빼앗으려고 다투는 놀이였다. 총각들이 떼지어 와와 소리 지르며 돌팔매질을 하는 것은 꽤나 위험스런 일이기도 했다. 그러나 더러 머리가 터지거나 이마가 깨져 된장을 붙이는 일은 있어도 돌에 맞아 죽은 총각은 하나도 없었다. 그 힘겨룸은 어느 마을이 농사를 잘 짓느냐 하는 겨룸이었고, 그해에 장가를 가느냐 못 가느냐 하는 겨룸이었다. 총각들이 돌싸움을 벌이는 동안 처녀들은 지신밟기와 달맞이를 하는 것이다. 돌싸움에서 져 산을 빼앗긴 총각들은 마을에 흉작이 들게 했다고 어른들의 야단을 맞았을 뿐만 아니라 기운 없는 남자들로 취급되어 처녀들의 외면을 당했다. 처녀들은 지신밟기로 땅의 음기와 달맞이로 하늘의 음기를 흠씬 받아, 임신을 했다 하면 모두모두 아들을 낳을 몸들이었던 것이다.

그러나 금년에는 그 푸짐한 보름놀이들을 하나도 즐길 수 없게 되고 말았다. 아이들은 제 나름으로 정성을 다해 구멍 뚫은 깡통을 빼앗기고 방에 갇혔고, 총각들은 투덜거리며 사랑방 차지를 했고, 처녀들만 몇몇씩 모여앉아 말없는 속에 달을 바라보았다.

정월 대보름의 밤은 적막 속에 깊어가고, 둥글고 둥근 달은 외로운 걸음을 서산으로 옮겨놓고 있었다.

# 9

# 머시여, 벌거지!

단기 4282년 새해는 1월 1일부터가 아니라 2월 11일부터 시작되는 기분이었다. 그날은 바로 반민족행위특별조사위원회의 본격적 활동이 공개된 날이었다. 신문마다 '3천만의 시선 집중' '6천만 개의 눈동자는 주시' '민족 정기 세울 반만년 역사 초유의 쾌거' 등 그야말로 주먹만 한 활자와 대문짝만 한 사진이 실려 그 사실을 전하고 있었다. 나라를 팔아먹고 민족을 배반한 친일분자들과 민족 반역자들이 마침내 처벌을 받게 되었다! 그 말은 꿈결에서나 듣는 것처럼 믿기 어려운 사실이었다. 그것이 신문에 보도된 엄연한 사실임에도 불구하고 사람들은 하나같이 현실감을 느끼지 못했다. 그만큼 그 일에 대한 해결의 기대는 사람들의 마음속에 돌덩이로 굳어진 체념이었다. 그것은 해방이 됨과 동시에 제일 먼저 해결을 보았어야 할 문제였다. 해방을 맞은 이 땅의 사람들은 남녀와 유무식을 가릴 것 없이 두 가지의 공통된 기대를 가지고 있었다. 그 첫째는 공평하게 사는 새 나라가 세워질 것과, 둘째는 모든 친일세력에 대한 응분의 응징이었다. 1945년 12월 27일 미국·영국·소련이 결정한 5개년 신탁통치 실시가 발표되자마자 탁구공을 되받아치듯 전국적으로 반탁운동이 격렬하게 일어났던 것은 첫 번째 기대가 무너지는 데 대한 민족적 자각의지의 표현이었음과 동시에, 또다른 외세를 용납하지 않겠다는 민족적 결의가 응집된 외세배격 항거였다. 일본놈들에게 눌려 산 지긋지긋한 세월을 현실감각으로 가지고 있는 사람들 앞에 5년 동안의 신탁통치라는 것은 또다른 식민지체제로 받아들여질 수밖에 없었다. 그것은 지극히 필연적이면서도 자연스럽고, 순수하고도 당연한 반응이었다. 그 반탁운동과 함께 미국과 소련에 대한 불신감정이 노골화되기 시작했다. 미국놈 믿지 말고, 소련놈에 속지 말고…… 하는 노랫말이 바람결처럼 퍼진 것도 그즈음이었다. 그리고, 반탁만이 우리 민족이 살아날 길이라고 부르짖은 이승만이 '역시 진정한 애국자'로 대중지지를 얻게 되고, 반탁에서 갑작스럽게 찬탁으로 태도를 바꾼 좌익은 '넋빠진 이완용의 환생'으로 이승만이 얻은 만큼의 대중신뢰를 잃는 계기가 되었다. 일본의 지배에 대한 반작용으로 나타난 외세배격으로서의 반탁인 대중 순수감정은 정치의식을 가진 집단들이 은밀하게 감추고 있는 어떤 목적을 감지할 수가 없었다. 이승만의 반탁이 단독정부 수립을 위한 다리놓기라는 것도, 좌익의 찬탁이 사회주의 독립국을 세우기 위한 숨죽이기라는 것도 식별할 여유 없이 일단 흐르기 시작한 대중의 물결은 제 흐름만 따라 흘렀다. 자신들의 순정을 더럽히는 정치의 덫이 있는지도 모른 채.

　사람들은 반탁의 물결을 이루기 전에 이미 두 번째 기대가 먼저 허물어지는 배신감을 맛보아야 했다. 반탁의 물결이 그렇게 거세게 일어난 데는 그 배신에 대한 보복감도 작용하고 있었는지 모른다. 대중들의 정의로운 기대는 여지없이 짓밟힌 채 각종 친일세력들은 미군정의 비호 아래 양지살이를 하며 더 살이 오르고 더 거드름을 피웠다. 사람들은 썩은 놈의 세상, 망할 놈의 세상을 되뇌었고, 세월은 한 해, 그리고 또 한 해, 그리고 다시 또 한 해, 3년이 흐르면서 아무것도 기대할 것 없는 제멋대로의 세상을 외면했고, 체념은 돌로 변해갔다. 독립운동 혐의를 앞세워 지하실에서 고문을 자행했던 바로 그자가 해방된 땅의 경찰로 변해 이번에는 좌익 혐의를 놓고 똑같은 사람을 똑같은 지하실에서 똑같은 방법으로 고문하는 것이 예사로운 일이 된 세월이었다. 그런데 4년째로 접어들면서 친일한 자들을 법으로 다스린다는 것이 아닌가. 체념이 깊고 단단했던 만큼 사람들은 그 사실을 믿기 어려워했다. 물론 반민특위가 활동을 시작하기까지는 관계법이 두 차례에 걸쳐 국회를 통과했다. 지난해 9월 7일의 반민족행위처벌법과 11월 25일의 반민특별조사기관법이 그것이었다. 그리고 반민특위가 각 도에 조사부를 설치하고 실질적인 활동을 개시한 것은 1월 8일이었다. 그러나 그때는 일반인들의 관심이 별달리 나타나지 않았다. 신문의 보도도 예사로운 것에 지나지 않았고, 세상을 흔드는 더 큰 사건들이 사람들을 휘둘러댔던 것이다.

반민특위의 활동 본격화는 벌교사람들에게도 관심을 집중시키게 하는 사건이 아닐 수 없었다. 보급소마다 신문이 동났고, 이 집 저 집 신문을 빌리러 다니는 발길이 부산스러웠다. 주막이나 이발소, 구멍가게 같은 데서 신문 한 장을 에워싼 사람들의 모여앉음을 흔하게 볼 수 있었다. 한 사람이 멋대로 가락을 넣어가며 신문을 읽어내리고, 모여앉은 사람들은 유심한 얼굴로 그 소리를 따라 귀를 기울였다. 그리고 읽기가 끝나면 으레 한바탕씩 말잔치가 벌어졌다.

"……한때 패검도 멋지게 금테두리 모자에 검정 경부제복을 입고 동분서주하던 노덕술 또한 고동색 두루마기에 몸을 감은 채 조사관 앞에 고개 숙이고 있는가 하면, 이 땅의 갑부 박흥식도 자가용 자동차에 마카오 양복은 옛일이라는 듯 꾀죄죄한 세루 두루마기에 눈만 번쩍이며 고랑을 차고 끌려다니고, 일본의 국민복을 입고 각반에 전투모를 쓰고 학병을 권유하던 가야마 미쓰로도 이제는 이광수로 돌아와 회색 두루마기에 몸을 싸고 조용히 제2의 '나의 고백'을 쓰고 있다. 흥망성쇠— 인생의 허무함이 이 같을진대 어찌하여 그들은 사람으로서 걷지 못할 친일반역의 길을 걸어 이 같은 눈물의 길을 걷고 있는가?"

"와따, 허든 일 중에 질로 잘허는 일이다. 인자 나라가 지대로 채가 잽히는갑다." "어이, 어이, 카만 있어부와, 거 반민특위라는 거이 말이여, 고것이 무신 뜻이당가?" "어허어! 자다가 봉창 뚜딜기는 거여 시방?" "이놈아, 무식허먼 입이나 봉허고 있어야 무식이 덮어질 일인디, 무식 자랑헐라고 입 놀리고 그러냐?" "하 호로자석, 니가 그리 주딩이 놀리고 앉었응께 사서삼경 다 띤 놈맨치로 유식해 뵈는디? 그려, 유식헌 니가 무식헌 날 잠 갤차도라. 반민특위가 무신 말이다냐?" "아, 무신 말언 무신 말, 친일해 묵은 놈덜 때레잡는 일 허는 디라고 듣고도 몰르냐." "워메 성님, 공자 맹자 뺨따구 치게 똑똑허시요이. 에라이 씨부랄 눔아, 고까징 거시야 누가 몰라서 묻냐! 나가 알고 잡은 것은 반·민·특·위, 그 네 글자가 품은 뜻이 머시냐 그 말이여. 워디 답혀봐라." "금메…… 나도 몰르겄는디." "잡것, 염병허고 자빠졌네. 무식헌 놈이 무식헌 놈 무시험스로 유식헌 칙 방정떠는 꼬라지, 확 그냥 붕알얼 훑어뿔라." "워따 성님, 잘못했소."

"인자 뼁아리쌈 다 끝났다냐! 반민특위가 먼고 허니, 반민족행위특별조사위원회럴 간딴허게 쭐인 말이시. 긍께, 반민족행위자란 말이 친일파나 민족반역자허고 같은 뜻인디, 거그서 반·민 두 자럴 뽑고, 특별조사에서 특 한 자럴 뽑고, 위원회에서 위 한 자럴 뽑아, 합친 말이 반민특위시." "기왕지사 간딴허게 쭐일람사 '반특' 두 자로 짝 쭐여불면 워쩔랑가?" "워따 이 자석이 인자 엿장시 맘뽀할라 생기는갑네?" "그려, 싸게 신문사로 달음박질쳐 가서 갤차줘라, 상금 받겄다." "아니시, 아녀, 쩌 평삼이 말이 실답잖은 소리가 아니시. 평삼이 말맹키로 '반특'은 아니고, '특위'라고 두 자로 쭐여 불르기도 허는구마." "봐라, 요런 무식헌 놈덜아! 나가 비싼 밥 묵고 쓰잘디없는 소리 헐 성부르냐." "오냐, 오냐, 니가 군수감이고 도지사감이다."“근디 말이여, 친일헌 놈덜얼 처벌허는 것이야 골백분 자알허는 일인디, 일본놈덜헌테 붙어묵은 놈덜이 한둘이 아니고 천지에 좌악 깔렸는디, 고것덜얼 싹 다 벌헐 수 있을랑가 몰라?"“고것은 무신 새 날아가는 소리요? 에롭게 시작헌 일, 한 놈도 빼놓지 말고 권세 부리는 자리서 내몰고, 각단지게 콩밥 믹여야제. 워떤 놈이 을맨치 친일해 묵었는지 우리 눈으로 똑똑허니 봤응께 아는 일인디, 즈그놈덜이 뒷걸음질침서 쥐구녕 찾는다고 피해질 일이 간디?"“어허! 나 말언 고런 뜻이 아니시. 관공서고 워디고 간에 심쓰는 자리넌 다 그 똥 묻은 잡것덜이 차지허고 앉었는디, 고것덜얼 몽땅 콩밥 믹이자고 하먼 나랏일이 워찌 되겠냐 그것이여. 우리 벌교바닥만 해도 읍사무소고, 경찰서고 싹 다 문 닫아뿌러야 헐 것 아니냐 그 말이시."“허, 이 사람 참말로 걱정도 팔자고, 구데기 무서바 장 못 담구고 앉었네그랴. 그 드런 놈덜 싹 다 쳐내뿌러도 신선맹키로 깨끔헌 사람 을매든지 있어. 친일헌 놈덜이 지아무리 많여도 친일 안 허고 깨끔허니 산 사람덜이 몇십 곱절 많다는 것을 알아야 써. 친일헌 놈덜얼 처벌혀야 헌다는 것이 먼디. 고놈덜이 바로 깨끔헌 둠벙물 꾸정키리는 느자구읎는 미꾸랑지새끼덜이라서 그런 것 아니겄어!"“워따 말 한분 씨언허게 자알헌다. 니가 읍장 해묵어뿌러라."“참말로, 기왕지사 시작헌 일, 이 잡디끼 혀부렀으먼 좋겄다."“금메 말이시, 일본 순사질 힘스로 그리 못되게 굴든 놈덜이 해방이 되고도 설레발치는 꼴 보는 것도 속에서 천불이 일어나고, 그때 권세 잡았든 놈덜이 그대로 권세 잡고 모강댕이 잣지

밧지해갖고 뻗대고 사는 꼴 보는 것도 환장헐 일이었는디, 인자 고 놈덜 꼴 안 보게 생겼응께 3년 묵은 쳇증 떨어지겄다." "그리만 됨사 그 씨언허기가 용갯물 싸는 것보담 더 씨언허겄네." "저 허풍생이, 이 세상에 지아무리 씨언헌 것이 있어도 용갯물 싸질르는 것을 당허겄냐!" "어허, 위째 그리 말맛을 몰르고 땁땁헌 소리 허고 앉었당가? 나 말언 말이시……." "아네, 아네. 자네 말이 맞네." "워쨌거나 요 일언 잘되고 잘된 일이여. 낼 신문에도 또 소식 나겄제?" "온 나라가 들썩이는 중헌 일인디 안 날라등가?" "인자 일 나가기로 허고, 낼 또 듣세." "참 재미로 쳐도 삼국지보담 재미가 오진 이약이시." "당연지사제. 금으로 명함얼 박았다는 그 유명헌 부자 박흥식이도, 자유연앤가 신식연앤가 허자고 생뚱헌 소리 해쌈스로 처녀덜 간뎅이에 바람 넌 그 유명한 글쟁이 이광수도 덜컥덜컥 잽혀 들어가는 판굿인디 삼국지가 성님! 허고 엎어져야겄제." "근디 말이여, 친일파 때레잡는 법얼 맹근 것도 중허고 존 일인디, 토지개혁인가 농지개혁인가 허는 법 맹근다는 소식은 신문에 읎능가?" "고것은 읎는디." "참말로 사람 환장허겄네웨. 친일파 때레잡는 법보담 그 법이 먼첨 맹글어져야 지대로 되는 순서 아니겄어?" "고것이야 우리 맴이제." "생각지도 안 헌 친일파 처벌법도 맹글었응께, 그 법이야 폴세부텀 맹근다 맹근다 혔으니 하매 뜸들 때도 안 됐겄다고? 방구가 잦으면 똥 나오는 법잉께 기둘려보드라고." "방구먼 다 방구간디? 헛방구도 있고, 핏시방구도 있제. 뜸 딜이다가 밥 다 태와뿌는 수가 있응께 애달아서 허는 소리네." "고런 맴이야 아그덜꺼정도 다 통허는 맴 아니겄능가. 기둘리세, 믿거니 허고 기둘려보세." "항, 인자 시상이 지정신 채리고 지대로 돌아가는 것 겉은게."

반민특위의 활동에 대해서는 남자들만 관심을 기울이는 것이 아니었다. 여자들도 남자들 버금가게 그 일에 신경 쓰며 한 가지라도 더 얻어들으려고 귀를 세웠다. 남자들처럼 신문을 둘러싸고 모여앉기가 어려운 여자들은 주로 남편들 겨드랑이 아래서 살랑거려 귀에 담은 말을 다음날이면 서로 모여앉아 합치고는 했다. 거기다가 바람 타고 다니는 소문까지 곁들여 신문은 구경조차 못한 처지에서도 신문을 직접 읽은 사람 못지않게 사태파악을 환하게 하고 있었다. 여자들도 모여앉은 자리에서 남자들처럼 말잔치를 벌이게 마련이었는데, 그 내용은 남자들과 엇비슷했다.

봄이 한발 먼저 오는 남도지방의 2월 말 들판은 푸른 기색이 완연했다. 논두렁 밭두렁에도 푸른 기가 돌았지만 보리밭의 싱싱한 초록빛이 봄을 내뿜고 있었다. 보리는 죽이나 국을 끓일 수 없도록 억세게 자라오르고, 하루볕이 다르게 밤을 새고 나면 더 진한 초록, 더 진한 초록으로 옷을 바꿔입어갔다. 보리갈이를 하지 못하는 습한 논에는 날이 갈수록 벌건 속살을 드러낸 봉분이 늘어갔다. 그 객토할 흙더미가 한 해 농사일이 이미 시작되었음을 알리고 있었다. 거름에 절고 벼에 기름기를 빨려 회색빛으로 변한 논바닥에 봉분을 이루고 있는 객토 흙더미는 유별나게 그 빛깔이 진하게 도드라져 보였다. 옛날옛적부터 전라도땅에 흉년 들면 온 나라가 굶어죽는다는 말은 전라도에 평야가 많아서만이 아니었다. 넓은 땅이 많되 그 땅이 차지고 기름진 황토라서 논농사 밭농사가 다 걸게 될 수 있었다. 전라도땅 중에서도 보성군과 고흥군의 황토는 그 명이 예로부터 널리 나 있었다. 문둥병을 앓으며 소록도를 찾아가느라고 고흥의 황톳길을 걸어야 했던 시인 한하운(韓河雲)이 '가도 가도 황톳길/끝이 없네'라고 읊지 않을 수 없게 만들기도 했다.

소가 멍에를 끌듯 또 한 해의 농사일을 시작할 수밖에 없는 사람들에게 반민특위의 소식은 몸 가볍게 만드는 한줄기 신선한 바람이 아닐 수 없었다.

손승호는 하염없는 눈길을 창밖에 던지고 있었다. 그의 머릿속은 질정 없는 생각들로 가득했다. 이데올로기, 인간의 인간다움, 혁명, 투쟁, 아는 자의 자각, 시대적 삶, 일제시대와 오늘의 현실, 선택, 행동, 기회주의와 개인의 당위, 진실과 변명, 이데올로기의 충돌과 민족과 집단과 개인, 집단의 진실과 개인의 허위, 집단의 허위와 개인의 진실, 마르크스 과학의 명징성과 인간, 인간이란 존재와 인간의 논리인 과학으로 인간을 규명할 수 있다는 논리, 인간은 인위적 존재가 아니고 자연적 존재라는 그 미궁, 마르크시즘의 맹신적 종교화와 자본주의의 추악한 물신주의, 염상진의 확신과 행동, 나의 불확신과 비행동, 김범우의 또다른 인식과 내재된 활동성……

"선상님, 선상님만 믿는당께요. 이 늙은 년 소원얼 풀어줄 사람언 이 시상에 선상님뿐이란 말이어라."

그 잡다한 생각들을 일시에 덮어버리는 노파의 애달픈 음성이었다. 노파는 벌써 두 번째 찾아와서 도움을 청했다. 결국 어떻게 해

보마고 해서 돌려보내야 했다. 늙은 학부모인 노파를 동정해서도 아니었고, 선생으로서 학부모의 청을 거절할 수 없어서도 아니었다. 상황과는 상관없이 노파의 요구는 부모로서 당연하고도 정당했던 것이다.

손승호는 고개를 숙여 두 손으로 머리를 감싸받치며 눈을 감았다. 노파의 사연을 가지고 심재모를 찾아가야 할 일이 숙제로 남아 있었다. 마음이 무겁게 가라앉음을 느꼈다. 심재모의 입장에서 그 일을 어떻게 받아들일 것인지, 미리 생각만 해도 가슴이 답답해왔다. 평소에 되풀이했던 그 결론 없는 잡다한 생각들에 다시 빠졌던 것도 노파의 일을 떠맡게 되면서 거기에 연장되어 일어난 사고행위였다.

"선상님, 지가 새끼덜언 다섯이제만 팔자가 박복허니라고 고것 하나만 아덜이고 남치기 넷언 쪼로록허니 딸년이랑께라. 그러니 고것이 으짤 도리 읎이 독자 아닌가비요. 즈그 아부지 눈감기 전에 소원 풀어디릴라고 읎는 살림에 장개럴 딜였등마, 아 글씨 그 미친놈이 밭에 씨 뿌레갖고 즈그 아부지도 탁허고, 지도 탁헌 아덜 날 생각언 안 허고, 그 오살헐 놈에 좌익에 미쳐갖고 쭈룰허니 염상진이 뒤따라 입산얼 해부렀당께요. 즈그 아부지가 눈 번히 뜨고 죽음시로, 그놈이야 워찌 되든지 간에 무신 수럴 써서라도 씨받아 아덜얼 얻어라, 그러드란 말이요. 긍께 워쩌겠습니껴. 전에야 워떤 산골짝에 백혔는지 몰랐응게 애만 탔어도 인자 율어에 있는지 다 암스로 워찌 참고 있겠는게라. 돈이 지아무리 존 물건이라 허드라도 사람 나고 돈 난 순차가 있데끼, 사상이란 것도 사람 살자고 맹근 것잉께 그 순차가 사람 담 아니겠는가요. 그렇게 좌익이다 우익이다 따지기 전에 우리 메누리가 씨는 받게 혀줘야 인간 도리고 순리 아니겠는게라. 선상님, 선상님이 들어서 이 늙은 년 소원 잠 풀어주시씨요. 선상님……"

그 늙은 학부모에게 심재모를 직접 찾아가라고 할 수는 없었다. 그건 선생을 신뢰해서 찾아온 학부모에 대한 무책임한 배신이고, 선생의 입장을 떠나서 생각하더라도 한 인간이 정당하게 찾고자 하는 자연적 권리를 손상시키는 비열한 회피였다. 결과를 예측하지 말고 노파의 입장에서 최선을 다해보는 것만이 노파의 말마따나 '인간 도리'라 여겨졌던 것이다.

손승호는 느리게 눈을 떴다. 눈에 들어온 것은 책상 위에 펼쳐진 백지에 난무하고 있는 낙서였다. 말이 백지지 그것은 암회색빛이었다. 바탕도 고르지 못해 곧 구멍이 날 것처럼 얇은 부분이 있는가 하면 김자반처럼 두꺼운 부분도 있었다. 그 조악한 지질의 종이에 해방의 실감이 담겨 있었다. 해방이 되면서 지질은 형편없이 나빠지기 시작했던 것이다. 일본놈들의 고의적인 기술 불이전, 기술 미숙상태에서 끝없이 이어지는 파업, 그 종이는 오늘의 산업현실의 허약함을 숨김없이 드러내주고 있었다.

밤마다 시대가
신음하는 소리를 듣는다

밤마다 시대를 신음하는
사람들의 신음을 듣는다

밤마다
사람의 신음하는 고통에
마른 나뭇가지들까지 신음하는 소리를 듣는다
올올이 신음이 감겨
요가 되고 이불이 되고
마침내 무덤이 된다
나는 그 무덤에 파묻혀
무엇을 신음하는가

똑바로 서야 하는 것이 어디 나무뿐이랴
신음하는 시대 앞에
삼대의 곧음으로 세워야 할 생명 의지
시대의 바람은 계절의 바람이 아니어서
의지를 세울 방향 몰라
둔전거리는 바보 같음을 신음하는가

시대의 신음은 시대의 혼미가 낳는가
끝없이 나열되는 무슨무슨 주의들
그 많은 이름들에 의탁함은

우리의 모자람이다
모자람이 허덕거리는 욕심이다


시대가 신음하고
시대를 사람이 신음하고
사람을 마른 나뭇가지가 신음하는
밤마다
신음의 무덤 속에서
나는
먼저 나의 바보 같음을
그리고, 우리 모두의 모자란 욕심을
신음하는가


질 나쁜 종이 위에 질 나쁜 잉크로 끄적거린 낙서였다. 잉크라는
것도 정제품이 있는 것이 아니어서 물방에서 물감가루를 사다가
적당히 물에 풀어서 쓰는 것이므로 겨우 글자 모양을 그려내고 있
을 뿐 선명도라고는 없었다. 비교적 행간을 맞춰가며 쓴 그 낙서의
사방에는 알아보기 힘든 다른 낙서들이 무수하게 자빠지고 엎어
지고 넘어져 있었다. 낙서들을 멍하니 내려다보고 있던 손승호는
갑자기 두 손으로 종이를 와락 몰아쥐더니 박박 찢기 시작했다. 그
순간적인 동작은 마치 무슨 발작이라도 일으키는 것 같았다. 암회
색 종이쪽들이 낙엽처럼 책상 아래로 떨어져내렸다. 손승호는 종

이를 찢어대며 김범우를 생각하고 있었다. 아무래도 김범우를 동원하는 것이 힘이 될 것 같았다. 김범우까지 동원되면 심재모가 압력으로 느껴 언짢아할 수도 있었지만 일을 해결하기 위해서는 그런 것까지 고려할 바가 아니었다.

손승호는 손바닥을 맞때려가며 손을 털고 일어섰다. 암회색 종잇조각들은 썩어가는 나뭇잎처럼 교무실 바닥에 어지럽게 널려 있었다. 손승호는 그것을 내려다보며 까닭 없이 속이 개운해지는 것을 느끼고 있었다. 그는 의미 모를 웃음을 입가에 머금으며 전화기가 걸려 있는 벽 쪽으로 걸어갔다.

"자넨가? 나 승홀세."

"자네가 어쩐 일인가, 먼저 전화를 다 걸고."

"그럴 일이 생겼네. 자네, 시간 있나?"

"응, 언젠가 말했던 법일스님 일로 광주에 갈까 하던 참이었네. 왜 급한 일인가?"

손승호는 입맛을 다셨다.

"글쎄, 재판을 받아야 할 사람 일보다 급할 건 없네만……."

"아니네, 그분이 오늘 재판을 받는 건 아니고, 재판을 빨리 받게 하려고 누굴 만날까 한 거네. 나 나갈 테니, 거기 어딘가?"

"학교……."

"알았네, 전화 끊세."

손승호는 수화기를 전화통 옆구리에다 걸며 생각했다. 왜 범우는 좌익에서 돌아선 것일까. 그것은 새삼스러운 것 같으면서도 새삼스러운 생각이 아니었다. 그 자신이 이유를 물어본 일이 없었고, 김범우도 그에 관해 입을 뗀 적이 없었다. 그것이 마치 두 전향자 사이에 지켜야 되는 무슨 계율인 것처럼.

김범우, 그는 여러모로 건강한 존재였다. 뼈대 앞세우는 가문의 식이나 지주 자식으로서의 우월의식 같은 것이 없었고, 순천중학교의 기질인 고상한 현학취미도 없었으며, 더욱이 일본 유학생들이 감염되어 오는 전염병인 일본식 서구 열등감도 없었다. 그와 우정을 깊게 할 수 있었던 것은 전적으로 그의 그런 격의 없는 태도 때문이었다. 그가 같은 순천중학교 학생들보다 사범학교 학생인 염상진이나 안창민 등과 더 가깝게 지낸 것도 결코 우연한 일이 아니었다. 순천중학교·사범학교·농업학교 학생들은 얼핏 보기에는 다 똑같은 학생일 뿐이었고, 좀더 관심을 가진 눈으로 살피는 경우 모표가 다르다는 것을 식별할 정도였다. 그러나 당사자들은 서로서로의 기질과 냄새가 어떻게 다른지 확연하게 구분 짓고 있었다. 농업학교 학생들은 순천중학교 학생들을 '늘고자'라고 불렀으며, 순천중학교 학생들은 농업학교 학생들을 '야쿠샤'라고 불렀다. 그런데 농업학교 학생들이 순천중학교 학생들에게 대놓고 '늘고자'라고 불러대는 데 비해 순천중학교 학생들은 농업학교 학생들에게 '야쿠샤'라고 맞대거리를 하지 못했다. 그만큼 농업학교 학생들의 완력은 순천중학생들을 압도하고 있었고, 순천중학생들은 농업학교 학생들의 완력을 경멸하고 있었다. 두 학교 학생들이 견원지간처럼 지내는 중간지점에 사범학교가 놓여 있었다. 두 학교 학생들은 사범학생들을 '애늙은이'라고 불렀다. 순천중학은 상급학교 진학을 목표로 삼고 있는 인문학교로서 학구적인 두뇌를 가졌으면서도 집안살림이 비교적 넉넉한 학생들로 성원을 이루고 있었다. 세 학교 중에서 일본인이 특히 많은 것도 그 까닭이었다. 농업학교는 그와 반대로 실생활에 직접활용을 목표로 하는 실업학교로서, 새끼 꼬는 경연을 벌일 정도로 실습 위주의 교육을 시켰는데, 집안이 가난하거나 비학구적인 학생들이 대부분이었다. 농업기술의 과학화를 자각하고 있는 학생들도 적지 않았지만, 순천중학이나 사범학교를 낙방한 경험을 가진 학생들이 꽤나 많았다. 그런데 사범학교는 학구적 두뇌는 가졌으나 집안형편이 궁색해서 인문학교를 다닐 수 없는 학생들이 일본의 교육정책에 의한 학비의 특혜를 받아 공부하려고 모여들었다. 두뇌적으로는 인문학교와 가깝고, 졸업과 동시에 사회진출을 하는 것으로는 실업학교와 가까운 사범학교의 특수성에 따라 사범학교가 순천중학교와 농업학교의 중간지점에 놓이는 것은 지극히 자연스러운 현상이었다. 순천중학생들이 '늙은 고자'라고 불리는 것은 책만 파고드는 행동성의 빈약 때문만이 아니었다. 젊은이들에게는 모욕적일 수밖에 없는 그 별명이 붙여진 데는 여중학생들의 작용이 컸다. 여중학생들은 그들 나름의 계산속 빠른 기회주의를 십분 발휘하여 한사코 순천중학생들에게 호감을 표시했다. 그 다음의 대상이 사범학생들이었다. 여학생들은 타산적 속성을 야비할 만큼 노골적으로 드러내고 있는 꼴이었다. 가문 좋고 돈 많고 머리 좋은 남자가 최고야, 하지만 그게 안 되면 머리 좋고 장래 보장된 남자는 잡아야지. 여중생들 거의 전부가 동일한 호감을 가지고 있음에도 불구하고 순천중학생들은 '늙은 고자'라는 것을 입증이라도 하듯 신통한 연애사건 하나 일으키지 못했다. 사범학생들은 '애늙은이'라는 별명이 어울리도록 대부분 나이와는 걸맞지 않게 예절 바른 점잖음과 진중한 사고력을 갖추어 어른스럽게 철이 들어 있었다. 그건 완제품으로서의 '선생님'을 만들어내기 위한 일본식 사범교육의 결과였다. 일본 군국주의자들은 인간은 교육으로 재창조될 수 있으며, 그건 소년기 교육으로 결정된다고 확신하고 있었다. 그러므로 국민학교 선생들은 군국주의적 인간을 양성해 내는 전초병이었고, 그 임무를 완벽하게 수행해 낼 수 있는 능력자를 길러내는 것이 사범학교였다. 사범학교 교육은 선생이라는 존재가 언제나 균형을 잃지 않아야 할 지식적인 면과 현실적인 면을 융합시켜 주도면밀하게 실시되었다. 특히 조선인 학생들에게는 뇌세포 하나하나까지 일본화되게 하는 의식교육이 강조되었다. 그러나 사람이 사람을 상대로 하는 일에는 언제나 다소의 실패나 약간의 의외가 따르게 마련이었다. 염상진을 위시하여 사회주의에 경도된 학생들은 완제품을 만들어내려는 사범교육의 본보기 실패작이었다. 특히 적색농민조합운동을 주도하다가 체포되어 사범 출신자들에게 부여된 의무근무까지 징역살이로 때워버린 염상진의 경우는 그야말로 대표적인 완전한 실패작이었다. 일본화 교육이 어느 학교보다 치밀했음에도 불구하고 해방이 되자마자 사범학생들이 학생사회의 좌익 주도권을 행사하게 된 것은 결코 우연한 일이 아니었다. 어느 지역에서나 비슷했던 사범학교의 그런 양상은 '애 늙은이'란 별명 속에 이미 포괄되어 있었는지도 모른다.

순천중학생인 김범우에게 '늘고자'라는 집단별명은 어울리지 않았다. 그가 지닌 건강성은 사범학생들과 연계를 이루어 사상학습에 몰입했고, 그가 품은 진지한 열정은 누구의 눈에나 모범적인 공산주의자가 될 것으로 보였다. "만약 해방이 된다면 봉건적 지배계층은 그날로 몰락을 면할 수 없게 된다. 그들이 아무리 발버둥쳐도 몰락을 막을 순 없다. 그건 역사의 필연적 힘이니까." 방학이 되어 동경에서 돌아온 그가 그렇게 말했을 때 둘러앉은 모두는 감동적 동감을 표했다. 그의 말이 새로워서가 아니었다. 그 정도의 인식은 좌중의 누구나가 가지고 있었던 것이지만, 그 말을 김범우라는 사내가 함으로써 더 값지게 느껴졌던 것이다. 지주의 아들인 그가 스스로가 속한 계급의 몰락을 예견하면서도 조금도 연연해하는 빛없이 의연할 수 있음에 대하여 좌중은 동지로서의 신뢰를 다시 확인하고 있었다. 그런 그가 학병에서 돌아와 태도를 바꾸게 되었다.

"승호, 혼자 있나?"

김범우가 교무실로 들어서고 있었다.

"응, 일직교사는 서무실에 가 있네. 이쪽으로 앉게."

"자아, 얘길 들어보세."

김범우는 담배를 뽑아들며 지체 없이 본론으로 들어갔다. 생각은 깊게, 행동은 빠르게, 라고 생각하고 있는 그다운 태도였다.

손승호는 노파의 사연을 될 수 있는 대로 간단하게 요약했다.

"어떤가, 자네 생각은? 실현 가능성이 있겠는가."

손승호는 망연한 눈길로 김범우를 바라보았다.

"그것참 고약스러운 문제로군. 뭐랄까…… 인간본성과 이데올로 기의 대결? 말이 되나?"

김범우가 입술을 조금 내밀며 웃어 보였다.

"그럴듯하군. 거창한 논문 제목 같아 입맛은 없지만."

손승호가 윤기 없는 웃음을 흘렸다.

"그건 그렇고, 실현 가능성이라…… 전혀 예측 불가능인데."

"왜, 심재모 그 사람 그렇게 막힌 사람이 아니던걸."

"심재모도 문제지만 염 선배도 문제 아닌가. 또, 두 사람이 합의 했다고 해도 그놈의 씨를 받는 방법이 문제 아닌가. 씨를 받는다는 게 잠자리를 하룻밤 같이하는 것이 아니고 여자의 임신이 확인될 때까진데, 그 기간 동안 남자가 집으로 나올 것인지, 여자가 율어 로 들어갈 것인지도 문제란 말일세."

"나도 그 문제까지 생각해 봤는데, 이 일이 간단한 성질은 물론 아니지. 일이 겹겹인 셈인데, 염 선배야 쉽게 이해가 될 것 같고, 우 선 심재모의 이해부터 얻어내는 게 순서 아니겠나."

"그야 그렇네만, 염 선배도 낙관만 해선 안 되네. 지금 상황이라 는 게 이게 활시위 잡아늘인 상황 아닌가."

"그렇긴 해. 헌데, 심재모는 언제 만나면 좋겠나?"

"거야 단김에 쇠뿔 뽑아야지." 김범우는 새로 담배를 꺼내며, "참 빌어먹을 일이군. 그러길래 서로 갈라서서는 안 되는 일 아닌가" 투덜거리듯이 혼잣말을 내뱉으며 성냥을 그었다.

"광주 일은 바쁘잖은가?"

"괜찮아. 그럼 가보세, 다 이게 우리 일인 셈이니."

말에다 한숨을 묻혀내며 김범우는 무겁게 일어섰다.

"먼저 나가게. 나 일직선생 불러올 테니."

"그러게. 난 심재모한테 전화부터 걸어봐야겠구만."

전화를 받은 사환아이는, 심 사령관님 안 기시는디라우, 귀청이 떨어져나가도록 소리를 질렀다. 그 소리가 거슬리고, 말의 내용에 맥 빠진 김범우는 울컥 짜증이 솟기는 걸 느꼈다.

"이놈아, 기차 화통 삶아먹었냐! 어디 멀리 가셨어?"

"아니구만요, 칙간에라우."

"예끼놈! 전화 끊어라."

김범우는 어이없는 웃음을 픽 흘리며 전화통 앞에서 돌아섰다.

김범우와 손승호는 복도를 나란히 걸었다. 나무복도에 윤기가 반들거렸다. 어린 조막손들의 정성스런 노동이 거기에 어려 있었다. 깨끗하게 청소를 하는 것은 좋은 일이지만 나무판자가 유리를 닮도록 반들거리는 데서 김범우는 이상한 슬픔을 느꼈다. 청소도 교육이라고 강조한 일본교육의 모습이 변질 없이 그대로 시행되어 어린것들에게 불필요한 노동을 강요한 결과가 바로 그 복도의 반들거림이었다.

"참, 춘부장어르신은 평안하신가?"

현관 쪽으로 돌아서며 손승호가 물었다.

"별로 안 좋으셔."

"왜, 어디가 편찮으신가?"

손승호의 어조에 긴장감이 서렸다.

"그저, 노쇠현상이지."

"그래, 범준이 형님 땜에 상심도 많이 하시구."

손승호는 무심결에 말을 해놓고 아차 싶었다. 자신은 분명 범준이 형님이 이세상 사람이 아닌 것으로 여겨 말을 해버렸고, 그런 투의 말을 김범우가 어떻게 받아들일까 하는 생각은 뒤미처 떠올랐다.

"그래, 형님이 어딘가 살아 있다는 보장만 확실하면 아버님 건강이 그렇게 표나게 나빠져가진 않을지도 모르지. 아버님이 형님의 생존 가능성을 포기하신 건 객관적 사실에 근거해설 거네. 귀환동포들 말야. 작년 1월 말에 미군정이 210만 명 정도로 발표했잖나. 그 사람들 중에는 간도·만주, 더 멀리는 중경 쪽에서 온 사람들도 많았거든. 그것도 홀몸이 아니라 가족들을 이끌고 말야. 그런데 홀몸인 형님은 안 오는 것 아닌가. 그러니 단념해얄밖에. 허나, 어머님은 달라. 형님이 틀림없이 살아 있다고 철석같이 믿고 있거든. 그 근거는 꿈이고, 점이야. 그건 아마 논리성이 강한 남자와 논리성이 약한 여자의 차일 거고, 부성과 모성의 차일 거고, 그렇지."

김범우의 정연한 말 속에는 정작 그 자신의 생각은 전혀 들어 있지 않았다. 그건, 형의 생사를 속단하고 싶지 않다는 김범우의 마음임을 손승호는 읽어내고 있었다.

"아, 아, 정말 춘색이 도도하도다, 로구먼."

김범우가 두 팔을 뻗쳐올리며 목청을 높였다. 형의 생각을 털어 내려는 몸짓인 것을 손승호는 느꼈다.

"술생각 나나?"

"그래, 술! 사상이고 이즘이고 다 때려치고 염 선배하고 우리 다 같이 만나 옛날처럼 술이나 코가 비틀어지게 마셨으면 좋겠구만."

김범우의 얼굴은 소년처럼 밝아졌다.

"빌어먹을, 그런 날은 영원히 안 올지도 모르지."

김범우의 얼굴은 이내 침울해지고 말았다. 그는 누구보다 술을 잘 마셨다. 결점이라고 할 만큼 술을 입에 한번 댔다 하면 끝도 한 정도 없이 마셨다. 그가 엉뚱한 실수를 저지르는 것은 꼭 술에 만취했을 때였다. 염상진의 주량도 대단했고, 손승호의 주량도 만만 치 않았지만 김범우에게는 어림도 없었다. 무슨 술을 그리 마시느냐고 만류하면, "이게 다 그 망할 놈에 부르주아 잔재라. 뱃속에서 부터 보약 먹고 태어났으니 술을 마셔도 취해야 말이지." 그는 혀 꼬부라지는 소리로 대꾸하고는 했다.

침울하고도 탄식적인 김범우의 말이 섬뜩한 차가움으로 가슴을 훑고 지나가는 것을 느끼며 손승호는 그 말을 되뇌어보았다. 빌어 먹을, 그런 날은 영원히 안 올지도 모르지…… 영원히……? 영원 히……? 손승호의 의식 속에서는 격분처럼, 비애처럼 솟아오르는 말이 있었다. 만약에 지금 상태가 악화돼 완전히 두 패로 갈라져서 전쟁을 하게 되면 범우 자넨 어느 편에서 싸울 건가? 그러나 손승호는 이빨을 사려물었다. 그건 김범우에게 물을 말이 아니었다. 김범우야 자신을 미친놈 취급은 하지 않겠지만, 그 말은 결국 김범우를 심각하게 만들고 괴롭히게 될 것은 빤한 일이었다. 그리고 대답이 있을 수도 없는 물음이었다. 자신이나 무시로 그런 꿈을 꾸며, 어느 쪽에도 편을 못 들고 우왕좌왕하다가 양쪽에서 총을 맞고 죽어가는 연기를 계속하는 것으로 족했다.

김범우가 지켜보는 가운데 손승호는 심재모에게 노파에 관한 이야기를 보다 상세하게 해나갔다. 무미하게 사연을 전하는 것이 아니고 이야기 자체가 설득적인 감흥을 갖게 하기 위해서였다. 심재모는 이야기의 진행에 따라 신경이 긴장되어 가는 것을 느끼고 있었다.

"……폐를 끼치게 될 줄을 알면서도 찾아오지 않을 수가 없었습니다."

손승호가 이야기를 끝냈다.

"아닙니다, 잘 오셨습니다."

심재모는 담배를 빼들었다. 일을 어떻게 처리할까를 생각하기에 앞서 그는 희한한 이야기 내용을 되짚고 있었다.

"그러니까, 먼저 심 사령관께서 허락을 하시면, 2차로 씨받을 방법까지 강구해서 제가 염상진을 찾아가 동의를 구하는 식으로 하면 어떨까 합니다."

김범우는 정면으로 압력을 넣고 있었다.

"예에, 김 선생께서 수고를 해주신다니 고맙습니다. 그런데 사연이야 기막히고 가슴 아파 당장이라도 그렇게 하라고 하고 싶습니다만, 그게 적과 직접적으로 연결되는 문제라서…… 어떻게, 제가 좀 생각할 수 있는 시간 여율 주시겠습니까?"

심재모는 유연하게 김범우의 압력을 피해섰다.

"물론 그러셔야죠." 김범우는 고개까지 폭넓게 끄덕이고는, "그런데 사상이란 것도 사람이 살자고 만든 거니까 그 순서가 사람 다음이고, 그러니까 좌우익 따지기 전에 자기 며느리가 씨받게 해주는 것이 인간의 도리고 순리라는 그 여자 노인네의 말 앞에서는 아무 할 말이 없어지고 만단 말입니다. 그 말 앞에서는 어떤 군자의 말이나 철학자의 말도 무색해지고 말게 돼 있습니다. 그 말이 바로 철학이고 진리 아닙니까?" 간접화법으로 우회작전을 시도하고 있었다.

"예, 저도 동감입니다. 아까 손 선생 얘길 들으면서도 그 대목이 특히 머리에 남았습니다. 두 분께서도 제 입장에 서서 이 일을 어떻게 처리하면 좋을지 방법을 좀 생각해 주시기 바랍니다."

심재모의 말은 아주 기묘한 느낌으로 두 사람에게 들렸다. 겸손하게 협조를 구하는 것 같기도 했고, 어쩌면 입장을 바꿔놓고 생각해서 그런 난처한 부탁은 하지 말아달라는 의미 같기도 했다. 그 모호함을 밝힐 방법도 없고, 그렇다고 그냥 자리를 뜨기는 찜찜한 기분이고 해서 김범우는 심재모의 결정에 영향을 미칠 수 있는 어떤 말을 한마디 해둘 필요를 느꼈다.

"그 노인네의 소원대로 씨를 받게 해주면 여태까지 당한 심리전의 참패를 회복할 수 있을 겁니다."

"그럴까요?"

심재모의 반응이 금방 달라졌다.

"제 생각은 그렇습니다. 사령관 입장에서 시간 여유를 갖고 더 생각해 보시지요. 아무래도 우리 입장과는 다를 테니까요. 전 광주에 볼 일이 있어 이만 일어서야겠습니다."

김범우를 따라 손승호도 일어섰다.

"자네가 결정타를 가했네."

손승호가 경찰서 정문을 나서며 싱긋 웃었다.

"왜, 될 것 같은가?"

"능청 떨지 말게. 그 얼굴빛이나 목소리가 반갑게 변하는 걸 나보다 가까이서 확인한 게 누군데."

"그래, 어찌 되겠지."

두 사람은 역 쪽으로 방향을 잡고 한동안 말없이 걸었다.

"나 사표 냈네."

김범우가 말했다.

"사표?"

손승호가 걸음을 멈추며 김범우를 쳐다보았다. 그 눈이 놀라움을 담고 있었다.

"응, 사표."

"언제?"

"며칠 전에."

"어떡헐려고?"

"서울로, 지각한 공불 하려고."

"결국 그렇게 결정했군."

손승호는 눈길을 돌리고 발을 떼어놓았다. 손승호의 옆얼굴로 쓸쓸한 그늘이 찬바람처럼 스치고 지나가는 것을 김범우는 순간적으로 포착했다.

"곧 술 한잔 하세."

김범우가 말했다.

"그러지, 술은 내가 사겠네."

"좋아, 자네도 사고, 나도 사고 그러세."

둘이는 역에 이르도록 더는 말이 없이 걸었다.


고흥으로 넘어가는 뱀골재는 가풀막지면서도 구불구불 길었다. 뱀이 많아서 뱀골재라 한다고도 했고, 생김새가 뱀을 닮아 구불거려 뱀골재라 한다고도 했다. 그 두 가지 이유가 함께 어울리도록 뱀골재 언저리 남향받이 산에는 뱀이 많았고, 순천으로 넘어가는 진트재에 비하면 뱀골재의 구불거림은 행인들의 짜증을 일으킬 정도로 심했다.

세 사람이 뱀골재를 오르고 있었다. 마삼수·김복동·강동기였다. 그들은 또 서운상을 찾아가는 길이었다.

"어이, 다리 쉼서 담배나 한 대썩 꼬실리고 가세."

김복동이가 앞서가는 두 사람을 향해 소리쳤다. 그의 소리침은

숨이 가빴고, 꺼칠한 얼굴은 땀으로 젖어 있었다.

"쪼깐만 가면 몬뎅잉께, 몬뎅이서 쉽시다."

마삼수가 계속 걸어올라가며 뒤를 돌아보지도 않고 소리쳤다.

"야이 문뎅아, 몬뎅이럴 올라챌 심이 모지랑께 심 모타 올라챌라고 쉬잔 것이제, 몬뎅이 올라챌 심 있음사 멋났다고 쉬자겄냐! 느그놈덜이 나보담 쪼깐 젊다고 할랑기리는갑는디, 고런 느그놈덜 뱃보 시컴허기가 똑 덕보눔 뱃보다."

아예 걷기를 멈추어버린 김복동은 오기 부리듯 소리치고 있었다.

"아이고 성님, 그 사람 잠을 애맨 소리 헐 기운으로 한 발이라도 더 걸을 맘 묵으씨요. 안직 정기가 입꺼지 올를 나이도 아님스로 워찌 그리 입심만 씨다요."

걸음을 멈추고 돌아선 마삼수가 말끝에 어이없다는 헛웃음을 달았다. 마른 풀섶에 엉덩이를 붙인 강동기는 담배쌈지를 꺼내고 있었다.

"이놈아 말조심혀. 안직꺼지 내 정기는 요로타께 붕알에 따악 쟁여 있다. 나가 찌렁찌렁허니 소리 질르는 것 들음시롱도 그리 멍청한 소리 허고 자빠졌냐. 그 찌렁찌렁헌 소리넌 붕알에 쟁인 정기가 뱃창새기럴 뻗질러 타고 올라 목구녕으로 터져나오는 거이다. 나 말이 참말인지 그짓말인지는 정작 정기가 입으로 올라붙어뿐 노친네덜얼 바라. 노친네덜이 어디 나맹키로 찌렁찌렁헌 소리 질르디야? 소리럴 질러바야 숨 보트는 소리가 발 앞에 떨어지는 골골허는 소리제."

마삼수 쪽으로 걸음을 옮겨놓으며 김복동은 변명인지 강변인지 모를 말을 숨 씩씩거리며 해대고 있었다.

"와따메, 성님 사설 참말로 징허요잉. 속 뻔허니 딜다뵈는 그짓말 얼 워찌 그리 목수 문틀 아구 맞추대끼 혀뿐다요? 성님 붕알에 정기가 따악 쟁겼으면, 우리 정기는 워디 있을께라?"

마삼수는 귀에 꽂았던 말이담배의 꽁초를 뽑으며 느물거리고 웃었다.

"물으나마나 다리에 있제. 긍께로 나 앞질러 팽팽허니 걸어가제."

김복동은 휴우 숨을 내뿜으며 강동기 옆에 털퍼덕 주저앉았다.

"성님 말이 요상허시? 정기가 다리에 있는디도 새끼럴 까는 붕알도 있습디여? 동기나 나 붕알언 글면 미친놈에 붕알일랑가, 똑별난 붕알일랑가. 성님, 고것 잠 판결 내레줏씨요."

진작부터 말머리를 잡았다 싶었던 마삼수는 김복동의 옆에 바싹 붙어앉으며 마른침을 삼켰다.

"미친놈."

벌교 쪽으로 먼눈길을 보내고 앉아 있는 강동기는 말을 흘리며 피식 웃었다.

"고것은 미친 것도 아니고 똑별난 것도 아니고, 느자구없는 붕알이다."

능청스럽게 말을 한 김복동이는 말이담배에 흠뻑 침을 묻혔다.

"느자구없는 붕알? 고 판결 한분 요상시럽네. 워떤 붕알이 느자구없는 붕알이다요, 성님?"

"워따 그 자석, 몰르는 것도 많고, 알고 잡은 것도 많다. 아, 느그덜 붕알맹키로 풋붕알임서 새끼나 까질르는 붕알이 느자구없는 붕알이제 워째."

"허어 참말로, 나가 요 나이꺼정 삼스로도 풋자지라는 말언 들었어도 풋붕알이란 말언 오늘 첨 듣는 말이시. 성님, 우리 나이가 멫인디 행에 우리 것보고 풋자지라고 헌 것은 아니겄제라? 으쩌요, 말이 궁허다 봉께 헛나온 것이제라?"

입꼬리가 처지게 입을 다문 마삼수는 김복동을 지그시 쳐다보았다.

"야가 시방 무신 소리럴 험시로 사람얼 무시헐라고 든다냐. 풋자지넌 아그덜 자지로 따로 있는 것이고, 머시냐, 느그덜 나이 것이야 안직도 설영근 좆잉께로, 그려, 풋좆이다, 풋좆!"

"니기럴, 자지·풋자지·좆·풋좆, 그놈에 것 천자문보담 에로와 워디 해묵겄소." 마삼수는 가래를 돋우어 퉤 내뱉고는 "근디 성님, 나 한 가지 걱정이 있는디라. 안직 바람언 썬들썬들헌디도 성님이 그리 땀얼 흘리는 거이 필시 식은땀일 것인디, 그래 갖고도 새북좆이 스요오?" 아주 진지하고도 은밀하게 물었다.

"으쩌? 야가 시방 사람얼 멀로 보고 허는 소리다냐!"

김복동은 펄쩍 뛰듯이 했다.

"나가 성님얼 무시혀서 허는 소리가 아니고, 새북좆 안 스는 놈헌테는 돈도 빌래주지 말라고 혔는디, 성님이 그리 식은땀 흘리는 것 서운상이가 보면 워디 소작 줄라고 허겄소. 성님이 걱정시러바

서 허는 소리요."

"나 좆이 새북에 스는지 눕는지 속 씨언허게 알아뿔라먼 대환이 엄씨헌테 물어바라."

"어허 성님, 무신 말얼 그리 쌈빡허게 혀뿌요. 쌍놈헌테도 범절이 있는 법인디, 아짐씨헌테 워쩌크름 고런 말얼 묻겄소. 성님 말 그냥 믿기로 허고, 나가 담배나 한 대 맛나게 몰아디릴팅께잉."

마삼수가 쌈지를 펼치며 믿지 않은 눈짓을 보냈다.

"그려, 진작에 그럴 일이제." 김복동이는 헤식이 웃음을 피우고는, "에라 또 봄언 영축없이 오고, 땅 한 뙈기 없는 이놈에 팔자 앞날이 막막허고 막막허다" 하늘을 향해 푸념을 토해냈다.

멀리 건너다보이는 제석산 줄기에도, 멀리 내려다보이는 중도들판이나 포구에도 봄 이내가 부유스름하게 끼어 있었다. 언제부터인지 모르게 포구의 하늘에 물이랑을 짓던 기러기떼의 날갯짓도 사라졌고, 회색빛으로 넓은 중도들판에는 객토 흙더미들이 앵두알처럼 붉은 점으로 점점이 박혀 있었다.

"요 담배 피고 기운 채리씨요. 산 입에 거무줄 칠랍디여."

마삼수가 김복동에게 담배를 내밀었다.

"어이, 고맙네. 헌디, 꿈에도 생시에도 덕보놈 맘뽀가 워찌 그리 변해뿌렀는지, 알다가도 모를 일이랑께로."

김복동은 또 노덕보의 이야기를 꺼내고 있었다.

"성님, 섭허게 그리 말허덜 마씨요. 지는 먼산 보고 가만히 있는디 최가 집서 니 소작 부쳐줄란다 혔다니께요."

마삼수는 노덕보의 말을 그대로 옮겨놓고 있었다.

"그 잡녀러 인종 이약 때레치고, 고만 가드라고."

강동기가 내쏘며 벌떡 일어섰다. 그 서슬에 두 사람도 따라 일어날 수밖에 없었다. 앞서 걷고 있는 강동기의 얼굴에는 노여움이 서려 있었다. 뒤를 따르고 있는 두 사람은 강동기의 성깔을 아는 까닭에 노덕보의 이야기를 더는 입에 올리지 않았다.

노덕보가 세 사람을 감쪽같이 속이고 어떻게 뒷손을 써서 최씨네 소작을 얻어부치게 됐음을 안 것은 보름 전쯤이었다. 그들은 노덕보네 집을 찾아가지 않을 수가 없었는데, 노덕보나 그의 아내는 미안해하거나 잘못했다는 기색은 털끝만치도 없이 너무나 태연하고 여유만만했다. 정 사장네를 함께 찾아가고, 분하고 억울함으로 함께 일을 저지르고, 유치장살이를 함께 치르고, 변상을 해주느라 함께 빚돈을 내고, 소작문제를 풀어보자고 서운상을 찾아 함께 뱀골재를 넘나들었던 노덕보가 아니었다. 소작을 얻어부쳐서 이제 몸달 것이 아무것도 없는 생판 딴사람인 노덕보가 앉아 있었다. 노덕보보다 더 가관인 것은 그의 아내 조성댁이었다. 연방 뻔뻔스러운 거짓말로 입을 나불대다가, 떨어진 감 먼저 주워먹는 것이 임자지 못 주운 사람들이 왜 여러 말 하느냐고 나왔다. 그때, 이 개만도 못한 것들이라고 소리치며 목침으로 방바닥을 내려친 것이 강동기였다. 평소에는 별로 말이 없이 진중하다가도 어떤 그른 짓을 대하고 한번 성질을 돋우었다 하면 그 결기와 강단을 막기 어려운 강동기가 목침을 손에 잡은 것이다. 노덕보와 그의 아내는 사색이 되었고, 마삼수와 김복동은 강동기를 방문 밖으로 떠밀어냈다. "워디고 노덕보맹키로 개 겉은 놈덜이 쫘악 깔렸응께 지주놈덜이 그리 배짱 퉁게감서 세세만년 떵떵거리고 살아지는 것이여. 개잡녀러 새끼덜!" 어둠 속을 걸으며 강동기가 말했다.

서운상의 집이 먼발치로 보이게 되었을 때는 세 사람은 어느 만큼 지쳐 있었다. 묽은 죽 한 사발씩으로 아침을 때우고 30리가 겨운 길을 걸었던 것이다.

"넘덜언 객토 짐얼 지는 판인디, 오늘이야 꼭 결말얼 보게 돼얄 것인디."

서운상의 집에 들어가기 전에 기운을 추스르느라고 다리쉼을 하며 김복동이가 시름겹게 말했다. 강동기는 물론 마삼수도 말이 없었다. 찌르륵, 찍찌그르, 어디선가 봄새가 방울 굴리는 소리를 냈다. 고개를 뒤로 젖힌 마삼수가 담배연기를 푸우 뿜어내며 하늘을 두리번거렸다. 깊게 푸른 하늘뿐 새는 보이지 않았다. 와따, 머 묵자고 하늘은 저리 시퍼런고. 아매 넘 시장끼 돋구니라고 저리 시퍼런갑구마. 마삼수는 쩝쩝 입맛을 다셨다.

"일어나보드라고."

강동기가 손으로 무릎을 짚으며 더디게 일어났다.

문 앞에서 그들을 제지한 것은 머슴이었다. 머슴이 처음 팔을 벌렸을 때는 잠시 기다리라는 뜻인 줄 알았는데, 떡 버티고 서서 고개를 살래살래 흔들고 있는 그 얼굴이 전 같지 않게 냉기가 돌아 제지를 당하고 있음을 안 것이다. 누가 먼저라고 할 것 없이 세 사람은 동시에 불길한 생각에 부딪쳤다.

"워째 이려?"

마삼수가 퉁명스럽게 내질렀다.

"나도 똑같이 가난헌 처지에 복통 터질 일인디, 다 끝나뿐 일잉께 암말도 말고 그냥 돌아스씨요. 쥔 어르신네가 딜이지 말라고 허요."

"고것이 먼 소리당가?"

눈을 부릅뜬 것에 비해 김복동의 목소리에는 힘이 없었다.

"다 끝나뿔다니, 똑똑허니 말해 봇씨요!"

강동기가 머슴 앞으로 바싹 다가섰다. 그의 굳어진 얼굴에는 독기가 서려 있었다.

"세세허게는 몰르겄고, 논얼 딴 사람헌테 폴아넴겠소."

"고것이 누구요!"

"몰르겄소."

"을매나 되얐소."

"하매 댓새 된 상싶으요."

"질 틔우씨요. 서운상이럴 만내야겄소."

강동기의 입에서는 '서운상'이라는 소리가 거침없이 튀어나왔다.

"그리 안 된다니께."

자기도 모르게 내렸던 팔을 머슴은 다시 황급하게 벌려서 문을 막았다.

"삼수 니 머 허냐, 내쳐뿌러라."

강동기의 말에 몸집 큰 마삼수가 머슴의 양쪽 어깻죽지를 잡아

벽으로 밀어붙였다. 그러나 당하고만 있을 머슴이 아니었다. 대문간에서는 밀치고 젖히는 실랑이가 벌어졌다. 그사이에 강동기와 김복동은 마당으로 들어섰다.

"멋들 허는 짓거리여!"

느닷없는 소리가 강동기와 김복동의 발길을 가로막았다. 사랑채 마루에 서운상이가 버티고 서 있었다. 강동기와 김복동은 꾸벅 인사를 했다.

"못 들어오게 허는 말 전해들었으면 순순허니 돌아슬 일이제. 요런 쌍것덜이 누구 마당서 난리굿이여, 난리굿이."

서운상은 전에 없이 서슬이 시퍼렇게 돋아 있었다. 그도 그럴 것이 중도금 날짜를 어겼으니 계약금 몰수하고 해약이라는 통고가 정 사장한테서 왔고, 몸이 달아 정 사장을 찾아가 변명하고 사정하고 했지만 정 사장은 막무가내로, 중도금을 어긴 날짜만큼을 잔금 날짜에서 까내서 치르되 만약 하루라도 어기면 해약하고 딴 사람한테 팔아넘길 테니 할 말 있으면 법으로 하라고 숨통을 죄어왔고, 법으로 해보았자 계약금 떼이는 것이야 자명한 일이라서 하는 수 없이 다음날로 미룬 중도금을 급전을 돌려 막았고, 중도금 어긴 날짜를 까내고 보니 잔금 날짜도 며칠 남지 않아 논 팔아넘길 작자를 찾아 허둥거리다가 간신히 유주상이와 선이 닿아 사들인 값에서 2할을 밑지는 조건으로 일시불을 받아 잔금을 치렀던 것이다. 그 난리를 겪으며 몸은 몸대로 달고, 손해는 손해대로 본 서운상은 그 심기가 말이 아니었다.

쌍것들이라는 말에 강동기는 속이 뒤집어지려 했지만 꾹 눌러 참았다.

"그렇제라, 우리야 가난혀서 쌍것잉께 쌍것 소리 듣는 것이야 당연지사고요, 논얼 폴아넴기셨다는디, 그 경우 우리 소작권도 항꾼에 넴게주십사 헌 부탁언 워찌 되았는가 허고요."

"나가 원제 느그 소작 띠묵은 사람이여? 고것이야 정 사장한테 가서 따져."

강동기는 눈앞이 아뜩해짐을 느꼈다. 한 가닥 남았던 기대가 불길한 생각 그대로 끊어져버린 것이다. 이놈들이 어찌 이럴 수가 있는가! 가슴이 푸들거리고 떨리며 다시 속이 뒤집어지려고 했다. 강동기는 이빨을 맞물며 끓어오르는 감정을 눌렀다. 아직 한 가닥이 더 남아 있었다. 논을 사들인 사람을 알아내 찾아가보는 일이었다.

"글먼 논 사딜인 사람이나 갤차줏씨요."

"아니, 시방 누구 복장 긁자는 심뽀여? 그놈 꿈에 다시 볼까 무선께, 나가, 싸게 나가!"

서운상은 냅다 소리를 질러댔다.

"복장 긁자는 거이 아니라 우리덜 목심이 붙은 중대사구만이라."

"벌거지 겉은 것덜 죽으나 사나 나 알 일 아니다. 머 허고 있냐! 물 찌끄러 몰아내라!"

"머시여, 벌거지!"

강동기가 소리치는가 싶더니 담 쪽으로 내달았다. 삽을 집어든 그는 이쪽으로 달려오고 있었다. 머슴이 팔을 벌리며 그를 막아서려 했다. 그는 삽을 내리쳤다. 머슴이 푹 꼬꾸라졌다.

"동기야! 동기야!"

김복동과 마삼수가 소리쳤다. 눈에 파랗게 불을 단 강동기는 동료들의 외침도 아랑곳없이 서운상을 향해 내달았다. 돌발한 위험을 피하려고 허둥거리며 방문을 열어젖히던 서운상은 비명을 토하며 나뒹굴어졌다. 강동기는 한 번으로 그치지 않고 또 삽을 치켜올렸다. 뒤따라 쫓아온 김복동과 마삼수가 강동기의 팔을 붙들었다. 강동기가 버둥거렸다. 김복동이 강동기의 뺨을 철퍽 갈겼다.

"이놈아, 정신 채려. 살인죄인 되겄다. 니가 요리 미쳐뿔면 우리넌 워쩌란 것이냐."

김복동의 목소리는 그대로 울음이었다.

"냅두씨요. 요런 인종덜언 싹 다 때레쥑여뿌러야 쓰요."

강동기는 질펀하게 뻗어 있는 서운상의 옆구리를 걷어찼다. 서운상의 어깻죽지 언저리에는 벌써 피가 시뻘겋게 배나고 있었다.

"인자 워쩔 것이다냐?"

김복동이 부들부들 떨고 있었다.

"도망가야제라."

"얼로?"

"몰르겄소."

"우리도 항꾼에 가야제."

마삼수가 마른침을 삼켰다.

"니 미쳤냐!"

강동기가 마삼수를 노려보며 내쏘았다. 그때였다. 한쪽 팔이 피범벅이 된 머슴이 안채 쪽으로 기어가며 소리치고 있었다.

"사, 살인이여! 살인났네에에!"

"여그서 도망허먼 죄인 된께 꼼지락 말고 있어야 써."

강동기는 김복동과 마삼수를 마당으로 떠다밀며 자기도 마루를 뛰어내렸다. 안채 쪽에서 사람들 소리가 엉켜 들려왔다. 강동기는 대문이 아닌 머슴 쪽으로 달려갔다. 그리고 머슴의 허벅지를 걷어찼다. 머슴과 눈이 마주치자 강동기는 돌아서 뛰기 시작했다.

"쩌, 저놈이다, 저놈 잡아라아! 저놈이 사람 쥑였다아!"

머슴은 있는 대로 소리를 질러대고 있었다.

안채에서 쫓아나온 세 여자가 허둥지둥 마루로 뛰어올라 소리쳐 울기 시작하고, 머슴은 제 할 일을 다했다는 듯 그제야 피 흐르는 팔을 다른 손으로 붙든 채 아이고땜을 놓았다. 하얗게 질린 김복동과 마삼수는 이러지도 못하고 저러지도 못해 마당 가운데서 바들바들 떨고 있었다.

# 10

## 도라지 도라지 백도라지

서민영은 작은 손수레를 끌고 배나무 사이를 오가며 잔일을 하고 있었다. 그는 배나무 하나하나를 살피며 월동 결과를 점검하고 있었다. 상처 입고 말라버렸거나 자연고사한 가지들을 찾아내 가위질을 해나갔다. 그리고 점검이 끝난 나무 둘레로는 한 뼘 남짓한 깊이로 괭이질을 했다. 한쪽 다리가 성하지 못한 그의 괭이질하는 모습은 어설프고 힘들어 보였다. 절룩거리며 손수레를 끄는 모습도 마찬가지였다. 그래서 농장사람들은 그런 일을 한사코 만류했지만 서민영은 귀머거리인 양 들은 체도 하지 않았다. 농장 여기저기에 세워진 푯말의 일하지 않는 자는 먹으려 하지 말라, 내일 먹으려 하거든 오늘 일하라, 하는 문구들이 서민영의 대답인 셈이었다. 몸 성한 사람들의 눈에 그렇게 비치는 것뿐 서민영 자신으로서는 아무런 불편도 힘듦도 느끼지 않았다. 신체 어느 부위가 불구가 되면 전체적 균형이 깨지게 마련이었다. 그러나 그 불균형이 야기하는 착란이나 불편은 또한 치유되게 마련이었다. 그 불균형 속의 균형인 자연스러운 치유는 자연의 신비로운 조화력이며 모든 생명체에 내포된 오묘한 생명력이라고 서민영은 믿고 있었다. 불구라는 사실로 스스로를 구속하지 않는 정신력만 갖게 되면 육체의 활동은 정상인과 조금도 다를 것이 없었다. 동물이든 식물이든 간에 그 질긴 생명의 적응현상에서 서민영은 우주의 신묘한 힘과 신의 섭리를 보고 있었다.

서민영은 나뭇가지를 매만지면서 나무들이 저마다 봄맞이 숨을 쉬고 있는 소리를 듣고 있었다. 가지 마디마디마다 맺혀 있는 꽃봉오리들은 하룻밤 사이가 다르게 변해갔다. 하룻밤을 지낼 때마다 팽팽한 탄력으로 부풀어오르고 있는 꽃봉오리들은 어느 절정의 순간에 다다라 마침내 껍질을 벗어던지고 꽃을 피워낼 것이다. 모든 꽃봉오리들은 겨울을 맞기 전에 벌써 그 속에 꽃을 담고 겨울을 나는 것이다. 봄의 꽃피움을 위하여 그 얇은 껍질에 싸여 엄동을 견디어내는 꽃의 인내, 아니, 엄동의 추위 속에서도 꽃이 얼지 않도록 하는 그 얇은 껍질에 모아진 보온의 힘, 서민영은 거기서 우주의 신비를 보았다. 그것은 모든 생명현상에 걸치는 경이로움이었고, 인간으로서의 자만을 버리게 하는 가르침이었다. 인간의 과학이라는 것이, 인간의 논리라는 것이 얼마나 일방적이며 얼마나 편협한 것인지, 그것이 결국은 비인간적이고 반자연적인 올가미라는 것을 서민영은 홀로 깨닫고 있었다.

"선상니임, 선상니임, 손님 오셨어라우."

꼬마가 나무들 사이를 다람쥐처럼 빠져나가며 외치고 있었다. 그 카랑한 목소리가 봄기운 가득한 과수원에 싱싱한 파문을 이루며 퍼져나갔다. 서민영은 소리나는 쪽으로 고개를 돌렸다.

"선상님, 선상님, 손님 오셨어요."

아이는 숨 가쁘게 말했다.

"어허, 힘드는데 살살 다니잖고."

서민영은 아이의 머리를 쓰다듬었다. 아이가 빙그레 웃으며 서민영을 올려다보았다.

"그래, 누구시더냐."

"야, 첨 보는 사람인디, 목사님이라고 허시등마요."

"모옥사아?"

서민영이 의아한 표정으로 고개를 갸웃했다.

"야아, 양복 입고 모자럴 썼는디, 영 멋지드만이라."

아이는 무언가 제가 할 수 있는 일은 하고 싶다는 눈으로 작은 입을 놀렸다.

"그래, 가보도록 하자."

서민영은 아이의 손을 잡았다.

"선상님, 구루마는……."

아이가 서민영의 손을 끌어당겼다.

"이따 또 일해야지. 뒤둬라."

아이의 말대로 회관에는 양복 차림에 중절모를 쓴 중년의 남자가 기다리고 있었다.

"서 선생이십니까. 첨 뵙겠습니다. 전 황순직 목삽니다."

남자는 중절모를 벗고 고개 숙였다.

"예, 전 서민영입니다."

이북 사투리의 억양, 자칭 목사라고 내세우는 태도, 대머리도 아니고 계절도 지났는데 쓰고 있는 중절모, 서민영의 첫눈에 거슬리는 것들이었다.

"말씀 많이 들었습니다. 순천교회 장 목사님이 이걸……."

황순직이 양복 속주머니에서 봉투를 꺼내 서민영에게 내밀었다.

"누추하나 오르시지요."

봉투를 받아든 서민영이 돌아섰다.

봉투에서 나온 것은 편지를 겸한 소개장이었다.


건강은 어떠하시며, 하시는 일은 여일하신지요. 소생은 염려지덕으로 무사평일을 보내고 있습니다. 우리 기독집안의 일로 의논드릴 사정이 생겼기로 필을 들게 되었습니다.

다름이 아니오라, 여기 서 선생을 찾아가는 분은 황순직 목사로서, 이 땅의 기구한 형편상 월남한 목회잡니다. 황 목사는 이곳 순천에서 교회를 갖고 목회활동을 하고자 하여 저를 찾아오셨는데, 서 선생도 아시다시피 여기는 작년, 재작년에 걸쳐 새 교회가 세 개나 생겨 포화상태가 아닙니까. 그래 생각다 못해 서 선생한테 소개를 해보기로 한 것입니다. 그곳에도 기존 교회가 있다는 사실을 압니다만 아직 새 교회가 생기지 않은 까닭입니다.

물론 서 선생이 통찰하여 일을 처리하실 것이고, 행여라도 저를 의식하시어 일을 무리하지는 마시기 바랍니다. 해방 이후 교회의 과다한 증가는 기독교 내적으로도 그러하고 기독교 외적인 사회적으로도 문제점이 많은 것이야 진작 서 선생과 논의한 바가 아닙니까.

건강 누리시고, 하시는 일에 늘상 하나님의 가호가 함께하시기를.

이만 난필 줄입니다. 총총.


읽기를 마친 서민영은 편지를 본래대로 접어 봉투에 넣었다. 그때 마침 찻물을 끓여 내왔다. 서민영은 자그마한 오동나무상자를 왼손에 받쳐올리고 뚜껑을 열었다. 상자 안에 갇혀 있던 향그러운 차향이 그윽하게 스며났다. 그는 눈을 사르르 내려감으며 부드럽게 숨길을 당겼다. 땅내음인 듯, 꽃내음인 듯 차향이 가슴을 채우는 것을 느꼈다. 그는 네 겹으로 덮인 한지의 한 자락씩을 조용조용한 손놀림으로 펼쳐나갔다. 그때마다 조금씩 더 진한 차향이 코로 스밈을 그는 느끼고 있었다. 그는 차향 자체보다는 어쩌면 월주스님의 정성을 감득하고 있는지도 몰랐다. 한지 네 자락을 다 펼친 서민영은 옆에 놓인 무쇠주전자 뚜껑 위에 오른손 가운데 세 손가락을 모아 조심스럽게 대보고는 대보고는 했다. 물의 뜨겁기를 감지해 보는 것이었다. 물의 뜨겁기가 알맞지 않으면 차맛이 제대로 우러나지 않았다. 물이 너무 뜨거우면 차맛이 떫고 잠기고, 물이 너무 식으면 차맛이 싱겁고 들떴다. 알맞은 물 식히기·적당량의 차

넣기·알맞게 맛 우리기, 이 세 가지가 쇠지도 모자라지도 않게 어우러져야 차맛이 제대로 나는 것이다. 물을 끓여내온 다음 상자뚜껑을 열고, 한지 한 자락씩을 펼치고 하는 서민영의 동작이 할 일 없는 사람처럼 느렸던 것은 물 식히기를 한 셈이었다.

　서민영은 손가락 끝을 모아 입차의 양을 어림해 가며 그것을 세 번에 나누어 주전자에 넣었다. 승려 월주는 손수 만든 차를 잊지 않고 보내왔다. 그는 민족주의 성향을 강하게 지닌 대승불교정신을 실천하고자 하는 승려였다. 그는 조선불교의 폐쇄적인 보수성을 늘 안타까워했으며, 사회적 실천자각이 없는 개인주의적 기복성을 우려했다. 그는 기독교의 성경 한글화를 무엇보다도 부러워했으며, 한용운 같은 승려가 열만 된다면 조선불교가 제대로 되리라는 말을 입버릇처럼 뇌고는 했다. 그와 교분을 나누게 된 것은 그가 순천포교당에 머무를 때였다. 그와 의식의 맞물림으로 이루어진 일이 야학경영이었다. 그가 없었더라면 교직에 몸담은 상태에서 야학경영이란 가능한 일이 아니었다. 차맛을 음미할 줄 알게 된 것도 그를 통해서였다. "깊고 넓게 생각하고, 많은 글을 써야 했던 다산이 호를 다산으로 지을 만큼 차를 좋아했던 건 당연한 일이었지요. 차는 미각도 미각이지만 그보다는 정신을 쇄락하게 해주거든요. 다산은 과중한 정신노동으로 머리에 쌓이는 피로를 차로 푼 것이지요. 다산에게 차를 대준 게 대흥사 절집이었는데, 예로부터 중들이 차를 즐겨왔던 것도 같은 이유에서였지요. 정신노동자가 차를 즐기고, 육체노동자가 막걸리를 즐긴 것은 퍽 자연스러운 현상이었습니다. 그런데 일본놈들 때문에 어이없는 꼴들이 생겨나게 되잖았습니까. 차를 마시는 일이 무슨 신선놀음이나 한량놀음을 하는 것 같은 도착된 풍조 말입니다. 닛뽄도를 휘두르는 군국주의자들이 찻잔을 받쳐들고 앉은 꼴이라니, 가관 중에 가관이 아닐 수 없지요." 그러면서 그는 일본인들이 보성 일대의 야산에 대단위 차 재배단지를 조성하게 되자 못내 불쾌해했다. 도미를 위시해서 맛진 생선이면 다 일본놈들이 차지해 식생활까지 파괴당했듯 우리의 고유한 정서생활 중의 하나가 또 일본놈들에게 침해당하는 것을 그는 아까워했다.

서민영은 주전자를 들어 차를 찻잔에 반씩이 미처 못 되게 따랐다. 그는 하루에 꼭 한 번, 낮일을 마치고 저녁에 책을 펼치기 전에 차를 만들어 마셨다. 차를 만드는 그 시간에 하루 일을 더듬어 생각에 잠기는 것이 좋았고, 천천히 차를 마시며 책 속의 생각과 자신의 생각을 갈피 잡아가는 것도 좋았다. 승려 월주는 한용운이 세상을 떠나자 선암사 대웅전 마룻바닥을 쳐대며 한나절을 통곡하고는 그 길로 종각으로 내려가 사흘 밤낮을 식음을 전폐하고, 눈 한번 붙이지 않은 채 쇠북을 울리며 고인의 극락왕생을 빌었는데, 그 소문이 짜하게 퍼져나가 그는 갑자기 고승 아닌 명승이 되고 말았다. "3일 3야에 일순불면, 식음전폐, 통시타종, 부단염송 하였으니 소승이 바로 생불이란 겁니다. 그것까진 또 좋은데, 글쎄 넘나간 늙은이들이 생불님 모시고 불공드리는 것이 소원이라고 쌀됫박 이고 줄을 서지 않았겠습니까. 그 꼴을 만해선사께서 내려다보시며, 이놈 땡초 월주야, 그런 재앙 떨었으니 당해서 싸다, 하실 겁니다. 이게 우리 불교의 한곕니다."

서민영은 두 번째로 차를 따라 찻잔을 채우며 소리 없이 웃었다. 생불 곤욕을 피해서 말사를 떠돌던 월주를 생각하면 언제나 웃음이 나왔다.

"드십시요. 선암사 경내 큰나무 그늘에서 잘 자란 것인 데다가, 한 스님의 정성까지 깃든 참니다."

서민영이 찻잔을 들며, 편지를 읽고 나서 처음 한 말이었다.

"아니, 크리스천으로서 우상숭배자들과 관계를 하십니까!"

황순직은 차를 마실 기색은 전혀 보이지 않고 정색을 하고 있었다. 서민영은 혐오감과 피로감이 한꺼번에 끼쳐오는 것을 느꼈다. 그러나 장 목사를 생각했고, 그의 왜곡된 편협성 또한 그대로 지나칠 수 없는 문제였다.

"우상숭배…… 내 종교가 소중할수록, 신도가 확장되기를 바랄수록 남의 종교를 함부로 비난하거나 헐뜯어서는 안 될 일입니다. 불교가 부처님을 모신다고 하여 우상숭배라고 매도한다면, 그럼 우리 기독교가 세우는 십자가는 뭔가요. 부처님이나 십자가는 각 종교의 상징물이지 우상이 아닙니다. 예수께서 우상을 숭배치 말라 하심은 인간 영혼을 사악하게 만드는 마귀적 우상을 가리킨 것이지, 엄연한 경전을 가지고 내세관을 확립하고 있는 다른 종교의 상징물을 지칭해서, 다른 종교를 배척하고 비난하라는 것이 아닌 줄 압니다."

"불교는 그뿐만 아니라 미신적 기복이나 일삼는 집단 아닙니까."

"그래요오? 그러면 우리 기독교에서 하는 기도는 뭡니까. 우리가 밤낮으로 외는 주기도문이 바로 기복으로 가득 차 있습니다. 무엇무엇하여 주시옵고의 계속 아닙니까. 모든 종교는 기복이 없이는 성립되지 않습니다. 왜냐하면 우주의 절대함 앞에서 인간의 힘은 너무 미약하기 때문입니다. 우리 기독교인들은 남의 종교를 비난하고 헐뜯음으로써 우리 종교의 위대성을 내세우려는 착각과 교세를 확장하고자 하는 비열성을 버려야 합니다. 김교신 선생께서 외롭게 실천하신 일이 뭡니까. 이 땅의 기독교에 미국식 물량주의와 저돌성이 감염된 것을 치유해서 건전하고 건강한 민족종교가 되게 하려는 것이 아니었습니까? 물량주의는 무질서한 교회짓기였고, 저돌성은 바로 다른 종교의 무조건 배척과 전통 생활양식의 조직적 파괴였습니다. 이 땅의 목회자라는 사람들은 아무런 비판 없이 서양사람의 저의가 감추어진 말을 그대로 따라 조상의 제사를 지내는 것도 우상숭배요 미신이다, 고사잔치도 우상숭배요 미신이다, 심지어 나라의 상징인 국기에 예를 표하는 것까지 우상숭배냐 아니냐로 지금 유치하고 졸렬한 입씨름들을 벌이고 있습니다. 그럼, 이 땅에 기독교를 적극적으로 전파시킨 나라들은 어떻습니까. 그들은 엄연히 그들 풍습대로 부모 죽은 날 모여앉고 묘지 찾아가서 절하고, 무슨 일을 시작할 때나 마치고는 뻔질나게 파티를 해대고, 전쟁을 할 때나 식민지를 약탈할 때나 그들은 철저하게 국기를 모시고 다니며 경례를 붙였습니다. 기독교 본고장 나라들에서는 우상이 아닌 게 우리한테 와서는 우상이 되어야 합니까. 김교신 선생께서는 일찍이 그 저의를 간파하신 겁니다. 예수를 이용해서 한 민족을 뿌리에서부터 와해시켜 의식을 완전히 속국화시켜 버리려는 강대국의 저의를 말입니다. 그분이 기독교의 민족종교화를 꾀했던 것은 그 음모에 맞서기 위한 엄청난 일이었습니다."

황순직은 찻잔을 들어 단숨에 마셔버렸다. 차를 마시려는 것이 아니라 상대방의 말을 듣다 보니 못 견디게 목이 말랐던 것이다. 상대방의 말을 공박할 만한 말이 없는 데다가, 괜한 트집을 잡았다가 용건은 아직 꺼내지도 못한 채 인상만 나쁘게 박힌 것이 몸이 달았다. 꾀죄죄한 차림에 볼품없는 생김에서 그런 강단지고 아귀 맞는 말이 나올 줄은 상상도 못했던 것이다. 미리 귀띔을 한마디도 해주지 않은 장 목사가 원망스럽기도 했다.

"예, 좋은 말씀 잘 들었습니다. 그런데…… 편지에 적힌 일은 어떻게……."

"예에, 월남을 하셨다고요?"

서민영은 차로 혀를 축였다.

"예, 빨갱이놈들의 탄압으로 견딜 수가 있어야지요. 그 아까운 교회 다 버리고 내려올 수밖에 없었습니다. 빨갱이라면 아주 치가 떨립니다. 예수를 부정하는 그놈들이야말로 진짜 사탄입니다. 이북 목회자들은 예수님 다음가는 수난을 당한 겁니다."

말이 진전됨에 따라 얼굴이 벌겋게 상기되어 가는 황순직을 서민영은 물끄러미 바라보다가 다시 차로 혀를 적셨다.

"그럼 반공주의자가 되셨겠군요."

"당연한 것 아닙니까. 공산주의자들은 내 원수, 아니 우리 모든 기독교인들의 원숩니다."

"그런가요. 그런데 왜 공산주의가 기독교는 물론 모든 종교를 부정한다고 생각하십니까?"

"그거야 사탄이니까 그렇지요."

"생각이 분명하시군요."

서민영의 입가에 엷은 비웃음이 스쳐갔다. '단순'이라고 나오려는 말을 '분명'으로 바꾼 것이었다.

"성경 말씀의 예언이니까요."

저리도 단순한 사람은 얼마나 속이 편할까. 그러나 이 땅의 기독교가 문제로구나. 서민영은 눈길을 떨어뜨리며 소리 없이 한숨을 내쉬었다. 그만 그와의 자리를 파할까, 무슨 말을 더 해야 하나, 서민영은 생각했다. 시계로 눈길을 보냈다. 12시가 20여 분 남아 있었다. 밥때까지 일손을 다시 잡기도 어중간하고, 먼 길을 온 손에게 밥은 먹여 보내야 했다.

"제 생각으로는 그게 성경 말씀인 사탄이라서가 아닙니다. 공산주의가 모든 종교를 부정하는 건 종교가 저지른 잘못 때문입니다. 가장 인간적이어야 할 종교들이 가장 비인간적으로 타락한 결과가, 인도주의적 입장에서 인간 사회구조를 재편성하고자 하는 논리를 전개한 마르크스한테 부정당한 겁니다."

"아니, 서 선생은 그럼 막스 그놈이 옳다는 말입니까!"

황순직은 말허리를 자르며 버럭 소리쳤다. 서민영은 어이없는 표정으로 황순직을 바라보았다. 서민영은 더 이상 한마디도 하고 싶지 않게 정나미가 떨어졌다. 그러나 웃음을 지어 보였다. 그가 비록 인식이 부족하다 하더라도 예수의 품 안에 든 목숨이었다.

"말을 다 들어보시고 말씀하셔야죠. 다 제 생각일 뿐이니까 더 말하지 않도록 하지요."

"아, 아닙니다. 제가 너무 경솔했습니다. 막스 그놈 이름만 들어도 치가 떨리는 바람에 제가 실수했습니다."

"아닙니다, 괜찮습니다. 제가 너무 일방적인 얘길 한 거지요. 목사님이 필요로 하는 얘긴 제쳐놓고 말입니다."

"예에, 그 일은 어떻게 될지……."

황순직은 반색을 하며 앉음새를 고쳤다.

"편지에는, 황 목사님이 교회를 갖고 목회활동을 하시고자 한다고 썼는데, 그게 무슨 뜻인지요."

"예, 그 말 그대로지요. 목회활동을 하자면 교회가 있어야 되니까, 조그맣게 하나 짓든지, 맞춤한 건물이 있으면 사들일 작정이지요."

우문현답이 될 것이기에, 어떻게 그런 경제력이 있는지 서민영은 묻지 않았다.

"여긴 1939년에 세워진 교회가 하나 있습니다. 꼭 10년이 됐군요. 그런데 신도라는 것이 50평 정도에 반도 안 차 운영이 어려운 실정입니다."

"아니, 인구가 얼만데 그 꼴이란 말입니까. 그건 전적으루 전도활동에 문제가 이서요."

황순직의 말은 갑자기 사투리 억양이 심해졌다.

"그렇지가 않습니다. 이곳 일대는 토착화된 불교세가 뿌리 깊은 데다가, 오래도록 사람들은 절박한 생존문제로 시달리고 허덕여오면서 신에 눈 돌릴 여유도 없고, 신을 믿으려 하지도 않습니다. 황 목사님을 위해서나, 현존 교회를 위해서나, 이곳은 피하시는 게 현명한 처살 겁니다. 아무래도 농업지역이 아닌, 대도시라야 개척이 쉽잖겠습니까. 왜, 서울 같은 데 계시잖고 이 멀리까지……."

"여북했으믄 예까지 왔잤시요. 서울엔 교회가 천지고, 그것도 다 끼리끼리 해먹고 말아요."

또 말허리를 자른 황순직은 감정을 그대로 드러내고 있었다. 끼리끼리 해먹는다는 그의 한마디에서 월남한 교파들 간의 난맥상과 기존 교회들과의 갈등 같은 것을 여실히 느낄 수 있었다. 1946년과 1947년, 2년 동안 무슨 유행처럼 일어났던 교회짓기는 바로 월남한 목사들의 터잡기였다. 그에 따른 미군정과의 은밀한 관계에 대해서 사회적 의혹과 비판이 생겨났다. 사실 군정은 월남한 목사들을 상대로 일본 대종교의 회당들을 넘겨주는 특혜를 베풀었던 것이다. 월남한 기독교인들은 낯선 땅에서 안착이 급선무였고, 미군정의 입장에서 보면 그들은 공산주의에 필연적이고도 원색적 증오심을 가진 장래성이 확실한 조직세력이었다. 상호간의 필요에 의해 주고받는 밀월관계가 이루어질 수밖에 없었다. 서북청년단이 그랬던 것처럼. 서민영은 월남한 기독교인들이 성직노동을 통한 단계적 안정을 꾀하지 않고 그런 식으로 쉽게 타협해 스스로 정치의 올가미를 쓰는 것을 걱정하고 우려해 왔었다. 미군정과의 그런 관계는 물론 월남 기독교인한테만 국한된 문제가 아니었다. 서민영은 이 땅의 기독교 장래를 우려하며 김교신 선생을 생각했고, 자신의 능력이 얼마나 미약한가를 절감했으며, 그럴 때마다 '한 알의 밀알'의 가르침을 곱씹으며 농장 일에 파묻혀들고는 했다.

"알겠습니다. 그만 가보겠습니다."

고개를 푹 숙이고 생각에 잠겨 있던 황순직이 일어나며 말했다.

"아니, 점심이나 잡숫고 가셔야죠. 밥때가 됐습니다."

12시가 다 되어 있었다.

"아닙니다, 또 가야 할 곳이 있습니다."

황순직은 거칠게 마루를 내려갔다.

"글쎄, 밥때에 그냥 가시면 됩니까."

서민영은 다급하게 뒤따랐다.

"전 지금 밥 먹는 게 중요한 사람이 아닙니다."

황순직이 돌아서며 말했다. 서민영의 눈앞에는 노기에 찬 한 중년사내의 얼굴이 드러나 있었다.

"알겠습니다."

서민영은 고개를 끄덕이며 마루를 내려섰다.

"괜히 실례했습니다. 가보겠습니다."

"예, 편히 가십시오."

서민영은 황톳길을 따라 멀어져가는 황순직의 뒷모습을 오래도록 지켜보고 있었다. 그의 뒷모습이 멀어질수록 서민영의 가슴에는 까닭 모를 슬픔이 차올랐다. 주여……. 서민영은 두 주먹을 꼭 쥐었다.

김복동과 마삼수는 고흥 경찰에 결박당해 심재모에게 넘겨졌다. 내려치는 삽날에 찍혀 어깻죽지에서부터 등줄기까지 사선으로 깊은 상처를 입은 서운상은 정신을 잃은 상태로 피를 흘리며 자애병원으로 옮겨졌다. 응급처치로 지혈을 한 전 원장은 환자를 순천도립병원으로 옮기게 했다. 척추에 이상이 있을지 모르니 정밀검사를 받아야 한다는 것이었다. 머슴이 입은 상처도 경상이 아니었다. 살점이 너덜거릴 만큼 외상을 입은 데다, 뼈가 부러졌던 것이다. 그도 외상만 치료받았을 뿐 골절치료를 위해서는 순천으로 넘어가야 했다. 머슴은 순천으로 떠나기 전에 대충 조사를 받았는데, 삽을 휘두른 것은 강동기고, 두 사람은 그에 합세했다고 사건진술을 해버렸다. 그 진술에 따라 두 사람은 흉기난행 폭행공범이 되어 꼼짝없이 유치장에 갇히게 되었다. 너무 눈 깜짝할 사이에 벌어진 일이라 자신들도 정신을 차릴 수가 없었고, 자신들이 뒤쫓아가 동기를 말리지 않았더라면 서운상은 죽고 말았을 거라며 두 사람은 사실대로 부르짖었지만 그들의 말은 통하지 않았다. 서운상을 찾아간 목적이 가해자와 동일한 데다가, 유일한 목격자인 머슴의 증언이 그랬으므로 두 사람의 주장이 받아들여질 리 없었다.

일단락된 것으로 알았던 정 사장 사건이 사람을 옮겨가면서까지 그렇게 확대된 것을 조사를 통해서 알고 난 심재모의 놀라움은 컸다. 그리고 그는 지주와 소작인의 그 끈질긴 관계를 다시 생각하지 않을 수가 없었다. 지주의 입장에서 생각해도, 소작인의 입장에서 생각해도 그건 결국 먹고산다는 문제였다. 지주는 배불리 먹고 살겠다는 욕심이었고, 소작인은 최소한 배는 채워야겠다는 집념이었다. 그 줄다리기에서 목숨을 내건 싸움이 벌어지고 있었다.

심재모는 두 피해자가 입은 상처를 처음 보는 순간 자신의 몸 그 부분에 차가운 전율이 일어나는 것을 느꼈다. 그 상처에서 끼쳐온 것은 살의였다. 죽이기로 작정을 하지 않고서야 사람의 몸에 그런 끔찍한 상처를 낼 수 없는 일이었다. 특히 서운상의 상처에서 그것을 강하게 느낄 수가 있었다. 등을 그렇게 깊이 파고든 삽날이 머리에 떨어졌더라면 그가 즉사하고 말았을 것은 보나마나 한 일이었다. 더욱 배가 부르고 싶은 싸움과 굶어죽지 않으려는 싸움, 그 싸움은 자신의 힘으로는 도저히 말릴 수 없다는 것을 인식하며 심재모의 마음은 착잡하게 가라앉아갔다.

바로 그날 밤부터 강동기의 집 주위에 경찰을 잠복시켰지만 이틀이 지나도록 범인의 행방은 감감했다. 범인을 잡지 못하고서는 다른 두 사람도 어떻게 조처할 수가 없었다. 머슴은 그들이 합세했다고 진술했지만 그것이 갖는 증언으로서의 타당성이 문제였다. 머슴은 서운상의 한 식구나 마찬가지 조건에서 피해까지 입은 입장인 데다가, 당사자들은 합세 사실을 완강하게 부인하고 있었던 것이다. 그리고 자기들이 범인을 제지했기 때문에 서운상의 피해가 그 정도로 그쳤다는 두 사람의 주장은 타당성을 인정할 만한 심증을 갖게 했다.

그 사건이 터지고 보니 김범우가 부탁한 노인의 문제는 자연히 뒤로 미룰 수밖에 없었다. 탐문수사를 벌이게도 했지만 범인을 목격한 사람조차 찾아낼 수가 없었다. 그러는 사이에 병원에서 온 연락은 심재모를 더 초조하게 만들었다. 서운상이 척추를 상해 대수술을 받았는데 계속 혼수상태이고, 의식이 깨어난다 하더라도 완치가 될 것인지는 장담할 수 없다고 했다. 완치 여부의 불확실함은, 척추의 이상이 뇌에 영향을 미치는 혼수상태가 계속되거나, 깨어나더라도 전신마비나 반신불수가 될 위험이 크다는 것이었다.


나무꾼 차림으로 석거리재를 넘은 하대치는 쌍암장터가 멀지 않은 조계산 자락에 이르러 지게를 받쳤다. 우선 바지춤을 까내리고 오줌부터 누었다. 오줌발이 뻗어나기 시작하자 그의 눈꺼풀은 사르르 감겨내렸다. 배설의 쾌감을 감지하는 말초신경의 반응이었다. "어어 참 씨언타!" 하대치는 온몸을 푸드들 떨어 진저리를 치며 흡족감이 넘치는 소리를 토했다. 닌장맞을, 혁명이고 해방이고 요리 오줌 누고 똥 누대끼 씨언허게 되야뿔먼 을매나 좋아뿌까이. 하대치는 바지춤을 끌어올리며 생각했다. 그는 허리끈을 단단히 동여매며 주위를 두리번거려 살폈다. 산이 깊어 나뭇감은 지천으로 널려 있었다. 그러나 이제 솔가리나무는 쓸모가 없었다. 그 대신 솔가지나무를 하면 되었다. 솔가리는 겨울을 나면서 진기가 거의 빠져버려 불땀이 없이 아궁이에 재만 채웠다. 그러나 큰 나무에 붙어 저절로 죽어버린 솔가지들은 겨우내 잘 말라서 솔가지나무 하기는 제철이었다.

해를 힐끗 올려다본 하대치는 양쪽 손바닥에 침을 튀겨 맞비볐다. 한바탕 나무를 할 작정이었다. 장터댁을 찾아가자면 위장을 위해서나 장터댁을 위해서나 나뭇짐이 나뭇짐다워야 했다. 첫 번째 나뭇가지를 툭 꺾으며 하대치는 코웃음을 흘렸다. 대장 염상진이 생각나서였다. 선(線)을 대러 가는 길에 장터댁을 한번 만났으면 한다고 말하자 염 대장은 이윽히 쳐다보고 웃으며 "정들었소?" 하고 물었던 것이다. 그 쳐다보는 눈길이나 웃음이 반은 농이었고, 반은 의심이라고 느껴졌다. 서운한 생각이 왈칵 치밀었다. "나가 미쳤간디라? 대장님 따라댕김서 허는 일이 워디 색질입디여? 그라고 대장님이 은제 색질허라고 갤찼는게라?" 자신도 모르게 열이 오르고 있었다. "하 동무 맘 다 알고 있소." 염 대장이 부드럽게 웃었다. "장터댁얼 한분 찾아볼라고 허는 것은, 우리 사업얼 지성으로 도와준 것도 고맙고, 지가 으쩌다 봉께 홀압씨라고 혀부렀는디, 고 창아리 읎는 예편네가 고것 믿고 한정 없이 목 닐이고 있으면 지가 사람 못헐 일 시키는 것이고, 그차저차 혀서 고마운 것 표식허고, 이사 허는 것맨치로 혀서 끝막음도 깨끔허니 허고 헐란 것이었제라." "그거 좋은 생각이오. 그리 하시오." 염 대장은 어깨를 잡아 흔들며 고개를 끄덕였다.

하대치는 육자배기 가락을 흥얼거리며 마른 가지를 꺾어나갔다.

아직 햇발이 넉넉하게 남은 데다가 나무가 많아 서두를 것이 없었다. 오늘은 장터댁을 만나고, 선은 내일 대도록 되어 있었다. 하대치는 선요원 노릇 하는 것을 무엇보다도 만족스럽고 떳떳한 일로 생각했다. 선요원 노릇은 위험하고도 힘이 들었다. 언제나 감시의 눈을 피해야 하고, 혼자서 산을 타야 했다. 그러나 그건 아무나 하는 일이 아니었다. 눈치 빠르고 몸이 날래야 하는 것에 앞서 당성이 강하고 혁명의식이 투철해야 했다. 염 대장은 선요원을 '혁명전사 중의 전사'라고 말하며 자신에게 그 임무를 맡겼던 것이다. 그건 영광이었고 기쁨이었다. 보람이고 힘이었다.

실한 솔가지나뭇짐을 지고 하대치가 쌍암장터로 들어섰을 때는 사방이 어둑어둑해져 있었다. 하대치는 지게를 받치기 전에 국밥집 안의 동정부터 살폈다. 장날 저녁이 아니라서 그런지 손님 있는 기척은 들리지 않았다. 그는 지게를 진 채로 문을 옆으로 밀었다.

"어여 오씨……" 여자의 목소리가 여기서 끊기는 듯하다가, "음마아! 요것이 누구다요" 장터댁은 두 팔을 뿌리듯 허공을 치며 반가운 소리를 내질렀다.

"워따, 춘향이 이 도령 맞데끼 허네이."

하대치는 심드렁하게 말하며 서 있었다.

"반갑기로 치자면야 고것으로는 모지래고, 죽었다가 되살아난 심청이가 봉사 아부지 새시로 만낸 것만 허요. 근디, 나뭇짐 안 부리고 워째 그러고 섰소. 워디 딴 국밥집 새로 맹글었소?"

장터댁이 화기 도는 얼굴로 눈을 흘겼다.

"하먼, 자네보담 이쁘고 찰방진 여자가 쩌짝에 있데."

하대치는 서너 발짝 옆걸음질을 쳐 지게를 벗었다.

"고년이 워떤 년인지 대갱이에 머리크락 싹 다 잡아띤겨 중놈 상호 되고 잡은개비요. 얼렁 들오씨요, 국밥 맛나게 몰 것잉게."

하대치는 지겟작대기를 받치며, 다시 오기를 백번 잘했다 싶은 생각을 했다. 일은 시작이 있으면 끝이 있어야 했다. 그녀가 옷 짓는 일을 말끔하게 끝내자 마음먹었던 수고비를 내밀었는데 그녀는 한사코 받으려 하지 않았다. 욱대기다시피 해서 돈을 쥐어주고 돌아서서도 돈을 마다하는 그녀의 마음이 끈이 되어 따라오고 있었다. 그건 밥장사를 하는 마음이 아니었던 것이다. 돈을 벌기 위해 옷 짓는 일을 맡았다고 해도 고마울 판인데, 그녀는 돈을 상관하지 않는 마음으로 일을 해낸 것이었다. 처음에는 그저 국밥집 하면서 임도 보고 뽕도 따고 하는 계산속으로 잠자리를 폈을 그녀가 잠자리가 거듭되면서 임만 보아도 좋다는 쪽으로 마음이 변하게 된 것이다. 그것은 자신이 신분을 감추려고 홀아비니 뭐니 해가며 밑자락을 깐 탓이었다. "장시 잘해갖고 이문 톡톡허니 냉게오씨요이." 옷짐을 지고 돌아설 때 흡사 남편에게 하듯 한 그녀의 말이 날이 갈수록 마음에 죄스럽게 걸렸다. 그 옷을 혁명전사들이 입게 될 것은 그녀가 끝까지 모르는 것이 오히려 그녀에게 좋은 일이지만, 그녀가 자신을 턱없이 기다리게 만들어놓고 소식을 끊어버리는 것은 사람을 이용만 해먹고 똥 치운 막대기 내던지듯 하는 사람 같지 않은 짓이라는 생각이 떠나지 않았다. 우리는 인민해방을 위해 투쟁하는 순결한 전사다……. 그 순결을 더럽히는 것만 같은 찜찜함이 계속 남아 있었다. 장터댁은 엄연한 인민의 한 사람이었고, 더구나 혁명사업을 도운 장한 인민이었다. 뒷마무리를 깨끗하게 하여 그녀의 마음에서 기다림을 없애주고, 자신도 찜찜함이 없는 순결한 전사이고 싶었다. 염 대장은 그런 자신의 마음을 다 헤아리는 것 같았다. 어깨를 잡고 흔들던 것이며, 고개를 끄덕이던 것이 그렇게 느껴졌다.

"머 허고 기시요, 국밥 다 몰았는디."

"어이, 들어가는 참이시."

하대치는 생각을 털며 돌아섰다.

"워찌 그리 함흥차삽디여?"

장터댁이 술바가지를 들고 뒤따르며 말했다. 그 말을 할 만큼 수십 날이 지나갔음을 하대치 자신이 먼저 알고 있었다.

"워쩌다 봉께로 그리 되야뿌렀네."

하대치는 등받이 없는 나무의자에 걸터앉았다.

"옷장시 해갖고 돈 벌어 거그서 새 장개 들어뿐 줄 알았소."

마주 보고 앉은 장터댁이 바가지의 술을 따르며 하대치를 진득한 눈길로 쳐다보았다.

"나도 그리 되길 바랬는디 뜻대로 안 되야뿌렀네."

하대치는 헤식게 웃으며 술잔을 들었다.

"씨엉쿠 잘되야뿌렀소." 장터댁은 오기를 지르듯 말하고는, "근디, 무신 일이 있기는 있었는갑소이. 신색이 전만 못헌디다가 기색도 워째 구름 찐 것맹키로 쌔코롬헌디, 장시가 밑갔습디여?"

장터댁은 무언가를 알아내려는 눈빛으로 하대치의 눈치를 살폈다. 하대치는 마음먹은 말을 꺼낼까 말까 망설였다. 만나자마자 마지막 걸음을 하러 왔다는 말을 꺼내자니 너무 야박한 것 같고, 장터댁이 깔고 있는 말자리는 그 말을 꺼내기에 안성맞춤이고 그랬다. 하대치는 술사발을 쭈욱 기울였다. 어차피 해야 할 말이고, 일부러 걸음 한 것도 그 말을 하기 위해서였다. 하대치는 손바닥으로 야무지게 훔친 입술을 되짚어 손등으로 훔쳤다.

"장시고 머시고, 나가 오늘로 장터댁 끝보기럴 혀얄랑가 비네."

"머시라고라?"

장터댁은 엉덩이를 벌떡 들었다가 놓았다. 그 바람에 의자가 신음소리를 냈다.

"와따메 걸상 뿌식어져뿔겄네."

"음마, 태평시런거. 궁뎅이는 성허고라?"

"자네 궁뎅이야 빵빵허니 실헌께."

"사람 간 떨어지게 혀놓고 무신 싱건 소리 허고 앉었소, 시방. 근디, 고것이 무신 소리다요?"

머리카락이 흘러내리지도 않았는데 머리를 쓰다듬으며 장터댁은 정색을 하고 물었다. 그녀의 얼굴에 감돌고 있던 화기는 간 곳이 없고 놀란 기색만 드러나 있었다.

"나가 벌교로 이사럴 가야 허게 생겼네. 근디, 나 따땃허게 대해

주고, 일 지성으로 챙게준 자네럴 안 보고 뜰 수가 있어야제."

"워메 참말로, 정들라 헝께 이별인갑소이."

장터댁이 고개를 푹 떨구었다. 하대치는 또, 찾아오기를 잘했다고 생각했다.

"으짤 수가 있겄소. 사람찌리 만내고 멀어지고 허는 것이야 서운헌 일임스로도 서운해허딜 말어야 헐 일이제라. 나가 암것도 헌 일이 읎는디 요리 찾아와준 맴이 하여튼지 간에 아즘찮이요. 국물 다 식는디 싸게 드시씨요."

장터댁이 코를 들이마시며 국밥그릇을 하대치 앞으로 조금 밀었다. 그는 비로소 국밥에 꽂힌 숟가락을 잡았다.

그날 밤 장터댁은 미친 듯이 하대치를 탐하고 들었다. 그녀는 몸이 불붙어 타오를 때마다 신들린 무당처럼 온갖 소리를 토해내고는 했다.

"가지 말어, 가지럴 말어. 갈라먼 날 딜꼬 가, 날 딜꼬 가아. 워메, 요래 놓고, 워메, 요래 놓고…….""워메, 워메, 나넌 따라갈라네, 천리만리 따라갈라네. 워따, 워따, 혼자서는 못살겄다, 기엉코 따라갈라네, 못 오게 혀도 죽어도 따라갈라네. 요리 미치게 혀놓고 워째 가, 워째 가.""나가 믹에살릴랑께 항꾼에 살어, 가딜 말고 항꾼에 살어. 워야 죽겄다, 워야 못살겄다. 나가 믹에살릴랑께.""아이고 웬수야, 아이고메 이 웬수야, 그리 허망허니 가뿔람사 요리 달지나 말아야제. 요리 담스로, 요리 꼬심스로 가기넌 워딜 가. 워메메 나 죽겄다, 워메메 미치겄다, 날 두고 갈라먼 쓰고 맵고 짜와야제, 요리 달고 꼬셔뿔먼 난 워쩐디야, 난 워쩐디야, 요 무정헌 웬수야." 그리 정신이 없다가도 화합이 끝나면 그녀는 하대치가 떠나게 되었다는 사실을 현실로 받아들이고는 했다. "심청이가 닭아 닭아 울지럴 마라 했던 맴얼 인자사 알아묵을 것 겉으요." "나넌 평상 거그럴 안 잊어뿔 것 같은디, 거그넌 돌아슴스로 나럴 잊어뿔겄제라?" "사람 맴이란 것이 요상시러분 것잉개비요. 전에넌 그냥저냥 그랬는디, 영영 못 볼 것이다 싶은께로 옰던 맴이 도지고 그러요." "나넌 여그서 말뚝 박고 살 것잉께 무신 일로 여그 가차이 오고 허먼 꼭 찾아오씨요이." 그녀가 정신없이 한 말이든, 정신을 차리고 한 말이든 간에 하대치는 그저 "그려, 그려" 하고 대꾸했다. 그 대꾸가 자신의 말에 맞든 안 맞든 그녀도 탓하지 않았다.

먼 데서 장닭의 목청 뽑는 소리가 길게 들려오기 시작하고, 창호지문에 새벽빛이 젖어들었다.

"와따 인자 코에서 피냄새가 나네."

하대치가 머리를 짤짤 흔들었다.

"고상혔소, 잠 한심 지대로 못 잠시로. 이년 띠놓고 가는 죄닦음 톡톡허니 헌 심이요. 이년 가심 씨언허게 맹글어놓고 간께 고맙기는 헌디, 너무 심 빼게 혀서 미안시려 워쩔께라. 인자 이년이라면 씬물이 나겄소."

장터댁은 하대치의 겨드랑이를 파고들며 콧소리를 냈다.

"아니시, 아니시, 자네 가심 씨언허게 되얐으먼 좋제. 자네가 씨언허당께 나 가심도 씨언허시. 암시랑 않네, 암시랑토 안혀……."

하대치는 선을 댈 것이 오늘 해질녘이라는 것을 되짚으며 밀려오는 잠의 파도에 휩쓸려들었다.

김범우와 손승호는 술자리를 마주하고 앉아 있었다. 둘이서 심재모를 찾아갔다가 돌아온 뒤로 며칠이 지나도 심재모한테서는 아무런 연락이 없었다. 손승호는 몇 번이나 김범우에게 전화를 걸려다가 그만두고는 했다. 가부간 무슨 연락을 받고서도 무심하게 있을 김범우가 아니었던 것이다. 그러고 있는 참에 학부모가 다시 찾아왔다. "기둘리다 기둘리다 애가 보타서 또 왔구만이라. 그 여드레가 워쩌크름 그리 질든지…… 성가시럽게 해싸서 참말로 미안시럽구만이라, 선상님." 노인네의 말을 듣고서야 여드레가 지난 줄 알게 되었다. 그 여드레가 노인네한테 얼마나 지루하고 초조한 시간이었을 것인가는 충분히 이해가 되었다. 그래서 노인네를 보내놓고 바로 김범우에게 전화를 걸지 않을 수가 없었다. "응, 내가 진작 알아봤었네. 무슨 사건이 터져 심재모 그 사람 거기 매달리느라고 좀 복잡하데. 자네, 오늘 시간이 어떤가. 술도 한잔 해야니까, 만나서 자세한 얘길 하세." 겸사겸사로 술자리를 만들게 되었다.

"아직도 범인은 잡히지 않고, 피해자는 생명이 위독한 상태고, 좀 시간 여율 달라는 거네."

"어쩔 수 없는 일이지. 그런데, 난 그런 일 벌어진지도 모르고 있었네."

"당연하잖은가. 옆에서 총소리나 울려대면 모를까, 자네야 저 밑바닥만 내려다보고 정신을 팔고 앉았으니 읍내가 시끄러운 소문도 귀에 들어올 리가 있나."

"밑바닥……."

손승호는 되뇌었다. 그 말이 이상하게도 가슴을 찔러왔다.

"왜, 그 말이 싫은가?"

"아니야, 뭐랄까…… 내 맘을 꼬집힌 생각이 들어서."

"아픈가?"

김범우가 빙그레 웃으며 술잔을 들었다.

"글쎄, 아프다기보담은…… 쓰라리군."

"쓰라려하지 말게, 다급하게 결정하고 행동하는 것보단 깊이 생각해 보자는 자네 태도가 더 옳을지도 모르니까."

"그나저나, 그 폭력사건도 단순한 문제가 아니로군."

손승호는 화제가 자기 문제로 향하는 것이 싫어서 말머리를 돌렸다. 김범우는 그런 손승호를 물끄러미 바라보다가 술잔을 건넸다.

"그건 피할 도리가 없는 상황에서 생긴 사건 아니겠나. 반민특위가 활동을 개시하면서 묻혀 있던 농지개혁법안 상정도 본격적으로 논의되기 시작하지 않았나. 반민법이 국회를 통과해서 실질적 활동을 전개하게 되었다는 건 농지개혁법도 언젠가는 통과된다는 의미네. 두 법안이 통과되는 정치적 사회적 의미는 따로 얘기할 문제고, 농지개혁법이 통과될 거라는 전제 아래 지주들이 자기네한테 끼칠 손해를 최대한 줄이기 위해 온갖 수단 방법을 다 동원할 판인데, 그리 되면 소작인들과 정면충돌은 불가피하게 되고, 앞으로 그런 사건은 속출하게 돼 있네."

"그렇겠지. 인간의 역사란 경제구조의 모순을 척결하기 위한 피나는 싸움의 연속이라는 말이 실감나게 된 상황이군."

침울한 얼굴로 고개를 두어 번 끄덕인 손승호가 술잔을 들었다.

"맞는 말이지. 경제란 결국 생존이란 뜻이니까. 정치라는 것도 경제구조를 어떻게 합리적이고 조직적으로 운용할 것인가 하는 필요에 의해서 만들어진 조직 아니겠나. 권력은 그 운용과정에서 생겨난 파생물이고. 모든 정치조직이 종말을 고하게 된 건 그 파생물인 권력을 과신하거나 남용하는 가치전도의 결과고 말야."

"그런데 우리 앞엔 시작부터 그 순서가 뒤바뀐 정권이 버티고 있으니 문제 아닌가."

"그러니까 삽으로 사람을 찍는 사태가 벌어질 수밖에. 그게 이놈의 정권이 억지춘향이고 사상누각이란 증거 아닌가. 참 자네 혹시 해방 직후에 대표적인 정객들이 내세운 정치관을 비교해 본 적이 있는가?"

"글쎄에, 어떤 식으로 말인가?"

"응, 해방이 되자마자 새 나라 건설을 전제로 제각기 내놓은 그 사람들의 정치설계를 비교 대조해 보는 거지. 그걸 해보면 현 정권의 문제점이 환하게 드러나네. 해방 직후에 서로 나 잘났다는 정객들이야 부지기수였지만, 그 조직이나 세력으로 보아 네 사람으로 좁힐 수 있잖겠나. 건준을 대표하는 여운형, 임정을 대표하는 김구, 한민당과 손잡은 이승만, 공산당의 박헌영, 그렇겠지. 그런데 해방이 되자마자 김구는 중국땅 중경에서, 여운형과 박헌영은 각각 서울에서 건국강령이라든가 또다른 이름으로 정치설계를 공개하지 않았던가. 그런데 말이네, 세 사람이 제각기 다른 장소에서, 각자의 판단으로 작성한 그것들이 기막힌 일치점과 공통점을 가지고 있다는 점이네. 세 사람 모두 토지개혁 단행과 친일파나 민족반역자 처단을 내세운 것이 그것인데, 그것도 각각 열 가지 정도씩이 되는 항목 중에서 그 두 가지를 맨 앞으로 내세워 첫 번째·두 번째 항목으로 잡은 것까지 똑같아. 공통점은 그것뿐만이 아니네. 그 두 가지를 실행하려는 방법까지 똑같네. 토지개혁은 무상몰수 무상분배로 하고, 친일파나 민족반역자들은 엄중처단하여 일체의 정치참여를 못하게 한다는 것 말이네. 물론 어느 사람은 거기다가 더 강경하게, 평생 동안 투표권도 박탈하겠다고 했지. 그 세 사람이 보인 일치점은 무엇일까. 우연의 일치일까? 그건 절대로 우연의 일치가 아니네. 그거야말로 현실을 직시한 필연의 결과였지. 세 사람의 정치의식이 뛰어나서 그런 일치를 보인 게 아니고, 그 두 가지 문젤 해결하지 않고선 정치가로서 대중들에게 지지나 인정을 받을 수 없게끔 현실상황은 분명했던 거지. 그런데 말야, 그런 확실하고 분명한 정치태도를 표명하지 않은 유일한 사람이 바로 이승만이야. 그 무정견한 약삭빠른 기회주의가 미군정과 한민당에 이중으로 업혀 결국 정권을 탈취하게 되었으니, 뭘 기대할 수 있겠는가."

"그 영감탱이야말로 가짜 중에 가짜지." 손승호는 술잔을 단숨에 비우고는 빈 잔을 들여다보고 있다가, "난 도무지 갈피를 잡을 수가 없네. 내가 거기서 등을 돌린 건 그와 반대로 자본주의를 선택하기 위해서가 아니고, 더군다나 무조건적인 반공주의에 협력하려는 게 아니었는데, 결국 상황이 이따위로 획일화되고 말았으니, 결과는 그 꼴을 면할 수 없게 되었거든. 이 직장에 계속 붙어 있으면 앞으로는 더욱더 의무화된 강요를 받아 반공교육을 시키며 적극적인 협력자로 타락해 갈 거고. 내가 설 자리가 없어. 최소한 날 지키고, 강요당하는 억지의 삶을 살지 않는 방법은…… 우선 이 직장을 버리는 것이 아닌가 싶네." 그는 침통하게 말했다.

　김범우는 손승호를 한동안 건너다보기만 했다. 그 갑작스러운 말이 김범우에게는 전혀 갑작스럽게 느껴지지 않았다. 그 말은 즉흥적인 것이 아니라 손승호가 오랜 시간에 걸쳐 고민해 온 그대로의 표현이리라 싶었던 것이다. 그가 교직을 떠나려 하는 것은 생계 이전의 의식의 문제였고, 사회주의 자체가 아니라 혁명방법론에 회의를 느껴 등을 돌린 그로서는 반대 이데올로기에 강제로 종사해야 하는 직장에서 벗어나려고 하는 것은 너무나 당연한 결과인지도 몰랐다. 그가 교직을 버린다는 것은 현 체제에 종사하는 모든 직장에 대한 거부를 의미했다. 현 체제 속에서 현 체제에 전혀 종사하지 않고 살아나갈 수 있는 방법, 그것은 도대체 무엇일까. 거기서부터 손승호는 새로운 고민을 하게 될 것 같았다. 생각이 깊은 손승호는 어쩌면 이미 그 방법을 찾아내놓고 직장을 버릴 마음을 먹게 되었는지도 모른다는 생각이 들기도 했다. 그러나 그것에 대해서 굳이 묻고 싶지는 않았다.

"그래, 생계 해결이라는 문제와 구분될 수만 있다면 그게 좋은 방법인지도 모르지. 앞으로의 교육은 자넨 물론이고, 의식 면에서 평범한 교사들도 견디기 어려울 만큼 반공체제로 개편될 테니까. 그건, 민주주의를 내세우면서도 스스로는 대통령이 아닌 국부로 추앙받기를 원하는 시대착오적인 봉건주의자 이승만이 가장 중대하게 생각하는 정책이니까."

손승호는 쓰디쓰게 웃으며 고개를 주억거릴 뿐 더 말이 없었다. 바깥 술청에서 술기운으로 뽑아늘이는, 가으네 가으네 나넌 가으네에에 이므으을 두이고 나너언 가으네에에, 하는 잡가소리가 컬컬하면서도 구성지게 들려왔다.

"꾸척시러운 소리네만, 자넨 어째서 그 사상을 포기한 건가?"

손승호가 김범우를 빤히 쳐다보며 말했다. 그 눈에는 술기운이 어지간히 젖어 있었다.

"사람 싱겁기는, 꾸척시런 소린지 암시로 머 헐라고 꾸척시럽게 고런 말 묻고 그런가."

김범우는 손승호의 '꾸척시럽다'는 말을 받아 있는 대로 사투리를 쓰며 웃었다.

"금메 말이시. 꾸척시럽단 것 암스로도 자네가 서울로 뜬다니께 그런지, 맘이 요상허게 비는 것도 같고, 고것을 알고 잡아진단 말이시. 술 묵은 짐에 그 이약이나 털어놓고 가소."

손승호의 얼굴은 어떤 간절함을 드러내고 있었다.

"그려, 자네가 원허면 평생 생각허고 싶지 않았던 이약이지만 술

기운 빌레 해야지 어쩌겠는가."

"그리 허소. 술안주 삼아 듣세."

손승호가 듣기를 원하는, 행동의 계기가 명료하게 밝혀질 수 있도록 김범우는 이야기를 효과적으로 간추릴 필요를 느꼈다. 김범우는 물론 탈영에서부터 이야기를 시작했다. 그러나 영국군 부대에서 미국으로 옮겨지기까지의 그 복잡한 과정은 몇 마디로 요약했고, 그 혹독하던 OSS훈련 과정은 아예 생략해 버렸다. 그렇지만이야기하는 목적에 필요한 대목은 가능한 한 자세하게 말을 했다.

"……그런 마음이 완전히 굳어진 건 거기서 하와이 포로수용소로 옮겨져 4개월을 갇혀 사는 동안이었지."

박두병과 함께 샌프란시스코를 떠난 김범우는 배에 실려 하와이로 이송되었다. OSS예비첩보원으로서 미국으로 갈 때는 물론이고국내이동에서도 비행기만 태우던 것에 비하면 이제 포로일 뿐인자들을 배에 태운 것은 미국인의 합리성을 유감없이 드러내는, 제대로 어울리는 처사였다. 두 사람이 배에서 내려 실려간 곳이 하와이 포로수용소였다. 그들이 반나절 가까이 대기실에 죽치고 앉았다가 만난 것이 수용소 소장이었다. 붉은 머리칼의 대령은 기분 나쁜 눈초리로 두 사람을 훑어보았다.

"우리 미합중국은 두 분에게 특별히 독방을 제공하도록 결정했습니다."

소장은 어떠냐는 듯 입가에 묘한 웃음을 그려냈다.

"사양하겠습니다."

약속이나 한 것처럼 두 사람의 입에서 거의 동시에 터져나온 말이었다.

"아니, 무슨 말입니까!"

소장은 휘둥그렇게 눈을 떴다.

"그따위 호의 우린 필요 없소." 박두병이 대꾸하고는, "미친 새끼들" 하며 우리말로 중얼거렸다.

"이건 미합중국 정부가 결정한 사항입니다."

소장은 가슴을 펴 보이며 엄한 얼굴로 말했다.

"호의를 명령처럼 말하지 마십쇼. 호의는 주는 쪽의 권리가 아니라 받는 쪽의 자윱니다. 우리가 어차피 포로취급을 받을 바엔 일반 포로들과 똑같이 지내겠소."

김범우의 말이었다. 소장은 난감한 얼굴로 붉은 머리칼을 두어 번 쓸어넘겼다. 그 빠른 손놀림에 신경질이 묻어났다.

"좋소, 뜻대로 하시오."

소장은 내뱉었고, 두 사람은 형식적인 인사도 하지 않고 돌아섰다.

"두 분, 개죽음 면한 걸 축하합니다."

비서실로 나오자 대뜸 들려온 뚜렷한 우리말이었다. 그리고 두 사람 앞에는 한 여자가 손을 내밀고 있었다.

"아이고 이런, 조선사람 아닌가?" 박두병이 화들짝 반가워하며 여자의 손을 잡았고, "그게 무슨 소리요?" 김범우는 차례가 온 여자의 손을 잡으며 마땅찮은 기분으로 물었다.

"기분 나쁘라고 한 말은 아니니 오핸 마세요. 조국 독립에 기여하고자 OSS요원을 자청한 두 분의 순수한 마음은 충분히 이해하고, 너무 감동적이기까지 해요. 그러나 두 분의 그런 뜻은 결국 묵살되고, 두 분은 미국의 전과만 올려주는 소모품으로 사용될 뻔했으니까 하는 말예요."

"좀 심각한 말 같군요."

김범우가 여자의 까만 눈을 응시하며 말했다. 여자가 생긋 웃으며 다음 말을 했다.

"독방 사용을 거절하지 않았더라면 끝까지 아는 체하지 않았을 거예요. 대신, 개 같은 것들이라고 욕을 해댔겠죠. 근데, 소장이 화가 나서 한 가지 빼먹은 게 있어요. 수용소 안에서의 행동의 자유예요. 이건 받아들이도록 하세요. 치사한 특혜가 아니라 당연한 권리예요."

"그럽시다, 그럼."

박두병이 말하며 김범우를 보았고, 김범우도 고개를 끄덕였다.

"그럼 여기다 싸인하세요. 앞으론 이곳도 출입 자유예요."

여자는 종이를 내밀며 환하게 웃었다.

"그 여자 그거 보통내기가 아닐세. 미국놈 밥 먹으면서 철저한 반미 아닌가."

대기실로 가며 박두병이 대견하다는 듯 말했다.

"필시 하와이 교포 2셀 텐데 우리 비슷한 꼴을 수없이 당한 게지."

김범우는 예측하고 있었다.

김범우의 예측 그대로였다. 그 여자의 성은 도씨였고, 미국식 이

름은 흔해빠진 메리였고, 그 이름이 싫어서 스스로 지은 조선식
이름은 장난스럽게도 라지여서 성까지 합해놓으면 '도라지'가 되었
다. 그런데 미국을 심층으로부터 혐오하며 조국을 그리워하고 있는
그녀의 마음을 알게 되자 그 이름이 장난스럽게 지어진 것이 아니
라 오히려 얼마나 진지하게 지어진 것인가를 알 수 있었다.

　"저는 어렸을 때부터 아버지 어머니가 끝도 없이 흥얼거리는 도
라지 노랠 들으며 자랐어요. 거 있잖아요, 도오라아지 도라아지이
백도오라아지이 시이임신사안천에 백도오라아지이, 하는 노래 말
예요. 우리 부모님은 그 노랠 부르며 고향을 그리워하고, 가지 못하
는 마음을 달래곤 한 거죠. 그래서 저도 이름을 그렇게 지었어요."

　그녀는 군속이었다. 사회학을 전공했는데, 3학년에서 공부를 중
단하고 말았다는 것이다. 공부를 할수록 미국에 대한 혐오감과 증
오심만 커져 더 할 필요를 느끼지 않았음이 그 이유였다.

　그녀는 해방을 맞은 조국의 장래에 대해 대단한 관심을 나타냈
다. 그녀는 미국과 소련의 한반도 분할점령을 신랄하게 비판했으며,
특히 미국이 제안하고 있는 신탁통치안에 대해서는 그 비판의 열
도가 불같이 뜨거웠다.

　"미국은 인디언을 무차별로 죽이고, 흑인을 노예로 짓밟은 식으
로 약소국들을 먹어치워 세계의 제왕이 되려 하고 있어요. 신탁통
치란 바로 그 목적을 달성하기 위한 방법인데, 교활하게도 소련·영
국·중국을 동원해서 그 침략성을 위장하고 합법성을 가장하고 있
어요. 루스벨트가 신탁통치 기간을 30년으로 잡은 그 음흉한 저의

가 뭐겠어요. 일본 식민지의 재식민지화예요. 조선사람은 뭉쳐야 해요. 뭉쳐 미·소를 몰아내야 해요. 스테이트가 아니라 네이션이 먼저예요. 민족이 단합하지 않으면 이 위기는 해결할 수 없어요."

그녀는 일과를 끝내고 늦게까지 두 사람과 토론에 열중하고는 했다. 조선 문제가 언급된 신문이나 잡지는 꼭꼭 구해다 주기도 했다.

"이건 한번 읽어둘 만한 책일 거예요. 읽고 나서 얘기하도록 해요."

그녀가 내민 두툼한 두께의 책에는 'Red Star Over China'라는 제목이 붙어 있었다.

"중국의 붉은 별이라. 구미가 당기는군."

박두병이 먼저 책을 집어들었다.

그 책은 에드가 스노우란 기자가 모택동을 중심으로 한 주덕·주 은래·임표·팽덕회 등 중국공산당 주요인물들과 만나 깊이 있는 인터뷰를 시도하여 그들의 사상과 투쟁 및 인물됨됨이를 기록하고, 공산당 지역을 구석구석 돌아보면서 그 조직체계·교육방법·인간관 계·질서유지 등을 다각적이고 심층적으로 취재한 내용이었다. 그 건 공산당 결성으로부터 홍군의 대장정을 거쳐, 홍군이 팔로군으 로 변신하기까지의 초기 중국공산당을 이해하는 데 결정적인 역 할을 하는 책이었다.

"제가 왜 그 책을 권한 것 같애요?"

도라지는 의미 깊게 웃고 있었다.

"공산주의자이면서도 민족의식을 확고하게 가졌던 모택동과 그

노선에 발맞춘 사람들 때문이 아닌가 싶소."

김범우는 미리 정리한 생각을 말했다.

"내 생각도 그렇소. 우리가 공산혁명을 하고 있는 것은 중국을 소련에 넘겨주기 위해서가 아니라고 스노우에게 한 모택동의 말이 제일 인상적이었소. 그리고 코민테른이 1차 시도에 실패하고 2차로 주은래에게 코민테른화의 주도권 장악을 지시했는데, 그 사실 자체를 모택동에게 알려버린 주은래의 태도가 그 다음으로 인상적이었소."

박두병이 진지하게 말했다.

"어쩌면 그렇게 제 의도와 꼭 들어맞는지 모르겠네요. 공산주의자들이 공산주의보다 먼저 민족을 내세우는 건 참으로 기막혀요. 그러니 다른 주의도 어째야 할 건지는 자명하잖아요."

도라지는 만족스럽게 웃었다.

"모택동, 그 사람 어찌 보면 흠집투성이야. 이혼을 밥 먹듯 하고, 대장정을 하며 제일 고통스러웠던 게 담배를 구할 수 없었던 거라는 소리를 예사로 하고, 계집애처럼 예쁜 나비를 잡아 책갈피에 끼우질 않나…… 그런데 그런 게 다 흠으로 뵈는 게 아니라 지극히 인간적인 매력으로 느껴진단 말야. 역시 매력 있는 인간이고 가식이 없는 인물이야."

박두병은 혼잣말을 하듯 하고 있었다.

"그걸 선물로 드리겠어요. 미국을 위해서가 아니라 우릴 위해서 그걸로 영어공부 열심히들 하세요."

도라지는 두 사람이 빌려 썼던 사전에 자신의 이름을 또박또박 써주었다.

12월 중순에 귀국하는 배를 탔고, 그때 김범우의 의식 속에는 친일반역세력들을 완전히 제거하고 새로운 이상으로 뭉쳐진 '민족의 우선'이 확고하게 자리 잡혀 있었다. 그런데 귀국을 하고 보니 미·소의 점령에 따른 좌우의 대립은 생각보다 치열한 양상을 보이고 있었다. 그리고 색채를 조금씩 달리하는 정치조직들끼리의 갈등까지 얽혀져 난맥상을 이루고 있는 속에서 민족은 골 깊게 분열되고 있었다. 우익은 더 말할 것 없었고, 그렇다고 좌익의 편에 설 수도 없었다. 좌익은 역시 역사의 필연성에 있어서나, 민중의 생존성을 창출함에 있어서나 신뢰를 보내지 않을 수 없었다. 그러나 미국이라는 상대가 버티고 있는 한 좌익이 지향하는 바는 그 실현성이 희박할 뿐이었다. 좌익이 미군정에 정면대결을 하면 할수록 그들의 목적 실현은 그만큼 강한 힘으로 저지당하고, 그에 따라 민족의 분열은 심화될 뿐이었다. 첫째 민족의 삶, 둘째 이데올로기의 실현을 생각하고 있는 그의 입장에서 이데올로기의 실천만을 목표로 성급하게 내닫고 있는 좌익의 방법론에 동의할 수가 없었다. 미국이나 소련의 점령 목적이 자기네들에게 유리한 정권을 세우려는 것임이 유리그릇 들여다보듯 자명한 이상 이남이나 이북 그 어디에서든 그들의 뜻과 상반되는 이데올로기를 실천하려고 나서는 것처럼 무모하고 어리석은 일은 없었던 것이다. 민족의 삶을 위해서는 그들의 점령지배로부터 벗어나는 것이 급선무였고, 이데올로기의 실현은 그 다음 단계로 추진해도 늦지 않는 일이었다. 그러기 위해서는 서로 다른 정치세력들이 연합하거나, 그것이 가능하지 않으면 어느 기간 동안 정치색을 은폐하거나 해야 했다.

"자넨 나보다 생각이 더 구체적이고 앞서 있었군그래. 자네가 왜 백범을 마음에 두는지 좀더 확실하게 알 것 같군."

손승호가 술기운 도는 얼굴로 고개를 끄덕였다.

"내가 백범을 전적으로 좋아하는 건 아니네. 자기가 곧 임정이고, 임정이 곧 국가라는 비민주적이고 우익적이던 초기의 사고방식 같은 건 용납할 수가 없네. 다만, 민족자주통일을 위해 공산당을 배제해서는 안 된다고 한 정치태도와, 그런 맥락에서 단정수립을 반대하고 남북협상을 시도한 대목을 좋아하는 거네. 시기적으로 늦고, 여러 상황이 복잡해 결국 실패로 끝나고 말았지만, 그나마 그런 노력을 한 것은 남북의 현실정치세력들 중에서 백범이 유일한 분 아닌가. 백범의 그 노력만큼은 성패와 상관없이 분단이 굳어져갈수록 높이 평가될 게 틀림없네. 자네 생각은 어떤가?"

김범우는 손승호에게 잔을 내밀며 물었다.

"그래, 정면대결로 끝없이 사람들이 죽어가는 일이 벌어지는 걸 보면 자네 말이 맞네. 그리고 민족과 통일을 전제로 한 백범의 그런 뜻은 높이 평가해야지. 그런데 말이네, 앞으로 세상이 어찌 돼 갈 것 같은가?"

손승호가 스산한 얼굴로 김범우를 건너다보았다.

"글쎄, 용한 점쟁이인들 그 일을 어찌 맞추겠는가. 그저 현상만 더듬을 뿐이지. 자유민주주의 체제로선 세계 제일이라고 자랑하는 미국이 자기들과는 정반대로, 막강한 경찰조직으로 보호되는 가장 비민주적인 정권을 세우지 않았나. 그렇게 하지 않으면 안 되도록 좌익과 그에 동조하는 민중들한테 도전을 받고 있는 게 우리 현실이야. 제주도의 투쟁도 계속되고 있고, 여순투쟁도 새로 시작되고 있지 않나. 이승만 정권은 이미 공산당 박멸을 정책으로 내세웠고, 공산당은 이번 여순사건을 계기로 무장공개투쟁으로 맞서고 있어. 그건 서로가 피할 수도, 양보할 수도 없는 싸움이네. 그 정면대결이 어떤 또다른 사태를 야기시킬지 그 누구도 전혀 모르는 일 아니겠나?"

"그래, 한 치 앞을 제대로 내다볼 수 없는 세상이야. 빌어먹을, 군정 3년은 민중학살의 역사니……."

손승호가 침통하게 중얼거렸다.

"미군은 이번 여순사건으로 철군을 미룰 명분까지 얻었네."

김범우가 중얼거리며 술잔을 들었다.

# 11

# 미운 진달래

강동기가 서운상을 가해한 사건은 읍내 지주들의 신경을 자극시켰다. 우선, 소작인이 지주를 가해했다는 사실 자체가 지주들로서는 도저히 용납할 수 없는 감정적 문제였고, 감정을 누르고 이성적으로 따져보더라도 그 사건이 다른 많은 소작인들에게 미칠 영향을 생각하면 결코 작은 문제일 수가 없었다. 지주로서의 체면을 위해서나, 휘하의 소작인들의 기를 꺾어놓기 위해서나 지주들로서는 좌시하고 있을 수가 없었다. 이미 결성을 하기로 합의를 본 벌교·조성지구좌익척결위원회가 그 사건을 계기로 결성식을 대대적으로 준비하게 되었다. 유주상의 머리로 짜여진 그 계획은 모든 지주들의 적극적인 호응을 받았다. 서운상이 곤궁에 빠진 입장을 십분 이용해서 논을 헐값으로 몰아때려 사들인 유주상으로서는 그 사건이 남달리 신경에 거슬리고 있었다. 서운상이 그런 흉악한 꼴

을 당한 것에는 자신이 무관할 수가 없었던 것이다. "정 사장 때부
텀 부치든 작인 넷이 있는디, 그 사람덜이 성가시럽게 쫓아댕게싼
께 기왕지사 소작 낼 것이면 그 사람덜얼 부치는 것이 워쩌실란지."
돈을 챙긴 서운상이 지나가는 말처럼 했었다. "알겠습니다. 생각해
보도록 하죠." 그자들이 바로 정 사장 집에서 난동을 부린 것들 아
닙니까? 하는 말이 곧 입 밖으로 쏟아지려는 것을 유주상은 겨우
참아내며 그렇게 완곡한 대꾸로 지나쳤다. 그런데 그자들이 서운
상을 그 꼴로 만들고 말았다. 유주상은 간담이 서늘해지는 것을
느끼며, 그놈들에게 소작을 부치지 않은 것이 얼마나 잘한 일인가
를 몇 번이고 다행스러워했다. 만약 소작을 부쳤더라면 서운상이
가 당한 꼴을 자신이 당했을지도 모른다는 불길함과 안도감이 뒤
섞인 감정이었다. 자신이 서운상의 논을 사들인 연관 말고도, 앞으
로 벌교바닥에서 지주 노릇를 하게 된 이상 그 사건을 소홀하게 넘
길 수가 없었다. 달아난 범인은 틀림없이 잡아야 하는 것이고, 유치
장에 갇힌 두 공범도 가차 없이 엄벌에 처해야 했다. 그래야만 께름
칙한 마음도 개운해질 것이고, 모든 소작인들이 딴마음 먹지 않고
정신 바짝 차려 황소처럼 일하게 될 것이었다. 그 두 가지 목적을
동시에 달성하기 위해서는 벌교·조성지구좌익척결위원회 결성식을
대대적으로 벌일 필요가 있었다. 지주들이 한자리에 모여 대대적인
행사를 벌이게 되면 심재모도 범인들 처리에 압력을 받지 않을 수
가 없고, 소작인들도 지주들의 단결된 힘 앞에 기가 죽게 될 터였다.
  벌교·조성지구좌익척결위원회 결성식은 남국민학교 강당에서

그야말로 성대하게 베풀어졌다. 벌교·보성·조성·고흥의 한다하는 지주들은 다 모여들었고, 강제로 동원된 사람들이 빽빽하게 강당을 채웠다.

"……우리 국가와 민족의 양양한 앞길을 가로막고 파괴하려는 공산도배들을 우리는 그대로 좌시 관망할 수 없어 다 같이 힘을 합쳐 무찌르기 위하야 이에 본 좌익척결위원회를 결성하는 바이며, 앞으로 공산도배와 그 분자들을 일소 척결함에 있어서 우리는 용맹무쌍하게, 일사불란하게 나설 것이며, 따라서 그 어떠한 용공적 행위나 사회질서를 교란하는 행위도 결단코 용인하지 않을 것임을 이에 천명하는 바이며……."

위원장으로 뽑힌 최익달이 벌겋게 달아오른 얼굴만큼 격앙된 어조로 취지문을 읽어내려갔다.

읍장과 나란히 앉은 심재모는 뒤늦게 이 위원회가 결성되는 저의가 무엇일까를 골똘하게 생각하고 있었다. 각 지역의 지주들이 중심이 된 데다가 '좌익척결'을 내세우고 있는 이 모임을 현실적으로 권장을 했으면 했지 불법으로 간주할 근거나 이유는 그 어디에서도 찾아낼 수가 없었다. 그들은 좌익척결이라는 거창한 명분을 내걸고 있었지만 지루하고 긴 취지문 낭독이 다 끝나도록 그 구체적인 방법은 제시되지 않았다. 그것은 자기네들을 방어하기 위한 모임에 지나지 않고, 앞으로 일해먹기 힘든 골칫거리가 될 거라고 심재모는 생각을 정리했다.

결성식이 끝나고 옆교실에서 축하잔치가 벌어졌다. 그 자리에 참석한 사람들은 물론 지주들만으로 한정되었다. 심재모는 영 기분이 내키지 않았지만 그 자리를 피할 방도는 없었다. 심재모가 그런 눈치를 보이자 경찰서장이, "조금만 참으시지요" 하며 만류의 눈짓을 보냈다.

"짜아, 좌익척결위원회 결성을 축하허는 뜻으로 우리 모다 한잔썩 쭈욱 듭시다!"

위원장 최익달이 술잔을 높이 치켜들었고, 제각기 기분 들뜬 소리들을 한마디씩 해대며 술잔을 높였다.

술잔이 오가는 속에서 심재모는 술을 마시는 시늉만 하고 있었다. 기분도 기분인 데다가 낮술은 거의 입에 대지 않는 것이 그의 습관이었다.

"자아, 심 사령관, 내 술 한잔 받으씨요."

단상에서 흥분된 기분이 그대로 연속되고 있는 것 같은 최익달이 술잔을 내밀었다.

"예에……."

심재모는 엉거주춤하게 잔을 받았다.

"거어, 서운상이럴 해꼬지헌 놈은 안직도 잽힐 미꼬미가 안 뵈요?"

술을 따른 최익달이 터무니없이 큰 소리로 물었다. 심재모는 순간적으로 비위가 상하는 것을 느꼈다. 최익달이 고의적으로 큰 소리를 지른 듯했고, 그 어투가 시비조가 완연했다. 술을 권한 것도 그 말을 꺼내기 위한 의도적 행위로 여겨졌다. 이걸 어떻게 대처하나, 심재모는 흔들리려는 감정을 누르며 잠시 생각했다.

"예, 지금 수사에 최선을 다하고 있는 중입니다."

심재모는 소리나는 쪽으로 고개를 돌렸다. 서장 권병제가 부드러운 얼굴로 대답을 대신하고 있었다. 심재모는 그런 서장에게 고마움을 느낌과 동시에, 자신이 얼른 그런 식의 형식적인 응답을 해버리지 못한 것을 미안하게 생각했다.

"서장헌테 물은 말이 아닝께 권 서장은 나스지 마씨요."

최익달이 불쾌한 표정을 지으며 거침없이 내쏘았다. 권 서장의 안색이 변하며 얼굴이 일그러졌다. 그런 권 서장을 보자 심재모의 마음은 금이 가고 말았다.

"말씀 삼가시오. 수사행정에 민간인은 개입할 수 없을 뿐만 아니라 엄연한 수사행정관한테 나서라, 나서지 마라, 하는 말투는 도대체 뭐요. 권 서장이 나서지 말라면, 나더러 나서라는 말인데, 도대체 무슨 권한으로 수사행정에 간섭하려 드는 거요? 좌익척결위원장 자격이오? 내가 계엄사령관 자격으로 분명히 말해 두지만, 그건 그 어떤 권한도 행사할 수 없는 민간인의 단체일 뿐이고, 만약 그 단체를 이용해서 불법적 권한행사를 하게 되면 계엄사령관 권한으로 그 단체를 해산시킬 수 있다는 것을 명심하시오. 지금은 엄연히 계엄하요."

심재모는 최익달이보다 큰 소리로 억제하고 있던, 그러나 언젠가는 쐐기를 박고 싶었던 말을 시원하게 토해내버렸다. 술자리는 금방 얼어붙어버렸고, 예기치 못한 공격을 당한 최익달은 말이 막힌 채 볼만 씰룩여대고 있었다.

"아, 심 사령관님, 최 위원장님 말씀은 그런 뜻이 아니고 범인이
잡히지 않아 염려해서 하신 말씀 아닙니까. 오해 마시고, 제 술 한
잔 받으시죠."

유주상이 끼어들며 술잔을 내밀었다.

"됐습니다. 난 낮술은 한 방울도 못하니 마신 걸로 합시다." 심재
모는 손을 들어 잔을 거절하고는, "좋습니다, 유 단장 말대로, 염려
로 받아들이겠습니다. 앞으로 위원회의 협조에 기대를 걸면서, 난
근무 중이라 이만 실례하도록 하겠습니다." 어느 만큼 상대방의 감
정을 수습해 놓고 자리를 뜰 요량으로 그는 속과는 다른 듣기 좋
은 소리를 늘어놓고는 곧바로 술자리를 빠져나갔다.

심재모는 의식적으로 유주상을 '유 단장'이라 불렀던 것이다. 유
주상이 끼어들었을 때, 당신이야말로 나서지 마시오, 하는 말이 곧
튀어나왔지만 꾹 눌러참았다. '유 단장'으로 호칭함으로써, 너는 내
휘하야, 하는 사실을 일깨워 그의 잘난 체하는 콧대를 꺾어버리려
는 의도였다. 그의 통통하게 살이 오른 허연 얼굴을 대할 때마다
심재모는 비위가 상하는 것을 느꼈다. 그 혈색 좋은 허연 얼굴에는
교활과 간사함이 언제나 감돌고 있었다. 그의 교활기는 염상구의
교활과는 사뭇 다른 냄새를 풍겼다. 염상구의 교활은 단순하면서
도 썩는 냄새는 나지 않는데, 그의 교활은 복잡하면서 썩는 냄새가
진동하는 것 같았다. 염상구에게는 주먹패의 의리나마 있지만 그
에게는 돈과 권력만을 좇는 파렴치함밖에는 없는 것으로 보였다.

청년단장에다가 좌익척결위원회 총무 직책까지 거머쥔 그는 그야말로 모범적인 우익이 아닐 수 없었다. 심재모는 비웃음밖에 나오지 않았다.

"차암…… 어째야 좋을지……."

교문을 나서며 권 서장이 한숨을 흘렸다.

"신경 쓰지 말아요. 자기네가 입으로 떠들어댄다고 좌익이 척결될 것도 아니고, 배부르고 할 일들 없으니까 저런 일이라도 만들어내야 소일거리가 될 거 아닙니까."

심재모가 모자를 고쳐쓰며 코웃음을 흘렸다.

"어쨌거나 강동기를 잡기는 잡아야 할 텐데 말입니다."

권 서장이 근심스럽게 말했다.

"잠복근무는 여전히 효과가 없나요?"

심재모는, 그가 어디로 도망갔을 것 같으냐고 물으려다가 말을 바꾸었다.

"없습니다."

"허점을 찔리게 될지도 모르니 잠복은 계속시키도록 하고, 피해자의 그 뒷소식은 뭐 없습니까?"

"계속 전신마비 상탠 모양입니다."

"전신이 마비라니, 더 회복이 되지 않으면 그 사람 앞날도 참 딱하게 됐소."

심재모는 그 사람의 인생살이 어리석음에 혀를 찼다.

3월로 접어들면서 산과 들은 완연하게 푸른 색조로 치장하기 시작했다. 들녘에는 온갖 풀들이 저마다 다른 색감의 초록빛으로 돋아오르며 맑은 햇살 속에서 눈부신 싱그러움으로 반짝거렸고, 산은 가을에 위에서부터 갈빛으로 물들어내리던 것과는 반대로 이제는 아래서부터 위로 화사한 봄옷을 갈아입고 있었다. 그 푸른 봄기운은 마치도 물이 차오르듯이 하루하루의 밤이 바뀔 때마다 위로위로 번져오르고 있었다. 그 푸른 물결에 감싸여 진달래도 아래서부터 꽃을 피워내며 문득문득 꽃피움 자리를 위로 바꾸어갔다. 진초록·연초록·황초록·감초록 등 갓 돋아나는 가지가지 나뭇잎새들이 어우러져 이룬 푸름 속에 점으로 찍힌 듯 피어난 진달래의 붉은 꽃잎들은 점점이 봄꽃으로 고운, 산이 입은 봄옷의 화사한 무늬였다.

산이나 들녘이 그리도 신비롭고 곱게 변해가지만 그런 것을 눈여겨보는 사람은 거의 없었다. 자연이 새로운 활갯짓으로 싱싱하게 살아오르는 것과는 반대로 사람들은 절정에 이른 춘궁기의 굶주림 속을 허우적거리고 있었다. 대부분의 사람들은 죽으로도 하루 한끼를 때울 둥 말 둥 하는 굶주림에 시달리며 나날의 삶을 넘기고 있었다. 아이들은 부황기로 들뜬 얼굴에 눈이 풀렸고, 병약한 노인네들은 목숨줄을 놓아버리고 잠들듯이 저세상으로 떠나갔다. 봄초상을 당하는 것처럼 박복한 목숨도 없었다. 산 사람 입에 넣을 것도 없는 형편에 죽은 사람 길닦음에 격식 차릴 여유가 있을 리 없었다. 어느 집에서나 거적쌈을 하다시피 하는 것이 봄초상이었다. 그것이 서로간에 흉일 수 없었고, 부모에게 불효일 수 없었다. 그래서 노인네들은 가을에 죽기를 소원했지만 춘궁기의 아리고 아린 굶주림은 그런 소원을 매정하게 외면했다.

어른들이고 아이들이고 눈앞이 샛노랗게 변하는 아뜩한 현기증에 비틀거렸고, 저 깊은 데서부터 귀가 찌잉 울리는 이명에 시달리며 그저 먹을 것, 먹을 것만을 찾아 허덕거렸다. 굶주리고 굶주려서 생긴 병인 부황기가 전신에 퍼지다 못해 눈까지 누르끄리하게 물들였다. 그 눈에 새순 돋는 초록빛의 다양함이 신기할 리 없었고, 꽃이라고 해서 고와 보일 리 없었다. 싹은 싹대로, 꽃은 꽃대로 먹을 수 있는 것인지, 아닌지를 가리는 대상일 뿐이었다. 먹을 수 있는 싹은 쑥이었고, 먹을 수 있는 꽃은 진달래였다. 여자들은 쑥을 찾아 논두렁 밭두렁에 쪼그려앉았고, 아이들은 진달래꽃을 좇아 산자락을 기어올랐다.

그 어느 풀보다도 먼저 돋움하는 쑥은 그저 예사로운 풀이 아니었다. 겨울에는 흔적도 없다가 봄기운이 비치기 무섭게 젖빛 솜털로 감싸인 잎을 피워내는 것이나, 그 쓰임새가 한두 가지가 아님이 그러했다. 풀들 중에서 제일 먼저라고 할 만큼 빠르게 잎을 피우는 쑥은 굶주림에 시달리고 있는 사람들의 어엿한 양식이 되어주었다. 시래기가 진작 동나고, 보리싹도 억세어져버린 때에 연초록빛 어린 쑥잎은 죽거리로 너무나 흡족스러웠다. 그 보드라움과 향기로움은 주린 뱃속을 따스하게 어루만졌다. 너나없이 굶주린 손들이 다투듯 쑥을 뜯어냈지만 쑥은 동나는 법이 없었다. 잎을 뜯어내면 뜯어낼수록 다년생의 질긴 뿌리에서는 새잎이 돋아올랐다. 굶주린 속 더 많이 채워주겠다는 것처럼. 사람들은 쑥을 '불사초'라고도 불렀다. 자기네들을 굶어죽지 않게 해주는 풀이라는 뜻인지, 아니면 자기네들이 그렇게 모지락스럽게 뜯어먹는데도 죽지 않는 풀이라는 뜻인지 모를 일이었다. 어쨌거나 불사초인 쑥을 그 어떤 풀보다 먼저 돋아나게 한 것은 하늘의 무수한 섭리 중의 하나인지도 모른다. 쑥은 춘궁기의 죽거리로만 그 몫을 끝내지 않았다. 쑥이 쑥다운 면모를 갖추는 것은 보리가 알을 통통하게 밸 즈음이었다. 그때쯤이면 쑥잎은 검푸른 죽거리로는 쇠었지만 쑥으로서의 다양한 쓰임새로는 제격을 갖추고 있었다. 여자들은 보리농사 틈틈이 그 쑥을 치마폭에 뜯어 담아다가 툇마루 그늘에 펴서 말렸다. 그늘에서 말려진 쑥은 망태기에 꼭꼭 눌러 담겨 바람이 잘 통하는 곳에 갈무리되었다. 그건 가난한 설을 쇠기 위한 갈무리이면서, 그 사이에 일어나는 길흉사에 떡감으로 요긴하게 쓰이기도 했다. 쑥은 떡감만이 아니라 남자들이 곰방대담배를 피우는 데 없어서는 안 될 부싯돌 불쏘시개였고, 줄기나 잎꼭지는 한방의 약제였으며, 특히 뜸을 뜨는 데는 쑥이 절대가치를 발휘했다. 그런 것들 말고도 쑥은 또 한 가지 쓰임새를 가지고 있었다. '쑥버무리'를 만드는 것이 그것이었다. 쌀가루에 연한 어린 쑥을 버무려 시루에 쪄내는 것이 쑥버무리였다. 고슬고슬하게 익은 쌀가루가 쑥잎들과 섞인 쑥버무리는 색감의 조화로도 식욕을 자극했고, 입에 씹히면서는 쑥향의 그 진하고 그윽함이 한결 맛을 돋우었다. 그러나 그건 가난한 사람들이 할 수 있는 짓이 아니었다. 배부른 사람들이 봄을 즐기기 위한 미각놀이거나, 환절기의 밥맛 없음을 벌충하기 위한 간식 마련이었다.

그 어디를 훑어보아도 물밖에는 배를 채울 것이 없는 아이들은 진달래꽃을 따라 산자락을 헤맸다. 진달래는 먹을 수 있는 꽃이었지만 아무리 먹어도 밥처럼 배가 불러오지 않았다. 아이들은 그것을 다 알면서도 허리가 꺾이는 배고픔을 이기지 못해 진달래꽃을 따먹어야 했다. 배가 부르지는 않아도 코끝에 스미는 여린 향기와 함께 무언가를 씹고 있다는 기분이 당장의 허기를 달래주는 탓이었다.

아이들의 소란스러움을 개의하지 않은 채 손승호는 교탁을 내려다보고 있었다. 다시 그 글짓기를 읽어내리며, 아이들 앞에서 낭독을 시킬까 말까를 생각하는 중이었다. 그 동시는 국민학교 6학년으로서는 놀라우리만큼 잘 지은 것이었다. 문학적 소양을 가진 누군가가 써준 것이라고 의심할 정도로. 그러나 글짓기는 바로 지난 시간인 어제 실시했던 것이지 숙제가 아니었다. 그 동시에 투영되어 있는 체험이 특히 가슴을 치는 아픔과 함께 감동을 자아내게 하고 있었다. 그 대목은 거짓 없고 숨김없는 동심의 표현이면서, 문제점이 중첩되어 있는 현실의 가장 큰 일면을 거울이듯 생생하게 비춰내고 있었다. 이런 좋은 글은 점수를 많이 주는 것으로 끝내지 말고 모든 아이들이 듣고 함께 느낄 수 있도록 낭독시켜야 한다고 손승호는 생각했다. 그러면서도 망설이는 것은 혹시나 허명길이가 아이들의 놀림감이 되지 않을까 하는 염려 때문이었다. 잠시 놀림감이 된다 하더라도 동시를 낭독시키기로 그는 마음을 정했다.

"자아, 모두들 조용히 하고, 일동 주목!"

손승호는 손바닥으로 교탁을 가볍게 치며 목소리를 가다듬었다. 교실 안의 소란이 일시에 딱 멎으며 아이들의 눈길이 선생을 향해 모아졌다.

"에에, 지난 시간에 여러분들이 글짓기를 했지요?"

아이들이 함께 입을 모아 "예에—" 대답했다.

"됐어요, 그럼 지금부터, 그중에서 제일 잘된 것을 골라, 글을 지은 사람이 앞으로 나와 낭독하도록 하겠어요."

아이들의 얼굴에는 금방 긴장감이 감돌았고, 교실 안에는 아무도 없는 것 같은 고요가 흘렀다.

"허명길!"

마침내 이름이 불리었다. 실망스러운 소리, 놀라는 소리, 부러워하는 소리가 뒤섞이면서 아이들의 눈길은 일제히 한곳으로 쏠렸다. 학우들의 눈길을 받으며 소년은 주춤주춤 일어서고 있었다. 뒷머리를 긁적이고 있는 소년의 얼굴은 당황기와 함께 상기되어 있었음에도 불구하고 영양부족으로 인한 초췌함은 가려지지 않았다.

"자아, 명길아, 어서 나와야지."

손승호는 쓰다듬듯 하는 눈길을 보내며, 감싸듯 하는 어조로 말했다. 허명길은 공부가 중간 정도인, 별로 표가 나지 않는 아이였다. 그런 아이가 예상하지 못한 의외의 글짓기를 해냈기 때문에 더 신통하고 대견하게 여겨졌다.

손승호는 허명길을 교단으로 오르게 해서 교탁 앞에 세웠다.

"여러분, 조용히들 하고, 허명길의 글짓기를 잘 듣도록 해야 해요. 왜 잘된 글짓기인지, 어디가 잘되었는지, 알아내려고 노력하면서 들어야 해요. 이게 다 국어공부니까요." 손승호는 아이들에게 주의를 환기시키고 나서, "명길아, 글을 지을 때의 기분을 다시 생각해 가며, 빨리빨리 읽어버리지 말고, 또박또박, 천천히, 네 기분이 잘 살아나도록 읽도록 해라. 겁먹지 말고, 알겠지?" 허명길의 머리를 쓰다듬었다. 손승호는 쓰다듬던 손을 멈추었다. 어린 몸의 떨림과 열기가 손바닥에 그대로 느껴져왔다. "잘 읽을 수 있겠지?" 손승호는 허리를 구부려 허명길의 눈을 쳐다보았다. "예에……." 소년은 잠긴 목소리로 대답하며 고개를 끄덕였다. "그래, 아주 자알 지은 글이니까 읽기도 잘할 수 있을 게다." 손승호는 아이의 어깨를 다독여주고 교단을 내려섰다.

"글먼 지끔부텀 선생님이 시키신 대로 지 글짓기럴 읽겠습니다."

허명길이 교탁에 놓인 종이를 집어들며 고개를 꾸벅했다. 눈길은 떨구고 있었지만 그 목소리는 또랑했다. 손승호는 안심이 되며, 손뼉을 쳤다. 아이들이 모두 따라서 짝짝짝짝 손뼉을 쳐댔다. 눈이 커진 허명길은 잠시 어리둥절하는 것 같다가 부끄러운 웃음을 띠며 머리가 교탁에 닿도록 다시 절을 했다.

"미운 진달래. 6학년 2반 27번 허명길."

허명길은 삐쩍 마른 목을 길게 늘이며 마른침을 삼키고는 혀끝을 내밀어 입술을 축였다. 두 손에 잡힌 종이끝이 바르르바르르 떨리고 있었다.

진달래 진달래
분홍빛 예쁜 꽃
진달래 진달래
분홍빛 먹는 꽃

진달래 진달래
온 산에 피면
풀꾹풀꾹 풀꾹새
따라서 우네
풀꾹새 풀꾹새
배고파 우는 새
풀꾹풀꾹 우는 소리
배고파 배고파 하는 소리네

풀꾹풀꾹 풀꾹풀꾹
우는 소리 들으면
배고파 배고파

나도 더 배고파

진달래꽃 따먹으러
산으로 갔지
많이많이 먹을려고
혼자서 갔지

진달래꽃 쌀밥 같아
하루 내내 따먹었네
구역질 참아내며 먹어도 먹어도
배는 부르지 않았네

밤중에 배가 째지게 아프고
옷에다 그만 설사를 했네
주욱주욱 쏟아진 물똥은
진달래꽃 물똥이었네

엄니가 물똥을 닦아내며
그 꽃 많이 묵으면 뒈져
내 머리통을 쥐어박았네
나는 거짓말로 크게 울었지

진달래 진달래
분홍빛 미운 꽃

설사만 나게 하는

분홍빛 미운 꽃


읽기를 마친 허명길은 아까처럼 고개를 깊이 숙여 인사했다. 손승호가 손뼉을 치지 않았는데도 아이들이 한꺼번에 손뼉을 쳤다. 허명길은 허둥지둥 교단을 내려오고 있었다.

"그래, 글도 잘 지었고, 낭독도 아주 잘했다." 손승호는 교단으로 올라서며 말하고는, "여러분들은 무슨 뜻인지 알겠어요? 왜 잘 지은 글인지 알겠어요?" 학생들을 향해 물었다.

"피이, 돼지새끼맹키로 미련허게 진달래 따처묵고 물똥 깔긴 그런 이약이 머시가 잘 쓴 것이여."

불쑥 터져나온 말이었다. 손승호는 소리나는 쪽으로 빠르게 눈길을 쏘았다. 느낌 그대로 박태웅이었다. 박태웅은 눈길이 마주치자 슬그머니 고개를 숙였는데, 쑥 내밀고 있는 입술에는 불만이 가득 담겨 있었다. 그래, 너 같은 아이들한테는 물똥 깔긴 더러운 이야기일 뿐이겠지. 손승호는 그 아이가 미워지려는 감정을 지그시 눌렀다. 박태웅은 언제나 쌀밥에 장조림이나 계란부침, 멸치볶음 같은 것을 반찬으로 도시락을 싸오는 아이였다.

"그래, 박태웅 군의 생각이 그렇다면 그건 박태웅 군의 생각이니까, 좋다. 어떤 글이든 읽거나 듣고 나서 생각하는 건 그 사람의 자유다. 자아, 여러분, 여러분들 중에서 박태웅 군처럼 생각하는 사람이 있으면 선생님 눈치 보지 말고 손 들어봐요."

손승호는 학생들을 휘둘러보았다. 박태웅의 말을 그냥 지나칠까 했지만, 그와 비슷한 생활여건을 가진 아이들이 네댓 명이 있었고, 그들은 학급의 주도권을 거의 장악하고 있는 형편이었다. 그냥 지나쳤다가는 허명길은 놀림감만이 아니라 '돼지새끼맹키로 미런허게 진달래 따처묵고 물똥 깔긴 드런 늠'으로 멸시당하고 천대받게 될 것이 틀림없었다. 칭찬을 하고 격려를 해주려다가 오히려 기를 죽이고 상처를 받게 만들 판이었다. 손승호는 감정을 내비치지 않으려고 노력했는데도 어쩐 일인지 손을 드는 아이는 하나도 없었다.

"그럼, 다들 허명길 군의 글이 잘됐다고 생각합니까!"

"네에—."

"좋아요. 그러면 여러분들 중에서 허명길 군처럼 배가 고파서, 재미나 장난이 아니고 정말 배가 고파서 진달래꽃을 따먹어본 사람들은 솔직하게 손 들어봐요. 그건 절대로 창피스러운 일도, 나쁜 일도 아니니까 솔직한 마음으로 손 들어야 해요."

손승호가 그렇게 말했는데도 아이들은 별로 자신이 없는 태도로 미적미적 팔들을 밀어올렸다. 예상했던 대로 아이들은 거의 다 손을 들었다.

"됐어요. 다들 손 내려요." 손승호는 교탁 앞으로 걸음을 옮기고는, "여러분들은 거의가 배가 고파 진달래꽃을 따먹었습니다. 그런데 그 일을 가지고 좋은 글을 지은 건 허명길 군 한 사람뿐입니다. 왜 그럴까요? 그건 첫째, 그 슬픈 일을 하면서 깊이 생각해 보지 않아서입니다. 그리고 둘째, 그 일을 창피스럽거나 부끄럽게 생각해서 감추려고만 했지 글로 써보려고 마음먹지 않아서입니다. 여러분, 좋은 글을 짓는 것은 자기 마음을 속이지 않고 있는 그대로, 느낀 그대로를 솔직하게 쓰는 것입니다. 자아, 보세요. 만약 허명길 군이 남에게 보이는 것이 창피하고 부끄럽다고 생각해서, 밤중에 배가 째지게 아프고/옷에다 그만 설사를 했네/주욱주욱 쏟아진 물똥은/진달래꽃 물똥이었네, 이 대목을 쓰지 않았더라면 이 글은 잘 지어진 글이 될 수 없어요. 이 대목이 바로 제일 잘된 대목이에요. 그리고 그 다음 대목, 엄니가 물똥을 닦아내며/그 꽃 많이 묵으면 뒤져/내 머리통을 쥐어박았네/나는 거짓말로 크게 울었지, 얼마나 눈에 선하게 보이도록 있는 그대로 썼습니까. 이 두 대목이 없었다면 이 글은 칭찬받을 수 없는 보통 글이 되고 말았을 거예요. 무슨 말인지 알겠어요, 여러분!"

"네에—."

"좋아요. 그럼 선생님이 허명길 군의 '미운 진달래'를 다시 한 번 읽겠어요. 여러분들은 진달래꽃을 따먹던 일을 생각하며 잘 들어보도록 해요."

손승호는 목을 가다듬었다.


유동수네 아랫방에 서인출과 김종연, 세 사람이 모여 앉았다. 그들이 모이면 으레 끼게 마련인 장칠복의 모습은 보이지 않았다. 장칠복이 쪽에서도, 그들 세 사람 쪽에서도 서로 얼굴 맞대고 앉기를 꺼렸다. 장칠복이가 세 사람 몰래 소작을 더 얻어부친 것이 드러나면서 그들의 사이에는 살얼음이 끼게 되었다.

"으쩌까, 궂으나 좋으나 오동평이럴 찾아가야 허겄제?"

유동수가 힘없는 눈길로 두 사람을 바라보았다.

"그놈에 꼬라지 꿈에 볼까 무섭제만, 워쩌겄소. 물만 묶고 견디는 것도 한도가 있제."

김종연이 체념적으로 말했다.

"동평 아재도 우리가 대문 넘어스기럴 이제나저제나 허고 기둘리고 있을 것잉만."

서인출이 마른 입맛을 다셨다.

"그 인종이야 폴세부텀 입맛 다시고 앉았겄제. 지 재산 불키는 호시절인디."

유동수의 쓰게 웃는 얼굴이 흐린 등잔불빛 속에 쓸쓸했다. 등잔불빛도 그 밝기가 가을과는 달랐다. 심지를 줄일 대로 줄여서 등잔에 간신히 붙어 있는 불꽃은 반딧불처럼 미약했다.

"고 잡녀러것 심뽀로는 춘궁기가 1년 사시절 내내이기럴 바랠 것이요. 지주놈덜도 몰악시럽지만 마름놈덜 악독헌 것은 지주 찜쪄묵는 판인디, 그중에서도 오동평이는 질일 것잉만. 양반집 마당쇠가 양반보담 곱절 권세 부리드라고, 마름놈덜 허는 행투, 싹 다 배꼽에 대창 꽂아뿌러야 써, 씨부랄 놈덜."

김종연이 결기를 부렸다.

"금메, 고것이 워디 하로이틀 된 일이등가. 말허는 입만 아프제."

유동수가 꽁초를 집어들었다.

세 사람은 마름 오동평에게 장리쌀을 내려 가기로 한 것이다. 장리쌀을 내먹는다는 것이 얼마나 무서운 빚인 줄 다 알지만 굶주림을 더는 견딜 수 없게 된 막바지에 이르면 그 함정에 발을 넣지 않을 수가 없었다. 5부변인 장리쌀을 먹는다는 것은 제 살을 뜯어내는 것이나 다를 바 없었다. 다급한 형편에 장리쌀을 빌 때는 그래도 덜한데, 가을에 빚을 갚다 보면 자신들이 지주나 마름에게 얼마나 가혹하게 생살을 뜯기고 있는지 뼈저리게 느끼고는 했다.

"긍께, 입만 아프게 말할 것 없이 이놈에 시상얼 뚜둘겨뿌식어뿌러야 헌다 그 말이요."

"짜가 시방 무신 뜸금없는 소리 허고 앉았다냐?"

유동수가 길쭘하게 찢은 종이끝을 등잔에 갖다대고 불을 붙이며 김종연을 곁눈질로 쏘아보았다.

"뜸금없는 소리가 아니어라, 성님. 요분 참에 술도가 정가놈 논사딜인 고흥 지주놈 등짝얼 삽으로 찍어뿐 일이 벌어지고 나서 나가 되작되작 생각혀 봤는디, 고 강동기라는 것이 물건언 물건이다 싶고, 지나 내나 나이 묵은 것이야 얼추 같을 것인디, 나넌 먼고 허는 한심시런 생각이 듭디다. 강동기가 한 분도 아니고 두 분씩이나 그리 독허니 대드는 판인디 나넌 머 허고 자빠졌는 삼시랑이다냐 생각헌께 나가 똥 친 작대기맹키로 빙신 팔푼이로 뷉디다."

"아, 그 사람이야 소작이 떨어져뿌렀응께 그리 독얼 부리는 것이고, 니야 소작이 그대로 붙어 있응께로 가만있는 것이제 위째야."

"성님, 나 말언 고런 말이 아니랑께요. 나도 소작이 떨어져뿔면 그리 독허고 야물딱지게 혀낼 수 있느냐 허는 생각이 한 자락 있고라, 또 한 자락 다른 생각이 있는디, 나가 이 젊다나 젊은 나이부텀 소작에 목매고 찔찔이 고상험스로 살아갖고 대체 은제꺼지 요런 꼬라지로 살아야 헐 것이다냐 허는 생각이 그것이요."

"참말로 뜸금없다. 죽을 때꺼정 살아야 허는 것 몰라서 실답잖게 고런 생각허고 앉었었냐."

유동수가 어이없어했다.

"성님, 바로 고것이 문제요. 죽을 때꺼정 요리 사느니 요놈에 시상얼 팍 엎어뿌러야 헌다 그것이요."

"쟈가 시방 미쳤다냐? 무신 수로 시상얼 팍 엎어뿔고 뒤집어뿔고 헐 것이다냐."

"금메 들어봇씨요. 평상얼 지주고 마름놈덜헌테 등까죽 벳기지고 피 뽈려감서 굶기럴 묵디끼 허고 사는 요것이 워디 사람 꼬라지라고 헐 수 있겄소. 아나 어린이나 모다 누르팅팅허니 부황이 들어 멋이 되얐거나 묵을 것을 찾어 눈에 불 키고 헐떡기리는 요 허천딜린 꼬라지가 개나 돼지허고 머가 달브요. 끝도 한정도 없는 뻘밭 걷대끼 허는 요 팍팍허고 징헌 시상살이럴 원제꺼지 견디고 살 것이요. 인자 시상이 변혔구만요. 일정 때가 아니랑께요. 시상이 변허면 으당 사람 사는 법도 변해야제라. 그 무선 일정 때도 소작쌈얼 여그저그서 일으켰는디, 인자 달라진 시상에 삼스로도 우리가 손끝 발끝 맺고 앉았어야 되겄소. 우리 밥그럭 우리가 찾어묵지 않으면 누가 찾아주겠소. 그렇게 말이요, 우리가 당허고만 있을 거이 아니라 강동기가 헌 것맹키로 일시에 들고일어나 지주고 마름이고 싹 다 때레쥑여뿔먼 시상이 엎어진다 그것이요."

"쟈가 양잿물얼 묵은 것도 아니겄고, 워째 저리 생각 삐까닥헌 소리럴 해쌓는지 몰르겄네? 고것이 니 혼자 맴이제, 일시에 일어나지는 것도 아니고, 일시에 일어나서 그리 헌다 혀도 나라가 귀경만 혈 성부르냐? 무신 일 벌어졌다 허먼 나라가 무지막지허게 닦달해 대는 것 그간에 한두 분 겪어봤다고 고런 실답잖은 소리여. 글안해도 사지 늘어지고 기운 없는디 쓰잘디없는 소리 허덜 말어라."

"아, 고것이야 누가 몰르요? 우리가 요리 살아 있는 것도 다 운수가 좋아 그런 것 아니겄소? 그간에 죽을 고피 한두 분썩 안 넘긴 사람덜이 없는 것이야 니나없이 다 아는 일잉께 더 말헐 것 없고라, 작인덜이 지주나 마름보담 수십 배가 많은께 강동기 그 사람이 헌 식으로 새로 들고일어나먼 시상얼 엎을 수 있다 그것이요."

"어허! 그 똑똑헌 염상진이도 총 지니고 내쫓기는 판인디, 니가 참말로 정신이 훼까닥혀뿌렀구나. 인자 나라꺼지 새시로 맹글어갖고 쪼깐 옳은 소리 힘스로 나대기만 허먼 제까닥 빨갱이로 몰아쳐 평생얼 망치게 허는 시상잉께, 존 일헌다고 입조심혀. 순사덜이 즈그 계급 올라갈라고 되나케나 사람 잡아딜여 빨갱이 맹그는 무선 시상이란 것 니 알제?"

"참말로 니미럴 것, 우로 봐도 옆으로 봐도 모다 칵칵 맥히고 첩첩산중이라 살 방도가 없는 환장헐 놈에 시상이요. 우리 웬수가 한둘이 아닌디, 순사놈덜이 코쟁이덜 믿고 사람 개 잡디끼 헌 것도 기가 찬디, 배급표 띠묵어 부자할라 되고, 인자 고런 느자구없는 짓거리꺼지 해대니 요놈에 시상얼 워째야 쓸께라. 똥통보담도 더 드럽게 썩어가는 시상이요."

"냅두소. 썩을 대로 썩다가 보면 지물에 밑창이 빠져 내레앉을 날이 올 것이네. 그때꺼정 기둘리는 것도 한 방도시."

"태평시럽소. 그간에 피 뽈리고 굶어서 다 죽게 되는 것은 안 생각 허시요? 염병헐 것, 강동기 그 사람이 장허고 장헌 인물인디, 서가놈 대갈통얼 수박 쪼개디끼 반으로 쫙 갈라뿔어야 허는디 말이여."

김종연은 마른 입을 짭짭 소리 내며 담배쌈지를 끌어당겼다.

"니 말허는 것이 영 위태위태허다? 여기서야 무신 소리 혀도 암 시랑 않제만, 혹여 암디서나 그리 입 씸벅씸벅 놀리다가는 영축없 이 빨갱이로 몰릴 것이다."

유동수가 걱정스러운 얼굴로 말했다.

"니미럴 것, 속 씨언허게 빨갱이질이나 한바탕 혀부렀으면 좋겄 소. 요런 미꼬미 없는 시상 살아가기도 인자 징허고 징허요."

"참말로 니 못허는 소리가 읎다이. 인출이맹키로 좀 진득혀라."

"아이고 성님, 인출이가 입 봉허고 앉았응께 생각이 나만 덜헌 것 같지라? 사람덜이 다 속언 뻔험스롱도 말만 안 허고 있데끼, 인 출이도 입만 봉허고 앉았을 것이요. 워디 한분 물어봇씨요."

김종연이 자신 있다는 듯 유동수를 응시했다.

"행에 니 같을라디야. 워쩌냐, 니넌?"

유동수가 서인출에게로 눈을 돌렸다.

"금메요……." 서인출은 더디게 앉음새를 고치더니, "종연이 말이 맞기야 맞제라. 작인덜치고 속맘으로 지주고 마름이고 쥑여보지 않은 사람덜이 워디 있겠소. 열 분, 스무 분, 분허고 원통헐 때마동 쥑였겠제라. 으쩌요, 성님언 그런 일 읎었소?" 그는 나직한 소리로 말했다.

유동수는 눈길을 돌리고 말았다. 자신도 마음속으로 지주나 마름을 죽인 것이 한두 번이 아니었다. 종연의 말이 어느 대목 하나 틀릴 리가 없었다. 그의 마음이 그대로 자신의 마음이었다. 다만, 나잇값을 해야 했으므로 종연의 결기를 다독이려고 했을 뿐이다. 세상은 어떻게 해서든 바뀌어야 했다. 이대로는 평생을 살아갈 수가 없었다. 세상인심은 다 그쪽으로 돌아 있었다. 강동기라는 작인이 지주를 삽으로 찍은 것에 대해 사람들은 큰길에 나서서 외치지 않았을 뿐이지 모두들 시원해하고 고소해했다. 그리고 지주가 죽어버리지 않은 것을 아까워했고, 강동기가 영영 잡히지 않기를 빌었다. 작인이 지주를 찍어서 조용했지, 만약 지주가 작인을 찍었더라면 읍내가 뒤집어졌을지도 모른다. 날이 갈수록 사람들은 모여 앉으면 세상살이 불만으로 입들을 모았고, 세상이 뒤집어질 무슨 일인가가 일어나기를 은근히 기다리고 있는 눈치들이었다.

"성님, 강동기 그 사람이 워디로 도망질헌 것 겉으요?"

김종연이 깊이 빨아들인 담배연기를 내뿜고 나서 물었다.

"나가 점쟁이다냐? 고런 것얼 알게."

"어허, 점쟁이만 고런 것얼 안다요. 이적지 잽히지 않은 걸 요리 조리 생각혀 보면 짚이는 것이 있을 것인디라?"

"금메…… 하늘로 솟았을끄나, 땅으로 꺼졌을끄나."

"와따, 강동기가 홍길동이간디 하늘로 솟고 땅으로 꺼지고 혀라. 그리 건숭건숭 생각허지 말고 책장 넴기데끼 조단조단 생각혀 봇씨요."

"책장 아니라 명주올 시데끼 혀도 나넌 몰르겄는디."

유동수는 허기로 맥이 빠져 필요한 말을 하는 것도 힘이 드는 판에 그런 엉뚱한 일을 생각하느라고 신경을 쓰는 것은 너무 귀찮았다.

"허, 성님이 고런 생각 허기가 성가신개비요이. 어이 동상, 자네가 한분 용헌 점쟁이가 되야보소."

김종연이 다리를 뻗어 서인출의 무릎을 찔벅였다.

"호로자석, 성님얼 몰라보고. 이놈아, 복채럴 내야 점얼 치제."

"와따, 선무당 장구 나무래네. 몰르겄으먼 솔직허니 몰르겄다고 나 혀야 붕알값얼 허제."

"아까부텀 니놈 말허는 꼬라지가 워디 짚이는 디가 있는갑는디, 그려, 니나 붕알값얼 싸게 혀바라."

서인출도 허황한 이야기를 길게 끌 흥미가 없어 종연에게 대답을 떠넘겼다.

"나가 묻고, 나가 답허는 요런 싱건 일얼 나가 멀라고 혀. 오동평 이헌테넌 낼 아칙에 가기로 허고, 일어나보드라고."

김종연은 등잔받침대 아래 붙은 재떨이에 담배를 끄고 일어섰다.

"어허, 이 사람아, 내논 말이나 끝내고 가야제. 그 사람이 대체 워디로 갔다는 게여?"

유동수의 목소리는 다급하고 컸다.

"하이고, 나도 몰르것소. 혀봤자 다 봉사 문고리 더듬는 소리제라."

"이놈아, 비싸게 꼬랑댕이 틀지 말고 싸게 말해 뿌러. 글안허먼 니 못 간다."

서인출이 김종연의 바지를 틀어잡았다.

"잉, 처자식 기둘리는 집에 갈라먼 천상 말얼 혀야 쓰겄구마."

김종연은 피식 웃고 나더니, "율어" 한마디를 툭 던지듯 했다.

"율어?"

유동수가 허리를 세우며 큰 소리를 냈고, 서인출은 묵묵히 앉아 있었다. 잠시 침묵이 그들을 에워쌌다.

"참말로 그까?"

유동수가 입을 열었다.

"아매 그럴란지도 몰르요."

서인출이 대꾸했다.

"요것이 니 생각이 아니라 워디서 진짜배기 소식으로 들은 것 아니어?"

유동수가 김종연을 올려다보았다.

"아이고메, 성님언 나보담도 한술 더 뜨고 나오요이."

김종연이 고개를 저었다.

"만일에 율어로 들어갔다 허먼 남은 마누래허고 새끼덜이 큰 걱정이다."

유동수가 힘없는 소리로 중얼거렸다.

"성님, 워째 말얼 꺼꿀로 허고 그러요. 마누래야 젊다나 젊은 삭신에, 딸린 새끼가 하나뿐잉께 정재살이럴 허든, 품을 폴든, 산 입에 거미줄 칠랍디여. 걱정이람사 입산헌 남자가 걱정이제라."

김종연이 지게문을 밖으로 밀었다.

"참말로 빌어묵을 개잡녀러 시상이다."

유동수가 한숨을 쉬며 일어났다. 서인출도 몸을 일으키며 어찌할 수 없이 매형 하대치를 떠올리고 있었다. 돌아가신 아버지는 딸자식이 겪는 고생이 마음 아파 사위에게 미운살이 박혀 있었지만 속마음까지 그런 것은 아니었다. 해방이 되어 매형이 징용에서 돌아오자 아버지는 갑자기 능구렁이를 잡아야 한다며 산을 헤매다녔다. 매일 빈손으로 돌아오는 아버지는, 능구렁이를 어디에 쓰려고 그러느냐는 어머니의 줄기찬 물음에 대꾸 한번 하지 않았다. 산을 헤맨 지 열흘이 다 되어 아버지는 실히 한 발이 가까운 능구렁이를 기어코 잡아왔다. 그 살아 꿈틀거리는 능구렁이는 대두병에 대가리부터 밀어넣어졌다. 대두병 주둥이는 작고, 능구렁이 대가리는 커서 아버지는 땀을 삐질삐질 흘려가며 반나절을 애먹어야 했다. 일단 대가리를 밀어넣자 병 주둥이보다 세 배는 굵어 보이던 몸매는 앞으로 뒤로 불룩불룩해지며 미끄러지듯이 병 속으로 들어갔다. 지체 없이 병 속에 소주가 채워졌다. 능구렁이는 제 몸을 제가 감으며 대가리로 병 주둥이 쪽을 수없이 치닫았다. 그 뱀술은 헛간 기둥에 꼬박 100일 동안 걸려 있었다. 아버지는 말 한마디 없이 그 술을 손수 사위에게 갖다주었다. 술을 받고 매형이 눈물을 훔치더라는 말도 누님을 통해서 들었다. 매형은 장인의 정을 그렇게 고마워했으면서도, 장인이 버리기를 바라는 공산주의는 끝내 버리지 않았다.

매형 하대치는 몸만 강단진 사람이 아니었다. 몸만큼 마음도 강단진 사람이었다. 하나밖에 없는 자기 아버지가 맞아죽었는데도 그는 좌익활동을 그치지 않고 있었다. 아버지가 맞아죽었으므로 그는 더욱 마음이 강단져질지도 몰랐다. 서인출은 그럴 수 있는 매형이 두렵고도 부러웠다.

# 12

## 율어의 왕복길

솜털 같은 보드라움과 따스함으로 햇살이 내려앉고 있었다. 바람 끝에 감기던 서늘한 기운도 어느덧 가시고 햇살의 포근함 속에서 바람은 가볍게 산들거렸다. 정원 가운데 자리 잡은 둥글고 깊숙한 연못에 햇살이 그득하게 담겼고, 돌축대 사이사이에서는 풀잎들이 파릇파릇 돋아나고 있었다. 맑은 햇살 속에 담긴 풀잎들은 금방 초록물을 방울방울 떨굴 것처럼 싱그러웠고, 바람이 산들거릴 때마다 잎잎이 가벼운 몸놀림을 지으며 반짝거렸다. 초록빛 햇살! 풀잎들의 반짝거림을 물끄러미 바라보고 있는 소화의 뇌리를 문득 스친 생각이었다. 그런 생각이 들자 풀잎들의 반짝거림은 정말로 초록빛으로 보였다. 햇빛을 받아 반짝거리는 건 풀잎만이 아니었다. 연못의 물도 바람결이 스치는 만큼 잘게 반짝거렸다. 그런데 그 반짝거림은 초록빛이 아니었다. 물의 반짝거림은 풀잎의 반짝거림보다 밝아서 눈이 부셨다. 물의 반짝거림은 그럼, 무슨 빛일까?…… 눈을 가느스름하게 떠 물의 반짝거림에 시선을 모으며 소화는 골똘히 생각했다. 풀잎에 닿아 초록빛이 되는 햇살은 물에 닿아 무슨 빛이 될까…… 물에 닿았으니…… 그래, 물빛이 되겠지. 그런데 물빛은 무슨 색깔이지? 물빛, 물빛…… 물빛에도 색깔이 있던가? 흰빛? 아닌데…… 물은 무색이던가? 소화는 생각을 모으며 희고 긴 목을 갸웃했다. 그때 그녀의 의식 속에 선연하게 떠오르는 것이 있었다. 바다였다. 씻김굿을 할 때 우러르곤 하던 바다, 그건 얼마나 신비로운 형형색색이던가. 가까이에서부터 멀리로, 깊이에 따라 색조를 달리하던 바다, 그게 바로 물빛이 아니던가. 사발에 떴을 때는 무색인 듯하다가 저수지에 담기면 푸른빛을 품고, 강으로 흐르면서는 또 굽이굽이 달라지는 빛깔. 하늘이 가깝고 먼 깊이에 따라 그 빛깔이 형용할 수 없이 달라지듯 물빛도 그러했다. 물은 많이 모일수록 하늘빛 그대로 닮아갔고, 하늘빛을 인간의 말로 형용하기 어렵듯 물빛도 인간의 말로는 형용되지 않았다. 하늘빛은 하늘빛이고, 물빛은 물빛일 따름이었다. 하늘이 내린 세상의 수수만상이 제각기 형체가 있고, 그에 따른 색깔이 있게 마련이듯 물에도 색이 있어 빛을 띠되 물빛이라고 할밖에 없다고 소화는 생각했다.

수면의 반짝거림들이 모아져 형체를 이루어내듯 서서히 떠오르는 얼굴이 있었다. 그분, 정하섭의 모습이었다. 그분을 향해 열린 그리움의 바다가 금방 일렁거리기 시작했다. 그리움의 바다는 한편 목마름의 바다였다. 목마름이 파도로 일어나려 하는 것이 소화는 두려웠다. 그 파도는 한번 일기 시작하면 스스로의 힘으로는 어찌할 수 없도록 거칠어져 제멋대로 몸부림치며 가슴을 터치고, 전신을 조각조각 부수고서야 가라앉고는 했다. 신내림이 뜻대로 되는 것이 아니듯 그 파도의 일어남과 스러짐도 자신의 의지 밖의 힘인 것을 소화는 체념하고 있었다.

지금 어릿거리고 있는 얼굴은 그분의 떠날 때 모습이었다. 그분은 다시 오겠다는 대답을 고개 끄덕임으로 대신했다. 말보다 그 끄덕임이 더 무게 있게 느껴지면서도 찬 기운이 가슴을 훑고 지나간 것은 무슨 까닭이었을까. 전과는 달리 자신을 그리도 오래 쳐다보던 깊은 눈길 때문이었을 것이다. 그 깊은 눈길에도, 웃고 있는 얼굴에도 이상스러운 슬픈 기색이 서려 있었다. 섬뜩한 느낌과 함께 따라가고 싶은 충동이 불현듯 일어났다. 그러나 그 감정을 말로 나타낼 수는 없었다. "허시는 일에 지가 심이 되고 잡은께, 지 걱정은 마시고 무신 일이고 시켜주시씨요." 이 말로 기다리고 있겠다는 마음을 대신했다. 그분은 여전히 고개만 끄덕이고는 슬픔이 담긴 눈을 남긴 채 새벽 어둠의 안개 속으로 안개가 되어 사라져갔다. 앞으로 영영 안 올지도 모른다는 절박한 생각은 그분을 따라가라고 몸뚱이를 사정없이 떼밀었고, 그런 스스로의 감정을 억누르느라고 그녀는 나무를 껴안아야 했다. 욕심내덜 말어, 애시당초 현생에서 집을 짓잔 것이 아니었응께. 가먼 보내야 허고, 오먼 맞어야 허는 그런 인연잉께. 그녀는 나무등걸에 볼 비벼대며 자신을 일깨웠다.

그러나 또다른 말이 그 말에 맞서고 있었다. 엄니럴 그리 허망허게
잃어뿌러감스로 고리럴 뀐 인연인디…….

소화는 치맛귀를 여미며 일어섰다. 그분은 바람이었다. 바람으로
왔다 바람으로 가는 사람이었다. 인연은 인연이되 붙들어둘 수 없
어 아리고, 잡히지 않아 허허로운 인연이었다. 그러나 그분은 결코
뜻 없이 스쳐 지나가는 바람이 아니었다. 잠시잠시 머물렀다 가면
서도 정의 샘을 갈수록 깊이 팠고, 믿음의 산줄기를 가슴에 옮겨
다놓았으며, 신령님의 세상만 보아온 눈을 돌려 사람의 세상을 볼
수 있도록 이끌었다. 하나뿐인 목숨을 내걸고 그분이 하는 일, 그
건 사람의 세상을 올곧게 하려는 뜻이었다. 사람의 세상에 층하가
지어져 있음은 태어날 때부터 그렇게 정해진 하늘의 뜻이라 여겼
었다. 그런데 그건 하늘의 뜻이 아니라 사람의 뜻으로 정해진 것이
고, 사람의 잘못된 뜻은 또다른 사람의 옳은 뜻으로 뒤바꿔야 하
며, 뒤바꿀 수 있다는 사실에 눈뜨게 했다. 그런 마음의 눈을 가지
게 되면서 소화는 드넓게 펼쳐져 있는 중도들판을 예전처럼 무심
하게 보아 넘길 수가 없었다. 그리고 현 부자가 왜 굳이 야산 중턱
의 높은 지대를 골라 집터를 닦았는지 알 것 같았다. 그 터가 명당
이라서 그런 것만은 아니었던 것이다. 본채와 사당을 중심으로 해
서 두 개의 연못이 있는 정원과 가무를 즐길 수 있도록 널찍하게
지어진 정자에 이르기까지 집터는 넓고 넓었는데, 그 어느 곳에 서
더라도 끝이 아슴하게 펼쳐진 중도들판이 한눈 안에 들어오도록
되어 있었다. 2만 석 지주 현 부자는 명당에 자리 잡고 앉아 3만

석 부자가 되기를 꿈꾸는 한편으로 중도들판 웃머리로 이어진 자신의 농토를 구경 삼고, 작인들을 감독 삼아 연못가의 나무그늘에 낚시를 드리우고 앉아서도, 솔솔 바람 시원한 정자에서 기생들의 춤과 노래를 안주로 낮술이 거나하게 취해가면서도, 언제나 눈아래짓을 할 수 있도록 높직하게 자리를 잡은 셈이었다.

생각이 거기에 이르자 소화는 비로소 다른 지주들의 집도 거의가 높으막한 위치에 자리 잡고 있다는 공통점을 깨닫게 되었다. 굿판을 차리려고 지주들의 집을 1년에 한두 번씩은 으레 드나들었으면서도 건성으로 지나친 점이었다. 횡계다리목에서부터 시작되는 낙안벌은 안으로 들어갈수록 항아리 속처럼 자꾸만 넓어졌고, 그 넓은 벌판을 차지한 지주들의 집은 한결같이 명당이라는 이름이 붙은 채 높직하게 자리 잡고 있었던 것이다. 소작인들의 집은 거기서부터 상당한 거리를 두고 아래쪽으로 다닥다닥 붙어 있고는 했다. 덩치가 큰 데다가 위치까지 높아 지주들의 기와집은 한층 우람하게 보이는 것에 비해 소작인들의 초가집은 그지없이 초라했다.

지주들의 집터가 다 명당이라고 하는 것과는 달리 거기에는 꼭 이상스러운 말들이 따라다니게 마련이었다. 누구네 집터는 혈을 끊었으므로 당대의 재물은 모르지만 자손들이 화를 입게 될 것이라 했고, 누구네 집터는 그게 절을 지어야만 될 명당인데 개인집을 앉혔기 때문에 기를 누르지 못해 당대에 망하게 될 거라는 식의 말이었다. 누구의 입에서부터 시작되었는지 모를 그 말들은 당사자 앞만을 피해 당연한 사실처럼 떠돌았다. 그것들이 바로 소작인들이 지주들에게 품고 있는 원한의 표시라는 것도 소화는 알게 되었다.

소화는 들판 쪽으로 먼 눈길을 보낸 채 새싹이 돋고 있는 잔디밭을 천천히 걸었다. 몸이 한결 가벼워지고, 전신의 살갗 밑으로 으스스하게 찬바람이 일곤 하던 증세도 말끔하게 가셔지고 없었다. 감방에서 풀려나 시간이 지나고, 약을 먹고 해서 나아진 것만이 아니었다. 그건 그분의 힘이 나타낸 기적이었다. 그날 밤 목욕탕에서 그분이 자신의 전신을 핥아내릴 때 혀가 닿는 자리마다 살이 뜨겁게 떨리며 시원하게 풀리는 것을 매질당할 때의 아픔만큼 선명하게 느낄 수 있었던 것이다. 그 신효함은 그 어떤 약은 말할 것도 없고, 신령님의 영험으로도 될 일이 아니었다. 아, 그때의, 부끄러움과 함께 감당할 수 없었던 황송함, 그리고 혼미함과 행복감. 천한 무당의 몸으로 더 이상 무엇을 또 바라랴. 그분은 떠났어도 그분의 혀가 남긴 질긴 감촉과 뜨거운 체온은 전신에 그대로 보존되어 있었다. 그때의 느낌이 전신에 다시금 퍼지는 걸 느끼며 소화는 부르르 몸을 떨었다.

돌기둥이 선 바깥대문 가까이에 다다른 소화는 걸음을 멈추어 섰다. 벚꽃이 한두 송이씩 피기 시작하는 길을 따라 한 여자가 걸어오고 있었다. 흰 저고리에 검정 치마를 짧게 입은 그 여자를 보는 순간 소화는 이상한 예감을 느꼈다. 그 여자가 자신을 찾아오고 있다는 생각이었고, 아직 얼굴을 알아볼 만한 거리가 아닌데도 그 여자가 아는 사람처럼 느껴졌던 것이다.

그 이상한 예감을 다시 생각하며 소화는 허리를 굽혔다. 발치께의 쑥을 뜯어 코끝으로 가져가 숨을 깊게 들이마셨다. 쌉싸름하게 진한 쑥향기가 일시에 가슴을 적셨다. 가슴속이 온통 쑥빛으로 물드는 기분이었다. 쑥냄새는 솔잎냄새와 함께 언제 맡아도 싱그럽고 푸르렀다. 여자는 얼굴 윤곽이 확실해질 정도로 가까워져 있었다. 소화는 그 여자를 기다리는 마음으로 다시 쑥냄새를 맡았다. 여자는 아무런 주저하는 기색 없이 소화를 향해 걸어오고 있었다.

"혹시, 소화라는 분이 아니신지요?"

여자가 소화에게 눈인사를 보내며 침착한 목소리로 물었다.

"그렇구만요."

소화가 눈인사를 받으며 고개를 끄덕였다.

"처음 뵙겠습니다. 전 이지숙이라고 합니다." 이지숙은 약간 고개를 숙여 보이고는, "혹시, 병원에 좌익 한 사람을 감춰서 치료하다가 발각난 사건을 아시는지요?" 자기 소개를 쉽고 빠르게 하기 위해 그렇게 말했다.

"아, 그 소학교 선생님……."

소화는 놀라움과 반가움을 동시에 드러냈다. 소화는 이지숙을 만난 적은 없었지만 소문으로 이미 아는 사람이나 다름없었고, 감방에 갇혀서는 막연하게나마 더러 생각했던 사람이었다. 그 여자도 남자를 좋아하는 마음만으로 도망시키는 일을 도왔다가 벌받지 않고 그냥 풀려났으니 나도 별일이야 있을라고…… 하며 생각했던 이지숙이었다.

"알아보시는군요." 이지숙은 무언가 깊은 의미가 담긴 듯한 웃음을 피우며 소화를 한동안 바라보다가, "고생 많이 하셨죠. 몸은 좀 어떠신가요." 나직하게 말했다.

"그냥…… 그만허구만요."

소화는 대꾸하며 빠른 눈놀림으로 사방을 휘둘러보았다. 소화는 이지숙이 자신을 찾아준 것이 반갑기도 하면서, 두렵기도 했다. 어디에 숨어 있을지 모를 감시의 눈에 이렇게 만나는 것을 들키게 되면 의심 사기는 십상이었다.

"여기도 감시받고 있는 모양이죠?"

이지숙이 비웃는 투로 말했다. 소화는 놀란 눈으로 이지숙을 주시했다. 그 눈치 빠름이 예사롭게 느껴지지 않았던 것이다.

"염려 마세요. 난 굿을 부탁하러 온 사람이니까요. 만약 의심을 받게 되면 소화 씨도 그렇게 말을 맞추세요."

이지숙은 차갑게 느껴지는 얼굴로 말했다. 그런 이지숙은 감시나 의심 같은 것은 전혀 두려워하지 않는 태도였다. 소화 씨— 그건 생전 처음 들어보는 자신의 이름이었다. 그 생소한 호칭은 자신의 이름 같지 않게 영 어색스러우면서도 무당이라는 굴레를 금방 벗어나는 것 같은 야릇한 기분을 소화는 느끼고 있었다.

"죄송한 물음입니다만, 정하섭이란 사람을 돕다가 많은 고생을 하셨는데, 후회하지 않으세요?"

소화는 이지숙의 말을 갈피 잡을 수가 없었다. 후회한다는 말을 들으려는 것인지, 후회하지 않는다는 말을 들으려는 것인지, 이지숙의 태도는 모호하기만 했다. 그리고 소화는 약간 불쾌감을 느꼈다. 친한 사이에서도 조심해야 할 그런 말을 초면에 불쑥 묻는 것이 마땅찮았다.

"댁은 후회허시는가요?"

소화는 이지숙을 똑바로 쳐다보며 반문했다. 이지숙이 자신을 '소화 씨'라고 부른 것처럼 자신도 이지숙을 '지숙 씨'라고 하려 했지만 그것은 마음뿐, 입에서 나간 소리는 '댁'이었다.

"아뇨, 후회하지 않아요."

이지숙이 또렷하게 대답했다. 소화는 뒤로 밀리는 기분이 들 정도로 이지숙을 똑똑하고 당찬 여자라고 생각했다. 처음 대면할 때부터 그런 인상이었는데 역시 느낌은 틀리지 않았다.

"지도 후회 않는구만요."

소화는 또렷하게 말했다.

"그 사람이 다시 도움을 청하면 또 도울 마음이군요."

이지숙이 웃음 지으며 중얼거리듯 말했다.

"다 신령님 뜻잉께요……"

소화는 포구 쪽으로 멀리 눈길을 보냈다.

"저 아래 회정리 2구까지 왔던 길에 나와 비슷한 처지로 고생을 겪은 소화 씨가 생각나 염치 불구하고 들러봤지요. 아직도 몸이 성찮은 것 같은데 조리 잘하세요. 초면에 실례가 많았습니다."

이지숙이 눈인사를 했다.

"아니, 안으로 잠 드실 것을……"

"아닙니다, 바빠서 그만 가봐야 합니다. 앞으로 종종 놀러와도 될까요?"

이지숙이 돌아서듯 하다가 물었다.

"하먼이라, 은제라도 오시씨요."

소화는 자신이 먼저 하고 싶었던 말이어서 반색을 했다.

이지숙은 흡족한 마음으로 벚나무들이 양쪽으로 줄을 선 신작로 넓이의 길을 걸어내려가고 있었다. 그녀의 흡족한 마음 한편으로는 증오감이 서리고 있었다. 아까, 같은 길을 올라가며 느꼈던 불쾌감이 이제 증오감으로 바뀐 것이다. 그 넓고 긴 길은 바깥 대문에 이르는 사도였던 것이고, 소화와 이야기를 주고받으며 대충 살펴본 집의 규모나 그 주변의 꾸밈새는 돈자랑을 하고 싶어 안달을 하듯 돈을 덕지덕지 발라놓은 어느 부자의 몸부림이었다. 지주가 낭비하는 돈, 그건 돈이 아니라 쌀이다. 쌀은 인간의 생존이고, 그 쌀은 소작인들한테서 나온 것이다. 지주의 향유가 호화로우면 호화로울수록 소작인들의 생존은 위협당한다.

생각에 잠겨 걷던 이지숙은 무언가가 부딪쳐오는 느낌에 언뜻 걸음을 멈추었다. 누구의 손엔가 부러진 벚나무가지가 눈 높이에 휘어져 있었다. 가지에는 꽃망울들이 촘촘히 매달려 있었다. 사쿠라, 일본놈들의 꽃. 이지숙의 가슴속에서는 강한 거부감이 일어났다. 일본놈들은 도처에 신사를 짓는 것만큼 열성으로 사쿠라를 심었고, 신사를 신성시한 것에 못지않게 사쿠라를 떠받들었다. 우러를 수는 있으되 꺾을 수는 없는 꽃. 그 사쿠라의 수난은 해방과 함께 시작되었다. 누구나 마음대로 꺾어도 탓하는 사람이 없었고, 어떤 사람은 일삼아 밑동에 도끼질을 해서 없애버리기도 했다. 사쿠라는 조선인들에게 미움을 받는 유일한 꽃이었다. 어느 꽃이고 곱지 않은 꽃이 있으며, 사람치고 꽃을 미워하는 사람이 있을 것인가. 사쿠라가 미움을 받는 것은 일본놈들이 국화로 삼았기 때문이다. 그건 사쿠라의 의사가 아니었고, 잘못도 아니었다. 그렇다고 사쿠라가 미움이나 수난을 모면할 길은 없었다. 더구나 조선인 모두에게 사쿠라의 무고함을 환기시킬 필요도 없었다. 사쿠라는 스스로의 기구한 운명을 감수할 수밖에 없는 일이고, 조선인들은 사쿠라를 줄기차게 미워함으로써 일본에 지배당한 역사를 계속적으로 상기할 필요가 있었다. 가엾은 꽃! 이지숙은 꽃망울 하나를 따며 벚나무에 연민을 느꼈다.

이지숙은 중도들판을 바라보았다. 긴 방죽을 경계로 간척지는 질펀하게 펼쳐져나가고 있었다. 바다를 막아 일군 농토……. 그녀의 가슴으로 알 수 없는 슬픔이 물결져왔다. 방죽을 막기 전에는 바닷물이 지금 자신이 서 있는 바로 발 아래로 뻗어가고 있는 신작로 가까이까지 들어왔다고 했다. 그러니까 저 넓고 넓은 간척지는 그때 뻘밭일 뿐이었던 것이다. 그 뻘밭을 농토로 만들기 위해 수많은 사람들은 의지를 모으고 노동을 바친 것이다. 그건 평지에서 돌담을 쌓거나 축대를 쌓는 일이 아니었다. 발이 푹푹 빠지는 뻘밭을 가로질러가며 바닷물을 차단시킬 수 있도록 튼튼한 방죽을 쌓는 일이었다.

"워따 말도 마씨요, 고것이 워디 사람이 헐 일이었간디라. 죽지
못혀 사는 가난허고 가난헌 개돼지 겉은 목심덜이 목구녕에 풀칠
허자고 뫼들어 개돼지맹키로 천대받아감서 헌 일이제라. 옛적부텀
산몬뎅이에 성 쌓는 것을 질로 심든 부역으로 쳤는디, 고것이 지아
무리 심든다 혀도 워찌 뻘밭에다 방죽 쌓는 일에 비허겄소. 돌뎅
이 지고 깔끄막(비탈) 올라댕기기도 심이 들겄제만, 장딴지고 허벅
지꺼정 푹푹 빠지는 뻘밭에서 돌짐 지는 고초에야 비허겄소? 그라
고, 뻘밭이 그냥 뻘밭이 아니라 아칙에 한 분, 저녁참에 또 한 분,
하로에 두 차례씩 바닷물이 들고 나는 판이니 일허기가 워쩌겄소.
뻘언 소금물을 품고 더 짠득짠득혀졌제, 물이 실렸든 동안에 못헌
일 볼충허라고 뒤에서는 잡지제, 심이 곱쟁이로 드는 것이 그 일이
요. 저 방죽 높기가 논 쪽에서는 한 질, 갯바닥 쪽에서는 두 질 남
짓이라고 시퍼보덜 마씨요. 저 방죽이 바닷물이 밀어대는 심 이겨
냄스로 저리 짱짱허니 버티게 힐 기초를 맹그니라고 뻘 속으로 을
매나 많은 돌뎅이럴 처박아 도굿대질(절구질) 헌지 알겄소? 하매
눈에 뵈는 것보담 더 많은 돌뎅이가 뻘밭 속에 백혔을 것이요. 그
렁께 저 방죽을 지대로 볼라먼 눈에 뵈는 높기만 볼 것이 아니라
눈에 안 뵈는 높기꺼정 합쳐서 봐야 지대로 보는 것이요. 그리혀
서 20리럴 뻗어간 방죽잉께, 거그에 백힌 돌뎅이 수가 을매일 것이
며, 퍼날른 흙은 또 을매나 많은 등짐이겄소. 다 골 빠지게 일얼 혔
음스롱도 고것을 아는 사람은 아무도 읎소. 그 에롭고 피맺히는 일
얼 가난허고 배곯은 조선사람덜 손으로 혔다는 것만 확실허제. 근

디 기맥히게도, 방죽을 다 쌓고 본께 배불리는 놈덜언 일본놈덜이
었다 그것이요. 방죽을 쌓다가 죽기도 여럿 허고, 다쳐서 빙신 된
사람도 많고…… 하여튼지 간에 저 방죽에 쌓인 돌뎅이 하나하나,
흙 한 삽, 한 삽이 다 가난헌 조선사람덜 핏방울이고 한(恨) 덩어린
디, 정작 배불린 것은 일본놈덜이었응게, 방죽 싼 사람덜 속이 워쨌
겄소. 허나 그보담도 더 큰, 나라 뺏게뿐 못난 처지에 고런 서럼이
야 도리 없이 참았다고 혀도, 더 기맥힌 꼴은 해방이 되야갖고 벌
어지지 않았겄소. 동척 재산인 저 논얼 불하헐 적에는 응당 소작인
헌테 해야만 옳은 순서고 순린디, 미군정청놈덜언 소작인은 제께놓
고 지주놈덜허고 짝짝꿍이 되어부렀단 말이요. 중도들판 소작인덜
언 거지반 방죽 쌓는 일얼 혔던 사람덜이고, 또 그런 집안 자석덜
인디, 모다 그 꼴얼 당허고 말었으니 누가 이놈에 시상얼 믿고 따
르겄소. 니나웂이 가심에 쌓이느니 미움이고 원한이제.”

들판을 한스럽게 바라보며 방 노인이 한 말이었다.

이지숙은 방 노인의 말을 되새겨가며 일부러 방죽을 걸어 선수
머리까지 갔다가 되짚어 돌아온 일이 있었다. 그 긴긴 방죽을 쌓
아나간 일은 과연 대역사가 아닐 수 없었고, 돌 하나하나가 가난한
사람들의 핏방울이라는 말이 실감으로 가슴을 쳐왔다. 그 방죽은
가장 잔인한 노동착취의 증거물인 동시에 가장 신성한 노동축적
의 창조물이었다. 방죽은 바로 인민의 응축된 힘이었고, 그것은 혁
명을 갈구하는 현장이고 현실임을 확인했던 것이다.

이지숙은 회정리 2구에 사는 동철이를 찾아보고 돌아가는 길에

도래등을 오르면서 소화를 만나보기로 마음을 정했던 것이다. 동철이는 야학의 학생들 중에서 제일 자신을 따르는 아이였고, 영리했다. 동철이네 형편을 알게 된 이지숙은 쌀말이나마 팔 수 있는 돈을 그애의 어머니에게 전했던 것이다. 소화가 자신을 그렇게 반긴 것은 이지숙으로서는 의외였다. 그리고 정하섭에 대한 소화의 마음을 확인할 수 있었던 것도 기대 밖의 수확이었다. 이지숙은 꽃망울을 엄지와 검지손가락 사이에 넣고 무의식적으로 문지르며 걸음을 옮기기 시작했다.

오금재를 넘어 낙안 들녘길을 걷고 있던 운정은 향교 앞에서 걸음을 멈추었다. 잎 돋기 시작한 우람한 은행나무가 발길을 멈추게 했다. 예전의 모습 그대로인 향교의 울 안에서 은행나무도 변함이 없었다. 20대 젊은 날 벌교포교당에 본산 소식을 전하러 오가며 바라보고는 했던 은행나무는 그때와 별로 달라진 것이 없는 것 같았다. 은행나무가 제대로 잘생겨 보일 때는 아무래도 잎이 무성할 대로 무성한 한여름이었다. 키가 드높고 가지들이 넓게 뻗은 만큼 무성한 잎들을 매달아 우람스런 체구를 갖춘 은행나무는 위풍스러움을 넘어 신성스러움을 느끼게 했다. 그 은행나무의 나이를 정확하게 아는 사람은 아무도 없었다. 누구는 500살이라고 하는가 하면, 어느 사람은 700살이라고도 했다. 열 살이나 스무 살 정도의 차이라면 모르겠는데 200살이나 차이가 나고 보면 그 어느 말도 믿기는 어려웠다. 고작 60여 년밖에 살지 못하는 인간으로서 수

수백년을 사는 나무의 나이를 알 수 없는 것은 당연한 일일 것이다. 어쩌면 나무의 나이를 알려고 하는 것부터가 부질없는 일인지도 몰랐다.

운정은 고개를 젖혀가며 은행나무를 바라보았다. 그렇겠지, 인간에겐 삼사십 년 세월이 늙고 병들게 하는 긴 세월이지만, 천 년을 넘게 사는 나무한테는 그 세월이 인간의 하루이틀에 불과할 것이니 무슨 변함이 있을 리 있나. 운정은 고개를 끄덕였다.

운정은 은행나무에 정을 주고 있으면서도 향교 안에 발을 들인 적은 없었다. 한여름 뙤약볕 속을 걸으며 그 은행나무가 드리우는 큰 그늘 아래서 쉬어가고 싶은 마음이 간절할 때에도 먼발치에서 바라보는 것으로 더위를 삭이고는 했다. 중의 몸을 하고 향교 드나들기를 무심히 하는 자는 거의 없었다. 그 저어함은 하루이틀 된 일이 아니었다. 그건 조선왕조가 숭유배불(崇儒俳佛)함으로써 비롯된 일이었다. 중은 향교를 싫어했고, 향교에서는 중을 반기지 않았다. 피차가 꺼리는 입장에서 긴 세월을 살아온 것이다.

해를 눈가늠한 운정은 발길을 옮겼다. 횡계다리 옆의 포교당까지 가기에는 햇발이 넉넉했다. 벌교 걸음을 이렇게 일찍 할 생각은 없었다. 선암사에 자리를 잡았으면 벌교야 한 울안이었다. 선암사까지 발길 이은 것이 문제였지 벌교는 될 수 있는 대로 더디게 걸음하는 것이 나을는지도 몰랐다. 그게 아니라면, 영영 발길을 하지 않는 것이 바른길일지도 모를 일이었다. 그러나 본산의 나날은 바랑을 짊어질 수밖에 없는 형편이었다. 세상이 어지럽고 시끄러움에 따라 절집도 잠잠할 날이 없었다. 바깥세상이 좌익과 우익으로 갈라져 싸움을 벌이고 있는 것처럼 절집도 두 패로 갈려 대립하고 있었다. 순천포교당에서 들었던 것보다 본산의 대립은 더 심각했다. 법일이 좌익으로 몰리는 것으로 일이 끝난 것이 아니라 오히려 더 험악해졌던 것이다. 주지 측에서는 법일을 그런 식으로 몰아감으로써 법일의 세력을 와해시켜 일을 수습할 계획이었던 모양이다. 그런데 법일과 뜻을 같이하는 승려들은 힘을 잃기보다는 더 강하게 뭉쳐 주지에게 맞선 것이다. 법일의 세력은 수적으로는 적었지만 거의가 젊은 승들이었다. 수가 적은 대신 젊은 기백으로 뭉쳐진 그들의 힘은 주지 세력과 팽팽하게 맞서 있었다. 절대권을 발휘하도록 되어 있는 본산회의도 그들 앞에서는 이미 권위를 잃었고, 수적인 우세를 이용해 완력으로 몰아내려 했지만 그들의 완강한 저항을 이겨낼 수가 없었다. 주지가 그들을 이길 수 있는 방법이란 유일하게 한 가지 남아 있었다. 법일을 그랬던 것처럼 그들을 좌익으로 모는 것이었다. 그러나 그 방법을 쓰기에는 그들의 수가 너무 많았다. 그리고 그들 모두를 좌익으로 몰았다가는 주지 자신도 온전하지 못할 일이었다.

객승이나 다름없는 운정으로서는 어느 편도 들 수가 없었다. 승려도 사람이고, 사람 사는 옳은 사리대로 따지자면 젊은 승들의 편에 서야 했다. 그러나 사리가 사리대로 따져져 순조롭게 풀리는 일이 아니라 사리는 없어지고 감정적 싸움으로 패가 갈려 있는 형편에 어느 한쪽의 편을 든다는 것은 그 싸움을 더욱 부채질하는 결과가 될 뿐이었다. 일의 옳고 그름을 마음으로 헤아려 마음에 담는 것만으로도 이미 행함을 얻는 것이었다. 운정은 생각다 못해 바람결에 발길을 맡기기로 하고 바랑을 챙기게 되었다. 마음이 일으키는 바람은 결국 몸뚱이를 벌교땅에 데려다놓고 말았다.

"하, 고것참 골칫거리들이시. 즈그가 무신 중생 위허는 똑별난 중놈들이라고 넘 중살이꺼정 심들게 맹글라고 그래쌓는지 몰르겄네."

본산 돌아가는 사정을 대충 듣고 난 당주승 지현이 내쏜 말이었다. 운정은 방바닥만 내려다본 채 묵묵하게 앉아 있었다. 원래 포교당이야 객승이 하루이틀 여독을 풀고 가는 것이 상식이지만 여기서는 하룻밤 눈 붙이기마저 거북스러움을 느끼고 있었다. 시국이 뒤숭숭해서 그렇지 발길 옮길 만한 절은 얼마든지 있었다. 먹물옷을 걸친 몸으로 뜬구름 되어 살자 마음 정하기만 하면 수많은 절집이 다 내 거처이니 평생을 떠돌며 마칠 수도 있었다. 면벽참선만 수도가 아니라 그것도 수도의 한 길이라 해서 일찍이 중 한평생을 그리 살다 간 사람들도 많았다.

"스님은 그 일얼 워찌 생각허시요?"

당주승이 따지는 듯한 어조로 물었다.

"글쎄요…… 아직까지 아무런 깨달음도 갖지 못한 나 같은 사람 생각이야 말하나마나 한 일이고, 우리 절밥 먹는 사람들이나 중생들이나 제일 귀 가깝게 들을 수 있는 부처님 말씀 한마디에 그 답이 있지 않은가 싶소. 보시하라, 하신 말씀 말이요."

"허, 선문답이로시."

당주승은 거침없이 코웃음을 쳤다. 이미 그의 마음의 행방을 알아버린 운정은 그 예절 없는 행동거지가 아무렇게도 느껴지지 않았다. 같은 포교당을 맡고 있으면서도 순천의 당주승과는 반대입장을 취하고 있었다. 한자리에서 부처님의 설법을 듣고도 그 해석을 달리하는 판에 재물을 앞에 둔 입장에서 그 생각이 서로 다른 것은 너무 자명한 인간의 모습이었다. 그러나 거기에 옳고 그름이 있음은 또한 엄연했다. 인간의 주장으로 공산주의거나 자본주의를 내세워 서로 다툼하기에 앞서 부처님은 까마득한 세월 전에 벌써 자비의 실천을 가르친 마당에 중들이 소작인을 거느린다는 것은 처음부터 잘못된 일이었다.

"여기 형편은 좀 어떤가요?"

기왕 발길한 김에 이곳 사정을 대충 알고 떠나고 싶어 운정은 말머리를 돌렸다.

"춘궁긴디다가 시상이 요리 시끌시끌헌게 시주도 싹 줄어뿔고, 살림살이에 궁짜가 낄 대로 꼈소."

동문서답도 이만저만이 아니었다. 재물을 밝히는 성정이라서 물음을 그렇게 잘못 들었을 것이고, 오래 파먹고 앉아 있지 못하게 하려고 미리 그런 말을 하는 것이 분명했다. 운정은 가만히 웃음 지었다.

"절 살림을 묻는 게 아니라, 여기 벌교 돌아가는 사정을 물은 것이오."

운정의 말에 당주승은 얼굴을 찡그리며 머리를 득득 긁어댔다.

민망해서 그러는 것인지, 귀찮아서 그러는 것인지 분간이 안 되는 채로 운정은 당주승을 물끄러미 바라보고 있었다.

"말 허나마나 여그도 빨갱이놈덜 땀세 난장판이오."

당주승은 신경질적으로 말을 내쏘았다.

"난장판이라면, 아직도 그 사람들이 물러가지 않았단 말이요?"

"말도 마씨요. 물러간 디끼 허등마 새시로 밀어닥쳐 율어를 뺏어 진을 치고는 밤이면 벌교고 조성이고 보성이고 즈그덜 멋대로 난장판을 치고 댕기는 판굿이오."

"어허, 그 사람들만 밤눈 밝은 호랑이가 아니겠고, 경찰이나 군인들은 잠만 자는 것인가, 무서워서 꼼짝을 못하는 것인가. 어찌 된 일이오?"

"군인이고 경찰이고 상대가 상대라야 해묵어보제, 그놈덜이 워낙에 씨고 날랜께 해묵어볼 방도가 없는 것이오. 동에서 번쩍, 서에서 번쩍, 이리 침스로 쩌그서 딴 짓 허고, 쩌그 침스로 여그서 딴 짓 허고 헌께 군인이고 경찰이고 정신을 못 채리요."

"거참, 홍길동이가 새로 난 것도 아니고, 알다가도 모를 일이로 군요."

"고것이 그리 되게 되야묵었소. 대장이라는 염상진이가 예사 물건이 아닌디다가 그 부하라는 것들꺼정 소문난 것들이다 봉께 군인이나 경찰은 항시 미꾸랑지 잡기제라."

"말을 듣고 보니, 쓸 만한 사람들은 다 거기 모였다는 말 아니오?"

"글씨라…… 똑똑허기로 친다면야 다 아까운 사람들이기도 허

제라. 숯장시 아덜로 사범핵교럴 나온 염상진이가 그렇고, 양반족
보 지닌 안씨 문중 태생 안창민이도 그렇고, 보성땅 이씨 문중의
이해룡이도 아깝고, 땅딸보 하대치에, 조성 오판돌이, 다 젊고 실
헌 인물들이제라."

"스님은 어찌 그리 그 사람들 이름까지 줄줄 외시오?"

운정은 안씨 문중이라는 말에 가슴이 철렁했고, 안창민이라는
사람이 안씨 문중 어느 집 자식인지를 물어보고 싶은 욕심이 동했
다. 그러나 그건 누르고 눌러야 할 원색적인 인간의 욕심이었다. 그
는 먹물옷을 걸치고 살아온 세월의 무게로 그 욕심을 눌렀다.

"고것이야 여그서는 아그덜도 다 외는 이름덜이요. 그 사람덜 몰
라서는 벌교사람이라고 헐 수 없응께요."

"그렇기도 하겠군요. 인심은 어떤가요?"

"금메요, 인심이란 것이 참 묘헌 것인디, 시상이 워찌 돼묵을라고
인심이 고것덜 쪽으로 쏠리는 눈치랑께요. 염상진이가 워낙이 백
여시맹키로 인심 살 짓만 허는디다가, 지주나 부자덜언 반대로 인
심 잃을 짓만 골라감서 허는 판인디 당연헌 일인지도 몰르제라. 그
놈덜 시상 되았다가는 우리 신세도 깨진 목탁 신세가 될 판국인디,
워째 시상 돌아가는 것이 위태위태허당께요."

"글쎄요, 위태로움을 면하고 세상을 편안하게 살려면 먼저 그 방
법이 무엇인가부터 찾아내야 하지 않겠소. 편안한 세상이란 모든
사람들이 편안하게 살 수 있게 되면 자연히 오게 되어 있는 법일진
대, 그러자면 절집부터 재물 탐하는 마음 버리고 소작인을 부리지

말아야 될 일 아니겠소."

"아니, 스님······."

당주승이 허리를 세우며 목청을 높였다. 그러나 더 말을 계속하지 못하고 어물어물 기가 꺾여들었다. 당주승을 응시하고 있는 운정의 눈빛은 엄하고도 차가웠다.

강동기의 아내 남양댁은 경찰서로 끌려가지는 않았지만 감옥살이나 마찬가지의 생활을 하고 있었다. 밤만이 아니라 낮에도 형사나 청년단원들이 헛간에 몸을 숨긴 채 총을 겨누고 있었다. 남양댁의 눈에 보이는 것은 그 빤히 뚫린 총구멍뿐이었다. 그 작은 구멍은 날이 갈수록 커지면서 아무 데나 졸졸 따라다녔다. 부엌에도, 우물터에도, 잠자리에도 그 동그랗고 매몰차게 생긴 구멍은 따라다니고 있었다. 사람이 미칠 일이었다. 그것만이 아니었다. 무슨 구멍이든 구멍만 보면 다 총구멍으로 보여 남양댁은 화드득 놀라고는 했다. "이 시상에 총 안 무선 사람 없응께 정신 채리소. 정신얼 한 분 놓치기 시작허면 자꼬 헛것이 들앉는 법잉께. 남정네가 일 당허면 예펜네가 강단지고 실허게 버팅겨야 그 집안이 되제, 예펜네가 정신 놓고 휘둘려뿔면 그 집구석 볼장 다보는 판잉께." 우물터에서 왕주댁이 해준 말이었다. 그 말뜻은 잘 알았고, 일 저질러놓고 쫓기고 있는 사람에 비하면 집에서 당하는 마음고생쯤 아무것도 아닐 것은 더 말할 것도 없었다. 생각은 그렇게 돌아가면서도 남양댁은 총구멍의 뒤쫓음에서 벗어날 수가 없었다. 남편들이 좌익을 한 죄로 매타작을 당하며, 그 사람 죽이는 구멍 앞에서 견뎌낸 여자들의 고통과 피마름이 어떤 것이었는지 알 것 같았고, 새삼스럽게 그들이 장하게 여겨지기도 했다. 특히 사촌동서 외서댁에 대한 뒤늦은 이해와 동정으로 남양댁은 가슴이 아팠다.

남양댁이 무서워하는 건 총구멍만이 아니라 또 하나가 있었다. 독이 서린 가느스름한 눈을 휘돌리며 수시로 나타나는 염상구였다. 그가 밤중에 나타나면 남양댁은 그만 전신이 굳어지고는 했다. 동서 외서댁 같은 신세가 될 것만 같은 공포 속에서. 그가 총을 들이대면 어찌할 것인가. 그의 뜻을 거역한다는 것은 죽기로 작정을 하는 일이었다. 새끼가 딸린 몸으로 몸을 지켜 죽어야 할 것인가, 몸을 내주고 목숨을 부지해야 할 것인가. 그거야말로 여자가 당해야 하는 어렵고도 어려운 문제였다. 동서는 그 어려운 일을 당해 결국 몸을 내주는 쪽으로 결정을 한 것이었다.

"그새끼, 집 나설 때부텀 사람 죽이자고 맘묵었제!" 염상구는 나타날 때마다 느닷없는 말을 불쑥불쑥 물어대고는 했다. "평소에도 서운상이헌테 앙심 품은 말 허고 그랬제." "서운상이럴 해꼬지허고 워디로 숨을 것인지 미리 다 의논혔제." "강동기허고 강동식이가 다 연줄이 있었제!" 그럴 때마다 남양댁은 완강하게 고개를 저었다. 그러면 염상구는 실눈을 더 가늘게 뜨며 협박을 했다. 그 협박이 아무리 무서워도 사실이 아닌 일에 고개를 끄덕일 수는 없었다. 염상구에게 한바탕씩 시달리고 나면 남양댁은 세상 살맛을 잃었다.

남양댁은 밤마다 남편이 집에 발을 들이지 않기를 빌었다. 언제까지 피해다녀야 할지 모를 일이지만 당장의 위기를 넘기자면 집을 찾아들지 않는 것이 상책이었다. 남편이 그 정도는 다 알리라고 믿으면서도 마음은 놓이지 않았다. 남편이 집을 찾아들었다가 총을 맞고 죽는 꿈을 거의 매일 밤 꾸었다.

강동기의 소식이 묘연한 채 날만 자꾸 흐르게 되자 염상구의 태도가 달라졌다. 강동기를 좌익으로 몰아붙이기 시작한 것이다. 사촌 강동식과의 연관을 끝까지 추궁당했고, 남양댁은 고개만 저어대다가 주먹다짐을 당하기도 했다.

한편, 심재모는 강동기의 체포에 대해 차츰 체념상태로 빠져들어갔다. 그의 처가가 있는 고흥의 남양면에까지 수사력을 뻗쳤지만 범인의 행방은 탐지되지 않았다. 범인 체포가 용이하지 않은 것은, 범인이 상식을 넘어 연고지를 철저하게 피하고 있었고, 모든 경찰력이 좌익세력 퇴치에 집중되어 있어서 상대적으로 수사력이 약했던 것이다. 심재모가 범인 체포를 체념적으로 생각하는 데는 그런 이유 외에도, 해결 가능성이 불투명한 사건에 언제까지 매달려 시간과 병력을 소모시킬 것이냐 하는 것이 문제였다. 경찰서장도 같은 생각이었다. 그래서 경찰력은 일단 거두고 청년단원들로 잠복근무를 시키기로 했다.

그런 식으로 일을 정리했지만 심재모의 기분은 여전히 축축하고 흐렸다. 범인을 잡지 못한 상태로 그와 동행했던 두 사람의 일을 처리해야 한다는 것이 께름칙한 부담으로 남아 있었다. 그동안 범인을 잡으려고 최선의 노력을 했던 것도 사건의 시원한 해결뿐만 아니라 두 사람의 문제를 제대로 풀기 위해서였다. 강동기가 잡혀 그의 입으로 단독범행인 것을 자백하기만 하면 두 사람은 무혐의로 그 자리에서 풀려날 수 있었다. 그러나 지금 형편으로는 두 사람은 살인미수 폭행범의 혐의를 벗어날 길이 없었다. 서운상이네 머슴은 단독수사에서만 두 사람의 공범 사실을 주장한 것이 아니었다. 두 사람과 얼굴을 맞댄 대질수사에서도 공범임을 침 튀겨가며 주장해 댔다. "삽 들고 쫓아오는 그놈얼 나가 막아슬라고 헐 적에 느그 두 놈이 나럴 붙들어 꼼짝 못허게 허고, 그놈이 삽얼 내리쳐 나럴 요 꼴로 맹글지 안했냐 그 말이여. 그라고 우리 어르신이 방으로 피헐라는디 항꾼에 쫓아가 우리 어르신 붙들고, 삽으로 찍고 헌 것이 느그 시 놈이 아니고 누구여." 머슴의 말은 이랬고, 두 사람은 가슴을 퍽퍽 쳐대고 의자가 부서져라 엉덩방아를 찧어대며 결백을 주장했다. 두 사람이 공범이면 왜 함께 도망을 가지 않았겠느냐는 심문에, "삽 들고 개지랄친 것은 강가놈이고 즈그야 거들기만 했응께 저 징하고 숭악헌 것덜이 즈그는 죄가 읎다고 생각혔겄제라." 머슴의 거침없는 대답이었다. 피해자의 한 사람이면서 유일한 증인의 진술이 이랬으므로 두 사람이 비록 결백하다 해도 공범 혐의에서 벗어날 방법이 없었다. 머슴을 따로 남겨, 거짓말로 진술을 하면 그것이 죄가 되어 벌을 받게 된다는 말도 해보았다. "아니, 나가 허는 말언 안 믿기고 저놈덜 말이 믿긴다 고것이요! 알겄소, 멀 얻어묵었는지는 몰라도 저놈덜 편역을 들라고 그러는갑는디, 편

역들라먼 들어봇씨요. 나 말언 한 치도 빼도 보태도 안 헌, 있는 그
대론께. 나가 그짓말얼 혔음사 당장 급살을 맞을 것이요." 두 사람
에 대한 수사는 더 이상 진전될 수도, 변화가 있을 수도 없었다. 강
동기가 잡히지 않고, 머슴이 똑같은 말을 되풀이하는 한 두 사람
은 살인미수 폭행범으로 검찰에 송치할 수밖에 없었다. 증인의 증
언이 분명한 이상 아무리 수사관의 심증이라 하더라도 심증은 심
증으로 그칠 뿐이었다.

"이렇게 되면 이 사람들 몇 년이나 살게 될까요?"

심재모는 서류에 도장을 누르며 권 서장에게 물었다.

"글쎄요. 제 경험으로 봐서…… 일이 년 가지고야 되겠습니까."

권 서장이 무겁게 고개를 저었다.

"아마 그렇겠지요."

심재모는 서류에서 도장을 떼며 보일 듯 말 듯 고개를 끄덕였다.
꼭 정확한 대답을 듣자고 물은 말이 아니었다.

심재모는 두 사람을 송치장과 함께 순천으로 넘긴 다음날 김범
우와 손승호가 의뢰해 온 건에 대한 결론을 내렸다. 염상진이 동의
한다면 여자를 율어로 보내겠다는 조건이었다. 염상진의 입장에
서 남자를 집으로 내보낼 리가 만무했고, 만에 하나 남자가 나오
게 되는 경우 이쪽의 입장이나 책임문제가 심각해질 판이었다. 일
을 가장 무난하게 처리하는 방법이, 여자가 율어로 들어갔다가 임
신을 하게 되면 집으로 돌아오는 것이었다.

권 서장은 그 일의 결정을 정면으로 반대했다. 일을 처리하는 방

법에 대한 반대가 아니라 그 일을 받아들이는 것 자체를 반대했다.

"……물론 개인적으로는 사정이 딱하고 안됐습니다. 허나 현 상황으로 볼 때 이 일은 너무 위험한 일입니다. 많이 생각하고 결정하셨겠지만, 다시 한 번 생각해 보십시오. 이건 아주 위험한 일입니다."

권 서장은 전에 한 번도 나타낸 적이 없는 단호함을 보이고 있었다.

"서장님이 너무 예민하게 생각하는 게 아닐까요?"

심재모는 기분이 석연찮아지면서도 겉으로는 웃음을 지어 보였다.

"그렇지가 않습니다. 저는 원래 제 주장을 강하게 내세우는 걸 좋아하지 않는 성밉니다. 그러나 이 일만은 강하게 반대하고 싶습니다."

"그런가요. 그럼 다시 한 번 생각해 보도록 합시다."

심재모는 하루의 여유를 가지고 자신에게 미칠 수 있는 불이익에 대하여 이모저모로 생각해 보았다. 아무리 생각을 다각적으로 펼쳐보아도, 자신이 직접 염상진을 만나는 것이 아니라 김범우가 중간에 서게 되고, 그 여자가 율어로 들어가게 될 경우 별다른 문제가 생길 것이 없었다. 군사적 측면에서 따지더라도 적을 이롭게 하는 점이 하등 없었고, 아군이 손해를 보는 점도 없었다. 작전상으로 따지자면, 염상진이가 이미 주도권을 잡고 있는 대민심리전에 맞설 수 있는 효과를 기대해 볼 만한 좋은 기회였다. 특히 자식의 중요성이 강조되는 유교윤리 사회이기 때문에 그 파급효과는 클 것이 분명했다. 그러나 심재모는 그 생각을 곧 지워버렸다. 불이익을 따지고 계산해야 하는데 이익 쪽을 생각해서 판단을 흐려서는 안 되었고, 더구나 그건 자신의 생각이기에 앞서 김범우가 했던 말이었다.

그 어떤 불이익의 가능성도 찾아내지 못한 심재모는 다음날 일찍 김범우에게 연락을 했다. 그때의 일로 좀 만났으면 한다는 말만으로 전화를 끊었다. 김범우는 미처 30분도 안 되어 모습을 나타냈다.

"저어, 김 선생이 제 직책을 맡고 있다고 입장을 바꾸고 말입니다, 김 사령관은 그 할머니의 소원을 풀어주겠습니까?"

의례적인 인사를 마치고 나서 심재모가 웃음 띤 얼굴로 김범우에게 건넨 말이었다. 반농담 같은 그 물음에 들어 있는 심각한 뜻을 김범우는 직감적으로 포착했다.

"고심하셨을 줄 압니다. 그러나, 제 대답은, 물론입니다."

김범우는 심재모에게 용기라도 심듯 분명한 태도를 보였다.

"좋습니다. 그 여자가 율어로 들어간다는 조건으로 그 일을 허락하기로 결정했습니다."

"고맙습니다. 큰 결심하셨습니다."

김범우가 손을 내밀었다. 심재모가 그 손을 잡으며 말했다.

"이젠 김 선생이 수고하시게 됐습니다. 그런데 몇 가지 조건이 더 있습니다. 첫째, 이 일과 기본작전과는 아무 상관이 없다. 둘째, 임신이 확인되는 즉시 집으로 돌려보낸다. 셋째, 그 기간 동안에 일체의 이념주입을 가하지 않는다. 넷째, 어떠한 경우에도 이 일을 정치적으로 이용하지 않는다. 이상 네 가지 조건을 준수하도록 전해주시오."

"잘 알겠습니다."

"염상진, 그 사람이 동의할까요?"

"만나봐야 알겠지만, 아마 동의할 겁니다."

"언제 가시겠습니까?"

"별 할 일도 없고 하니 곧 가도록 하지요. 그 할머니는 한시가 급할 테니까요."

"오늘 돌아올 수 있을까요?"

"거리상으로는 그렇습니다만 그쪽에 가서 어떻게 될지, 두고 봐야 되잖겠습니까?"

"혹시 김 선생을 안 보내는 것 아닙니까?"

심재모가 웃었다.

"안 보내면 도리 없이 혁명전사 되는 거지요."

김범우가 따라 웃었다.

"그건 곤란한데요. 제가 영 불리해질 테니까."

두 사람은 소리 내어 웃으며 일어섰다.

김범우는 주리재 가까이에 이르러 "피룽 피룽" 하고 우는 새소리를 들었다. 그런데 그 새소리가 어딘가 이상하다는 느낌으로 몇 걸음 옮기는데 이번에는 "쿨꾹 쿨꾹" 하는 새소리가 들렸다. 신경을 모으고 들으니 그것은 역시 새소리가 아니었다. 염상진네가 율어에 있다는 것을 다 알고, 주리재가 가까워졌으니까 무슨 제지가 있을 거라고 예상했기 때문에 그 소리가 진짜 새소리가 아님을 식별할수 있었지 그렇지 않고서는 영락없는 새소리로 듣게 되어 있었다. 김범우가 염상진의 철저한 경계를 피부로 느끼며 몇 걸음을 더 옮겨놓았을 때 어디선가 외침이 들려왔다.

"정지! 도망가면 쏜다!"

김범우는 걸음을 멈추고, 미리 두 팔을 들어올렸다.

"폴 들지 말고 엎디려! 땅에 엎디려!"

김범우는 명령대로 두 팔로 땅을 짚고 엎드리며 가만히 웃었다. 염상진은 두 팔을 들게 하는 수하법도 안심이 안 되어 가장 안전한 방법을 훈련시킨 것이었다. 대장 노릇을 빈틈없이 하고 있는 염상진을 환히 보는 기분이었다. 제복이 사람을 만든다. 나폴레옹의 말이 얼핏 떠올랐고, 하긴 염 선배가 군당위원장 아니라 도당위원장인들 못해낼 리 없고, 중앙당 핵심 자리에 앉혀도 못해낼 리 없겠지, 김범우는 풀잎 사이를 기어다니고 있는 조그만 개미를 내려다보며 그런 엉뚱한 생각을 하고 있었다.

"꼼지락 말엇!"

억센 느낌의 손이 빠르게 몸을 더듬어내렸다.

"일어낫!"

김범우는 손바닥을 털며 일어섰다. 네 사람이 양쪽으로 갈라서서 총을 겨누고 있었다. 총을 든 사람은 둘이었고, 다른 두 사람은 대창을 들고 있었다.

"누군디 여글 멀라고 왔어."

"나 김범우라는 사람인데, 당신네 대장님을 만나러 왔소."

"멀라고?"

"그거야 대장을 만나 얘기해야 하니까 빨리 전하시오. 그러고, 조사가 끝났으면, 이쪽에서 존대를 쓰면 그쪽에서도 존대를 써야 하지 않겠소? 혁명전사고 인민해방군이란 사람들이 그 정도 예의는 있는 줄 알았는데, 염 대장이 그러라고 시킵디까?"

네 사람은 당황하는 기색으로 서로를 쳐다보았다. 그리고 제일 나이 들어 보이는 사람이 총을 내리며 한 발짝 앞으로 나섰다.

"고것은 미안시럽게 되얐구만요. 누구신지, 용건이 멋인지 몰르는 행펜이라 그리 되얐제 대장님이 그러라고 시킬 리가 있간디요. 잘못됐구만이라."

"됐습니다. 듣기 거북해서 한 말이었어요. 대장님한테나 빨리 연락을 취해주시오."

김범우는 웃음을 지으며 말했다.

"누구시라고 혔지라?"

"봉림 사는 김범우요."

"대장님이 시방 워디 기신지 몰라 신호럴 올려야 쓴께 우선 쩌짝으로 가십시다."

김범우는 나무들 사이에 완전 은폐되어 있는 토굴형 초소로 안내되었다. 그건 초소를 겸한 전투용 참호였다. 김범우는 가마니가 깔린 바닥에 편안한 자세로 앉았다. 나이 든 사람은 어디로 갔는지 보이지 않고 초소에는 두 사람만 남아 있었다. 한 사람은 경계에 열중해 있었고, 다른 한 사람은 총을 세워잡고 자신과 마주 보는 위치의 입구에 앉아 있었다. 그가 총만 겨누지 않았지 자신을 경계하고 있음을 김범우는 쉽사리 눈치 챌 수 있었다. 꽤나 훈련이 된 군대조직을 갖추고 있다는 느낌을 또 받으며 김범우는 담배를 빼물었다. 그들의 건강상태나 사기는 생각보다 좋아 보였다. 율어 일대를 장악하고 있는 탓이라 여겨졌다.

"대장님은 어디 계시길래 날 여기다 두는 거요? 아까 그 사람은 어디 갔소?"

"담배나 피고 앉었제 암것도 묻지 마씨요. 난 암것도 몰릉께."

총을 세워 잡은 사내가 퉁명스럽게 내쏘았다. 김범우는 빙긋 웃으며 고개를 끄덕였다. 아무것도 모르는 게 아니라 그것도 교육의 결과일 거라는 생각이 들었다.

부하들을 거느리고 해방구를 장악하고 있는 염상진, 그는 어쩌면 장개석 군대의 추격으로 해방구를 수없이 버려가며 기약 없는 장정을 계속하면서도 공산혁명의 신념을 어느 한순간에도 회의하지 않았던 모택동보다 더 견고한 신념과 확고한 자신감에 차 있을지도 모를 일이었다. 불안하긴 하지만 그는 아직까지 해방구의 안정을 누리고 있기 때문이었다. 회의 없는 신념을 가진 사나이, 그는 행복하다. 그 신념을 추종하는 동지나 부하를 가진 사나이, 그는 더욱 행복하다. 신념을 함께하는 사람들과 먹이를 나눌 수 있는 땅을 가진 사나이, 그는 스스로의 행복을 넘어서 행복을 생산하는 영웅이다. 현재의 염상진은 최소한 그들 사이에서는 의심의 여지가 없는 영웅이다. 김범우는 깊은 생각에 빠져 담배를 피우고 있었다.

염상진이 모습을 드러내기까지는 두 시간 남짓이 걸렸다.

"범우 자네, 어쩐 일인가!"

염상진은 반가움을 숨김없이 드러냈다.

"형님……."

김범우도 가슴이 출렁이는 반가움을 그대로 표했다. 옛정이 슬픔처럼, 안타까움처럼 솟구치고 있었다.

"처음에 자네 이름을 듣고는 설마했었지."

참호 밖에 선 염상진이 허리를 굽혀 팔을 뻗쳤다. 김범우는 그 손을 잡았다. 염상진이 힘주어 끌어당겼다. 김범우는 참호를 벗어났다.

"건강해 뵈는군요."

수염이 더부룩해 더 강한 탄력이 느껴지는 염상진을 보며 김범우가 말했다. 염상진은 꾹 다문 입으로 웃으며 고개를 끄덕였다.

"여기서 말을 꺼내기는 좀 곤란할 것 같은데요."

김범우는 주위를 둘러보았다.

"무슨, 정치성을 가진 얘긴가!"

염상진은 금방 태도가 달라졌다. 정치성이 있는 이야기라면 들을 필요도 없다는 거부감을 강하게 나타내고 있었다.

"그런 얘길 가지고 여길 찾아오게, 제가 어린앱니까? 아니면, 형님이 어린앤가요?"

"알겠네, 자릴 옮기세."

염상진이 앞장섰다. 나무숲을 빠져나온 두 사람은 곧 율어로 가는 길로 내려섰다. 둥글게 이어진 산줄기와 그 안에 담긴 듯한 분지가 한 장의 그림의 구도처럼 눈에 들어왔다. 김범우는 그 희한한 지형구조를 조망하느라고 걸음을 멈추었다. 멀리 내려다보이는 분지에 일구어진 논과 서너 채씩 모여 있는 집들이 인상적이었다.

"왜, 여기 처음인가?"

앞서 걷던 염상진이 뒤돌아보며 의문스럽게 물었다.

"예, 중학교 저학년 때 한 번 왔었는데, 그때하곤 영 느낌이 달라서요."

김범우는 눈길을 멀리 보낸 채 느리게 발을 옮기며 대답했다.

"그렇겠지. 어린 눈은 눈이 아니니까."

김범우의 눈길을 따라가고 있는 염상진의 얼굴에는 깊은 웃음이 번지고 있었다.

"아주 쓸 만한 지형이군요."

김범우가 눈길을 거두며 말했다.

"자아, 이 길을 따라서 저 아래까지 내려가는 동안에 얘길 듣도록 하지."

염상진은 걸음을 빨리하기 시작했다. 달구지가 오갈 만한 넓이의 길은 아래쪽 분지를 향해 산허리를 따라 구불구불 흘러내리고 있었다.

"이렇게 찾아온 건 다름이 아니라……."

거리로 보아 시간이 충분했고, 동의를 얻어내기 위해서는 사연

자체에 설득력이 있어야 하기 때문에 그 내용을 될 수 있는 대로 상세하게 전하려고 김범우는 생각했다.

"……그래 심재모는 그 여잘 여기로 보내겠다는 결정을 내린 겁니다. 이제 형님 결정만 남은 셈이죠."

김범우는 일단 여기서 이야기를 막음했다. 심재모가 내세운 조건들은 염상진의 결정에 따라 말을 하든지 말든지 하게 될 터였다. 염상진은 한참을 말이 없이 걸었다.

"그 친구, 생각보다는 괜찮은 친구로군."

이윽고 염상진이 말했다. 빛과 어둠의 사이에서 긴장되어 가던 김범우의 심경은 대번에 빛 쪽으로 기울었다. 그러나 그는 감정을 내색하지 않았다.

"나 혼자 결정할 문제는 아니고, 다른 사람들 의견을 들어보도록 해야겠네."

염상진이 김범우를 쳐다보았다. 김범우는 그저 웃기만 했다.

봄기운이 가득한 논밭에서는 사람들이 드문드문 일손을 놀리고 있었다. 긴 산길을 걸어내려오는 동안에도 총을 멘 사람은 하나도 눈에 띄지 않았고, 이곳이 좌익의 해방구라는 느낌이 들게 하는 그 어떤 색다른 점도 발견할 수 없었다. 초소의 분위기를 제외하면 이데올로기 전투를 벌이고 있다는 긴장감이나 불안감 같은 것이 없이 그저 사람 사는 마을에 감도는 평온이 있을 뿐이었다.

"형님도 고유화폐를 발행합니까?"

김범우가 짓궂게 웃으며 물었다.

"무슨 소린가?"

"모택동은 해방구를 설정하면 제일 먼저 일체의 세금을 없애고, 꼭 자기네 발행 화폐를 썼어요."

"지나친 농담 말게. 모 동지는 중국공산당 주석의 자격으로 그리 한 거고, 난 군당위원장일 뿐야."

염상진은 눈 가장자리가 험하게 보일 정도로 정색을 하며 말했다. 그 반응에 김범우는 당황하지 않을 수가 없었다. 자신의 농담을 염상진은 당의 신성을 모독하거나 야유하는 것으로 받아들이는 것 같았다. 아니면, 농담으로라도 모택동과 자기를 동일시할 수 없다는 그 나름의 확고한 의식의 표현일 수도 있었다.

"제가 실언을 했군요. 사과드립니다."

김범우는 쑥스러운 웃음을 지으며 말했다.

"알았으면 됐네." 염상진은 앞만 보고 네댓 발짝 옮기고는, "머잖아 우리 조선공산당 화폐를 반도땅 전체가 쓰게 될 거네." 마치 어떤 엄숙한 예식의 장소에서나 들을 수 있을 법한 어조로 말했다.

김범우는 그런 염상진한테서 끼쳐오는 냉기를 느꼈다. 그것은, 강한 정신력으로 무슨 일엔가 몰입하고 있는 사람한테서 종종 느끼게 되는 일종의 압도감이었다. 저 신념의 덩어리, 당신은 역시 행복하다. 김범우는 담뱃갑을 꺼냈다.

네 사람이 자리를 같이했다. 안창민 옆에 앉은 사람은 김범우로서는 초면이었다. 그런데 염상진도 안창민도 그 사람을 인사시키지 않았다. 불필요한 노출을 꺼리는 거라고 생각하고 김범우는 개의

치 않았다. 그는 조성책 오판돌이었다.

염상진은 김범우가 길게 했던 이야기를 짤막하게 간추려 두 사람에게 했다.

"······사정이 이런데, 우린 어떻게 대처해야 좋을지 의견들을 듣고 싶소."

김범우의 담배가 반으로 타들 때까지 좌중은 침묵하고 있었다.

"그 결정에 동의를 하는 경우, 전반적인 작전에 미치는 영향은 없을까요?"

안창민이 입을 열었다.

"그 문젤 생각해 봤는데, 별로 없을 것 같소."

염상진의 대답이었다.

"그렇께 고것이 신방 아닌 신방얼 채례주는 것인디, 혹여 기강이 물러지지 않을란지 몰르겄는디요."

오판돌의 말이었다.

"그런 특별한 일로 기강이 문제가 된다면 우리 부대는 근본적으로 틀려먹었다고 봐야 할 거요." 염상진의 말이었고, "허기는 그렇제라." 오판돌이 빠르게 고개를 끄덕였다.

"별다른 문제가 없다면 동의해도 좋을 것 같군요. 거부했을 경우 오게 될 역반응도 고려해서 말입니다."

김범우는 엷게 웃었다. 안창민은 그다운 민감함으로 역반응까지 계산해 내고 있었다.

"그렇소. 우리가 거부하는 경우 그걸 정치적으로 이용할 가능성은 얼마든지 충분하오. 심이라는 자는 인간적인 측면 외에도 그 점까지 계산에 넣었다고 봐야 하오."

김범우는 또 웃음 지었다. 심재모는 뱃속까지 해부당하고 있었던 것이다.

"좋소, 동의하도록 합시다."

마침내 염상진이 결정을 내렸다.

"고맙습니다."

김범우는 좌중을 돌아보며 눈인사를 했다.

"기왕 결정을 했으니 오래 끌 것 없이, 이틀 안으로 주리재를 통해 여자를 보내라고 전하게."

염상진이 김범우에게 명령하듯 말했다.

"알겠습니다. 그런데 몇 가지 부대조건이 있습니다."

"조건?"

"예, 까다로울 것 없는 것이니 일단 들어보시고, 형님도 필요하면 또 조건을 제시하세요. 첫째……."

김범우는 종이에 적은 것을 천천히 읽어나갔다. "넷째, 어떠한 경우에도 이 일을 정치적으로 이용하지 않는다. 이상입니다."

"어허허허…… 그 친구 제법 똑똑하고 맹랑하다니까." 염상진은 고개까지 젖혀 헛웃음을 치고는, "이보게, 자네가 혹시 그거 거든 것 아닌가?" 김범우를 지그시 쳐다보았다.

"전혀 아닙니다. 이번 일에 저는 순수하게 심부름꾼 노릇만 하고 있습니다."

"그렇다면 그 친구 정말 제법이로군." 염상진은 신중한 얼굴로 고개를 끄덕끄덕하고는, "우리가 따로 내세울 조건은 없고, 그 네 가지 조건에도 동의하네." 그는 일이 끝났다는 표시라도 하듯 담배에 불을 붙였다.

"심재모 그 사람, 자기가 학병 출신이란 걸 긍지로 삼고 있는, 무슨 일이나 공정하게 처리하려고 꽤나 애쓰는 사람입니다."

"그렇다더군."

염상진의 대구에 김범우는 그만 머쓱해지고 말았다. 읍내에 정보의 망원경이 아니라 현미경을 대고 있을 염상진 앞에서 너무 새삼스러운 소리를 지껄인 셈이었다.

"저는 그만 떠나야겠습니다."

김범우는 시계를 들여다보았다.

"그래?" 염상진은 담배연기 속으로 김범우를 쳐다보고는, "형편이 형편이니 하룻밤 묵어가랄 수도 없고, 날이 저물어가니 길을 서두르긴 해야지. 이거, 급한 일이 생겨 바래다주지도 못하게 생겼네" 하며 미안한 듯한 표정을 지었다.

"바래다주긴요."

김범우는 어떤 아쉬움을 떼치듯 자리를 털고 일어섰다.

모두 밖으로 나왔다. 석양이 불길의 싱싱한 색조로 타고 있었다. 제 그림자를 안고 검은빛으로 변하고 있는 산들이 한층 억세게 보였다.

"……건강하세요."

김범우는 비식 웃음을 지어내며 염상진에게 손을 내밀었다. 석양빛을 등지고 선 그에게서 김범우는 전보다 강해진 야성과 산 같은 무게를 느끼고 있었다.

"그러세, 서로 건강하세. 춘부장 어르신께 안부 여쭙고."

염상진이 손을 맞잡았다.

"형님, 수염이 잘 어울립니다."

염상진의 얼굴을 빤히 쳐다보던 김범우가 불쑥 한 말이었다. 김범우는 그를 '형님'이라는 호칭으로 다시 불러보고 싶은 생각이 갑자기 들었던 것이다.

"그런가, 짬이 없어서. ……편히 가게."

김범우는 염상진 옆에 선 안창민과 악수를 나누었다. 두 사람은 서로의 눈만 쳐다보았을 뿐 말이 없었다.

김범우는 아까 염상진과 함께 걸었던 길을 혼자 걸었다. 쉽지 않은 일을 성사시켰다는 성취감보다는 염상진에 대한 신뢰감이 더 크게 앞서 있었다. 불가능한 일이라고는 생각하지 않았지만, 그렇다고 이렇듯 쉽사리 매듭 지어지리라고는 전혀 기대하지 않았던 것이다. 그를 만나던 순간의 반가움이 이제 허전함으로 바뀌어 있었다. 이런 식으로 만났다 헤어지는 것이 어떤 소중한 것을 잃어버린 것 같은 허전함을 불러왔다. 머지않아 서울로 떠나게 될 거라는 말을 하고 싶었으면서도 입 밖에 내지 못한 것은 그 허전함이 더 커질 것 같았기 때문이다. "머잖아 우리 조선공산당 화폐를 반도땅 전체가 쓰게 될 거네." 그의 이런 견고함이 이념을 실천할 수 있는 현실적인 힘을 근거로 한 자신감의 표현이 아니라 그와는 반대로, 상황의 불리를 개인적 신념으로 극복하려는 자기 최면적 과장일지도 모른다는 생각이 또한 김범우를 허전하게 만들었다. 나날이 변해가는 현실적 상황은 염상진에게 유리한 것이 아무것도 없었다. 정부의 입장에 서 있는 신문의 보도나 바람처럼 떠도는 소문을 다 믿을 수 없는 일이지만, 제주도의 항쟁도 갈수록 궁지에 몰리는 것이 사실인 모양이었다. 당 수뇌부 조직은 이미 섬을 탈출했다는 소문이 파다했다. 그쪽의 실정은 염상진이 누구보다 면밀하게 파악하고 있을 터였다. 상황의 불리는 그것만이 아니었다. 며칠 전 3월 8일을 기하여 정부는 전국적으로 학도호국단을 결성시켰다. 그것은 군대의 계속적인 강화와 함께 또 하나의 커다란 상황변화가 아닐 수 없었다. 학도호국단의 결성은 반공교육을 넘어서 학생들을 군대조직화시키는 제도였다. 염상진이 그런 상황변화를 모르고 있을 리 없었다. 그런데도 그런 말을 할 수 있는 근거는 무엇일까. 혁명은 신념과 용기만으로 이루어지는 것이 아니다. 혁명이 투쟁이라면 신념이나 용기는 상대가치이지 절대가치는 아니다. 투쟁은 상대적 싸움이다. 서로의 힘겨룸이다. 싸움에서 이기려면 상대를 압도할 수 있는 정신적 힘을 바탕으로 거기에 물리적 힘이 가세되어야 한다. 그리고 싸움에 이겼을 때 비로소 그 두 가지 힘은 혁명을 창출해 낸 절대가치가 되는 것이다. 염상진이 속한 조직은 그런 물리적 힘을 확보하고 있다는 것인가. 모를 일이었다. 김범우는 가슴에 허전한 바람을 안고 주리재를 넘어 큰길에 이를 때까지 석양을 등지고 섰던 염상진과 함께 걸었다.

　정현동 사장의 집과 술도가 앞에는 벌써 며칠째 네댓 명의 젊은
이들이 진을 치고 있었다. 그들은 정현동이 이사 가는 것을 막기
위해 최익달에게 일당을 받고 고용된 불량배들이었다. 서운상에게
서 돈을 다 챙긴 정현동은 한시가 급한 마음으로 이사를 서둘렀
다. 그러나 이삿짐을 역으로 실어내려다가 그 불량배들의 방해를
받아 발이 묶이게 되었다.
　형 최익승의 심부름으로 당당하게 정현동을 찾아갔다가 형편없
이 체면만 다치고 돌아온 최익달은 기분이 상한 만큼 거친 내용의
편지를 써서 서울로 보냈다. 편지를 받고 정현동의 마음이 변한 것
을 알게 된 최익승은 치솟는 성질대로 하자면 당장 쫓아내려가 한
입으로 두말하는 놈의 아가리를 찢어놓고 싶었지만 서울의 형편
이 도저히 여의치가 못했다. 사사건건 물고 뜯는 야당의 치열한 공
세를 겪어내며 거의 날마다 새 법을 통과시켜야 했으므로 팔 들어
올리기가 바빠 서울을 비울 수가 없었다. 여당의 팔 하나는 야당
의 팔 둘을 막아내는 무기였다. 그래서 최익승은 정현동에게 직접
전화를 걸었다. "정 사장이 우리 익달이 동생한테 말하기를, 술도
가 소유권 반을 나한테 넘기기로 약조한 일이 없다고 했다는데, 그
게 사실이요?" "아아니, 고것이 사실인께 사실대로 그리 말헌 것인
디, 최 의원님은 지끔 무슨 뜸금없는 소리 허시요오?" "뭐라고 이
놈아! 니놈이 인자 나한테까지 안면몰수해!" "지끔 무신 소리 허는

지 나는 하나또 모를 일이요." "이놈아, 니놈이 빨갱이로 갇혀서, 빼주기만 하면 술도가 반을 넘기겠다고 내 앞에서 애걸복걸 약조 안 했단 말이야!" "어허, 이놈저놈 허지 말고 말허씨요. 나가 당신 새끼요, 종놈이오?" "이놈아, 돼먹지 못하게 딴전 피우지 말고, 약조를 했는지 안 했는지 말해!" "글씨요, 나가 빨갱이였으면 빨갱이 돈 묵고 빨갱이 풀어준 국회의원은 빨갱이가 아닐랑가요?" "이, 이 쳐죽일 놈! 시방 누구 분통 질르는 거야." "있는 그대로 허는 말잉께 분이 나고 안 나고는 내 사정이 아니요." "이놈, 내 너를 그대로 두진 않을 것이다." "맘대로 혀봇씨요. 담에 국회의원 안 해묵을라면." 숨이 넘어갈 지경이 되어버린 최익승은 동생에게 전화를 걸었다. "정가놈이 술도가를 팔아치워 어쩔 작정이냐?" "광주로 뜬다는 소문이구만요." "막아라." "야아?" "어허, 못 뜨게 막으라니까. 청년단 염가를 시키든 어쩌든, 절대로 뜨지 못하게 막아. 내가 내려가서 그놈 모가지를 비틀어뿔 것잉께, 그때까지 무슨 수를 써서라도 막으라 그 말이여."

정현동은 요모조모 따져본 다음 자신에게 손해가 없다는 계산이 나오자 불량배들의 횡포를 경찰에 알렸다. 불량배들이 잡혀가고, 최익달이 경찰서를 드나들고 하는 사이에 정현동은 이삿짐을 다시 실어내기 시작했다. 그러나 반도 옮기지 못하고 또 불량배들의 방해를 당하게 되었다. 유치장에 갇힌 줄 알았던 그들이 풀려나온 것이었다. 정현동은 숨을 헐떡이며 경찰서로 내달았다. "개인적인 문제는 당사자끼리 해결하십시요. 경찰이 개입할 문제가 아닙니다. 그리고 그 젊은 사람들을 법으로 다스릴 근거가 없습니다. 폭력을 행사한 것도 아니고, 재산을 파괴한 일도 없잖습니까." 경찰서장의 말이었다. 정현동은 심재모를 만나려고 했다. 그러나 계엄군의 소관업무가 아니라는 이유로 면회는 거절되었다. 경찰서장이 한 말은 바로 심재모의 결정이었다. 최익달을 통해서 사정 이야기를 다 듣고 난 심재모는 "짐승만도 못한 작자들!" 하고 내뱉고는 그런 조처를 취해버렸다.

정현동은 꼼짝없이 발이 묶인 형편을 모면할 수 있는 방안을 강구해 보았지만 뾰족한 수가 없었다. 천생 한 가지 방법밖에 없었는데, 큰 재산을 지키기 위해서는 작은 재산을 버려야 했다. 이삿짐을 포기하고 밤에 벌교를 뜨는 일이었다. 그런 막다른 생각에 몰리면서도 정현동은 남모르는 안타까운 후회를 씹고 있었다. 서운상이 그런 변을 당할 줄 알았더라면 잔금을 그렇게 몰아치지 말았어야 했다는 후회였다. 그랬으면 계약 위반으로 돈은 그대로 차지하고 딴 사람에게 새로 팔아먹을 수 있었을 것이다. 그렇게만 되었다면 지난번에 변호사 입에 털어넣은 돈을 고스란히 복구할 수 있었다. 정현동의 생각은 그 돌이킬 수 없는 안타까운 후회에서 끝나지 않았다. 서운상이 전신마비라는 사실에서 새로운 생각을 끌어냈다. 그 절망적인 상태를 이용해서 술도가를 헐값으로 되사들이는 일을 그의 부인을 만나 은밀하게 진행시켜 보는 계획이었다. 기적이 일어나지 않는 한 서운상이 다시 활동을 할 수 없는 형편에서 그건 결코 불가능한 일이 아니었다. 그의 부인을 어떻게 회유하느냐에 성패가 달린 문제였다.

정현동은 이사갈 집을 물색하러 광주에 갔던 길에 새로 맞춰입은 마카오 양복을 꺼내 외출차비를 했다.

"어디 가시게라?"

낙안댁이 양복 입는 것을 거들려고 하며 맥없는 소리를 흘렸다. 목소리가 기운 없이 풀린 데다 얼굴에도 짙은 근심기가 배어 있었다. 연달아 일어나는 사건에 시달리며 그녀의 얼굴에 서려들기 시작한 근심기는 이사를 가지 못하는 사태가 벌어지게 되자 완연하게 자리를 잡고 말았다.

"가볼 디가 있어서."

"집을 이래 놓고 어디럴 가실라고……."

"다 알아서 헐 것잉께 애태워쌓지 말소. 일이야 다 시나브로 풀리게 돼 있응께."

정현동은 되풀이되어 온 아내의 투정을 미리 막으려고 일부러 불퉁스럽게 말을 했다.


윤 부자의 아내 송씨는 일부러 몸놀림을 느릿느릿하게 하면서 시간을 끌었다. 거울을 들여다보며 머리카락 서너 올을 옆볼로 내려보다가 다시 귀 뒤로 올려보다가 했고, 족집게로 잔눈썹을 톡톡 뽑으며 얼굴을 요리조리 돌려 제 모습을 즐겼고, 분을 이마며 콧잔등에 토닥거리며 아직도 늙었다고 하기에는 아까운 포동하게 살오른 볼의 탄력을 손가락 끝으로 음미하고 있었다.

참말이제 요 인물에 요 몸으로 혼자 살기넌 심들고 억울타. 여자 몸이라는 것은 남자허고는 달버서 꽃이 끊기고도 예전허고 똑겉이 남자 생각도 나고 맛도 변허지럴 않는다는디, 나야 안직 꽃도 안 끊긴 몸 아니라고. 아이고메, 남정네 읎이 잠자리럴 헌 것이 폴세 을매여. 혼자 눈 잠자리넌 워쩨 그리 썰렁허고, 밤언 워쩨 그리 질어. 전에 한바탕 일 치르고 나면 한숨 잠으로 깨든 밤이 혼자 보내기는 워쩨 그리 징허게 진고. 남정네 연장이라는 것이 여자헌테는 하늘인 것이 영축없어. 몸도 노골노골허니 풀리게 허고, 마음도 사글사글허니 풀리게 허는 그 오진 재미럴 이 시상에서 머시가 또 당허겄어. 워메, 꽃이 비치기 전에 사나흘, 꽃이 시들고 사나흘, 맘은 따로 몸은 따로 노는 것이, 그 전디기 에로운 거. 무신 명약으로 아랫배 뻭적지그리허게 땡기고, 거그 옴죽기림스로 근지럽고 간지럽고 스물기리는 것얼 낫게 헐 것이여. 남정네 퉁겁고 실헌 연장이 거그럴 채우지 않고서야 나을 병이 아니제. 그 병이 도지면 머리할라 어질어질허고 정신이 까물까물혀지는 것이, 그때야 누구 연장이라고 개리고 골르고 헐 것이여. 근디, 시상언 너무 불공평허게 맹글어져 있당께로. 남자만 살기 편허게 맹글어져 있제 여자야 옴치고 띌 수가 있어야제. 남자야 돈만 지니면 발에 채이는 것이 지집들인디, 여자야 돈이 있으먼 머 허고 재산이 있으먼 머 헐 것이여. 설사 돈으로 어찌 된다 혀도 소문이 나부렀다 허면 낯 들고 살 수 읎게 되야묵은 시상이 아니냔 말여. 빌어묵을, 요 인물이 아깝고, 요 몸이 불쌍타.

송씨는 열기 묻은 한숨을 폭 토해내며 경대 앞에서 물러나 앉았다. 그것도 실허게는 생겼는디. 그녀의 머리를 얼핏 스치고 간 생각이었다. 밖에 기다리게 한 마름 오동평이를 생각한 것이었다. 그러나 그녀는 치마를 털고 일어서며 쓰게 웃었다. 어찌어찌 기회가 되어 그놈이 겁 없이 덮치고 들면 못 이기는 척 받아들일 수는 있어도 먼저 기색을 드러낼 수는 없는 일이었다. 그것이 재산 한쪽을 관리하는 아랫것인데, 잘못 얽혀들었다가는 그것도 남자꼭지라고 주인 행세하려고 들 위험이 있었던 것이다. 오동평이를 어찌 자연스럽게 끌어들여 자신을 범하게끔 일을 꾸며볼까 하는 궁리를 안 해본 것도 아니었다. 불공을 드리러 간다고 해서 그에게 짐을 지워 선암사길을 둘이서 나서고…… 산길 몇십 리를 가다 보면 발목을 삔 척할 수도 있고…… 그래서 그가 덮쳐오면 당하는 척 재미를 보고…… 일을 끝내고는 마름 자리를 떼겠다고 으름장을 놓으면 그놈 죄인 만들어 기도 꺾고, 소문도 막고…… 그러나 마음뿐 아직 실행에 옮기지는 못하고 있었다. 예전에 지체 높은 과수댁이 머슴하고 배를 맞췄다는 연고를 그녀는 절실하게 이해할 수 있었다.

송씨는 방문 앞에서 발을 멈추고 잔기침을 하며 감정을 간추렸다. 그리고 방문을 옆으로 밀었다.

"불르셨는게라, 마나님."

댓돌 아래 움츠리고 서 있던 오동평이가 두 손을 앞으로 모으며 허리를 반으로 꺾었다.

"어여 안으로 들소."

오동평을 눈 아래로 깔아보고 있는 송씨의 얼굴은 언제 그런 생각을 했느냐 싶게 냉담하고도 엄했다.

"야아⋯⋯."

오동평은 고개도 제대로 못 든 채 서둘러 고무신을 벗고 마루로 올라섰다.

"앉게."

송씨는 폭넓은 치마를 손끝으로 살짝 들고 앉으며 턱짓을 했다.

"야아⋯⋯."

주눅 든 모습을 풀지 못한 오동평이는 윗목에 무릎을 꿇고 앉았다. 저리 기를 못 피면 연장도 저리 맥아지가 읎을라?⋯⋯ 송씨는 오동평을 흘깃 보며 속웃음을 웃고 있었다.

"작인덜 요새 으쩐가?"

송씨의 입에서 나간 무게 실린 말이었다.

"별 탈 읎이 보리농새 짓고, 쌀농새 질 바닥 골르고 허는디요."

오동평은 이렇게 대답하며 상전의 눈치를 빠르게 훑고 있었다. 혹시 자기가 모르고 있는 무슨 일을 알고 있는 게 아닌가 해서였다.

"틈새 생기지 않게 닦달 잘허소. 영감님 시상 뜨셨다고 딴맘 묵고 들라고 헐지 몰른게. 나가 여자라고 시퍼볼라고 혔다가는 꼬치가리물보담 더 매운맛덜 볼 것잉게. 나가 평상얼 영감님 옆에서 작인덜 행투고 곤조고 다 몸에 익힌 사람잉게. 알겄능가!"

"하먼이라, 하먼이라."

오동평은 말에 맞춰 허리를 굽신거렸다. 송씨의 말이 작인들한테 하는 것이기에 앞서 자신에게 하는 것임을 오동평은 잘 알고 있었다. 그는 윤 부자가 죽었다고 해서 추호도 마음을 달리 먹어본 적이 없었고, 송씨가 여자라고 해서 티끌만치도 넘보고 들 생각을 해본 적이 없었다. 자신이 누리고 있는 권세나 부가 오로지 윤씨네의 덕이라는 것을 마음 깊이 새기고 있는 그로서는 예전보다 더 잘했으면 잘했지 주제넘은 생각을 할 마음은 눈곱만큼도 없었다.

"근디 말이시……."

"야아……."

오동평은 무릎자리를 고치며 허리를 굽신했다.

"소문 안 나게 단도리혀 감스로 작인덜 중에서 돈푼이나 변통헐 수 있는 제겐덜이 누군가 알아내소."

"야아……."

오동평은 대답을 하면서도 그게 무슨 말인지를 얼른 알아듣지를 못하고 있었다. 그의 얼굴에 그런 마음이 그대로 드러나고 있었다.

"허고, 돈언 읎더라도 맘이 순허고 야들야들헌 작인도 찾아내소."

"야아……."

오동평의 머리는 더 복잡해지고 있었다. 마름이라는 자리가 눈치 빠름으로 해먹는 것인데, 상전의 심중을 재빨리 알아차리지 못했을 때처럼 몸 다는 때도 없었다.

"나가 워째 요런 말 허는지 아는가?"

마침내 송씨가 물었다. 오동평은 가슴이 덜컥 내려앉으며 진땀이 솟기는 걸 느꼈다. 자신의 능력을 시험당하는 고약스런 대목이었던 것이다. 이런 때 엉뚱한 소리 잘못 지껄였다가는 점수가 깎이기 십상이고, 어떻게 어물어물 넘기는 게 상수였다.

"야아…… 마나님헌테 무신 짚은 뜻이 있겠제라. 지야 시키시는 대로 고런 작인놈덜얼 후딱 찾아내겄구만이라."

"그려, 자네가 헐 일얼 영축없이만 해내면 되는디, 그려도 마름으로 자리 지킬라면 시상 돌아가는 것에도 눈 지대로 뜨고 있어야 할 것이네. 요새 시상 시끌시끌허게 맹그는 것이 반민특위라는 것이야 알겄제?"

"야아, 알구만이라."

오동평의 머리에는 그때서야 '농지개혁'이란 생각이 퍼뜩 떠올랐다. 그리고 송씨가 했던 말이 한 고리로 꿰어졌다.

"그 법이 시행되는 판잉께 인자 농지개혁법인가 머신가도 맹글어질 판이라는디, 법이야 맹그라져라 하고 태평치고 앉었다가 베락 맞을 수야 없는 일 아니겄능가!"

송씨의 목소리며 표정이 결연했다.

"하먼이라, 미리미리 다 방책얼 세와야제라. 무신 돈얼 끌어대든지 끌어델 수 있는 작인얼 골라내 싸게싸게 폴아넘기고, 보들보들헌 작인 골라내……."

"나 맘 알았으면 되았소."

송씨는 매정하다 싶게 말을 무질렀고, 자신의 능력을 의심받을지 모를 위기를 피하게 되어 한창 신바람을 올리던 오동평은 그만

무참해져버렸다.

"자네 수고에 나가 섭섭잖게 혀줄 것잉께 쥐도 새도 몰르게 그런 작인덜얼 찍어내소."

"야아, 후딱후딱 허겠구만요."

오동평은 머리를 조아렸다.

"되얐네, 가보소."

송씨는 자리를 털고 일어섰다.

오동평이가 떠나고 얼마 지나지 않아 읍사무소의 윤 주사가 찾아왔다. 송씨는 오동평이 때와는 다르게 지체 없이 윤 주사를 맞이했다. 그 태도에도 거드름이나 거만기는 찾아볼 수가 없었다.

"어여 오시씨요, 윤 주사님."

송씨는 웃음을 담뿍 담아 윤 주사에게 보내고 있었다.

"방으로 잠 들어갔으면 쓰겠는디라."

머리가 벗겨진 사내는 대문 쪽으로 경계하는 눈길을 보내며 말했다.

"하면이라, 얼렁 들오씨요."

송씨는 치마폭을 여며잡으며 얼른 방문을 열었다.

"넘덜 귀 무서바 전화 안 걸고 그냥 왔구만이라."

윤 주사가 방으로 머리부터 디밀며 말했다.

"하면, 그래야제라. 소문나서 졸 일이 따로 있응께요."

송씨가 따라 들어가며 말반죽을 하고 있었다.

"아니, 요 정신 잠 바라." 방문을 닫으려던 송씨는 문득 발을 멈추고 고개를 돌려 목을 문밖으로 빼고는 "장흥대액, 장흥대액!" 목청을 늘였다.

"야아— 워째 그러시요오."

멀찍이서 들려오는 화답이었다.

"여그 꼬깜허고 식혜 좀 가져오소오."

"알겄구만이라아."

송씨는 웃음 머금은 얼굴로 자리 잡고 앉았다.

"전번 참에 부탁허신 것 끝막음혔구만이라."

윤 주사가 허름한 양복 안주머니에서 서류를 꺼내놓았다.

"아이고메, 애 쓰셨소. 한두 분도 아니고 요리 수고럴 끼쳐서 워쩔께라이."

송씨는 방바닥에 놓인 서류를 얼른 집어들었다.

"넘덜 눈치야 쪼깐 뵈는 일이제만 수고넌 무신 수고여라."

윤 주사는 큼큼 헛기침을 하며 벗겨진 머리를 손바닥으로 두어 번 쓸어넘겼다.

"으쩌요, 그놈에 법언 은제나 맹글어질 성불르요?"

송씨는 서류를 건성으로 뒤적이며 물었다. 그때 방문이 열리며 부엌아주머니가 곶감 한 접시와 식혜 두 그릇을 가지고 들어왔다. 말을 시작하려던 윤 주사는 시침을 떼며 담배에 불을 붙였다.

"인자 되았소."

부엌아주머니가 나가자 송씨가 말을 재촉했다.

"긍께, 시방 국회에서 지주인 국회의원들허고 지주가 아닌 국회의원들허고 밀고 땡기고 한창 씨름판이 벌어지고 있는갑는디, 농지개혁 법얼 맹근다는 원칙이야 딱 박은 말뚝이고, 맹글기는 맹그는디 논값얼 을매로 매길 것이냐 허는 문제로 싱갱이럴 벌이고 있다는구만요. 긍께, 국회 판이야 워찌 돌아가든지 맘 쓸 것 없이 명의이전이나 싸게싸게 해놓는 것이 두 다리 뻗고 자는 상수랑께요."

"그렇겄구만이라. 덜컥 법 맹글어져 눈 뻔히 뜨고 논 뺏기기 시작허면 그 씨린 속이 워쩌겄소. 시상이 요상허니 변해갖고 별 빌어묵을 법얼 다 맹근다고 시끌시끌해쌓소."

권하기를 더 기다리지 못하고 윤 주사는 식혜그릇을 집어들었다.

"잉, 어여 드시써요. 나가 그놈에 법에 넋 빼니라고 권허지도 못허고……."

송씨는 말끝을 얼버무리며 서류를 경대서랍에 넣었다. 그리고 며칠 전부터 준비해 두었던 봉투를 꺼냈다.

"다 윤 주사님 덕분에 우리 집이 손해 면허게 되았소. 앞으로도 사람 구헐 때마동 얼렁얼렁 부탁허요이."

송씨는 윤 주사 앞으로 봉투를 밀어놓았다.

"아니, 머 껀껀이 이리 주시고 이러시요."

말은 그렇게 하면서도 윤 주사의 손끝은 봉투를 끌어당기고 있었다.

"작인이란 것덜, 참말로 가당찮소. 무신 도적눔 심뽀로 넘 재산얼 꽁짜로 묵겄다고 종그는지 몰르겄소."

"고것이 다 빨갱이덜 물 묵어서 그런 것 아니요? 인자 꽁짜로 묵기는 다 틀렸고, 유상몰수에 유상분배라고 혀도 농지개혁당허먼 지주만 손핸께 아짐씨맹키로 눈치 싸게 명의변경 해두는 것이 질이요. 나 그만 가봐야 쓰겄소."

언제 봉투를 감추었는지 윤 주사는 빈손으로 일어섰다.

"고맙구만이라. 나가 또 연락 취허겄소. 자알 부탁디리요잉."

"하먼이요. 나가 헐 일언 나가 착착 알아서 헐 것잉께 아짐씨넌 아짐씨가 헐 일이나 싸게싸게 허시씨요."

윤 주사는 큼큼 헛기침을 흘리며 신을 꿰신었다.


경찰서장 권병제는 두 번째로 찾아온 장 순경과 마주 앉아 있었다.

"빨갱이한테 총 맞고 순사질 못해묵게 된 것만도 복통해 죽게 억울헌 일인디, 그 대신에 그 자리 하나 내도란 것이 과해서 서장님은 그리 뜨광허니 협조를 안 허는 것이다요? 서장님이 내 입장이 안 되란 보장이 워디 있소? 서장님이 요런 푸대접을 받는다고 생각해 보시오. 어쩌, 내 말이 틀렸소?"

장 순경은 처음부터 아예 시비조였다.

"장 순경 심정 잘 알고 있어요. 그래 노력하고 있으니 조금 더 기다려요. 그 자리가 서로 타협을 해서 물려주고, 물려받고 하는 자리지 무조건 관의 힘으로 좌우하는 자리가 아닌 건 장 순경도 잘 알잖소."

권 서장은 상대방의 비위를 거스르지 않으려고 달래듯 말했다.

장 순경은 작년 10월의 사태가 벌어졌을 때 염상진네에게 복부 총상을 세 군데나 입고도 전 원장의 손으로 기적처럼 살아난 사람이었다. 그는 4개월여의 긴 요양을 거쳐 건강을 회복하게 되었다. 그러나 그는 전과 같은 건강을 되찾은 건 아니었다. 심장질환과 함께 주력을 상실한 것이다. 그는 다시 경찰근무를 원했지만 신체검사 결과는 부적격 판정이었다. 그는 그 판정을 억울해하며 도경찰국에 항의를 겸한 청원서를 냈으나 판정은 번복되지 않았다. 고의적인 이직을 철저히 막고, 계속 인원 확대를 꾀하고 있는 상황에서 근무 부적격 판정이 내려졌다는 것은 그의 건강이 얼마나 나쁜 상태인가를 말해 주는 것이다. 경찰근무를 단념한 그는 그것으로 끝나지 않았다. 경찰서를 찾아와 청년단장 자리를 맡게 해달라고 요구하고 나선 것이다. "경찰근무가 어려운 몸으로 청년단장 자리라…… 하긴, 유주상이가 하는 판이니. 그거 골치 아프게 생겼는데, 서장님이 맡아서 잘 처리해 보시죠." 심재모가 이렇게 밀치는 바람에 권 서장은 그 일을 떠맡지 않을 수 없게 되었다. 권 서장은 말로는 노력을 하고 있다고 했지만 사실은 아무런 노력도 하지 못한 형편이었다. 무성의해서가 아니라 어떻게 일을 풀어나가야 할지 실마리를 찾지 못하고 있었다. 유주상이가 그 자리를 쉽게 내놓을 것 같지 않은 데 문제가 있었다. 그리고 장 순경의 요구가 무리한 것이 아니라는 데 또한 문제가 있었다.

"기다리라고 허는디, 대체 언제까지 기다려야 허겠소."

"날짜를 확정할 순 없지만, 내가 장 순경 입장에서 최선을 다할 테니 조급하게 생각하지 말고 기다려요.”

"나 서장님 말만 믿겠소.” 장 순경은 손으로 복부를 누르고 일어서며, “만약 그 일이 해결되지 않으면 나 배 갈라 경찰서 바닥에 창자 착 뿌리고 죽고 말 것잉께라.” 험악한 표정으로 내뱉었다.

권 서장은 그가 밖으로 나갈 때까지 그의 뒷모습을 복잡한 표정으로 바라보고 있었다.

"저 사람 저거 제정신이 아니구만.”

"악밖에 안 남았을 테니께.”

"저 사람 능히 배 가를 사람이시. 원체로 독헌 디가 있응께. 몸이 실허기도 했지만 총을 세 방이나 맞고도 살아난 것은 그 독기 때문일 것이네.”

순경들이 주고받는 말이었다. 권 서장은 헛기침을 하며 자기 방으로 들어갔다.

〈5권에 계속〉

# 태백산맥 4

제1판 1쇄 / 1987년 11월 20일
제1판 47쇄 / 1994년 10월 13일
제2판 1쇄 / 1995년 1월 15일
제2판 44쇄 / 2001년 8월 10일
제3판 1쇄 / 2001년 10월 10일
제3판 40쇄 / 2006년 12월 20일
제4판 1쇄 / 2007년 1월 30일
제4판 68쇄 / 2019년 12월 25일
제5판 1쇄 / 2020년 10월 15일
제5판 9쇄 / 2024년 12월 31일

저자 / 조정래
발행인 / 송영석

발행처 / (株)해냄출판사
등록번호 / 제10-229호
등록일자 / 1988년 5월 11일(설립일자 | 1983년 6월 24일)

04042 서울시 마포구 잔다리로 30 해냄빌딩 5·6층
대표전화 / 326-1600  팩스 / 326-1624
홈페이지 / www.hainaim.com

ISBN 978-89-6574-924-0
ISBN 978-89-6574-920-2(세트)

파본은 본사나 구입하신 서점에서 교환하여 드립니다.